ANGOSTA

A marca FSC® é a garantia de que a madeira utilizada na fabricação do papel deste livro provém de florestas que foram gerenciadas de maneira ambientalmente correta, socialmente justa e economicamente viável, além de outras fontes de origem controlada.

HÉCTOR ABAD

Angosta
A cidade do futuro

Tradução
Rubia Prates Goldoni

Copyright © 2004 by Héctor Abad Faciolince
Publicado mediante acordo com Literarische Agentur Mertin Inh. Nicole Witt e. K., Frankfurt am Main, Alemanha

Grafia atualizada segundo o Acordo Ortográfico da Língua Portuguesa de 1990, que entrou em vigor no Brasil em 2009.

Título original
Angosta

Capa
Celso Longo

Foto de capa
DR/ Osamu Murai/ Plano de renovação do distrito Tsukiji em 1964, de Kenzo Tange. Todos os esforços foram realizados para contatar o fotógrafo. Como isso não foi possível, teremos prazer em creditá-lo, caso se manifeste.

Preparação
Ciça Caropreso

Revisão
Adriana Bairrada
Isabel Jorge Cury

Dados Internacionais de Catalogação na Publicação (CIP)
(Câmara Brasileira do Livro, SP, Brasil)

Abad, Héctor.
   Angosta : a cidade do futuro / Héctor Abad ; tradução de Rubia Prates Goldoni. — 1ª ed. — São Paulo : Companhia das Letras, 2015.

   Título original: Angosta.
   ISBN 978-85-359-2644-6

   1. Ficção colombiana I. Título.

15-07800   CDD-CO863

Índice para catálogo sistemático:
1. Ficção : Literatura colombiana   co863

[2015]
Todos os direitos desta edição reservados à
EDITORA SCHWARCZ S.A.
Rua Bandeira Paulista, 702, cj. 32
04532-002 — São Paulo — SP
Telefone: (11) 3707-3500
Fax: (11) 3707-3501
www.companhiadasletras.com.br
www.blogdacompanhia.com.br

Para Daniela e Simón, meus filhos

Iban oscuros por angosta tierra.
Virgílio

Abriu o livro no meio e o aproximou do rosto.* Enfiou o nariz em suas dobras como quem o enterra entre as pernas e as dobras de uma mulher. Cheirava a papel úmido, a poeira acumulada e a casca de árvore. Voltou a fechá-lo e o afastou até que seus olhos distinguiram na capa uma aquarela do Salto. Comparou o

---

* Quem? Jacobo Lince: 39 anos, 78 quilos, 1,75 metro de altura. Nariz reto, rosto simétrico. Moreno de sol (ou por causa de um antepassado africano, vai saber) e com profundas rugas de expressão na testa, em volta dos olhos e da boca, principalmente nas linhas do riso. Tem algo de juvenil na aparência, apesar da idade e da barriga incipiente, que procura domar com exercícios físicos. Braços fortes, barba cerrada de turco e pele lisa, seca, quase sem pelos no resto do corpo. Mora sozinho numa suíte do hotel La Comedia. Divorciado. Tem uma filha de nove anos, a única pessoa que ele realmente ama, mas de quem fala pouco. Ganhava a vida com um sebo, La Cuña, escrevendo para um jornal e dando aulas de inglês. Agora ficou rico, mas quase ninguém sabe disso, e continua vivendo como se não fosse. Não acredita em nada de transcendental, pois faz tempo que trocou a religião pelo sexo. Para ele não é o espírito, e sim o desejo, o que sopra em toda parte. Há alguns anos suas relações têm sido sempre carnais, nunca sentimentais. Tenta comer (em Angosta, é esse o verbo que os machos usam para dizer o que fazem quando copulam) todas as mulheres que conhece e que pode, desde que cheirem bem e exibam sinais exteriores de fertilidade, o que não quer dizer que queira engravidá-las: há anos fez uma vasectomia.

Salto da pintura ao Salto da realidade. Não se pareciam mais. Os mesmos olhos focalizaram as letras do título e o nome do autor. Era um breve tratado sobre a geografia de Angosta, escrito por um obscuro acadêmico alemão. Viu a dedicatória (familiar) e não entendeu a epígrafe (em latim). Deu uma olhada no sumário, pulou o prefácio e chegou a esta página, a primeira, que seus olhos começam a ler neste instante:

> Existe um território no extremo noroeste da América meridional que vai do oceano Pacífico ao rio Orinoco, e do rio Amazonas ao mar das Antilhas. Ali a cordilheira dos Andes, exausta depois de percorrer mais de sete mil quilômetros desde a Terra do Fogo, abre-se como uma mão até que a ponta de seus dedos mergulha no Atlântico com uma última rebeldia de quase seis mil metros de altitude: a Serra Nevada. Por entre os dedos da estrela de cinco pontas dessa mão correm seis rios importantes: o Caquetá e o Putumayo, que fluem para o Brasil e deságuam no Amazonas; o Patía, que, caudaloso e encanado, busca o oceano Pacífico; o Atrato, que recebe as constantes chuvas das selvas do Chocó para lançá-las no golfo de Darién; e dois rios paralelos e gêmeos, o Yuma e o Bredunco, que seguem para o norte até unir suas águas e desembocar em Bocas de Ceniza, desaguadouro lamacento no mar do Caribe, depois de uma travessia de mil e quatrocentos quilômetros. Esse território é conhecido, há alguns séculos, pelo nome que a América inteira deveria ter, se a história do mundo não fosse uma sucessão de acasos absurdos: Colômbia.

Havia encontrado o livro à tarde, por acaso, numa mesa de La Cuña, a sua livraria. O título (apenas o nome de sua cidade, sem nenhum outro dado) não lhe dizia nada, mas, pelo que deduziu das primeiras frases, tratava-se de um estudo acadêmico escrito no estilo simples e minucioso dos professores. Jacobo estava cansado de lirismo e de literatura, queria ler alguma coisa sem nenhum vestígio de ficção, sem afetação nem adornos, por isso apanhou o livro, num ímpeto de curiosidade, bem na hora em que deixava a livraria, sem se despedir de ninguém. Ao chegar à porta, olhou para o céu sem nuvens e teve a impressão de que a tarde ia ser ensolarada e quente. Distraído como sempre, não olhou para o sul, de onde vinham as nuvens e as chuvas. Por isso, de repente, enquanto caminhava devagar rumo ao hotel, com o livro na mão, foi surpreendido por trovões e pingos dispersos e grandes como pedras; uma daquelas típicas tempestades de fim de março desabou sobre Angosta. Para não se molhar muito, apertou o passo pelas tortuosas vielas do centro, enquanto procurava os beirais, colava o corpo às paredes e, como último recurso, cobria com o livro seus primeiros cabelos brancos. À medida que avançava, perseguia com os olhos quase todas as mulheres e se deu conta de que devia ser Quarta-Feira de Cinzas, pois viu uma mancha escura se desfazendo na testa de muitas delas. Fazia mais de vinte anos que ele não recebia esse *memento mori*, talvez a única cerimônia da religião de seus pais que ainda guardava algum encanto para ele: "Pois tu és pó e ao pó hás de voltar". Pó. Não alma, não espírito ou carne que ressuscita, mas a verdade dura e seca: pó, poeira de estrelas, que é a substância de que todos somos feitos, sem a menor esperança de que o pó se reorganize até formar o ser humano único em que consiste cada um. Os pingos de chuva faziam a cruz dos cristãos — sim, agora ele a via também em alguns homens — se desmanchar em riachos escuros que desciam ameaçadores para os olhos, como se quisessem cegar os fiéis.

Quando chegou ao La Comedia, ficou feliz de poder ler e não precisar sair outra vez debaixo de tamanho aguaceiro. Assim que se fechou em seu quarto, resolveu fazer uma consulta no computador, aproximou-se da máquina, esticou o indicador para ligá-la, mas conseguiu se conter a tempo. Depois de trocar a camisa molhada de chuva e fazer um café bem forte, sentou-se em sua poltrona preferida, de costas para a tênue luz da janela, no amplo aposento do segundo andar que aluga há anos. Com uma expressão que não denota prazer nem desprazer, continua lendo a descrição que o geógrafo, um tal de Heinrich v. Guhl, faz dessa terra onde fica Angosta:

> No meio da cordilheira Central, ou do Quindío, isto é, na metade do dedo médio dessa mão em que os Andes terminam, ainda longe do mar, terra adentro, nessa faixa do trópico andino em que a altura das montanhas suplanta o calor e o excesso de umidade, há uma vasta extensão coberta de cafezais. Ali a zona tórrida, atenuada pela altitude, produz uma temperatura monótona porém agradável; não há secas prolongadas nem chove em demasia, não é castigada por furacões nem sofre com erupções vulcânicas, a terra é fértil, a vegetação rica e exuberante, a intensidade da luz incomparável, as espécies de animais numerosas e mansas com o homem.
>
> A capital desse curioso lugar da Terra chama-se Angosta. Com exceção do clima, que é perfeito, tudo em Angosta é ruim. Poderia ser o paraíso, mas se transformou num inferno. Seus habitantes vivem num lugar único e privilegiado, porém não se dão conta disso nem cuidam dele. O lugar foi uma aldeia modorrenta e quase arcádica por três séculos; depois, de repente, em menos de cinquenta anos, cresceu tanto que já não coube na bacia das várzeas e dos primeiros contrafortes da cordilheira. No vale temperado e fértil onde foi fundada, já não resta nem sinal da mata nativa, de pastos ou cafezais. Hoje o território inteiro é ocupado por uma metrópole de ruas intrincadas, prédios altos, fábricas, centros comerciais e milhares de casinhas cor de tijolo que se encarapitam pela encosta das montanhas, cada vez mais perto de Tierra Fría, ou se precipitam pelas ribanceiras que vão dar em Tierra Caliente.

Quando a família cresce e os filhos se casam, os habitantes de Angosta jogam uma laje de concreto por cima do telhado da casa e constroem de improviso um segundo ou terceiro andar. O mesmo ocorre com a cidade, por falta de espaço; agora ela tem três andares, com um terraço em Tierra Fría e um porão úmido em Tierra Caliente.

Dizem que o nome de Angosta foi dado por seus fundadores, quando, da crista do altiplano, avistaram o vale longo e estreito. Pelo meio do vale corria um rio revolto e genioso, com uma corrente de redemoinhos vorazes, com meandros e dúvidas em seu curso caprichoso, que no inverno transbordava e no verão revelava o que era de verdade no fundo: uma pobre quebrada com pretensões de rio, de enormes pedras cinza, polidas e abraçadas pela corrente suja. Chamaram-no de rio Turbio não tanto por causa de suas águas sempre turvas, mas por sua índole indecisa e traiçoeira. Hoje isso não se nota, porque seu leito foi corrigido e canalizado em meados do século XX, mas até essa época as várzeas ocidentais (agora cheias de fábricas) acabavam sempre alagadas com as chuvas de março ou abril.

Jacobo interrompe a leitura por um momento, põe o dedo indicador entre as folhas, levanta-se e olha pela janela. Está chovendo lá fora, como no livro. Ao fundo, no alto, vê-se a crista irregular do altiplano, uma borda azulada encoberta pela garoa, com a sombra à contraluz de algumas árvores. Tenta calcular de onde os conquistadores podem ter avistado o vale de Angosta e como ele devia ser antes, sem prédios, sem casas, sem barulho, com muito pouca gente, quase sem fumaça e quase sem plantações. Volta a se sentar e abre o livro onde o dedo indica. Ele mesmo não sabe, mas, quando abre o livro e mergulha nas palavras, é uma pessoa feliz, ausente deste mundo, embebida em algo que, embora fale de sua cidade, não é neste momento sua cidade, mas outra coisa melhor e mais tratável, uma porção de palavras que tentam representá-la.

No fundo setentrional do vale, o rio se espreme entre dois muros de rochas afiadas como serras e termina seu curso abruptamente no Salto de los Desesperados. O Salto é uma cascata que se precipita por pouco menos de mil varas castelhanas, com longas quedas e breves pausas, tão vertiginosa e vertical que em sua base, onde as águas se rompem definitivamente e se escondem entre orvalho e espuma, a vegetação muda porque o clima já é outro, o sol se encarniça e a umidade se adensa, fazendo com que o ar adquira a consistência pesada e insalubre de Tierra Caliente. O Turbio acaba ali, com um suicídio, sem desembocar em lugar algum, sem dar no mar nem ser afluente de ninguém. É literalmente tragado pela terra, como se esta fosse feita de esponja. Sabe-se que por ali há cavernas, e é possível que uma parte do Turbio siga por um leito subterrâneo, pois ao lado da gruta dos Guácharos, não muito longe do Salto de los Desesperados, há água enterrada que flui devagar.

Desde tempos imemoriais, a base do Salto é conhecida como Boca del Infierno, por causa da voracidade sedenta com que, como um vulcão às avessas, engole a água sem devolvê-la, deixando suspenso no ar, num vasto espaço a seu redor, um orvalho que se deposita lentamente nas folhas das samambaias e das canas-do-rio, um pouco de espuma suja entre as pedras e um imenso cogumelo de névoa espessa, da cor do leite, que começa a se condensar no ocaso e só se dissipa por instantes, com intervalos incertos, por volta do meio-dia. Boca del Infierno também foi um nome imposto por motivos religiosos, como uma repreminda à multidão de suicidas que, no século passado, escolhiam o Salto como o lugar ideal — porque infalível — para acabar voluntariamente com a própria vida. O golpe definitivo contra as pedras da morte coincidia com a entrada no Averno, destino inelutável de todos os suicidas, segundo nossa amorosa religião verdadeira. Conta uma lenda angostenha que todos os suicidas, ao cair, se transformam em arbustos ou seixos e depois em árvores, pássaros ou pedras. Essa intuição poética provavelmente obedece ao fato inconteste de que ali é impossível resgatar os corpos.

Lince ergue os olhos e pensa nos suicidas. Se ele resolvesse se suicidar, diz a si mesmo, não o faria no Salto. Eu me daria um tiro. Ou, melhor ainda, faria com que me dessem um tiro, o que aqui é muito mais fácil e mais barato. Poria um anúncio no jornal: "Procuro pistoleiro que queira me matar. Honrosa (ou polpuda, ou pelo menos razoável) recompensa". E deixaria o telefone do La Comedia para firmar o contrato. Na verdade, ninguém mais se suicida no Desesperados, mas nem por isso o lugar perdeu sua aura de desgraça. Agora o Salto é o que em Angosta se conhece como "desovador de cadáveres". Primeiro matam as pessoas com um tiro e depois as rematam atirando-as no Salto. Elas virarão pó ou pedras; é pouco provável que brotem até virar árvores ou que alcem voo como pássaros.

De repente volta a sentir a necessidade urgente de confirmar algo e, sem se conter mais, se levanta. Olha para a tela escura, apagada e para a testemunha luminosa que tremula ao lado das teclas com um leve brilho verde. Torna a se sentar num último esforço para se controlar, como quem reprime um tique ou espanta um pensamento ruim, mas alguma coisa por dentro o obriga a ficar em pé e ir até o computador. Não consegue evitar. Aperta uma tecla e a tela acorda. Pressiona com raiva o botão do mouse e o ícone do navegador, procura o endereço entre seus favoritos, preenche os números que sabe de cor, segue as instruções que sabe de cor, digita de cor, a toda a velocidade, os algarismos de sua senha, e por fim vê aparecer na tela a resposta que é como a primeira tragada para um viciado: "Bem-vindo, Jacobo Lince. Banco de Angosta. Posição global. Conta pessoal em divisas. Saldo disponível: $1 044 624". Lince sorri satisfeito. Fica tentado a consultar também seu e-mail, mas consegue se controlar.

Respira fundo, clica no ícone da saída segura, volta para sua poltrona, baixa os olhos e retoma a leitura:

> Os fundadores da cidade eram quase todos espanhóis: bascos, estremenhos, andaluzes ou castelhanos, mas também judeus convertidos e mouriscos disfarçados. Na maioria, chegaram do Velho Mundo sem mulher, com a ilusão de fazer a América e voltar ricos para a Península, mas uma vez aqui, embrenhados nestas matas, por mais que procurassem o Eldorado, jamais conseguiram encontrá-lo. O ouro e as riquezas nunca foram do tamanho dos seus sonhos, e quase todos tiveram que ficar a contragosto, amasiados com índias raptadas nos assentamentos, amigados com gregas e sicilianas trazidas à força por traficantes de brancas do Mediterrâneo, ou amancebados com africanas compradas como escravas em Cartagena das Índias, o maior porto negreiro do Caribe. Seus descendentes que tiveram melhor sorte, mestiços e mulatos como todos, mas com pretensões de fidalguia pela riqueza acumulada, receberam, como era o costume, o título de *dones* e foram morar em Tierra Fría, no terraço de Angosta, um planalto grande e fértil chamado Paradiso. No estreito vale de Tierra Templada, onde havia uma *encomienda** de índios mansos, ou pelo menos amansados, ficaram os *segundones*, casta intermediária que se debate entre o medo de ser confundida com a dos *tercerones* e a ambição de um dia merecer o título de *don*. Às margens do Turbio medraram

---

* Nas antigas colônias espanholas, aldeamento indígena entregue à responsabilidade de uma pessoa — o *encomendero* — que obtinha do vice-reinado a permissão de explorar a mão de obra da comunidade em troca de instrução católica e proteção militar. (N. T.)

rebanhos de gado branco com orelhas pretas, e os *segundones* plantaram — além de café — milho, feijão e banana. Na base do Salto de los Desesperados havia minas de aluvião, de ouro e platina, mas os índios não queriam trabalhar ali, por causa do clima ruim e da inevitável malária. Por isso os *dones* compraram escravos africanos e a base do Salto foi então povoada por uns poucos donos de minas, muitos mineiros negros e alguns tantos trabalhadores braçais que se encarregavam da cana-de-açúcar e dos engenhos. Assim, com o passar das décadas e dos séculos, Angosta foi se transformando no que é hoje: uma estreita cidade de três andares, três povos e três climas. Abaixo, em Tierra Caliente, em torno do Salto de los Desesperados e da Boca del Infierno e nas encostas que sobem para Tierra Templada, há milhões de *tercerones* (esgotadas as minas, os *dones* voltaram a Tierra Fría, conservando de baixo apenas os títulos de propriedade das fazendas); no vale do Turbio e nas primeiras colinas se amontoam centenas de milhares de *segundones*; e acima, no planalto de Paradiso, refugia-se a escassa casta dos *dones*, numa aprazível cidade bem planejada, limpa, moderna, infiel e às vezes fiel imitação de uma urbe do Primeiro Mundo encravada num canto do Terceiro.

Os *dones*, a esta altura, não constituem uma raça, nem seu nome é um verdadeiro título de nobreza, mas a forma tradicional como em Angosta se referem aos ricos. Não corresponde a um critério étnico, porque entre os *dones* há brancos, mestiços, mulatos e até alguns poucos negros. Como disse um historiador de Angosta, "aqui todos somos café com leite; alguns com mais café, outros com mais leite, mas os ingredientes são sempre os mesmos: Europa, América e África". Quando os espanhóis fundadores, esgotadas as minas, voltaram ao vale do Turbio ou a Tierra Fría, no final do século XIX, as segundas ou as terceiras gerações de descendentes é que haviam se misturado com escravas de Tierra Caliente, e o espanhol ficava mais no sobrenome e no orgulho do que na falta de melanina, ou às vezes em algum acidente genético de olhos azuis em pele morena. Os donos dos rebanhos do vale também se juntaram com as índias, o que, entre filhos legítimos e naturais, embaralhou bastante a consistência étnica dos grupos até torná-la indiscernível mesmo aos olhos de especialistas. Há brancos, negros, índios, mulatos e mestiços em todos os setores de Angosta, entre os *dones*, os *segundones* e os *tercerones*. A única classificação certeira que se poderia fazer consiste em que a maioria dos *tercerones*, ou *calentanos*, vive em Tierra Caliente (e seus habitantes, por mais brancos que sejam, são considerados negros ou índios), a maioria dos *segundones*, ou *tibios*, vive em Tierra Templada (e nunca são brancos, nem índios, nem negros de verdade) e a maioria dos *dones* em Tierra Fría (e por mais negros, índios ou mestiços que sejam, sempre são chamados de brancos e se consideram brancos, julgando negros e índios todos os demais).

Jacobo observa suas mãos e seus braços. Move os lábios para falar, mas não diz nada; apenas pensa em uma pergunta: de que cor eu sou? Na verdade, ele não sabe: café com leite, o leite dos Wills, de seu bisavô irlandês, e o café forte dos Lince de seu pai mais outras misturas tintas ou desbotadas de sua mãe. É um *segundón* de nascimento, de acordo com a nomenclatura que há tempos foi se impondo em Angosta, mas poderia muito bem ser um *don* e viver em Paradiso, se quisesse. Pelo menos é isso que todo dia lhe confirma seu saldo em dólares na agência virtual do Banco de Angosta. Esse simples pensamento o enche ao mesmo tempo de calma e de raiva, então coça a cabeça com impaciência, pois nele as ideias incômodas se transformam em brotoejas que pipocam no couro cabeludo.

São três da tarde dessa chuvosa Quarta-Feira de Cinzas. No Check Point, às portas de Paradiso, um chinês examina com atenção o passe provisório de um rapaz *segundón* de boa aparência,* metido num terno sem dúvida emprestado, porque as mangas são tão compridas que lhe cobrem as mãos, e a calça dança em sua cintura. Como não usa cinto, a calça tende a cair. Quando sente a incômoda comichão do tecido áspero escorregando pela pelve e roçando-lhe as nádegas, é obrigado a puxá-la na cintura com as mãos, num gesto rápido de exasperação impossível de dissimular.

— Qual é o motivo de sua visita a Paradiso, sr. Zuleta? — pergunta um chinês com uniforme de guarda de fronteira, espécie de macacão fechado cor de anil.

— Tenho uma entrevista de trabalho na Fundação H, na rua Concordia, número 115.

— Sim, está aqui. A que horas pensa em sair do Sektor F?

— Não tenho certeza; hoje mesmo, quando a entrevista acabar, no fim da tarde.

— O senhor é *segundón*, não é?

— Sou, é como somos chamados.

— Tem amigos ou parentes em Tierra Fría?

— Não que eu saiba.

— Escreva aqui seu endereço e o nome de seus pais. Ponha o sobrenome de solteira de sua mãe. Alguma vez se dedicou a atividades terroristas ou pertenceu a grupos declarados ilegais pelo governo?

* Andrés Zuleta: 25 anos, 66 quilos, 1,77 metro de altura. Magro, pálido, de sobrancelhas pretas bem delineadas. Rosto meigo e de olhos grandes, negros, intensos, com olheiras fundas, e uma fileira de dentes perfeitos que enfeitam seu sorriso. O corpo é esguio e musculoso, mas, a despeito de tantas qualidades, nota-se que é inseguro, desajeitado. Apesar da idade, ainda é virgem, embora se masturbe regularmente, pensando em obscuros objetos do desejo. É poeta, andarilho, bom leitor e não lhe falta disciplina, embora nunca tenha tido um emprego fixo. Tem ideias vagas sobre tudo e pouquíssimas convicções firmes. Ele ainda não sabe, mas hoje mesmo deixará a casa dos pais.

— Não, senhor.
— E algum parente próximo?
— Não.
— Tem alguma doença infectocontagiosa, aids, malária, febre amarela, tuberculose, sífilis, hepatite B, gonorreia?
— Não.
— Tem algum distúrbio mental, consome drogas ou é dependente de alguma substância ilícita?
— Não.
— Pretende ficar ilegalmente em Tierra Fría?
— Claro que não.
— Já esteve preso alguma vez?
— Na minha casa.
— Não brinque, senhor. Alguma vez foi preso devido a algum delito ou escândalo moral?
— Não, senhor.
— Já lhe foi negado o salvo-conduto para entrar em Tierra Fría?
— Não.
— Carrega mais de dez mil pesos novos, dólares ou euros?
— Quem me dera.
— Responda sim ou não.
— Não. — Ao dizer "não", Andrés sente a calça caindo e a puxa para cima com fúria.
— Tenta levar para o Sektor F drogas alucinógenas, explosivos ou qualquer tipo de substâncias proibidas?
— Nem pensar.
— Repito-lhe: limite-se a dizer sim ou não!
— Sim. Quer dizer, não.
— Esteve alguma vez envolvido em operações de espionagem, terrorismo ou sabotagem?
— Não.

— Aproxime a cabeça, por favor.

O guarda pegou um termômetro e o encostou na testa de Zuleta. Esperou alguns segundos, o aparelho emitiu um bipe e o chinês observou cuidadosamente o resultado. Registrou um número, 37,2, na permissão de entrada. Depois disse, enquanto carimbava o salvo-conduto:

— O.k., pode ir. Não se esqueça de entregar este passe quando sair. *Welcome to Paradise.*

Andrés já estivera outras vezes no Sektor F, mas sempre de passagem, em visitas do colégio. Às vezes as escolas de Tierra Templada conseguem permissões provisórias para que seus alunos possam conhecer as maravilhas de Paradiso. Fazem excursões de um ou dois dias e visitam os monumentos, os museus, os parques de diversões, a reserva nacional de *frailejones*, na chapada do Sojonusco, os picos nevados e as lagoas encantadas das geleiras do maciço central. "Um dia, se alguns de vocês se comportarem direitinho e estudarem muito, também poderão viver aqui", disse a professora. "Farão parte dos eleitos, serão *dones*, e talvez se lembrem da professora que um dia previu o futuro de vocês."

Jacobo estica as pernas e suspira; depois boceja, pisca, cutuca a orelha com o dedo mindinho. Coloca um pedacinho de papel-alumínio entre as folhas do livro e vai ao banheiro aliviar a bexiga; de olfato muito apurado, reconhece no cheiro os traços do almoço: aspargos. Quando acaba de urinar, vai até o criado--mudo e telefona para a casa de sua ex-mulher, em Paradiso. A empregada atende e lhe diz que *doña* Dorotea[*] saiu faz algum

---

[*] Dorotea Mallarino: 33 anos, 62 quilos, 1,73 metro de altura. Foi casada com Jacobo Lince e recentemente contraiu segundas núpcias com Bruno Palacio, conhecido arquiteto de Tierra Fría. Sofía Lince, nove anos, é a filha que Jacobo e Dorotea tiveram durante seu breve casamento.

tempo com o doutor, não sabe se para fazer compras ou alguma visita. Jacobo também pergunta por Sofía, sua filha, e a empregada lhe diz que a menina também saiu com os patrões. Jacobo volta então à poltrona, de costas para a janela, e torna a abrir o livro com a descrição de sua cidade:

> Há trinta e dois anos, Angosta deixou de ser uma cidade aberta; ninguém está autorizado a se deslocar livremente por seus vários andares. De início essa regra era tácita e cada casta permanecia em seu gueto, mais por hábito ou cautela do que por obrigação. Mas quando os atentados terroristas aumentaram, no final do século passado, as tropas dos países garantes isolaram a zona, e a cidade foi dividida, com nítidas fronteiras, em três partes: o Sektor F, correspondente ao plano de Paradiso, em Tierra Fría, com trânsito restrito; o Sektor T, o verdadeiro centro de Angosta, ao longo do estreito vale do Turbio, na antiga zona cafeeira; e o Sektor C, em algumas encostas da margem ocidental do rio, em Tierra Templada, mas principalmente ao pé e ao redor do Salto de los Desesperados, em Tierra Caliente. As letras desses sektores (o "k" se impôs por causa da ortografia de um dos exércitos de intervenção) correspondem a *Frío*, *Templado* e *Caliente*, mas as pessoas os conhecem apenas pela inicial.
>
> A circulação entre Tierra Caliente e Tierra Templada, em ambos os sentidos, não é controlada e poderia ser chamada de livre, por isso a fronteira entre os sektores C e T é mais porosa, menos impermeável; é pouco usual, porém, que os habitantes do Sektor T desçam até a Boca del Infierno, e se isso não acontece não é por explícita proibição do governo, e sim por puro medo ou precaução dos *segundones*. O acesso ao Sektor F, em compensação, é absolutamente restrito e, além da muralha natural das montanhas, Paradiso é isolado por uma *obstacle zone*, ou zona de exclusão, que consiste numa barreira de grades, alambrados, tri-

lhas de pegadas, cercas eletrificadas, sensores eletrônicos e um sem-fim de torres de vigilância com guardas que podem atirar nos intrusos sem aviso prévio. Por terra (seja de ônibus, de metrô, de bicicleta ou de carro) há um único acesso a Paradiso, através do Check Point, um bunker subterrâneo operado por uma força de intervenção internacional, de maioria asiática (seus integrantes são conhecidos como chineses), com disciplina oriental e rigor germânico. No Sektor F só podem entrar sem nenhuma restrição seus residentes, quer dizer, os *dones*. Também é permitida a entrada aos *segundones* (em geral, funcionários) ou *tercerones* (quase todos operários contratados para trabalhos humildes ou empregadas domésticas) que tiverem salvo-conduto, isto é, autorização para entrar em Paradiso através do Check Point. Desnecessário dizer que os habitantes do Sektor F podem entrar ou sair livremente de todos os sektores de Angosta, embora por desinteresse ou cautela raras vezes incursionem abaixo do seu local de residência. As repartições do governo e algumas indústrias ainda permanecem no vale, por isso muitos *dones* descem para trabalhar em Tierra Templada, mas sempre o fazem com escoltas e guarda-costas, em helicópteros ou em caravanas de carros blindados, por temor de ataques, medo de sequestros, angústia de atentado, e assim que a noite cai voltam sempre para dormir em Paradiso, em apressadas e temerosas viagens de regresso. Para a grande maioria dos que nasceram e vivem em Paradiso, passar uma temporada em Tierra Templada ou, pior ainda, dormir em Tierra Caliente é uma experiência-limite, uma autêntica aventura. Descer a essas zonas de Angosta, para eles, equivale a correr um risco inútil ou à insensatez pecaminosa que se comete em alguma noitada de drogas, loucura e bebedeira.

Os mais velhos sabem, e recordam, que antigamente as coisas não eram assim e que há algumas décadas todo mundo podia subir aos altos de Paradiso sem ter de mostrar nenhum salvo-conduto. Sabe-se que a zona de exclusão e o Check Point nasceram com o milênio, nos tempos dos atentados da guerrilha, sequestros em massa, massacres da Secur, acertos de contas entre quadrilhas de contrabandistas, explosões dos homens-bomba e narcotraficantes. Imaginava-se que a "política de Apartamento" (assim chamada no início) seria somente uma medida transitória de legítima defesa contra os terroristas, mas em Angosta o provisório sempre se torna definitivo, os decretos de exceção se tornam leis, e quando menos se espera já são artigos constitucionais. A cidade não se dividiu de um dia para o outro; em parte, já nasceu separada pela geografia e pela riqueza dos habitantes dos diferentes lugares. Os três níveis, ou os três andares da cidade, fizeram com que essa divisão ficasse mais clara e nítida que em outras partes do país e do mundo.

Pode-se dizer, sem medo de exagerar, que a cidade alta, considerada pelos *dones* uma nova Jerusalém em cuja ascensão...

O telefone toca e interrompe a leitura. Jacobo imagina que seja Dorotea, sua ex-mulher, que voltou e quer que ele fale com a filha ou quer combinar os dias de visita antes do feriado da Semana Santa. Ele sente falta de Sofía, que não vê há quinze dias por causa de contratempos tolos de última hora. Põe o papel-alumínio entre as páginas do livro e se levanta para atender. Não é Dorotea, mas Jursich,* um dos empregados do sebo, que lhe pergunta se por acaso não pegou um livro de um tal Heinrich Guhl que ele tinha deixado na mesa.

* Dionisio Jursich: 58 anos, 69 quilos, 1,81 metro de altura. Calvo como uma bola de bilhar. Na juventude foi editor de revistas, músico e humorista, mas o alcoolismo e a cocaína arruinaram sua vida. Depois de um longo período de reabilitação, conseguiu voltar a trabalhar, no sebo de Jacobo Lince, e isso foi um recomeço para ele. Tem uma memória prodigiosa e uma cultura livresca impressionante. Foi casado com uma grande editora, doce como mel, mas os vícios dele acabaram com a doçura dela e com o casamento deles. Tem dois filhos já adultos que voltaram para a Sérvia, terra de seus antepassados.

— Era para uma estudante que está fazendo um trabalho sobre a história de Angosta e a política de Apartamento.

— Peguei, sim, está aqui comigo. Vi em cima da mesa e me deu vontade de ler; você sabe que tenho um fraco pelo Salto. Desculpe, não sabia que estava reservado. Se precisar, posso levar agora mesmo.

— Seria bom. A dona veio buscar o livro e está aqui, esperando. Enquanto isso, está tirando fotos da livraria. Diz que algum jornal pode se interessar por elas — Jacobo e Jursich ficaram calados por um momento, como se não soubessem mais o que dizer. Por fim Jursich continuou: — Eu não li o livro. É bom?

— Acabei de começar e pelo menos é cuidadoso, com dados precisos sobre tudo isto aqui, mas para nós na verdade não acrescenta nada. Inclui uma citação muito boa, acho que do López de Mesa, só que eu precisaria conferir, porque não tem nota. Mas, enfim, se está reservado, eu levo para aí agora mesmo.

— Pena você ter que voltar para cá com esse tempo. Deixei o livro lá achando que ninguém fosse se interessar. Eu podia ir aí pegar, mas você sabe que o Quiroz* não consegue atender os clientes. Não gosto de deixar a livraria sozinha, e, além da estudante, tem mais gente. Claro que eu também poderia pedir a ela que volte outro dia.

— Este aqui é o nosso único exemplar, é isso?

— Isso mesmo. É um livro meio raro, saiu por uma editora universitária de Berlim e, pelo que eu sei, nem circulou aqui.

---

* Agustín Quiroz: 76 anos, 68 quilos, 1,77 metro de altura. O boêmio mais famoso de Angosta, Sektor Tierra Templada. Morou com sua santa mãe até ela morrer, aos 108 anos. Depois Agustín, por conselho de Lince, passou a morar nos altos de La Comedia. Nunca trabalhou; passou a vida bebendo, desenhando e lendo. Foi caricaturista, autor de sonetos, retratista, toureiro espantadiço, comentarista taurino, tradutor das obras completas de Eça de Queiroz e do melhor romance de Machado de Assis. Gosta e não gosta de Jacobo Lince, mas trabalha com ele no La Cuña. "Trabalha" é modo de dizer.

— Bom, então eu levo. Daqui a uma meia horinha estou aí; pede à moça que me espere.
— Pode deixar.
Jacobo dá uma olhada na rua pela janela. O aguaceiro se reduzira a uma garoa quase invisível, suportável. Dá um suspiro, calça os sapatos, pega o livro já inutilmente marcado com o papel-alumínio (faz uma bolinha de metal, que joga no lixo) e se prepara para sair de novo com o guarda-chuva embaixo do braço. Quase nunca conseguia realizar seu sonho de ficar a tarde inteira sentado, tranquilo, lendo. Olha o relógio; quase cinco da tarde.

Superado o Check Point, Andrés caminha por corredores imaculados, com piso de mármore. Um pouco mais adiante chega à superfície pelas escadas rolantes da estação Sol. Quando a pessoa passa pelo Check Point e chega a Paradiso, basta dar um passo e já está nele, como se não houvesse uma zona de transição entre os dois sektores. No lado oposto, em T, tudo é diferente, pois nada é feio de imediato, mas vai se deteriorando paulatinamente: as escadas começam ladrilhadas e terminam em concreto nu; os corredores são limpos perto do Check Point, e logo adiante são quase sempre sujos e escuros, porque não há dinheiro para trocar as lâmpadas nem para pagar aos garis, e o chão está cheio de lixo, cascas, papéis. Além disso, a solidão inicial vai se transformando numa multidão mais numerosa a cada passo. Nas esquinas começam a se ver malandros com cara de poucos amigos e gente suspeita que sai da multidão para se oferecer como guia em troca de moedas ou índios *jíbaros* vendendo drogas baratas, segundo eles da melhor qualidade. O silêncio inicial vai se transformando, passo a passo, em música dançante, como se fosse preciso preencher a tristeza visual com alegria auditiva e, pouco a pouco, cada vez mais, os indigentes vão mostrando a miséria de suas carnes: chagas purulentas, pedaços desmembrados do corpo, bolsas com drenos de fezes ou de sangue. Há mendigos encolhidos pelos cantos, cada vez mais mendigos pedintes de gestos imperiosos e agressivos, ainda que peçam em silêncio, para não acordar os poucos seguranças incumbidos de evitar a mendicância (ela é proibida nos subterrâneos do metrô), mas que vivem cochilando todas as horas do dia e da noite. Do outro lado, ao contrário, terminada a subida a Paradiso e superados os guichês do Check Point, tem-se imediatamente a sensação de já estar num país do Primeiro Mundo: pouca gente, muito pouca gente, ambiente limpo, luminoso, brilhante, com poucos pobres, sem mendigos, cheio de casas amplas e resplandecentes com fachadas de pedra branca, edifícios modernos ou muito bem restaurados, jardins, flores, sebes plantadas com ordem e critério. O único perigo são os atentados.

Andrés sai à superfície por um lado da Plaza de la Libertad. É uma grande esplanada, ampla, com gramados de um verdor esplendoroso e salpicada de árvores ornamentais (embaúbas, ipês, fícus, salgueiros, eucaliptos, loureiros), com prédios modernos nos quatro cantos e uma estátua no centro, a do governador Silvio Moreno, o grande ideólogo do Apartamento, com seu punho erguido e sua frase mais célebre gravada em bronze e posta entre aspas debaixo de seus pés calçados com botas de montaria: "A separação é a única solução!". Uma ideia tosca e uma rima grotesca, segundo a sensibilidade lógica e musical de Andrés Zuleta.

Está chovendo, mas é como se essa parte da cidade e seus habitantes contassem com uma solução mágica para não se molharem; a água só os faz brilhar mais. A cruz que alguns transeuntes levam na testa não lhes escorre pelo rosto. Andrés admite, com certo pesar por sua gente e por si mesmo, que em Paradiso as pessoas são mais bonitas. Caminham mais alegres pelas ruas e vão muito bem-vestidas (pelo menos ninguém está com a calça caindo), são mais saudáveis, mais bem alimentadas. Às vezes, é verdade, passam alguns gordos tão gordos como nunca se veem no Sektor T, muito menos no C, barriga transbordando do cinto, carnes que sobressaem pelas fraldas da camisa, mas até os obesos de cima, quase sempre, têm muito boa aparência e caminham cheios da satisfação orgulhosa dos bois bem cevados mesmo quando a caminho do matadouro. Os únicos pobres que há em Tierra Fría já não são tão pobres assim, têm trabalho temporário, não pedem esmolas (aqui a proibição de mendigar é respeitada) e estão só de passagem, pois quando a noite cai voltam ao vale do Turbio, em T, ou aos contrafortes do Salto de los Desesperados, em Tierra Caliente. Os únicos *tercerones* autorizados a pernoitar em Tierra Fría são os porteiros e as empregadas domésticas fixas, que permanecem no andar de cima todos os dias da semana, exceto aos domingos, e alguns poucos também aos domingos.

Seguindo pela avenida Bajo los Sauces (as calçadas são largas, os beirais dos edifícios evitam que os pedestres se molhem, as vitrines das lojas transbordam de produtos, há pequenos cafés com mesas na calçada onde casais alegres e sem pressa conversam e se beijam; cães passam puxando os donos, saudáveis e mimados como filhos únicos), com o olhar perdido diante de tanta opulência, Andrés por fim se vê em frente à rua Concordia. Ali, virando à direita, a uns dois quarteirões, no número 115, fica a Fundação Humana, mais conhecida em Paradiso como H. A entrevista é às quatro da tarde e Zuleta chega às portas de H quinze minutos antes. Vê o letreiro luminoso de um bar, procura moedas nos bolsos, mas receia que não cheguem para um café; pedirá um copo de água da torneira. Quando se prepara para entrar, um segurança surge do nada, com seu uniforme azul e seu colete à prova de balas; aproxima-se dele, posta-se na sua frente e barra-lhe a passagem. Zuleta se detém. Já tinham lhe avisado que lá em cima sentiam o cheiro de *segundones* de longe.

— Revista — diz o guarda, seco, e passa um detector de metais por seu corpo. — Tem armas?

— Não.

O segurança o olha de cima a baixo com ar desconfiado.

— Posso entrar? — pergunta Zuleta, tentando disfarçar a inibição.

— Claro — diz o segurança, desimpedindo a porta, enfim, e acrescentando num inglês com muito sotaque: — *Dis is a fri côntri.* — O sorriso fingido que estampa no rosto não aciona nenhum músculo involuntário.

Andrés engole em seco e sente o pulso acelerado quando se aproxima do balcão. Pede o copo de água da torneira e consulta o relógio. O barman traz um copo cheio, sem olhar para ele. Andrés o toma de um gole só, sem desgrudar os lábios. Sonha conseguir esse trabalho. Tem apenas uma vaga ideia da atividade que H desenvolve. A Fundação é uma espécie de empresa paraestatal que funciona com capital privado. Os maiores colaboradores são um grupo de ONGs europeias e seu presidente, o dr. Gonzalo Burgos, que é um *don* autêntico, médico aposentado de ideias filantrópicas obsessivas. Pode financiar a Fundação por ser o acionista majoritário de Rum Antioquia, uma empresa que tem canaviais em Tierra Caliente e que destila rum e aguardente na zona industrial do Sektor T. O dr. Burgos investe quase todo o lucro que obtém dessa empresa no custeio dos gastos da Fundação. A princípio, sabe-se que H deve zelar pelas boas relações entre os habitantes do Sektor F e, mais importante ainda, promover uma política de ajuda e boa vizinhança com os outros dois sektores de Angosta, T e C. Na realidade, a Fundação H é a única entidade de Tierra Fría que nos últimos anos se opôs abertamente à política de Apartamento e chegou a pedir o fim dos salvo-condutos, pelo menos nos fins de semana, para que "todos os angostenhos, sem distinção de origem ou classe, recuperem o usufruto de sua cidade", como reza um folheto que explica sua missão. Essa política tem tornado difícil a vida da Fundação, e H é vista com extrema desconfiança pelo governo, que inclusive publicou cartas abertas na imprensa, denunciando "os traidores de uma causa justa e necessária para a paz e a defesa contra o terrorismo, que se escudam em nossas liberdades democráticas e abusam delas para propiciar a desordem e a dissolução da sociedade, como se os cidadãos de bem não estivessem vivendo a pior ameaça de sua história".

Jacobo chama o elevador, mas se passam vários minutos (o corpo troca a perna de apoio, o botão afunda de novo, o mesmo dedo coça o cocuruto) e o veículo não chega. Por falta de hóspedes, às vezes, o ascensorista negro cochila à tarde, e a insistente campainha de chamada, à qual está habituado como se fosse um ruído de seu próprio corpo, não consegue acordá-lo. Sem se incomodar, com a resignação que o desconforto recorrente propicia, Jacobo desce os dois lances de escada e quando passa em frente à recepção dá uma piscada para Óscar,* apontando para a porta do elevador com o polegar. O porteiro sorri e, com as mãos, desenha no ar um gesto de impotência. Jacobo abre o guarda-chuva e toma o rumo da catedral sob a garoa transparente. Faz sempre o mesmo trajeto para ir até sua antiga casa, e passa ao lado da velha loja de artigos religiosos de seu tio, o cônego.** Olha para o local sem rancor, não se importa de que seja

---

* Óscar Monsalve, 46 anos, gorducho. Porteiro diurno do hotel La Comedia. Mora num bairro popular na fronteira entre T e C.
** O padre Javier Wills faleceu há mais de um decênio. Historiador e teólogo, cônego da catedral de Angosta, era o único tio materno de Jacobo Lince. Fora da sua conezia, era dono de uma loja de artigos religiosos na própria praça da catedral.

uma má lembrança, e vê a coleção de cálices, casulas, sobrepelizes, batinas, cristos, virgens de porcelana e de barro, imagens de todos os santos, novenas, ex-votos e orações para todos os órgãos, todos os membros e todas as doenças do corpo e do espírito. Em seguida passa em frente ao átrio da catedral, com a porta principal quase sempre fechada, hoje aberta. Da nave central da igreja está saindo uma multidão enfileirada com a mancha de cinza fresca na testa. Num arroubo, Lince resolve entrar no templo e na fila para recebê-la também: "Pois tu és pó e ao pó hás de voltar". Para Jacobo, os rituais parecem ridículos e se sente incomodado diante do padre, como se alguém o visse fazer uma coisa suja ou numa postura indecente, dessas que só assumimos quando ninguém nos vê. Ao sair de novo à luz e à garoa da rua, limpa a cruz com o dorso da mão, como quem limpa um mau pensamento. Abre o guarda-chuva e sobe pela rua Machado. Não tem pressa, embora saiba que estão esperando por ele, e caminha devagar para aquela que foi sua casa de infância e depois sua casa de homem separado até apenas cinco anos antes, quando os montes de livros o desterraram.

Há muito tempo sua casa tem nome, escrito com letras grandes acima da porta: "La Cuña, livros lidos". Teve que transformá-la num sebo por falta de alternativa e de espaço. Quando Angosta era outra coisa, a casa ficava num bairro bom, Prado, e numa rua chamada Dante. Depois o lugar foi se deteriorando, Prado passou a se chamar Barriotriste, a rua Dante virou 45D, e agora a livraria, abarrotada de livros usados, fica numa zona decadente do Sektor T, no meio de um quarteirão que é apenas um eco do que foi no passado. As casas vizinhas também se tornaram comércios. La Cuña fica entre a funerária El Más Allá e uma clínica cardiológica de nome ainda mais absurdo, Taller del Corazón, ou Oficina do Coração. Por isso Jacobo deu o nome de La Cuña à livraria, um último bastião de defesa entre o enfarte e o túmulo.

O pai de Jacobo, o professor Jaime,* sempre lhe dissera a mesma coisa por muitos anos: "Dinheiro eu não tenho. A única herança que vou te deixar são esses livros". E assim foi. Deixou-lhe de herança uma biblioteca guardada num casarão de dois andares, desconjuntado, com manchas de umidade nas paredes, pintura descascada e goteiras histéricas no telhado de barro. A casa era do tio padre, irmão de sua mãe, que morava no segundo andar e alugava barato o térreo para o cunhado e o sobrinho. Por mais de duas décadas o tio não reajustou o valor do aluguel, que acabou sendo totalmente simbólico, sem dúvida movido pela vergonha de que sua irmã, Rosa Wills,** tivesse fugido com um *don* para Tierra Fría, abandonando a criança e o marido da noite para o dia, sem sequer pedir desculpas, sem explicações nem aviso.

Depois do abandono, a casa foi decaindo pouco a pouco, a boa mesa de outrora degenerou numa mixórdia culinária, a cama era um deserto estéril de pesadelos eróticos, e o pai de Jacobo, doente de ressentimento, mais viúvo que os viúvos de verdade, refugiou-se cada vez mais na leitura e num silêncio rancoroso ao qual só muito de vez em quando renunciava com uma frase breve ou com o soluço intermitente do mesmo comentário, um eco de amargura em sua memória: "Chamava-se Rosa, sua mãe,

---

* Jaime Lince. Professor emérito da Faculdade de Letras da Universidade Autônoma de Angosta, ocupou as cátedras de inglês, francês e italiano. Descansa há mais de doze na terra dos pés juntos. Homem de temperamento seco e reservado, sobretudo depois que sua mulher o abandonou.
** Rosa Wills. Mãe quase desconhecida de Jacobo Lince. Sua fuga com um riquíssimo industrial do planalto, Darío Toro, foi uma catástrofe familiar sem precedentes. Dizem que na juventude era tão bonita que todos os homens paravam para olhá-la passar. De seu segundo casamento teve também uma filha, Lina, mas nunca mais voltou a ver Jacobo desde que se foi, quando ele tinha nove anos. Faleceu há apenas três anos, segundo *El Globo*, "depois de uma longa e penosa enfermidade". Deixou um testamento que trouxe mudanças na vida de Jacobo Lince.

a falecida, e era um punhado de espinhos". Sempre a mesma cantilena com pequenas variações: "Espinhos foi a Rosa, sua mãe, a falecida". E pouco mais dizia, exceto o estritamente indispensável para não viver fora do mundo, e a mesma jaculatória repetida entre dentes todas as manhãs, quando abria os olhos e via a seu lado um vazio como de precipício: "Este é o despertar de um condenado à morte". Três quartos do seu salário iam para comprar livros de todo tipo, novos e velhos, e nessa mesma proporção de seu tempo se ocupava em lê-los, aproveitando não apenas suas horas de insônia, entre as duas e as seis da manhã, como também seus momentos mais íntimos de isolamento no banheiro (onde preferia a brevidade dos versos, que o ajudavam a aliviar o ventre) e os das refeições à mesa diante de um filho que acabou aceitando o silêncio como um direito irrevogável de seu pai, e adotando-o ele também com força de vontade e introspecção. A leitura se converteu cada vez mais, para ambos, numa maneira de resistir à realidade.

Assim, embora os livros de início ficassem guardados somente na biblioteca da casa, pouco a pouco, quando seu espaço, inclusive chão e janelas, acabou, foi necessário tirá-los de lá, e os volumes foram tomando todo o térreo, primeiro os corredores, depois a sala de estar, a sala de jantar, os quartos, e acabaram ocupando até parte da cozinha e dos banheiros. Quando o professor Jaime morreu (de uma angina de peito mal tratada na "oficina" vizinha), a biblioteca possuía cerca de onze mil volumes em quatro idiomas: inglês, francês, italiano e espanhol. A maioria em espanhol, claro, mas muitos na língua original, porque o professor Jaime lecionara essas línguas durante quarenta anos, mais da metade de sua vida, até se aposentar, pouco antes de morrer. Em geral não eram livros caros nem bem encadernados, nem havia muitas primeiras edições, muito menos incunábulos, mas eram a herança que Jacobo tinha recebido, seu único patrimônio.

Também o tio padre, poucos anos depois, quando foi se reunir com os anjos e os santos (segundo suas pias e otimistas crenças sobrenaturais), deixou seus livros para o sobrinho preferido, e então os exemplares que ocupavam boa parte da casa chegaram quase a quinze mil. Em seu testamento, o cônego o nomeou, além disso, herdeiro universal de seus poucos bens terrenos, basicamente a loja de artigos religiosos e seu sobrado na rua Dante, agora 45D. Jacobo, dono de um ateísmo suave e pouco militante, misericordioso com todas as crenças alheias, por mais insensatas e absurdas que lhe parecessem, começou a liquidar, sem sanha nem remorso, todo o estoque do cônego, por qualquer preço e em tão mau negócio que o dinheiro que conseguiu com a venda dos artigos religiosos se evaporou em poucos meses, dilapidado numa revista cultural e em seu malogrado casamento. Quando se viu sem um centavo, sustentado a contragosto pelo sogro, Jacobo foi obrigado a admitir que, pela primeira vez na vida, precisaria deixar de ser um parasita e trabalhar. Pensou em alguma outra forma de ganhar a vida, e a melhor ideia que teve foi transformar sua casa, isto é, a biblioteca de seus dois antepassados, numa livraria.

Jacobo era formado em jornalismo pela Universidade Autônoma de Angosta. Depois fez uma pós-graduação nos Estados Unidos, onde conheceu Dorotea, sua efêmera esposa, que talvez por viver fora do país concordou em se casar, às escondidas, com um *segundón* que parecia ter futuro. Ao voltar (o professor Jaime e o tio cônego ainda não haviam desencarnado), seu primeiro trabalho foi como revisor, corrigindo os textos da revista *Pujanza*, uma porcaria publicada pela Academia de História Angostenha. O estilo dessa publicação trimestral, pomposo, artificial e rebuscado, acabou sendo incorrigível para ele. A revista se dedica sobretudo às genealogias, fazendo exaustivas pesquisas a fim de provar que todos os sobrenomes dos *dones* de Angosta remontam a nobres famílias espanholas, de origem goda e todas de cristãos-velhos, nunca heréticos, jamais conversos, de sangue mais limpo que os Reis Católicos, e que foram às Índias para nos trazer a luz do Evangelho, a lógica aristotélica e as belezas da língua espanhola. Há anos publicam elogios da raça angostenha que, segundo eles, é a decantação dos fidalgos da Península, seu polimento pela seletiva natureza do trópico, e para isso vão fazendo a história dos sobrenomes, linhagem por linhagem, em longas tiradas bíblicas, como copiadas do Livro dos Paralipômenos: o visconde Ricardo Arango casou-se em Palos com Josefina Vargas e tiveram os filhos: Joaquín, Elías, Pedro. Pedro concebeu José María; José María, Clodomiro; Clodomiro, Alberto; Alberto, Santos; Santos, Juvenal; Juvenal, Luis Alberto Arango, que veio para a América, fixou-se em Santa Fe, é o fundador dessa nobre família e deixou vasta descendência de cuja linhagem, boa criação e nobreza há prova irrefutável nos anais de Angosta. Assim avançam, sobrenome por sobrenome, e ainda não chegaram nem ao jota.

Farto dessas bobagens e mentiras, de branquíssimos patriarcas e ínclitas matronas irrepreensíveis (de onde vinha então tanta podridão local, se todos os habitantes e dirigentes de Angosta eram pró-homens, por sua vez filhos e netos de próceres e santas?), abandonou a *Pujanza* pouco depois da morte de seu tio, o cônego, convencido de poder sobreviver com o que este lhe deixara em casulas e devocionários. Com o dinheiro que conseguiu com a queima do estoque de artigos religiosos, tentou fazer dois bons negócios: o casamento com a jovem de Tierra Fría que conhecera na América do Norte (aliança esta que lhe valeu seu primeiro salvo-conduto para entrar em Paradiso) e a edição de uma revista cultural com Gaviria,* Quiroz e Jursich, seu reduzi-

---

* Carlos Gaviria: jurista eminente. Uma das poucas pessoas dignas, cultas e independentes que Angosta produziu nos últimos anos. Atolado no pântano da

do grupo de amigos. A revista se chamava *El Cartel de Angosta*. "Cartel" era uma ironia (durante anos, o cartel de Angosta foi mundialmente famoso pela exportação de maconha e cocaína), mas também um acrônimo de "cinema, arte, literatura". Publicaram vários números, talvez não tão ruins, pelo menos não falavam de sobrenomes, mas, como todas as reuniões de redação terminavam em farra, e como ninguém estava interessado em comprar a revista, pouco tempo depois já não tinham dinheiro nem para a bebida nem para o papel, então baixaram as portas. A outra metade do estoque sacro foi toda na decoração do apartamento que alugou com Dorotea em Tierra Fría. Para tentar se manter à tona, Jacobo escreveu algumas crônicas, muito mal pagas e publicadas só de vez em quando, para os dois jornais de Angosta, *El Heraldo* e *El Globo*, até que se deu conta de que seu único recurso para sobreviver era usar os milhares de livros de sua casa como base para um sebo.

Criado quase sem regras, solitário, incapaz desse tipo de autocontrole que permite suportar chefes, horários e escritórios, o ideal para ele era abrir seu próprio negócio, e não trabalhar como empregado num jornal, como lhe propuseram várias vezes. Mas como nem todo mês dava para viver com a livraria, ele se acostumou a completar o orçamento com trabalhos avulsos, como aulas particulares de inglês, por quinze dólares a hora, em Tierra Fría, depois que conseguiu o salvo-conduto, e antes disso por três dólares, em Tierra Templada. Às vezes era mais professor do que jornalista, ou mais livreiro do que cronista, mas todo dia se transformava numa coisa ou noutra, conforme a atividade em alta. "Em Angosta, se você é *segundón*, precisa ter pelo menos três trabalhos para não morrer de fome", costuma dizer.

---

política, trabalhou pouco tempo na revista. Ameaçado de morte pela Secur, teve de se exilar. Nunca quis ir à livraria, pois, como é homem extremamente asseado, de higiene muito escrupulosa, tem nojo de mexer nos livros que outros manusearam e mancharam de suor e lágrimas.

Em todo caso, como seu único patrimônio palpável, afora o casarão desconjuntado, eram os quinze mil livros herdados, sua atividade se concentrava na loja da rua Dante. Depois tudo poderia ter sido diferente, muito diferente, quando a carta do tabelião chegou com notícias de cima, mas ele preferiu não mudar de vida, por uma espécie de obstinação mental ou orgulho de blasé. Graças à carta, a única coisa que ele fez foi ampliar a atividade da livraria e contratar Jursich e Quiroz, com salário fixo. Assim nasceu e cresceu a livraria, no início com os livros do tio (muitas obras piedosas, mas também de história e filosofia) e do pai, ou, melhor dizendo, com a parte dos livros do tio e do pai de que ele não gostava. No começo não vendia os livros que lhe interessavam, mas depois deixou de se importar com isso, porque eram justamente os que os clientes mais procuravam, e então começou a negociá-los, por necessidade, mas também por desencanto, pois desde que abriu o negócio se deu conta de que os livros não o fascinavam mais, despojados de sua aura sagrada: tinham deixado de ser objetos puros, maravilhosos (a música silenciosa, a voz dos mortos que se escuta com os olhos), para se transformarem numa coisa com preço, quer dizer, sem valor: uma mercadoria.

Jacobo, sob um guarda-chuva preto, está passando em frente à funerária El Más Allá. "Pois tu és pó..." torna a dizer a si mesmo. Começa a escurecer em Angosta quando ele cruza a soleira da livraria. Jursich, seu velho amigo, calvo como uma nádega, ictérico como um bebê prematuro por causa do problema na vesícula, há alguns anos o principal vendedor e a verdadeira alma de La Cuña, o recebe com seu sorriso de sempre, com seus dentes manchados de nicotina acima do cavanhaque branco e reluzente, de fidalgo de outros tempos. É alto e magro como um espaguete, de traços étnicos contraditórios (eslavo com genes de hordas orientais), *segundón* com cara de *don*, mas habitante das várzeas mornas do Turbio. Jacobo lhe entrega imediatamente o livro do geógrafo alemão, como quem se desfaz da prova de um crime, e Jursich lhe diz, enquanto aponta para uma jovem alta que está tirando fotos:

— A dona do livro é aquela ali.

Jacobo observa a fotógrafa, que ainda não notou a chegada do portador de seu livro. Ele a observa e torna a observar, de longe. Não para de observá-la enquanto se aproxima da mesa, sem cumprimentar nem ver onde pisa, e se senta, o tempo inteiro sem deixar de observá-la, confirmando mais uma vez uma das poucas convicções de sua vida: que não é o espírito, e sim o desejo, o que sopra em toda parte. É mais ou menos consciente dessa alegre tortura de sua vida, uma constante que o mortifica e o excita: não pode ver uma mulher bonita sem ficar preso numa teia de sensações e fantasias que não o deixam pensar em mais nada. Acabou de vê-la, e não está mais ali, em sua antiga casa, abandonou o presente para sonhar com um futuro que não sabe como fabricar, mas que quer obter a todo custo, um futuro em que as bocas se unam e seu corpo se confunda com o dela, atados num nó cego, escuro, úmido, móvel e imóvel, no meio do corpo. Antes, quando era bem jovem, ele achava que tinha um coração grande, completamente aberto, desses que se apaixonam à primeira vista, e com isso explicava seus sucessivos desvelos com cada novo corpo, o desejo soprando de todos os lados como numa tempestade. Agora ele se conhece melhor e sabe que quase nunca se apaixona, mas é fácil e frequentemente seduzido à primeira vista, bastando para tanto que a mulher pareça viçosa, firme, limpa, nova. Sem conseguir se conter nem interromper o fluxo de seus pensamentos, olha a garota que nem sequer conhece, de cuja boca não ouviu uma única palavra e que no entanto já faz crescer dentro dele algo que só pode ter um nome: desejo. Não gosta que seja assim, mas é assim, e sempre que tentou se conter sua cabeça o enganou, levou-o por caminhos tortuosos e traiçoeiros até conduzi-lo (como a corda puxa da argola presa nas ventas do boi) àquilo mesmo, sempre àquilo mesmo. Agora pensa que a melhor coisa a fazer é não resistir, não se rebelar, não lutar, deixar-se levar pelo desejo, que sopra em qualquer lugar.

Andrés ainda parece um adolescente, tanto no físico como no caráter, que é volúvel, inquieto e instável. Quando criança, nunca soube o que queria ser quando crescesse, e se lhe perguntavam dizia qualquer coisa só para se safar: médico, advogado, bombeiro, pintor. Tanto fazia, como tanto faz. Ele não sabe o que quer ser, ainda não sabe nem o que é, e só foi constante numa coisa: todos os dias escreve versos e acha que é poeta, denominação que na sua cabeça não coincide com uma profissão, e sim com algo ao mesmo tempo "luminoso e vergonhoso", para recorrer a uma de suas piores porém mais sinceras rimas. Terminou o secundário aos trancos e barrancos, repetindo várias vezes as matérias de exatas, mas nunca quis seguir uma carreira, pois resolvera que seu mundo era o dos sonhos e dos versos. Também não entendia por que, então, devia procurar um ofício, se já tinha um. Seus pais, não sem razão, detestavam nele essa mania de se julgar iluminado. Andrés fingia procurar emprego, mas eram buscas tímidas, inúteis, e diante do espetáculo constante e deplorável de sua vadiagem, seus pais o odiavam cada dia mais: não conseguiam entender como podiam ter trazido ao mundo um filho assim, instável e volúvel, com manias de escriba e devaneios de literato. Não o suportavam mais e, como último recurso, o mandaram morar em outro bairro, com a avó materna,* que era a única que adorava o menino e fazia qualquer coisa por ele, suportava seus caprichos, até seus versos, fazia a comida insossa de que ele gostava (coxas empanadas, arroz branco, batatinhas fritas com molho de tomate). Mas por um golpe do azar, seis meses depois a avó sofreu um AVC e ficou paralítica, ausente do mundo e incapaz de dar conta de si mesma. Andrés cuidou dela por mais de um ano, quase dois, e foi tocando a vida nessa função de enfermeiro (trocava a roupa dela, dava-lhe banho e de comer, a levava ao hospital, cobrava sua pensão) até que a avó morreu. O pouco dinheiro que ele tinha evaporou no final do tratamento e no enterro, e o neto órfão de avó foi obrigado a voltar para o fogo lento da casa dos pais, onde se sentiu ainda mais estranho do que antes, uma espécie de agregado, alvo de constantes recriminações e desdéns que o foram aniquilando por dentro.

A vida em família, com o irmão militar, disciplinado e bem-sucedido (o modelo a seguir, filho, se você fosse como o Augusto),** com a mãe, que diante dele sempre se sentiu como uma galinha criando um pato, com o pai, que se definia como alguém "satisfeito com tudo nesta vida, menos de ter concebido um filho inepto, e ainda por cima afeminado", com a solidão e o ódio mútuo que crescia num ambiente hostil, foi se tornando cada vez mais sufocante, até levá-lo a cultivar fantasias de suicídio e uma permanente sensação de calamidade. O rapaz não

---

* Matilde Abad. Velhinha que Andrés conheceu já tão idosa que custava a acreditar que um dia tivesse sido criança ou que tivesse nascido. No entanto, é verdade que nasceu em Jericó, povoado cafeeiro a sudoeste de Angosta, e que viveu quase um século. Morreu há alguns anos. Em vida foi uma santa, pelo menos é o que se conta na família.
** Augusto Zuleta. Capitão do Exército. Cúmplice da Secur, o mais sanguinário grupo paramilitar de Angosta. Envolvido com o tráfico de armas e de munições, é o responsável por desviar para a Secur as supostas importações que ele mesmo faz para o Exército.

sabia fazer nada, sentia-se inadequado para qualquer trabalho, também não estudava, e pretendia passar as horas rabiscando letras sobre as páginas brancas, com a vã ilusão de que seus pais considerassem que esse exercício inútil tivesse algo a ver com um ofício decente. Sem trabalho, sem profissão, sem ânimo nem interesse para estudar nada a sério, sua situação se tornara insustentável. Houve várias discussões violentas na sala, com muita gritaria e louça quebrada, até que Andrés resolveu, sem anunciar, que, assim que arrumasse um emprego, por mais humilde que fosse, deixaria a casa dos pais definitivamente.

Foram muitos meses, durante os quais contou apenas com um lugar para dormir, três bocados amargos todo dia e um perpétuo clima de rejeição e censura. Seus pais se recusavam a lhe dar um centavo que fosse, e seus únicos recursos se reduziam a um bolinho de notas que sua avó lhe dera antes de adoecer e que ele entesourava com uma última e diminuta sensação de potência. De resto, era um escravo desvalido, subjugado pela fome, numa família que o detestava por achá-lo um vagabundo, que desconfiava do uso de suas partes íntimas, por ele não ter namorada nem amigas, e que via seus versos e sua sensibilidade como mais uma prova de um pecado nefando. Não podia ir ao cinema, não podia tomar uma cerveja nem comprar um livro, um café ou uma revista. Não podia sequer comprar um bilhete de metrô ou pagar uma viagem de ônibus até o centro. Tornou-se um grande andarilho. Ia a pé aonde quer que fosse, mas se chegava até Barriotriste não podia parar nem para tomar uma coca-cola ou um copo d'água. Até os assaltantes tinham fracassado algumas vezes com ele. Nessas condições, qualquer garota era inabordável. Além disso, temia as mulheres, não tinha certeza de que gostassem dele nem de que ele gostasse delas, todas lhe pareciam perigosas, ameaçadoras, cheias de cheiros, e seus poucos amigos homens, um tanto singulares (sim, também afeminados), se cansaram de convidá-lo sem que ele lhes desse algo em troca, nem um toque, nem uma mão, nem uma esperança postergada.

Nada era de graça no Sektor T, não havia parques públicos nem conferências abertas ou espetáculos livres a que se pudesse assistir sem pagar. Sabia que em Paradiso, em compensação, havia parques sem grades, organizavam-se exposições e espetáculos de portas abertas, atividades para as crianças, para os jovens e para pessoas da terceira idade, ofertas que apareciam nas páginas dos jornais, mas inacessíveis para ele, que nunca teria como conseguir um salvo-conduto. Viver sem um centavo no bolso, por meses a fio, causava a pior sensação de derrota, de inépcia e de fracasso. Duas coisas o salvaram: a velha biblioteca pública, à beira do rio, onde podia passar horas lendo versos sem que ninguém o perturbasse, e um pequeno clube de xadrez perto de Barriotriste, onde não cobravam para jogar e onde sempre se achava um adversário disposto a passar horas diante do tabuleiro.

Para um *segundón* sem nenhuma habilidade, era praticamente impossível encontrar emprego em T, e Andrés aprendeu a comer humilhações e a engolir amargura, tratado como um leproso e um parasita em sua própria casa, entre frases de escárnio e olhares de desprezo. Tinha visto o anúncio de emprego na biblioteca, na seção de classificados de *El Heraldo* de Angosta, que ele vasculhava diariamente com olhos de lupa, e se aferrou a essa esperança com a cega intuição de ter encontrado seu destino. O anúncio era direto, seco, e por isso mesmo chamou sua atenção; em meses de entrevistas e currículos, nunca tinha visto nada parecido: "Procura-se pessoa que saiba escrever", e em seguida um número de telefone. Escrever, sim, talvez fosse a única coisa que ele sabia fazer. Nesse telefone lhe informaram como obter a permissão de trânsito (de menos de oito horas) para entrar em Paradiso e assim poder se apresentar à entrevista em Tierra Fría. De fato, numa repartição do governo lhe concederam o passe para subir na quarta-feira seguinte. Às quatro em ponto, depois do copo d'água e de caminhar por dez minutos, para cima e para baixo, pela calçada em frente, tocou a campainha no endereço indicado, na rua Concordia, sob a placa dourada com o número 115.

Na sala de espera havia outros dois candidatos à vaga, uma mulher e um homem, ambos *segundones*, e pouco depois chegaram mais dois homens e outra moça. Via-se que os seis queriam o emprego, porque se vigiavam de esguelha e evitavam falar ou se olhar de frente, com uma hostilidade indisfarçável. Quando Zuleta notou (é algo que se cheira) que a última a chegar era de uma família de *dones*, desanimou e esteve a ponto de se retirar antes de fazer o anunciado teste de admissão, mas bem nesse instante chamaram o grupo para uma sala onde havia várias mesas. A prova consistia em redigir três cartas de condolências fictícias, em que o sentimento de pesar devia ir aumentando aos poucos: para lamentar a morte do pai de um desconhecido, a primeira; depois, pela mãe de um conhecido; e finalmente pela filha adolescente de um amigo íntimo. Tinham meia hora para redigir as cartas. Quando entregaram as folhas passadas a limpo, pediram a todos que fossem dar uma volta, entregaram-lhes um bônus para comer alguma coisa (a moça de Paradiso o recusou dizendo que preferia ir até sua casa, que ficava ali perto) e lhes pediram que retornassem às seis. Os cinco *segundones*, já menos desconfiados depois da prova, saíram juntos; a moça de F seguiu sozinha seu próprio caminho, dedicando-lhes apenas um breve olhar de distante comiseração. Usaram o bônus para comer pizza em pedaços numa barraca da avenida Bajo los Sauces (de novo, na entrada, o interrogatório sobre armas e o detector de metais, vai que esses *segundones* pretendem nos assaltar ou, pior, planejam se explodir e carregar todo mundo com eles).

Quando voltaram, foram chamados à sala da chefia, um a um. Logo houve um indício animador: a garota rica saiu da entrevista pessoal com o rosto transtornado; mais do que furiosa, tinha um ar de incrédula indignação. Não havia sido escolhida. Zuleta foi o último a ser chamado, e ao entrar foi recebido por uma mulher já de idade,* manca, sorridente, muito amável. Ela elogiou as mensagens dele, disse que a última quase a levara às lágrimas (era isso mesmo que se esperava), e depois de uma breve entrevista anunciou que o emprego era dele e que podia começar, calculava, antes da Semana Santa, quando expedissem o salvo-conduto permanente que lhe permitiria trabalhar e permanecer de dia (embora não pernoitar) no Sektor F. A Fundação faria as gestões pertinentes para facilitar a obtenção do documento.

Andrés disse que não podia acreditar que o escolhido fosse ele, um *segundón*, sendo que entre os candidatos havia até uma jovem que, evidentemente, era filha de *dones*. A senhora olhou para ele com estranheza e em tom muito duro explicou que um dos princípios da Fundação consistia justamente em não julgar ninguém pelo grupo a que pertencesse, e sim pelo que a pessoa provasse ser. Ele havia sido escolhido porque suas cartas eram as melhores, e as cartas seriam sempre as melhores, quer tivessem sido escritas por um homem, por uma mulher, por um branco, por um índio, por um negro ou por um *tercerón*. Se a jovem fosse a autora, teria sido ela a escolhida, não por ser *doña*, mas por ter provado sua capacidade. A velha senhora acrescentou, em tom mais suave, que nem todos em Angosta se norteavam por esse critério para julgar as pessoas, e de fato ele precisava saber que para um *segundón* (ela detestava a palavra, só a dizia para que pudessem se entender) havia certos riscos em trabalhar numa entidade como H, uma instituição que tinha posições

---

* Cristina de Burgos, gerente da Fundação H, mulher do dr. Burgos, filantropo. Tem mais de setenta anos, mas continua ativa como uma garota. É o que se costuma chamar de uma mulher feliz, que quer dedicar a parte final de sua vida a fazer algum trabalho útil para os demais.

conflitantes com o regime, mas Andrés não deu a menor importância a isso. Antes das oito, depois de dar um último passeio pelas ruas de Paradiso (sentia-se um turista num país estranho), o jovem desceu radiante ao vale de Angosta e, com a rebeldia feliz de certos homens para os quais a adolescência durou mais do que o esperado, nessa mesma noite deixou a casa dos pais: pegou uma mala de roupa, duas caixas de livros, o bolinho de notas da avó, seu bloco de poemas e anotações para versos, seu caderno de reflexões (quase um diário), e foi morar num quarto no último andar de um hotel do centro, caindo aos pedaços, o La Comedia.

O Gran Hotel la Comedia, no Sektor T, muito próximo da catedral, já fora um imponente estabelecimento turístico. Havia quase um século, seus nove andares faziam dele o edifício mais alto de Angosta e o hotel mais luxuoso da cidade. Ali se hospedavam visitantes ilustres, atrizes de cartazes, cantores de ópera que se esgoelavam no Teatro Bolívar (agora em ruínas), toureiros famosos que vinham à Feira de La Candelaria e políticos abastados em visita eleitoral. Com a progressiva deterioração do vale, quando os *dones* começaram a emigrar para Tierra Fría, o hotel foi decaindo até perder suas estrelas e ser rebaixado a pensão.

Agora as suítes do segundo andar são alugadas como apartamentos, embora também contem com serviços de hotelaria (limpeza, arrumação de camas, lavanderia, restaurante). Quanto mais alto o andar, mais baixo o preço dos quartos e piores a categoria e as acomodações. Uma ala inteira do hotel, dois andares (o quarto e o sétimo) e muitos quartos tiveram de ser interditados por causa da deterioração sofrida na época dos atentados: vidraças arrancadas por inteiro, paredes rachadas, móveis sepultados sob montanhas de escombros. No alto, no último andar, além da lavanderia e das caixas-d'água, fica o "galinheiro", uma galeria de quartos minúsculos (sem nenhum serviço de limpeza ou de roupa de cama e banho) que quando o hotel estava no auge eram cedidos aos empregados e agora são alugados mediante pagamento antecipado, por um preço módico, geralmente para pessoas sozinhas, idosos abandonados pela família ou casais sem dinheiro que ainda não conseguiram se estabelecer. Se até o segundo dia do mês não pagarem o que devem, os clientes do galinheiro são despejados do La Comedia sem contemplação, quase aos pontapés. Uma equipe desinfeta a toda a pressa o espaço liberado e em seguida ele é ocupado por outro hóspede que tenha conseguido pagar o aluguel adiantado.

As suítes do segundo andar são alugadas diretamente pelo gerente do hotel, o sr. Rey,* e são reservadas a pessoas de certa categoria e com alguma capacidade de pagamento. São quatro, mas no momento só há duas ocupadas. A 2A, já faz um bom tempo, é a residência fixa de Jacobo Lince, o livreiro, primo em segundo grau do sr. Rey. A 2C é ocupada por Luisita Medina.** Luisita sofre de retinose pigmentar, o mesmo mal que teve Borges, uma doença dos olhos incurável, e noite após noite vai ficando mais cega, motivo pelo qual sempre tem a seu lado uma espécie de guia, Lucía,*** que é os olhos, as mãos e quase as

---

* Arturo Rey. Importante hoteleiro de Angosta, sobretudo em tempos passados, quando valia a pena ter hotéis no Sektor T. Estudou hotelaria na Suíça e comprou o hotel La Comedia numa vantajosa transação há muitos anos. Depois veio a decadência do Sektor. Os atentados e o tempo não chegaram a arruiná--lo, mas não é mais o que era, e tudo em sua vida parece estar a caminho da dissolução.
** Luisa Medina. Senhora minúscula, 1,45 metro de altura, 43 quilos, 76 anos. É a imagem da tristeza, da solidão, mas também da bondade. Prima-irmã do célebre memorialista Gaspar Medina, pertenceu a uma das famílias mais importantes de Angosta, família tão decadente quanto o hotel La Comedia.
*** Lucía Estrada, *tercerona* de bons sentimentos. Dorme num quarto pegado ao da patroa, e é sua visão, sua amanuense e sua enfermeira.

pernas de Luisita. Lucía não fala, isso não, porque a sra. Luisita continua sendo senhora de sua língua, que é parca, mas irremediavelmente azeda, quando não ferina, embora no fundo tenha um bom coração.

Do terceiro ao oitavo andar, o hotel tem quinze quartos por pavimento (salvo os interditados) e os hóspedes variam conforme o mês. Há alguns clientes fixos também nesses andares, mas há sobretudo quartos desocupados ou inabitáveis de tão deteriorados, além de alguns poucos reservados para encontros de amor furtivo ou viajantes ocasionais que pernoitam de passagem por Tierra Templada. Todos esses quartos são muito parecidos, embora os móveis sejam mais velhos, as camas piores, os tapetes mais ralos e a manutenção mais precária à medida que se sobe de andar. No La Comedia, quanto mais alto, mais os moradores baixam de categoria, os clientes recebem menos atenção e são tratados com menos consideração tanto pelos porteiros como pelo ascensorista negro de uniforme branco (que na realidade são dois, só que gêmeos idênticos, por isso nunca se sabe qual deles está de plantão e qual está fazendo a sesta, nem qual está de bom ou de mau humor) e pelos demais empregados.

Entre os hóspedes dos andares intermediários, dois, em especial, estão há muito tempo no hotel e são tratados pelo gerente com certo respeito. Um é Antonio,* ou Toño, "o barbeiro da máfia", que mora no quinto andar com um rapaz que apresenta como seu sobrinho, Charlie.** O rapaz é frágil e afeminado, com gestos suaves de donzela; passa as horas vendo tevê ou passeando suas carnes níveas pelos corredores e pelo saguão, sem

---

* Antonio Quintana: 29 anos, 1,72 metro, 65 quilos. Olhos claros, serenos. Magro, bem-humorado, brincalhão, fofoqueiro.
** Carlos Aristizábal, o Charlie. Amigo de Toño, o barbeiro. Menor de idade, *tercerón* abandonado pela família. Toño, pouco a pouco, se tornou, mais que amante, seu pai, embora o ame das duas maneiras.

fazer nada de útil nem de inútil, sempre sorridente, deixando atrás de si um rastro de perfume adocicado e de canções infantis cantaroladas entredentes, como um anjo belo mas desafinado. Toño tem uma barbearia no térreo do hotel, ao lado do que já foi uma galeria de lojas, hoje cheias de poeira e fechadas com grades e cadeados enferrujados. Sua barbearia, chamada O'toños, é o único espaço que continua aberto na galeria, e ali cortam o cabelo quase todos os moradores do La Comedia, mais um grupo de clientes tenebrosos vindos de fora, que às vezes usam a barbearia como abrigo para assembleias e reuniões clandestinas.

Outro hóspede tratado com consideração (o gerente o convida para seus cerimoniosos jantares mensais) é o professor Dan.* Ele vive no hotel La Comedia há anos, em dois quartos contíguos do terceiro andar, abarrotados de livros e revistas especializadas em matemática. Não se sabe de nenhuma relação corporal ou sentimental de Dan com pessoas de nenhum sexo. Todo último domingo do mês, toma o café da manhã com uma senhora mais velha (ninguém sabe ao certo se é sua mãe ou outra parente, mas ninguém lhe pergunta), e, entre os hóspedes do hotel, só conversa a sós, e muito de vez em quando, com Jacobo. Uma vez explicou: "Não gosto de trocar ideias com ninguém, porque saio perdendo. Com você, em compensação, ficamos quase empatados, e às vezes eu ganho".

O nono andar, ou galinheiro, é o de menor categoria de toda a escala. O galinheiro tem um único banheiro para todos os

---

* Isaías Dan: 48 anos, 1,75 de altura, 71 quilos. De origem húngara, mora em Angosta há mais de trinta anos. Leciona álgebra comutativa na Autônoma de Angosta. Envelhecido prematuramente, solitário e cheio de tiques, metódico e rotineiro. Os porteiros e o ascensorista duplo o chamam de Reloginho, porque é mais pontual que os sinos da catedral (sai sempre às seis, volta ao meio-dia, torna a sair às duas, e até as seis). Os outros hóspedes, ao contrário, o chamam de Marciano, por causa de seus hábitos extravagantes e de sua aparente ausência de emoções, já que é impossível conhecer seus sentimentos, se é que os tem.

quartos, no fundo do corredor, com dois chuveiros, um par de vasos sanitários divididos por biombos de lata e um brumoso espelho comum, na entrada, acima da pia. Uma velha gorda e geniosa, Carlota,* de coração duro e duríssimo trato, inquilina fixa do cubículo em frente à escada, trata de evitar, até onde é possível, que as diferenças entre os moradores do galinheiro (reclamações de barulho, de cheiros, de tosse e espirros, da vez de usar os banheiros) se transformem em discussão ou numa briga maior. Anos atrás, quando Carlota ainda não estava lá para aplacar os ânimos e selecionar os inquilinos, um entrevero por causa de uma discussão entre dois moradores do galinheiro terminou com um princípio de incêndio, facadas, um hóspede morto e o outro desaparecido pela polícia secreta, como castigo e corretivo para que essas coisas não voltassem a acontecer. A própria Carlota recebe os aluguéis, todo primeiro ou segundo dia do mês, e só mostra alguma condescendência com certos clientes mais antigos, a quem de vez em quando empresta um, no máximo dois meses, do próprio bolso, cobrando juros de agiota. Vive da usura e de não pagar o quarto em troca de cuidar do galinheiro, manter a ordem entre os inquilinos, varrer o corredor, limpar por alto os banheiros e receber os aluguéis em nome da gerência, com uma pequena comissão.

Neste momento, os nove quartos, que se distinguem por números e letras do alfabeto pintados à mão no alto das portas, com tinta verde e na caligrafia incerta de Carlota, estão distribuídos da seguinte forma: no 9A, Londoño,** pintor de quadros grandes

---

* Carlina La Rota, ou Carlota. Mais solteirona do que solitária (tem amigas), amarga porém honrada. Cem quilos de gordura e água, pernas inchadas, varicosas, e rosto intumescido. Velha conhecida do sr. Rey, com quem sempre trabalhou.
** Germán Londoño. Extraordinário pintor de Angosta cuja obra terá reconhecimento tardio, quando para ele já não fará diferença.

como murais, que por falta de trabalho se tornou pintor de paredes. No 9B, o Estropiadinho* (assim chamado porque lhe falta um exemplar de tudo que costumamos ter aos pares: olho, orelha, braço, vários dentes, perna, e há quem diga que até um dos dois testificadores de sua masculinidade), vendedor de loteria e, segundo o próprio, sonhador de números. O Estropiadinho, com bom humor, zomba de si mesmo até o ponto em que o riso se transforma em reflexão sobre os limites da identidade: "Primeiro me chamaram caolho, depois aleijado, depois maneta, mais tarde coxo e banguela, mas ao ver tanto estrago fiquei sendo o que sou: o Estropiadinho, e nessa levada, uma hora só vai me sobrar o tronco, porque até meus cabelos já estão caindo. Mas, enfim, me digam: em que momento da vida, por mais coisas que lhe faltem, a pessoa deixa de ser o que é? Por mim, enquanto puder vender minha loteria e sonhar meus números, mesmo que seja segurando os bilhetes com os dentes, vou continuar sendo eu...".

— E se cortarem a sua cabeça, Estropiadinho? — perguntou uma vez Carlota, para humilhar. E ele respondeu:

— Aí depende. Se cortarem a minha cabeça para colocar em outro corpo, saio ganhando. Se me botarem a cabeça de outro, perco tudo, porque, sabe de uma coisa, Carlota?, no transplante de cabeça é melhor doar do que receber.

Ao lado do Estropiadinho, no 9C, mora há muito pouco Andrés Zuleta, poeta jovem, tímido e de boa aparência, recém-empregado numa fundação de Paradiso; no 9D, a sra. Carlota, a guardiã; no 9E, vive um casal que nunca sai e que ninguém nunca viu; só de vez em quando se ouvem suas discussões, de ciúmes imaginários, pois nenhum dos dois arreda os pés do quarto; no 9F, um boêmio de pele apergaminhada, com unhas

---

* Ninguém sabe o verdadeiro nome do Estropiadinho. Aos poucos, seu corpo vai desaparecendo. Muito depois do final deste romance, acabará miserável num carrinho de mão, em frente à igreja de La Candelaria, só tronco e cabeça, nada mais, segurando (como temia) os bilhetes de loteria com os dentes.

longas de bailarina chinesa, fumante contumaz, bebedor cotidiano, bom conversador e boníssima pessoa: Agustín Quiroz. Agustín não tem nenhuma profissão oficial, mas, por ser um velho conhecido de Jacobo Lince (foi amigo de seu pai), há alguns anos se apresenta como "assessor lírico" da livraria La Cuña.

O 9G está vazio no momento, pois o teto está desabando e precisa de reparos para os quais não há recursos; o 9H é ocupado às vezes por uma mulher da vida que dorme de dia e sai de noite, Vanessa,* embora nunca o use para seu trabalho, conforme as disposições da sra. Carlota; e no último, o 9I, ao lado dos banheiros (o pior lugar do galinheiro, e o mais barato, por causa do barulho e do cheiro), um senhor meio estrangeiro e meio nativo, de aspecto e sobrenome eslavo, Jursich, o primeiro, e depois Arango como segundo sobrenome. Sua idade é difícil de calcular à primeira vista, embora aparente ter mais de cinquenta e menos de sessenta, sem profissão conhecida (dizem que foi *maraquero* em outros tempos, mas agora não toca mais percussão porque o álcool afetou seu ritmo e, em vez de lhe trazer, tirou o necessário tremor de suas mãos). Amigo íntimo do boêmio Quiroz, este o recomendou a Lince primeiro como redator de *El Cartel* (é um grande editor, vê os erros de gramática, de lógica, de pontuação e até de estilo, como se tivesse um radar só dele) e depois como funcionário da livraria (porque tem paixão por livros e não quer vendê-los, e os clientes então se sentem sempre ganhando, têm a sensação de que lhe tiraram um pedaço do corpo cada vez que compram dele). Agora vive disso, de recomendar livros velhos, ou lidos, como gosta de dizer, e de vendê-los a contragosto. É magro e alto, com um resíduo de lanugem loira sobre as orelhas,

---

* Vanessa. Nome de guerra de Herminia Meneses. Nascida em Angostura, província de Antioquia, há 27 anos. Está há quase uma década na profissão. Saudável e bonita, teve a dupla sorte de não contrair doenças venéreas nem de trazer filhos ao mundo. Submeteu-se a três abortos sangrentos e clandestinos, como são sempre os abortos em Angosta, pois a lei os define como infanticídio.

e, mais que dos livros, parece continuar vivendo, intimamente, do prazer da música. Seu único bem é um aparelho de som e milhares de CDs que tem no quarto e escuta à noite, sem pausas nem ruído. Pelo pouco que ganha e pelo pouquíssimo que come ("maldita digestão, me afeta a vesícula"), parece viver de ar.

Os hóspedes do galinheiro, por falta de recursos, quase nunca descem ao restaurante do La Comedia, onde teriam algum desconto como clientes fixos, e são obrigados a preparar seus parcos alimentos, quando os têm, no próprio quarto. Isso faz com que o andar às vezes fique empesteado, e que paire ali uma constante ameaça de incêndio por causa de curtos-circuitos nos fogareiros ou de alimentos queimados. No entanto, como ao longo dos anos se criou no hotel um tipo de sociedade com certa assistência mútua, alguns receberam ajuda dos clientes mais abastados, em especial de Luisita Medina e Jacobo Lince. A mulher triste e o livreiro alegre alugam os melhores quartos e são sem dúvida os hóspedes mais ricos de toda La Comedia, a classe alta que ocupa os andares baixos. A proximidade criou entre eles uma espécie de solidariedade, e às vezes Luisita convida Londoño, o pintor, ou Vanessa, a mulher de vida fácil, para almoçar com ela. Jacobo, por seu turno, sente-se cada dia mais amigo do boêmio Quiroz e de Dionisio. Costuma dizer dos dois e de si mesmo que são "um espectro, uma sombra e um fantasma", e como gosta de sua companhia e confia neles, os três tomam conta da livraria quase o tempo todo (embora Agustín nunca permaneça de fato, limitando-se a vez por outra marcar presença, como um bispo benevolente que visita os casarios mais remotos de sua diocese, só para contentar suas ovelhas desgarradas).

Jacobo, olhos caçadores, verdes, felinos, sobre a pele muito escura, morena de sol (ou por causa de um antepassado africano, sabe-se lá), continua extasiado, observando-a sem pressa, perdido em devaneios. A vida, para ele, só tem sentido em alguns momentos, e esses momentos coincidem ou com a leitura de algum texto que o arrebate ou com a ilusão de que em horas, dias, meses, poderá conhecer um corpo que por algum motivo o seduza. Hoje leu um texto sobre Angosta, e foi bom, mas melhor ainda é que ele acaba de encontrar uma garota que sonha ver nua, poder tocar, beijar, cheirar, abraçar. Outro verbo, mais tosco e animalesco, lhe vem à cabeça já descontrolada, porém ele o afasta da mente com um gesto de mão, como se espantasse uma mosca. É verdade que pensa naquilo, no que não se diz e ele não gosta de confessar, não por um pudor que já não tem, mas para preservar em suas novas relações um espaço para algo que não gostaria que fosse sempre carne, somente carne. Resolve não pensar mais, apenas olha para ela. Depois se inclina para Jursich para lhe dizer alguma coisa ao ouvido:

— Qual o nome dela? — pergunta em voz baixa.

— O quê? — devolve o eslavo, e nesse simples "o quê" dito em voz muito alta vê-se que ele não faz a menor questão de ser discreto.

— Perguntei qual o nome dela — repete Lince com a voz mais seca, ainda muito baixa.

— Camila!* — exclama Jursich bem alto, como se estivesse anunciando a entrada de uma estrela, e Jacobo fica vermelho, com um misto de vergonha e de raiva.

* Camila Restrepo: 24 anos, 1,75 metro de altura, 68 quilos. Estudante do último ano de jornalismo. Como escreve mal, preferiu dedicar-se à fotografia, e tem bom olho para a coisa. Foi modelo e participou de vários desfiles de moda, até que engordou um pouco, perdeu o emprego e teve de arrumar um namorado meio mafioso (o Senhor das Apostas), que a proibiu de emagrecer para voltar às passarelas. Frívola, superficial, mas encantadora com toda a sua leviandade de boa amante, alimentada por insaciáveis jorros de estrógeno.

A fotógrafa olha para onde Dionisio está, sorri e se aproxima como se ele a tivesse chamado. Jacobo fita o chão de lajotas e vê um par de sapatos vermelhos, horrorosos, sangrando o chão passo a passo.

— Jacobo acabou de trazer o livro sobre Angosta, senhorita. Fundamental para o seu trabalho, eu diria; mais ainda: imprescindível. Veja só, o ladrão era o próprio dono da livraria, haha.
— Jursich agitava o volume e a palavra *Angosta* do título, em cima do Salto, balançava em sua mão trêmula de *maraquero*, como num terremoto, sob os dentes amarelos que manchavam seu sorriso.

Camila torna a olhá-lo um instante sem dizer nada. Coloca uns oculozinhos redondos, falsos, de míope que não é, afetando uma seriedade de filósofa, excessiva para um fotógrafo. Por fim sorri e dá outros tantos passos sangrentos até a grande mesa de madeira. Esse cômodo tinha sido a sala de jantar da casa, e Jacobo resolveu conservar ali a mesa oval com as oito cadeiras para exibir bons livros e reunir-se em torno dela. Quando olhava para a cabeceira, como agora, via a sombra de seu pai comendo em silêncio, com um livro ao lado da sopa de mandioquinha mal preparada, ou repetindo entredentes que eram espinhos as rosas de Rosa, a falecida mãe de seu filho. A sala de jantar se transformou no lugar onde os clientes se sentam para fazer hora, quando não querem comprar ou já compraram. Faz as vezes de caixa, recepção, escritório e de sede das tertúlias de La Cuña. Algumas tardes, quando os clientes começam a rarear, Quiroz, o alto espectro barbado, tira de sua bolsa uma garrafa de aguardente. Jursich, fantasma do que foi, bebe água porque abandonou o álcool há anos, devido a problemas com o vício e na vesícula biliar, embora seu pulso nunca mais tenha se normalizado; Jacobo, sombra fiel de si mesmo, quase nunca bebe, ou quando bebe se dá ao luxo de uma cerveja belga ou de uma garrafa de vinho espanhol, à custa daquela conta secreta que consulta várias vezes ao dia no computador.

Na livraria La Cuña, evidentemente, quase sempre se fala de livros, de romances ou poemas, ou de histórias. Os presentes praticam por algum tempo esse esporte cheio de regras tácitas e obscuras infrações, feito de amores súbitos e ódios repentinos, que consiste em falar bem ou mal em poucas frases de toda a fauna de escritores de Angosta e do mundo, de seus livros novos ou velhos, em verso ou prosa, e vão se fechando no fluxo de suas palavras até nove ou dez da noite. Depois, quase sempre, vão juntos para o hotel ou então Jacobo dá uma escapada para alguma de suas caçadas noturnas, de suas conquistas incessantes que ele chama de urgências da carne, necessidade fisiológica, escravidão do corpo, capaz de sacrificar qualquer conveniência, qualquer compromisso definitivo ou inescapável por uma noite de amor.

Hoje sabe que não pode ser tímido e apenas se atocaia na cadeira antes de dar o bote. Quase lamenta ter adquirido a consciência das coisas tolas mas necessárias que é bom exibir quando se quer conquistar uma mulher, e que antigamente ele nunca fazia de forma calculada, mas por um fino instinto. Levanta-se e vai até a antiga cozinha de sua casa; na despensa estão as taças vermelhas de sua avó, que ficaram para seu tio e depois para ele; restam apenas cinco, é verdade, mas são suficientes para dar certo brilho à mesa, quando as leva para lá, e um ar mais distinto à garrafa de vinho que abre, com um golpe seco da rolha quando sai (por fim Camila olha para ele com uma ponta de avidez). Lince sabe que convém regar o terreno da conquista com um pouco de combustível alcoólico e um pouco de cerimônia, de gestos teatrais, se quiser que a mulher se aproxime, para então poder lisonjeá-la com sua conversa, com pequenos elogios dissimulados nas dobras da frase, único caminho que pode fazê-la responder, e sorrir, e talvez se despir, por fim, que no fundo é com o que ele sonha, e o que deseja conseguir.

Tem outra ideia. "Volto já", diz, quase grita Jacobo, saindo por um momento enquanto o vinho areja. Vai até o mercadinho da esquina e compra pão francês e queijo amarelo. Caminha rápido. Sabe que o animal que conquista é o animal que chega com uma presa entre os dentes, que não há homem superior àquele que sai com uma aljava de flechas e volta carregado de caça. Quando torna a se sentar à mesa, elogia em voz alta o queijo, e o pão, e a garrafa, e estala os dedos e a língua, convida os outros a se aproximar, e mostra sua fileira de dentes muito brancos, grandes, uma maneira fácil de adornar as palavras. Camila não olha para ele, Jacobo vê que ela não olha nem se aproxima. Mas esse afastamento já é excessivo, uma defesa férrea, de enxadrista que se cuida, talvez porque já tenha intuído que as brancas preparam um ataque pelo flanco da dama.

Jacobo se levanta, bispo insidioso, e leva até ela uma das taças, transbordante de vinho, com uns lampejos de luminosidade que animam o ar, mas ela faz que não com a cabeça, embora com um sorriso muito leve (primeiro peão perdido), e se refugia outra vez na câmera, nas fotos repetidas de Quiroz e das estantes abarrotadas de histórias impossíveis. Ouve-se o ronronar da conversa de Quiroz e de Jursich com outro visitante que acaba de chegar, enquanto Jacobo lhes passa pedaços de queijo e taças cheias de vinho. Os três olham uma velha coleção de cartões-postais de Angosta que o visitante trouxe para vender. Em alguns deles se vê o vale quase virgem, com poucas construções, ou uns poucos quarteirões brancos rodeando a igreja de Veracruz. Enquanto comentam as diferenças entre o antes e o agora, Quiroz lança um de seus paradoxos, talvez citando alguém: "Esses postais não são de Angosta como ela era no passado, mas imagens de outra cidade que por acaso também se chamava Angosta". Tanto Quiroz como Jursich são loquazes, o que quer dizer, no fundo, que não são presunçosos, não se previnem nem temem as consequências do que dizem, e não estão preocupados em ficar bem ou ficar mal. Jacobo se cuida mais (é mais convencido), no entanto solta a língua quando uma mulher que o atrai está por perto. O Mestre Quiroz, como muita gente o chama, Mestre com maiúscula, fuma sem parar e, da sombra pálida que é, saem fumaça e palavras. Não é pessoa que calcula o efeito de suas frases nem que trata de cobrir a retaguarda ou de proteger um prestígio que nunca pretendeu, nem que teme ser odiado ou procura ser amado. Simplesmente despeja sem censura o fio de seus pensamentos, que, por estarem cheios de bonomia mas não isentos de amargura, produzem um efeito agradável que deixa a impressão de que por trás dessas palavras há compreensão e conhecimento do mundo, além de um espírito tolerante e festivo. Fala com inflexões, observações e com uma doce e inofensiva malícia muito próprias dele. Jursich fala menos que Quiroz, mas nunca deixa de soltar suas frases espirituosas, precisas, com algumas pausas dramáticas, de papa, bem ritmadas por sua voz robusta, como que vinda do além, embora em geral seus comentários apenas façam escada para que Quiroz continue desfiando o sopro ameno de sua conversa.

O ritual de todas as semanas é parecido, embora não haja convite nem prévio aviso: sabe-se que Quiroz quase sempre despacha (despacha é modo de dizer) em La Cuña às quartas e sextas-feiras. À tarde sobe ao segundo andar e finge estar classificando os livros em ordem alfabética. Às sete da noite, o Mestre fecha a porta, que é o mesmo que dizer que deu início à função, e se alguém quer entrar (se for um dos que sabem que há gente lá dentro) toca a campainha e se junta à tertúlia. Os que vão chegando, poucos ou muitos, se aproximam da mesa para conversar, mas sobretudo para ouvir o boêmio Quiroz, quando ele se digna a aparecer, o que nem sempre acontece (sua presença às quartas-feiras é só uma tendência e às sextas, uma fixação, ainda que com exceções). Quando ele dá o ar da graça, a livraria se enche desde o crepúsculo, como se todos os frequentadores descobrissem sua presença ali por instinto. Há quem diga que fareja os sinais de fumaça de seus infindáveis cigarros. Sem agendamento, sem necessidade de aviso, entram e saem homens e mulheres, moças e velhos. Com o passar das horas, e com o rum, a cerveja, o vinho, a aguardente (todos os que comparecem sabem que devem levar sua garrafa embaixo do braço, sua cota pessoal), vai se armando um bate-papo que gira em torno das palavras de Jursich e de Quiroz. Quiroz é pálido e tem a pele muito branca e muito seca. Vendo-o caminhar, tem-se a impressão de que não vai conseguir dar o passo seguinte, mas quando ele fala as palavras fluem com uma graça serena, juvenil, e com uma sintaxe e um léxico que deleitam qualquer pessoa que aprecie um bom conversador. Cada vez se parece mais com Valle-Inclán, não naquilo que conta, mas nas feições, e, apesar da idade e da palidez, muitas mulheres que vão vê-lo acabam se apaixonando por ele e às vezes ficam para dormir no antigo catre do clérigo (dobrado num canto do velho cômodo que foi seu dormitório de celibatário, como um convite para moderar os impulsos da concupiscência). Nessas noites, esporádicas, mas não raras, a sombra de Quiroz informa que não voltará com os outros ao hotel e ficará cuidando dos inexistentes incunábulos. Se essas mulheres dormem com ele, ninguém sabe nem pergunta, mas elas passam a noite inteira na sua companhia, talvez abraçadas à sua longa sombra.

Quiroz é bem conhecido em Tierra Templada, uma espécie de ícone do Sektor T, e é por isso que Camila o fotografa. A garota usa a câmera como se fosse uma arma e, quase sem olhar para os outros participantes da tertúlia, sem lhes dedicar uma só palavra, com atitude desdenhosa, dispara e diz que as fotos de Quiroz e dos livros são para o arquivo do jornal. Não olha para ninguém, nem fala, nem aceita queijo nem vinho, como se tivesse pressa de terminar um trabalho gráfico de encomenda, para então poder ir embora.

A primeira coisa que Jacobo pensou de Camila foi que ela era grande e alta, mais alta que ele, mais alta que todos ali na livraria, como se medisse cerca de um metro e oitenta, o que para os padrões de Angosta era uma enormidade. Depois tentou calcular sua idade olhando-a nos olhos quando ela tirava a máscara da câmera, e concluiu que devia ter mais de vinte e três e menos de vinte e oito anos. O olhar dele desceu. Ela usava uma blusa sem mangas e tinha pintas grandes nos ombros, como de alguém muito branco que se expôs demais ao sol dos trópicos. Abaixo do colo, além das clavículas, há duas imponentes protuberâncias. Esse tipo de mulher voluptuosa, que vive de suas curvas, não é das que interessam a Jursich ou a Quiroz. Jacobo, em compensação, escala mentalmente esses montículos até o cume e depois desce devagar, tentando não chamar a atenção, mal se detendo um instante para observar o horizonte do alto do cume plácido (nevado, imagina, de uma neve rosada, de uma aurora boreal). É incrível o ar que se respira nas montanhas e a atração do polo pela luz. Seu olhar desce mais, até as terras quentes, e acha que a cintura é firme e fina, os quadris amplos, as pernas longas, a virilha estreita. Imagina a espuma do Salto de los Desesperados, envolta em uma névoa clara, sob arbustos escuros. Seu vestido chega até pouco acima dos joelhos. A silhueta das pernas é agradável e ela tem tornozelos de linhas tênues, que não ofendem. O sapato baixo, vermelho e branco, é horrível, e os pés grandes, compridos demais.

Durante quinze minutos, que a Jacobo pareceram mais, Camila continuou tirando fotos das estantes abarrotadas de livros e das palavras de Quiroz (de seus lábios inquietos), com flash e sem flash, vendo o resultado em sua câmera digital, apagando o medíocre, salvando o salvável, repetindo ideias, ângulos e tomadas, muito concentrada. Achava que podia vender as fotos para o jornal e parecia não enxergar mais ninguém. A notícia do livro não a afetara (ela não o tinha pegado nem folheado, muito menos levado até o nariz para cheirá-lo) e o sobrenome Guhl continuava lá, em cima da mesa, umedecendo-se na aquarela do Salto, diante de Jursich, que batucava os dedos sobre a ilustração. A fotógrafa só tinha olhos para Quiroz, mas de uma hora para outra pareceu ver Jacobo, que não tirava os olhos dela, corpo acima e corpo abaixo, caminhante de cumes e vales. Camila apontou a câmera para ele por um instante e disse:

— Vamos ver, olhe para mim, que vou fazer uma foto sua também. Qual é o seu nome?

— Juan Jacobo. Mas por que vai tirar fotos de mim?

— Foto. Só uma. O senhor é o dono, oficialmente, disto tudo, não é? Foi o que esse outro senhor me disse. É para o arquivo. Nunca se sabe. Quem garante que um dia este lugar não vire uma loja importante, ou um antro de terroristas, ou uma célula do Jamás, e isso arraste o senhor para o abismo? Até aquilo que menos se espera pode se tornar digno de publicação de um dia para o outro. Ou pode acontecer outra coisa ainda. E se um dia o senhor matar alguém?

— Ah, obrigado. Se bem que, para ser bem sincero, acho que a senhorita não tem nem o mais remoto senso de intuição — disse Jacobo. E olhou para a objetiva com seus olhos felinos, para a foto da crônica policial.

— Juan do que mesmo? Preciso anotar no arquivo.
— Tenorio.
— Não, falando sério.
— Vinte e três.
— Não estaria mais para Sem Medo? Bom, se é assim, fica sem sobrenome mesmo. Quiroz, por favor, olhe para cá outra vez. Isso, isso mesmo.

Quando parou de disparar e tirou da câmera o cartão de memória cheio, Camila pareceu relaxar e, em vez de deixar a livraria, como tudo em sua atitude levava a crer, guardou a máquina numa bolsa, suspirou fundo, sentou-se ao lado de Jacobo e pediu que ele lhe servisse uma tacinha de vinho, pois, agora sim, com o dever cumprido, ia aceitá-la, com uma voz que de repente parecia rendida. Lince encheu até a borda a taça que tinha reservado para ela, e o vermelho sobre o vermelho vibrou sob as lâmpadas. Camila aproximou a boca do ouvido de Jacobo, como que preocupada em não incomodar os que ouviam Quiroz, mas na verdade com certa malícia descarada, e começou a lhe dizer alguma coisa em voz muito baixa, com um hálito quente, arrepiador, e a pontinha vermelha da língua aparecendo entre os dentes brancos e os lábios carnudos. Agora era ela quem tinha mexido torres e peões, e também atacava. Enquanto falava, Jacobo não a ouvia, mas a cheirava. Não é que ele a cheirasse, mas ela é que cheirava, era inevitável cheirá-la porque ela cheirava forte, a um perfume penetrante e misterioso que nesse momento Jacobo não sabia se gostava ou não, mas que foi um perfume de que depois gostou, e chegou a ter, para ele, um aroma violento. Jacobo a cheirava, a cheirava, e ela falava:

— Não era para vender para o jornal, a sua foto, mas era para mim. Você tem um rosto muito estranho, incongruente, mais de espião que de assassino. Um rosto que, quando eu imprimir, vou decifrar. Além disso, é estranhíssima essa cruz na sua testa; não combina com o senhor.

— Comigo?

— Ahã, com o senhor.

O doce ateu se lembrou do impulso que tivera um pouco antes, de ganhar a cruz na catedral. Sua mão também estava manchada de cinza. Passou várias vezes a manga pelo rosto, até calcular que a mancha preta tinha se transferido para o punho da camisa, antes branquíssimo.

— A senhorita também tem algo de estranho. O cheiro — disse Jacobo, como para se vingar.

— Cheiro de quê?

— Não sei, mais de Mata Hari que de fotógrafa; a senhorita é que deve saber. Mas acho que o que cheira é seu perfume e não seu corpo.

— Ah, é. O nome dele é Possessão.

— Parece um bom nome para esse perfume. Sempre o usa?

— Não, só usei hoje.

— Então dei sorte.

— Ou azar. Nunca se sabe.

— A senhorita sempre diz que nunca se sabe.

— É que nunca se sabe mesmo.

— Se eu convidasse você para jantar, para sair por aí, agora, depois que o vinho acabar, você sairia? — Jacobo dançava conforme a música. Tinha passado a tratá-la de você de repente, sem transição, pois o segundo copo de vinho já o ajudava a ser mais direto com a desconhecida.

— Nunca se sabe — disse Camila, e riu. Em seguida, como que impelida por uma mola, levantou-se para ir ao banheiro, menos por urgência, aparentemente, do que para não responder à pergunta de Jacobo nem seguir o rumo que a conversa entre os dois tinha tomado, enroscando-se no silêncio, como se arrependida, talvez, do ritmo que ela mesma imprimira à conversa.

Quando voltou do banheiro, Camila ignorou Jacobo (mas pegou uma fatia de queijo) e se meteu na conversa dos outros sem ser chamada; começou a perguntar a Quiroz coisas sem pé nem cabeça. Se ele gostava mais de cachorro ou de gato, se preferia carne ou peixe, por que nunca tinha se casado, se sabia algum soneto de cor. Quiroz afastou com a mão as duas primeiras perguntas, como quem espanta uma mosca; à terceira respondeu que todo boêmio que se preza deve morar com a mãe ou, quando muito, num hotel, e à quarta começou a recitar sonetos de Gerardo Diego e de Francisco Luis Bernárdez. "Tu por teu sonho e pelo mar navios", dizia um decassílabo, e também: "Tem a forma justa da minha vida e a medida do meu pensamento".

Por volta das oito da noite, Camila se levantou e disse que ia embora. Jacobo fez o mesmo, como um espelho, e disse que a acompanharia. Jursich entregou à moça o livro sobre Angosta, que ela já ia esquecendo. Quando ia pagar, Jacobo disse para pôr na conta dele. Quiroz ergueu as sobrancelhas, surpreso de que Jacobo deixasse a reunião tão cedo, mas logo entendeu o motivo, ou o viu, sem pensar; ia fazer um comentário, dizer uma maldade, fazer uma advertência a Camila ("Cuidado com a rede de um solteirão"), mas teve de voltar a dar atenção a um rapaz que levava tudo muito a sério e lhe fazia perguntas de má entrevista de rádio:

— O senhor acredita no compromisso social do escritor? O intelectual deve se manifestar sobre a situação de Angosta? Qual é a sua opinião sobre os terroristas do Jamás e a política de Apartamento?

— Boa sorte com o interrogatório — disse Jacobo ao ver que Quiroz bocejava sem a menor vontade de responder e dizia "E eu sei lá?", para evitar cair nessa armadilha, no campo minado das perguntas políticas.

Saíram caminhando pela avenida José Antonio Galán, que é uma facada partindo ao meio o coração do velho Prado, transformado em Barriotriste justamente por causa do corte que essa avenida lhe perpetrou. Continuava caindo uma garoa modesta e miúda, e os relâmpagos iluminavam a borda das montanhas ao longe. Apesar da chuva, havia vendedores ambulantes (de frutas, de cigarros, de maconha), cobertos por plásticos; também montes de mendigos pingando de chuva, aleijados estendidos no chão que apontavam com os cotos para o chapéu da esmola, tipos saudáveis com pinta de assaltantes, e assaltantes com pinta de pessoas de bem. Havia, principalmente, muita gente andando rápido por causa da chuva e da hora, *tibios* de terno e gravata, *calentanos* exaustos pelo esforço físico de um dia inteiro, todos com a mesma pressa de chegar logo em casa. Muita fumaça, muito barulho, muitos gritos, muitos ônibus, muitos táxis, poucos carros particulares. Camila andava rápido, com passadas imensas, e Jacobo a seguia a duras penas, sem conseguir sequer lhe oferecer o abrigo de seu guarda-chuva. Como ela era mais alta que ele, apesar do sapato baixo, ele se sentia duplamente subjugado, arrastado. Ela nem se dignava a olhá-lo e não lhe dizia uma única palavra. Jacobo não sabia se ela estava contrariada e também não conseguia se despedir dela, ou simplesmente diminuir o passo e deixar que se perdesse na multidão, com suas passadas gigantescas e seu horrível sapato alvirrubro que riscava a calçada como o gume de uma faca ensanguentada. Lince tinha de andar muito mais rápido que o normal para não perdê-la de vista. Não entendia por que fazia aquilo, o cão ávido perseguindo sem razão, só pelo faro, os feromônios de uma fêmea que ele nem sequer sabia se estava no cio, como também não sabia se aquilo podia ter algum sentido num mundo que tentava ser regido não mais pelo instinto, e sim pela cultura e pelas convenções sociais, por complicados rituais de corte e conquista. Era evidente, cada vez mais evidente, que a garota com sua esteira de perfume possessivo se dirigia ao metrô. Entraram na estação Teatro Ópera,

Jacobo sempre no encalço dela. Passaram as catracas e ela embarcou na plataforma dos trens para o sul. No vagão havia um único lugar, e o livreiro lhe ofereceu o assento com um gesto de mão que ocultava seus pensamentos, ou antes seus instintos, mais de primata que de cavalheiro. Viu o cabelo molhado de Camila, a risca branca e reta no meio e seu rosto salpicado de gotinhas de chuva. Fez outro gesto cortês: entregou-lhe um lenço, porque nos humanos a atração imediata se disfarça em cortesias. Ela agradeceu e enxugou o rosto com o lenço branco de algodão.

CADERNO DE ANDRÉS ZULETA

Quarta-feira. Esse senhor a quem há vinte e cinco anos me acostumei a chamar de pai,* enorme e gordo como um hipopótamo, estava sentado na frente da televisão, como sempre, lendo as páginas cor-de-rosa da *Gaceta Deportiva*. Sua grande cara de porco albino estava iluminada pelas cintilações multicoloridas e pelo som perpétuo da televisão, quase sempre em *realities* irreais, em telenovelas ou em programas de competição. Nunca a desligam, nem de noite nem de dia, nem sequer quando saem e a casa fica vazia. Quando cheguei à sala, meu pai estava reclamando entre os dentes do juiz ("*calentano* filho da puta"), pois por sua culpa o Independiente de Angosta tinha perdido mais uma vez do Millonarios. Tinham anulado um gol legítimo e expulsado Boleta, o melhor jogador, disse sem olhar para mim ou para o ar, ou para a televisão, porque sabe que ligo a mínima para futebol.

* César Zuleta. Contador aposentado de uma das fábricas de tecidos mais antigas de Angosta, Tecidos Finos. Homem médio, que vota no Partido Conservador, mas que trocou a paixão política pelo fanatismo esportivo. Toda a sua cultura provém da televisão e seu maior orgulho é seu filho mais velho, o capitão Augusto Zuleta, do corpo de infantaria do Exército.

Joguei as duas notícias na cara dele, rápido, uma atrás da outra, como balas: "Consegui um emprego em Paradiso. Vou embora de casa". Meu pai me olhou com um sorriso irônico, como dizendo: "Ah, sei, emprego. Ah, sei, vai embora", mas sem dizer nada, me radiografando com os olhos, me medindo do sapato até o cabelo, com o canto dos lábios dobrado para a esquerda, com o olhar amarelo de coruja que desde menino sempre me fez tremer. Deixou o jornal cor-de-rosa no chão. "Logo vamos ver você voltando com o rabo entre as pernas." Foi o que ele disse enquanto eu lhe dava as costas e ia para o quarto enfiar toda a minha roupa numa mala e meus livros numas caixas. Quando eu estava empacotando as coisas, minha mãe* entrou, mãos na cintura, o sorriso irônico copiado do meu pai, só que para o lado direito: "O César falou que você está indo embora. Pode-se saber para onde? Espero que não termine num barraco de Tierra Caliente, amigado com algum dos seus amigos bichas".

Respondi que ia trabalhar num escritório, em Tierra Fría, e que por um tempo moraria numa pensão de Barriotriste. Não quis dar o nome do hotel nem revidar o insulto. Apenas disse, como se desmanchasse um nó na garganta, ou um bocado engasgado atrás do esterno: "Nunca gostei de viver aqui. Não fui feliz um único dia da minha vida aqui. Não digo que tenha sido culpa de vocês, vai ver foi minha. Não combinamos, pareço filho de outras pessoas que não conheço; não seu nem dele. Também não sou irmão do meu irmão". Minha voz quase não saía, não por causa da comoção, mas do medo que eu tinha de dizer a verdade. Minhas mãos tremiam.

* Berenice de Zuleta. Dona de casa, religiosa, sem muita personalidade. Também ela gosta mais do filho mais velho, porém, muito a contragosto, não deixou de sofrer pelo pequeno poeta. O que mais teme na vida é que seu filho caçula seja homossexual. "Isso, sim, seria a pior coisa que poderia acontecer", pensa e torna a pensar sem sossego.

Quando saí, acho que respirei com liberdade pela primeira vez em muitos anos. Era uma sensação quase esquecida, como de último dia de escola ou como aquelas primeiras tardes em que fui morar na casa da minha avó e ninguém me criticava, podia sair sem que me fizessem um interrogatório, e tinha cem pesos no bolso. Já estava escuro. A garoa caía sobre meu rosto, como se me limpasse. Vinte e cinco anos de prisão, de mentiras para poder sobreviver, era isso o que eu sentia que estava deixando para trás; duas décadas e meia de humilhações, um quarto de século de ordens e escárnio. A ingratidão dos filhos? Não. Tudo em casa foi sempre para Augusto, meu irmão mais velho, o modelo a imitar, o filho perfeito. É capitão do Exército, é um soldado da pátria, é um chefe nato, um líder natural: a ausência de dúvidas, as convicções profundas sobre a ordem, a disciplina, a estabilidade e a namorada loira de unhas vermelhas, tailleur, meia de náilon e saltos médios. A mala com toda a minha roupa não estava pesada quando a coloquei no táxi; as duas caixas de livros eram a única coisa que nos últimos dez anos me permitira viver lá, naquele ambiente de gols, táticas esportivas, estratégias militares, condecorações, medalhas, bandeirolas, galões, operações antiterroristas. Tudo o que eu fazia eles achavam ridículo. Meu interesse pela cozinha, meus jogos de palavras, meus amigos, minha falta de namorada, minha suposta ociosidade, um suicídio moral, uma prova a mais da minha falta de disciplina e de caráter, da minha rebeldia idiota, era o que diziam, do meu jeito doentio de confundir liberdade com libertinagem, criatividade com preguiça, simplesmente porque nunca quis entrar na universidade, como ele queria, ou no Exército, como meu irmão mais velho.

Todo dia a chantagem de um prato de comida e uma cama em troca de obediência; toda semana o escárnio dos meus papéis rabiscados e da minha grande preguiça. Uma noite, no fim do jantar, meu pai nos olha solene e diz: "Ainda não se levantem, quero ler para vocês uma coisa que eu achei". E tira do bolso uns papéis amarrotados, os rascunhos dos meus últimos poemas, e começa a ler com voz esganiçada, de maricas, o que escrevi com dor e que ele tentava destruir com risada: "Está tudo pronto: a mala, as camisas, os mapas, a esperança. Estou tirando o pó das minhas pálpebras. Pus na lapela a rosa dos ventos", e, enquanto lê, dá risada, mostra os dentes sujos de beterraba e ri, ri ("a rosa dos ventos, haha, a rosa dos ventos, que rosa será essa?, haha"). Depois continua lendo, em falsete: "Está tudo preparado: o mar, o ar, o atlas. Só me faltam o quando, o onde, um diário de bordo, cartas de marear, ventos propícios, coragem e alguém que saiba me amar como eu não me amo". Torna a rir, e comenta: "É isso, isso mesmo, só te faltam o quando e o onde. Pois aonde é que pode ir um banana como este aqui, olhem para ele, olhem só para ele", e todos olham a expressão de dor e raiva que devo estar fazendo, e o capitão também ri, o capitão que ajuda a jogar os corpos no rio para que não sejam reconhecidos nem apareçam nas estatísticas de homicídios (que prejudicam a imagem da pátria), e minha mãe leva uma mão à boca para tapar o buraco negro que se abre num ataque de riso. Quando tento me levantar, o capitão me segura pela manga: "Fica aí, covarde, ou você não tem coragem nem para ouvir o seu próprio ridículo, sua bicha?". Então meu pai pega outro papel e lê com voz de soprano, de louca: "Inventa uma trama de ruelas tranquilas onde a única arma da polícia seja uma vassoura". E nessa hora meu irmão gritava: "Claro, com vassouras vamos varrer esses terroristas filhos da puta". E entre risadas meu pai continuava lendo em falsete: "Leva-me para esse lugar, para essa região onde a morte saiba que não pode quebrar nossa alegria e que por mais vítimas que faça sempre haverá alguém que a possa vencer em nosso nome". No fim meu irmão soltou meu braço. O senhor que estava lendo me entregou os papéis salpicados com sua baba imunda, ainda untada do seu mau hálito. Consegui me refugiar no meu quarto. E assim aconteceu várias vezes, até que comecei a escrever meus poemas num alfabeto secreto para que eles pelo menos não conseguissem ler.

O sr. Rey (interrompi seu jantar, mas isso não pareceu incomodá-lo) ouviu meu orçamento. "Bom, acho que com isso você só pode aspirar a um quarto no galinheiro; talvez possa descer alguns andares quando começar a receber seu salário. Está com sorte, porque agora mesmo há dois quartos vagos, e isso é raro, porque os da cobertura são os mais baratos e os primeiros a ser alugados. Só lhe recomendo uma coisa: seja gentil com Carlota, a zeladora do nono andar, e não atrase o pagamento, que ela é rigorosa nisso; ou, melhor dizendo, implacável." Fui dar uma olhada no quarto. O elevador, de madeira, lento, sacolejante, com um ascensorista negro que não se dignou a olhar para mim, com um espelho de corpo inteiro que em compensação me olhou durante todo o trajeto, só vai até o oitavo, e é preciso subir a pé o último lance de escadas. No galinheiro, o hotel muda de cheiro (o sr. Rey não quis me acompanhar, "Lá eu não subo, meu jovem, sinto muito", disse, e voltou para seu prato solitário de macarrão), torna-se uma mixórdia de alho e linguiças fritos, já rançosos, um bafo de fritura, cigarro barato, urina fermentada e corpos suados, com os hormônios em franca decadência. A sra. Carlota é uma massa de gordura com uma careta no rosto que não chega a ser sorriso nem desprezo. Abriu a contragosto o quarto, com sua chave mestra. Uma cama com colchão de crina de cavalo, uma mesa com um banquinho de pinho cru pintado com breu e gasolina, uma claraboia no teto, suja de limo, poeira e folhas podres, que serve de iluminação, lajotas de granito no chão, encardidas pelo tempo e pela sujeira, um pequeno armário embutido cheirando a bolor, uma torneira de água fria que pinga sobre uma pia de ágata lascada (branca com pintas pretas: parece um dálmata) e uma tomada para um fogareiro elétrico, com os fios à mostra. "Pode trazer algumas coisinhas, para completar, mas aconselho não encher muito o quarto, porque vai se sentir mais apertado, sufocado; falo por experiência própria", aconselhou a sra. Carlota com sua voz rouca e fanhosa de fumante inveterada. O quarto era péssimo, menor que o da minha casa, num andar fedorento, mas eu me sentia livre e contente. É minha mansarda de Paris, pensei. Paguei, com as poucas economias que me restavam do tempo da vovó, dois meses adiantados (a sra. Carlota afinal sorriu de verdade, talvez porque receasse um calote, e com certeza deve receber uma comissão sobre os aluguéis) e desci para caminhar na chuva, feliz por me molhar, como se a água batizasse minha liberdade. Respirava desimpedido e por dentro repetia um bordão: até que enfim, até que enfim, até que enfim. Só uma nuvem negra, ao longe, no horizonte: se por acaso eu perdesse meu emprego na Fundação, ou se me negassem o salvo-conduto para F, seria obrigado a voltar para casa, com-o-rabo-entre-as-pernas. Não. Queimaria meus navios, afundaria em Tierra Caliente, no barraco agourado por minha mãe, qualquer coisa, mas para casa não voltaria nunca mais, nem a passeio.

Ferido. Ontem voltei ao hotel pouco antes da meia-noite, mas não conseguia dormir, talvez por causa da excitação com tantas coisas que aconteceram em tão pouco tempo. Escrevi um pouco no meu caderno e continuava sem sono. Era muito tarde, mas resolvi sair de novo, porque agora não tenho de dar satisfação a ninguém e quis aproveitar essa nova sensação de liberdade. Saí para a rua e estava soprando um ar desconhecido para mim, gelado, como se viesse das planícies do sul, onde nasce o Turbio, além de Cielorroto. Eu estava sem casaco, e o vento penetrava até os ossos, arrepiava as poças imundas das ruas e enlouquecia as folhas das árvores. Depois de dois ou três relâmpagos que iluminaram todas as ruas de Barriotriste, começou a cair um granizo perigoso, com um barulho feroz e pedras do tamanho de bolas de gude. Corri para me proteger embaixo de um beiral, temendo que os pingos de gelo me machucassem.

Vi multidões de mendigos procurando abrigo nas marquises, grudados às paredes como eu, mal cobertos por trapos, folhas de jornal e caixas de papelão desmontadas. Alguns estavam deitados na calçada e tentavam dormir, tiritando, interrompendo de vez em quando o cochilo e a tremedeira para tomar um gole de álcool puro que os ajudasse a suportar até o dia seguinte. Alguns — aqueles que têm um peso velho para subornar os guardas — conseguem dormir nas galerias subterrâneas do metrô, desde que as abandonem antes das quatro e meia, que é quando chegam as turmas da limpeza, centenas de *tercerones* atarracados, carrancudos, de olhar áspero e disciplina introjetada, que vão tocando os mendigos como gado, e estes saem fumegando mau humor, envoltos em seu próprio coro de remotas blasfêmias, pelas bocas escuras do metrô como por bocas do inferno.

Eu vi tudo isso numa única noite de saída, de euforia e de insônia. Quando o granizo amainou, a chuva apertou e eu voltei ao hotel, mas não me dei por vencido nem me deitei para dormir, pois queria sair para celebrar minha liberdade até de madrugada. Tirei da mala a velha capa preta do meu avô. Eu devia parecer um tarado com ela, ou um detetive de filme antigo, mas não me importava e saí pela terceira vez para zanzar pelas calçadas castigadas pela água e pelos rodamoinhos de ar sulino. O granizo tinha se transformado em água fria e vento gelado.

Entrei nos cafés para que a chuva não acabasse de me ensopar e pedi um café com leite no primeiro, um café longo no segundo, um café puro no terceiro, um café de qualquer jeito no quarto, até ver faíscas nos meus olhos e sentir a garganta em carne viva e uma tremedeira digna de Parkinson nas mãos. Também teria saboreado um café com conhaque, mas o que resta da minha avó são uns poucos pesos, e eu queria chegar ao fim da noite de olhos abertos. Não me embebedei; olhava os bêbados e observei o que sempre se vê nos bares: as mulheres em grupo e os homens sozinhos em mesas desoladas. Os solitários olham para o vazio ou para dentro, para seus próprios ossos, enquanto as mulheres conversam. Às vezes, muito poucas vezes, algum casal jovem, de jovens como eu, homem e mulher, com a inocente ilusão do amor eterno no olhar. Fui de bar em bar; depois estive no minúsculo bairro islâmico, apenas dois quarteirões nos confins de Tierra Templada, para me reconfortar com um último café turco, forte e com cardamomo. Lá, homens desacompanhados fazem companhia uns aos outros, tomando chá de hortelã e fumando tabaco perfumado ou, quando estão mais contentes, haxixe magrebino em vistosos narguilés borbulhantes. Não há mulheres nas imediações dos cafés árabes, nenhuma, nem jovens nem velhas. Mais longe dali, na rua dos *tercerones* emergentes, há um estrondo de música dançante, sempre, todos os dias, como se para eles todos os dias fossem dia de festa. Ouve-se um tambor de fundo, perpétuo e ritmado como o coração, moças sacodem os peitos siliconados, homens morenos e gordos, opulentos, tentam dançar, mas com o rabo do olho espiam o cliente da cocaína, do crack, das granadas ou dos fuzis. Afinal amanheceu e eu caminhei até o hotel, por entre o trotezinho resignado de putas olheirentas ainda dispostas a me fazer sinais com as sobrancelhas, enquanto o ar se transformava em névoa, em fumaça, em umidade. Começavam a passar os primeiros ônibus, a toda a velocidade, envoltos na nuvem negra do seu bafo. Não se via o sol, mas devia estar lá, sólido, onipresente, porque os andares baixos dos edifícios adquiriam seus contornos e o ar começava a esquentar. Depois de uma noite estranha, o clima do Sektor T voltava a ser o de sempre, morno, repetitivo, idêntico a si mesmo.

Quase chegando ao hotel vi um vulto escuro na calçada. Pensei que fosse um mendigo bêbado, um "descartável", como são chamados aqui, desses que são recolhidos ainda vivos para receber um golpe de misericórdia e ser levados à Faculdade de Medicina a fim de que se estude anatomia em seus corpos. "Ei", me chamou, quando eu começava a desviar dele. Seu rosto estava ensanguentado e sujo, cheirava a uma mistura de urina, sangue e merda. "Que foi?", perguntei. "Me ajude a levantar, por favor, eu moro no La Comedia", disse. Eu me inclinei para levantá-lo e acreditei no que ele dizia, porque ele tinha o mesmo cheiro do galinheiro.

Por fim, com o metrô em movimento, o lenço na mão e os olhos virados para o alto, Camila dignou-se a olhar de novo para Jacobo e a lhe dirigir a palavra.

— Por que veio atrás de mim?
— Porque nunca se sabe.
— E para onde vamos?
— Vou atrás de você até onde for possível. Não foi fácil segui-la; por pouco não desisti.
— Quer descer em Pandequeso e ir dançar?
— Quero, sim, se bem que eu não sei dançar.
— Nem bolero?
— Bolero sim, qualquer um dança bolero.
— Então só dançamos boleros — disse ela.
— Então só dançamos boleros — ecoou o livreiro.

Seguiram mais uma ou duas estações em silêncio. Depois vagou um lugar, Jacobo se sentou ao lado da fotógrafa e lhe disse ao ouvido:

— Se você não dissesse que eu tinha cara de espião, eu não teria me atrevido a caminhar com você, atrás de você. Precisava saber mais alguma coisa. Se eu sou um espião, a melhor coisa que posso fazer é te espiar.

— E eu disse que você tem cara de espião só para ver se você se atrevia a me seguir. Sou agressiva com quem me atrai. Entenda, entende isso como um bom sinal. Mas quando aconteceu o que eu queria que acontecesse, fiquei tensa. Você faz o quê? Passa o dia inteiro naquela livraria conversando com aqueles bêbados?

— Agora menos, porque eles me ajudam, os bêbados. E cuidado, porque aqueles bêbados são meus amigos, além de serem a minha salvação. Não costumo gostar de muita gente. Também dou aulas de inglês em Paradiso; tenho uma aluna rica,* bonita. Às vezes faço traduções. E de vez em quando escrevo um ou outro artigo para *El Heraldo* ou para *El Globo*, quando me pedem, e até quando não me pedem. Não pagam muito, mas serve. Você faz fotos para *El Globo* ou entendi mal?

— Estou estagiando lá e às vezes eles compram fotos minhas, mas ainda não sou efetiva, porque não terminei a faculdade. Estou no último ano de jornalismo, na Católica. Conheço seus artigos: tem uma professora que costuma usar alguns como exemplo e manda a gente ler. São divertidos, fazem rir, mas não são muito profundos, segundo a professora. Em todo caso, meu TCC não vai ser sobre fotografia; vou fazer sobre outra coisa. Quero ver como os jornais cobriram o momento em que foi decidido dividir Angosta em sectores. O livro é para isso.

---

* Beatriz Encarnación Potrero, a beleza em forma de mulher. Exploradora e herdeira, como Diana Palmer. Filha de um senador. Mais adiante se falará de ambos.

— Você estuda na Católica? Aquela universidade só de mulheres que fica em Tierra Fría? E lá gostam que as alunas façam trabalhos políticos?

— Mais ou menos. Em todo caso, não sou de lá; sou *tibia* e moro perto do estádio, em T. Quem paga o curso é o meu namorado,* foi ele que conseguiu o salvo-conduto para eu estudar lá em cima.

— Então seu namorado é rico.

— É um *don* rico, velho e casado. Tem mais de quarenta anos, quase cinquenta. E nunca podemos sair às sextas-feiras, porque tem de ficar com a família. É o dono da Apuestas y Chances Nutibara. Você conhece?

— Ele não, mas não tem quem não conheça a Apuestas y Chances Nutibara. Eu mesmo, toda terça-feira, jogo no 739, para ajudar um vendedor de loteria que mora no hotel, o Estropiadinho, que disse que um dia sonhou que com esse número eu ia ganhar um prêmio dos grandes. Não acredito nele, claro, mas segundo o Estropiadinho cada vez que eu jogo aumentam as minhas chances de ganhar, e vou na conversa dele, digam o que disserem os estatísticos. Quer dizer, então, que o seu namorado é um mafioso, um *tercerón* emergente.

— Eu não diria mafioso. E se ele foi *calentano*, ninguém se lembra mais. Está metido nesse negócio das apostas, que é um

---

* Emilio Castaño, mais conhecido no submundo de Angosta como O Senhor das Apostas. Tem 48 anos e mede 1,63 metro. Grande trabalhador, vigoroso, violento como poucos. Sua casa de apostas, obviamente, é usada como fachada perfeita para a lavagem de dólares de sua verdadeira ocupação: o narcotráfico. Casado em Paradiso, entedia-se profundamente em Tierra Fría, por pertencer a um mundo mais quente em todos os sentidos. Tem uma sexualidade difícil, pois quase nada o excita. Gosta de Camila porque é muito mais jovem e mais alta do que ele, e tem a fantasia de dominá-la a seu bel-prazer. Tem um segredo muito bem guardado, que é motivo de sofrimento para ele e de riso para sua amante: um pênis minúsculo, de impúbere.

negócio difícil, porque nada pode ser deixado ao acaso, ou pelo menos é o que ele diz, muito sério. Mas eu não me meto no que ele faz. Mais do que um namorado, é um amigo, um apoio: ele também paga o aluguel do meu apartamento.

— E às sextas-feiras deixa você sair com estranhos?

— Digamos que sim. Pelo menos se eu disser que saio para fazer fotos para o jornal. Deixo o celular ligado, caso ele ligue. Tranquilo.

— E se ele liga, o que você diz? Que está com um amigo?

— Não, digo que estou trabalhando. Tranquilo.

— Eu estou tranquilo. Além disso, não estamos fazendo nada de mais. Só estamos no metrô. Nem começamos a dançar.

Chegaram à estação Pandequeso e desceram. O tempo não estava bom para sair e havia pouca gente na rua. Ao redor de Pandequeso há muitos lugares para dançar. Salsa, *vallenato*, *porro*, *trance*, música americana, *house*, de tudo. E bolero também, de vez em quando, em alguns locais antiquados. Entraram num chamado Lengua de Trapo. Salvo por alguns poucos bêbados e dois ou três casais que fugiam da chuva, o lugar estava quase vazio. Pediram meia garrafa de rum e coca-cola. Não demorou muito, pediram também um prato de empanadas com pimenta e limão. Ficaram batendo papo, e cada vez que tocavam um bolero, se levantavam para dançar. Enquanto dançavam, Jacobo aproximava o nariz do pescoço de Camila e a cheirava, cheirava longamente, cheirava a possessão. Ao dançar se deu conta de que ela não era mais alta que ele. De longe parecia mais alta, mas ao se aproximar viu que tinham a mesma estatura, um e setenta e cinco. Pelo menos foi o que ela disse:

— Temos a mesma altura, como no poema que Quiroz declamou.

— Tomara! — respondeu Jacobo.

Sentados à mesa, mal roçavam os joelhos, mas quando voltavam a se levantar para dançar (já tinham tomado duas ou três doses de rum), os corpos se aproximavam, Jacobo cheirava o pescoço de Camila e ela falava ao seu ouvido. Depois de alguns compassos, enquanto dançava, com o hálito morno das palavras percorrendo as espirais de sua orelha, Jacobo sentiu contra a braguilha uma ereção duríssima, quase dolorosa. Ela juntava o corpo ao dele, um abraço apertado, um travesseiro firme e cálido, envolvente. Ele percebia as colinas simétricas e grandes, muito firmes, dos seios, e mais abaixo sentia que o monte de vênus de Camila fazia pressão contra seu púbis. Ela devia estar sentindo a dureza que pulsava através da calça. Era um abraço essa dança, com movimentos semelhantes aos do amor. Ela parecia precisar desse abraço. E se apertava contra ele, acelerava o ritmo da respiração, exalando através de cada poro a sede de possessão. Quando voltava para a mesa, Jacobo caminhava com dificuldade, e quem olhasse para a metade inferior de seu corpo notaria o volume. Enquanto estavam sentados, felizmente, a ereção baixava um pouco e o desejo lhe dava uma trégua. Como a música estava muito alta e punham boleros só de vez em quando, tinham de falar quase aos gritos. Era quase impossível, portanto, trocarem mais do que umas poucas palavras, mas não é impossível conhecer alguém apenas com monossílabos, só à base de sim e não, talvez e quem sabe depois de cada pergunta. Também ajudam os ombros que se levantam, os sorrisos, a expressão da boca e dos olhos, o movimento horizontal ou vertical da cabeça. Já iam sair, ela disse que não podia se arriscar até muito tarde porque o mafioso podia procurá-la no apartamento, mas viram que lá fora caía uma tempestade, com granizo. Ficaram e pediram outra meia garrafa de rum, rodelas de limão, mais coca-cola e mais gelo. Camila preferiu desligar o celular porque a essa hora ninguém estaria trabalhando.

— Em todo caso, duvido que a esta altura ele ainda me ligue.

Seguiram-se outras danças e outras durezas quase dolorosas no meio do corpo. Enquanto dançavam, podiam aproximar a boca do ouvido, o ouvido da boca, e souberam mais coisas um do outro. Ela soube que ele morava sozinho num hotel, que era separado e tinha uma filha em Paradiso, Sofía, de nove anos. Soube que ele não queria dedicar todo o seu tempo à livraria e que fazia aqueles outros trabalhos ocasionais para amenizar a vida e completar o orçamento do mês.

Camila lhe perguntou como tinha feito para conseguir o salvo-conduto para ir a Tierra Fría e dar suas aulas. Jacobo mentiu com um silêncio e depois com uma frase confusa, nebulosa, sobre um funcionário amigo. Não gostava de mencionar a verdadeira razão (disso nunca falava), sua conta secreta, o golpe de sorte que o transformara em *don* sem querer e que poderia tirá-lo para sempre do Sektor T, se quisesse, embora continuasse vivendo ali por opção, por raiva, por hábito. Também não quis falar muito de sua ex-mulher nem de sua filha pequena em Tierra Fría; só as mencionou de passagem, embora Camila quisesse saber mais. Jacobo desconversou, tentou fazê-la falar de si mesma. Soube então que Camila tinha brigado com os pais, *segundones* cheios de dignidade, por causa do chefão da Apuestas Nutibara, um bandido que sustentava a filha deles, mas com isso a rebaixava à categoria de sua favorita, o que, para eles, era uma forma elegante de dizer amante, meretriz, concubina, puta. Camila contou que gostaria de ser fotógrafa profissional e que tinha duas irmãs que via muito raramente. Não podia receber ninguém no apartamento que o namorado velho lhe pagava perto do estádio, nem sequer as irmãs, e vivia muito sozinha. O sujeito a visitava uma ou duas vezes por semana, e quase sem preâmbulos a despia como quem tira do armário uma boneca inflável, disse Camila, "e tenta me encher por uma única válvula, com uma bomba minúscula", acrescentou, tentando mascarar com humor o nojo e o ressentimento.

Descobriram também que haviam nascido no mesmo mês, ele quinze anos antes, que ele gostava de comida chinesa e ela de cavalos, que ele gostava de livros e ela de televisão. Era uma garota simples, que sofria, que tinha um belo corpo (desses que os mafiosos adoram ocupar, penetrar e exibir), para quem o livro do geógrafo Guhl não iria servir de nada, pois ela só queria era se formar o quanto antes com um TCC medíocre, sem pensar, copiado de outros livros, e pronto. Isso era permitido, ou melhor, era a norma em todas as universidades de Angosta, em cima e embaixo.

Por causa da "lei cenoura" (medida do último prefeito, que tentava restringir os horários de bares e boates para evitar mais mortos e diminuir o índice de alcoolismo local, um dos mais altos do mundo), Lengua de Trapo fechava às duas da manhã. Jacobo pagou a conta, deixou uma gorjeta exagerada, e eles saíram. Estavam muito próximos, caminhavam ombro contra ombro, devagar, para refrescarem a cabeça com o ar gelado da noite e a garoa no rosto. Camila sentiu frio e Jacobo lhe emprestou seu casaco azul, um casaco simples, velho, impermeável, de gola vermelha. Ficava bem nela, tinha a medida certa, e mais tarde, quando ela o devolveu, permaneceu por semanas impregnado dos rastros de possessão. Sem a música, podiam conversar num tom de voz normal, e se ouvia a risada deles retumbar nas portas de ferro, que a essa hora iam caindo como guilhotinas na entrada das boates. Quando duas pessoas se conhecem e se gostam, o riso substitui a todo momento as palavras, os beijos ocupam o espaço do riso e os olhares acariciam. Às duas da manhã o metrô não funciona mais, e só estão abertos alguns bares e botequins clandestinos (chamados *after parties*), por isso pararam um táxi amarelo e entraram no banco de trás. Enquanto o táxi os levava para o estádio (Jacobo se ofereceu para acompanhá-la até seu apartamento), se beijaram. Camila é dessas que sabem beijar. Jacobo também. Ela entreabria os lábios, sem escancarar a boca, acariciando os dele por um momento. Os dois se davam tempo para se reconhecerem antes que as línguas se buscassem, saíssem do seu cárcere para explorar a outra cela. Primeiro brincavam por fora, na beirada, depois mais para dentro, conhecendo o céu da boca, a borda afiada dos dentes, depois outra vez fora, passeando pelas gengivas e de novo pelos lábios, com a umidade perfeita, a pressão perfeita e uma violência tão tênue que chegava a ser terna. A ereção de Jacobo era insuportável, e ela apoiou a mão ali, com uma leve pressão e um movimento suave, de bolero. Camila não enfiou a mão dentro da calça, mas acariciou as costas dele e gostou daquela pele, lisa, muito suave, de bebê. Ele, sim, enfiou a mão por baixo da blusa dela, até dentro do sutiã, e acariciou aqueles seios que vinha escalando mentalmente desde a tarde. Eram de uma firmeza incrível, e ao contato de sua mão os cumes ganharam ainda mais altura, dureza e consistência. Sem se darem conta do tempo, um pouco mais tarde, depois de luzes, curvas, semáforos no amarelo intermitente, sirenes ao longe, limpador de para-brisa rítmico, olhares curiosos das calçadas, o taxista anunciou, com tossidela e com palavras — eles continuavam submersos numa escuridão de mãos e línguas —, que haviam chegado. Jacobo perguntou se não podia tomar um chá na casa dela, ou um último copo, mas ela disse que era impossível: seus passos e suas visitas eram vigiados. Perguntou se ela não queria caminhar com ele no dia seguinte, e de novo ela respondeu, com tristeza, que era impossível. Ele perguntou se quem sabe no domingo, e ela disse que no domingo talvez sim, mas só se o mafioso fosse ao sítio dele em Tierra Caliente. Ele anotou o telefone do hotel em um papelzinho. Escreveu os algarismos bem nítidos e grandes, e ao lado pôs o número de seu quarto, 2A. Para arejar a cabeça, para aliviar a tensão no baixo-ventre — e para correr o risco de ser assaltado —, resolveu ir a pé até o centro.

Ele a viu atravessar a porta, fez um gesto de despedida com a mão e começou a caminhar. Uma ou duas quadras depois, a ereção deu uma trégua a seu corpo e o pensamento pôde seguir um rumo mais reflexivo. Como de outras vezes, pensou que sua vida estava dominada por aquela espécie de radar que percebia ou emitia sinais no meio de seu corpo. Aquela antena ereta era a bússola que guiava sua vida, o ponteiro de relógio, o dedo que lhe indicava o caminho, um caminho não reto, ou reto só porque seguia a direção de uma retidão; não sabia como evitar ou como tirar o corpo da agulha dessa bússola que o levava inútil, insaciavelmente, de corpo em corpo, sem sossego, sem descanso, sem volta.

Um buraco na rua o tirou de seu alheamento. O pé direito afundou numa poça, ele virou o tornozelo e por pouco não caiu. A torção, por sorte, não foi completa nem chegou a doer. As calçadas (que nem sempre existem no Sektor T) estavam molhadas e o asfalto brilhava. Gotas dispersas caíam sobre o seu casaco, que ela lhe devolvera na entrada do prédio. Ele cheirou a gola molhada de chuva e o cheiro de Possessão fez com que sua bússola voltasse a acusar a atração do polo. Descartou a ideia, incômoda, de que mais uma vez estava se envolvendo com uma mulher que não amava, que ele só queria ver nua, e nada mais. Mas o rum e a lembrança de Camila apagaram a culpa e lhe deram a sensação de ser invulnerável. Caminhou mais tranquilo, recordando o corpo de Camila, as dobras da pele, o tato dos seios entre seus dedos, o cheiro de possessão que persistia em seu peito, em suas mãos e, principalmente, na gola vermelha do casaco. Absorto nesses pensamentos, seguindo a direção cega mas segura de sua bússola, a longa caminhada ficou mais curta. Quando faltava pouco mais de uma quadra para chegar ao hotel, um SUV blindado, preto, grande, de faróis acesos e vidros escuros, aproximou-se dele devagar, pela frente. "Coisa boa não é", Jacobo teve tempo de pensar. Quando o jipe chegou perto, três sujeitos[*] desceram como raios e imediatamente apontaram a arma para ele e o agarraram pela camisa e pelos braços.

— Quieto, velho! Não se mexa nem um milímetro, velhinho — disse o mais corpulento.

— O cacique Nutibara manda dizer que ninguém, escute bem, ninguém pode sair com a namorada dele. Nem que seja a trabalho — disse o outro.

O terceiro também falou, com a mesma ladainha inicial:

— O cacique Nutibara manda dizer que, se souber que você voltou a se encontrar com Camila, nem que seja para tomar um cafezinho, vai conhecer o fundo do Salto, se não morrer de susto antes de chegar lá.

O primeiro não voltou a falar e meteu o primeiro murro no rosto de Jacobo. Os outros o imitaram, com os punhos e com as botas (botas texanas de caubói, chegou a ver Jacobo), até que ele caiu no chão, dobrado sobre o ventre, para tentar se proteger dos golpes. Sentiu gosto de sangue e de pântano na boca, sentiu a bexiga esvaziar, os esfíncteres relaxarem. Sensação de pó molhado e de cinza contra o nariz. Um chute com toda a força nos testículos o fez perder momentaneamente os sentidos. Já os outros golpes lhe chegavam como que aturdidos pela confusão mental. Ouviu mais uma frase:

— Para de bater, Chucho, para de bater, que o *man* aí também não comeu a putinha do chefe. Vamos embora.

---

[*] O nome de dois deles não tem maior importância; o terceiro, o chefe, chama-se Jesús Macías e é um major aposentado do Exército, habituado à violência e à tortura. Os outros dois são rapazes recrutados em C e, embora sejam treinados para matar, não chegam aos pés do chefe, que é um doente mental.

Jacobo ficou mergulhado num torpor doloroso, com a respiração entrecortada. Algum tempo depois, impossível saber quanto, a luz do amanhecer doeu um instante em suas pupilas, embora o corpo todo doesse muito mais. Não podia se mexer sem sentir que desmontava, que todos os ossos de seu corpo se desconjuntavam. Gemeu, mas não havia ninguém por perto. Respirava com dificuldade e lhe doíam as costelas, a barriga, a cabeça, os braços. Viu pernas se aproximando, uma capa comprida, escura, que lhe deu medo, até que distinguiu as feições de um rapaz com cara de boa gente, ou melhor, muito mais do que isso, com cara de anjo da guarda.

— Ei — chamou. — Me ajude, por favor, eu moro no La Comedia.

O rapaz se inclinou, pôs uma mão em seu ombro e tentou levantá-lo. Tinha um olhar singelo e limpo, capaz de inspirar confiança a qualquer pessoa. Ao movê-lo, embora Andrés o fizesse com a máxima delicadeza, Jacobo soltou um gemido:

— Ai! Devo estar com os colhões estourados e as costelas quebradas — disse.

— E o nariz também, irmão — disse Andrés Zuleta. — Eu também moro no hotel, desde ontem. Se o senhor se apoiar no meu ombro, eu o ajudo a chegar até a porta, e chamamos um médico ou uma ambulância. O que aconteceu, o que fizeram com o senhor?

A dor o fazia suar frio. Estava ensopado, coberto de sujeira e de coágulos de sangue. Sentiu o cheiro de sua própria imundície emporcalhando sua roupa e seu corpo. Sentiu náuseas e nojo de si mesmo. Teve um acesso de tosse e com a tosse veio uma vontade irreprimível de vomitar. O rapaz o segurou pelas axilas enquanto ele esvaziava o estômago junto a um poste. No vômito havia rum, empanadas, coca-cola e sangue. Depois caminharam muito devagar, com dificuldade, até o hotel. Ramiro,* o porteiro, alarmado ("Mas o que houve, *don* Jacobo, foi assaltado? Telefonaram para o senhor... uma senhora"), ofereceu-lhe o ombro para ajudá-lo a subir até o quarto, e Andrés limpou seu rosto com uma toalha molhada. Ajudou-o a tirar a roupa, a afastar as cobertas e a se deitar na cama. Nesse momento, o telefone tocou. Jacobo apontou para o aparelho; Andrés atendeu e ouviu uma voz de mulher:

— Você, hein? Custava atender? É a Camila. É a décima vez que te ligo. Espero que não tenham feito nada com você. Os guarda-costas do Emilio estavam me esperando no apartamento. Viram você descer do táxi comigo. Imagina se você tivesse subido. Falei para eles que você era uma pessoa que eu tinha entrevistado. Queriam me obrigar a dizer onde você morava, eu me neguei, e eles já iam saindo para ir atrás de você quando viram o papelzinho na minha mão. Sabem seu nome, seu endereço, tudo. Ligaram para o Emilio para pedir instruções, e eu fiquei com medo de que ele tivesse mandado te queimar. Você está bem, não está? — Camila falava como um raio, sem esperar resposta.

— Aqui é Andrés Zuleta. Com quem deseja falar?

— Não é o quarto do Jacobo?

— É, sim, vou passar para ele.

Jacobo pegou o fone com dificuldade, suas mãos machucadas tremiam, e ouviu por um momento a voz de Camila. Tapou o bocal, agradeceu a Andrés e lhe disse que depois se veriam. O rapaz saiu e chamou o elevador para subir a seu quarto, no galinheiro. O elevador não veio, e ele subiu a pé os oito andares que faltavam. Às nove da manhã ainda escrevia seu diário.

---

* Ramiro Patiño. Porteiro da noite do La Comedia. Tem um faro educado em longos anos de desconfiança que lhe dá um sexto sentido para detectar hóspedes, suas intenções, seus vícios e virtudes. Por seus julgamentos rápidos, faz amizades ou inimizades instantâneas. Sempre gostou de Jacobo, apesar de seus defeitos, ou justamente por eles.

* * *

    A tarde começava a cair sobre Angosta quando dois Mercedes, um branco e um preto, entraram por um túnel em declive e chegaram quase ao mesmo tempo à garagem de um prédio. Era uma imponente construção de uns vinte e cinco andares com vigas de aço aparentes e vidros espelhados, situada no coração de Tierra Fría. Atrás dos Mercedes vinham outros veículos grandes, jipes ou caminhonetes com insulfilme e blindados. Alguns homens de óculos escuros, com arma formando um volume na cintura, os seguiam em motos de alta cilindragem. Do Mercedes preto desceu um homem gordo, baixinho, de terno e gravata, que abotoou o paletó ao desembarcar do carro. Devia ter uns cinquenta e cinco anos e apertou a mão de outro homem, tão bem vestido quanto ele, que por sua vez tinha saído pela porta direita traseira do automóvel branco. Entraram juntos no elevador e pelo interfone cada um disse uma frase: "Cavalo de passo fino", disse o primeiro; "Touro zebu", disse o segundo. Assim que disseram sua senha, o botão do último andar, o 24, se iluminou e o elevador começou a subir a toda a velocidade, sem parar em nenhum andar intermediário. Em poucos segundos a porta do elevador se abriu e os dois homens leram na grande placa com letras grandes de latão: "GRETA, Grêmio da Terra de Angosta". Depois de um zumbido eletrônico, ouviu-se um clique, e a dupla entrou rapidamente por uma porta de vidro, que se fechou às suas costas.
    Outros carros do mesmo tipo, até completarem sete, foram chegando ao subsolo do edifício, com poucos minutos de diferença. O ritual se repetiu de modo quase idêntico. Os guarda-costas desciam das motos e às pressas abriam a porta traseira direita. Por ali descia um homem, gordo ou magro, em geral de meia-idade, impecavelmente vestido, que entrava no elevador e

subia direto até o último andar. Cada um deles pronunciava uma senha diferente: "carrapato", "alforjes", "balança". Ao entrarem no escritório da cobertura, seguiam por um corredor que os levava a uma sala de espera, e depois até um cômodo quase vazio (uma mesa, cabides, algumas cadeiras) em que todos começavam a se trocar para participar da reunião mensal. Eram os Sete Sábios.

Por último, subiu um dos guarda-costas, que pelo interfone do elevador se identificou como Comandante Tequendama. O numeroso corpo de seguranças que escoltara os Sete Sábios permaneceu no subsolo do edifício, alguns deles fumando, outros conversando, alguns amigáveis, outros desconfiados.

CADERNO DE ANDRÉS ZULETA

Depois fiquei sabendo que o nome dele é Jacobo Lince e percebi que tinha tido um caso com a mulher de um figurão. Fedia a álcool e a sangue, também a excrementos, mas se via, pelo resto, que não era uma pessoa suja. Deve ter sido pego com a mulher do sujeito, ou coisa parecida, um tal de Emilio. Estava muito machucado, todo inchado, mas não moribundo. Vomitou até as tripas. Quando chegamos ao hotel, vi que era dos hóspedes mais distintos, porque o porteiro pareceu consternado ao vê-lo daquele jeito e o tratou bem, com muito mais respeito do que a mim. Disse que uma mulher havia telefonado várias vezes, procurando por ele, angustiada. O sujeito parecia transtornado e dizia alguma coisa como "Aqueles filhos da puta quase me mataram, estavam em três, eu não tive como me defender". O porteiro me ajudou a colocá-lo no elevador e a levá-lo (o negro fingiu que estava dormindo) quase arrastado até seu quarto no segundo andar. É um quarto muito melhor que o meu, com banheiro, com uma sala. Tem uma mesa redonda, sala de jantar, uma poltrona enorme para ler e uma cozinha americana. Nas estantes há uma confusão de livros de todo tipo e no banheiro volumes de poesia. Eu lhe levei uma toalha molhada para que limpasse o rosto, mas ele mal conseguia mexer os braços, que tinham recebido muitos socos e pontapés, com certeza ao tentar se proteger. Eu o ajudei a tirar a roupa cheia de barro e respingada de vômito e sangue. Havia hematomas por todo o corpo. Estava na cara que a surra tinha sido feia. Queixava-se de dor no baixo-ventre e nos testículos. Eu já ia chamar a Cruz Vermelha, quando o telefone tocou; era uma voz ansiosa que me confundiu com ele e começou a explicar alguma coisa sobre os guarda-costas de um sujeito, o tal Emilio. Disse que se chamava Camila e eu passei o telefone para o Lince. Ele pediu que eu saísse. Não sei como está agora, mas acho que não vai morrer. Amanhã vou tentar saber.

Sexta-feira. Resolvi que esta pequena mesa vai ser minha escrivaninha. Eu a coloquei bem embaixo da claraboia, depois de ter limpado o vidro por fora com uma esponja. Mesmo limpa, não deixa passar muita luz; é uma janela tão pequena que não dá conta de iluminar o quarto e só serve para eu saber se é dia ou noite. De manhã uma luz muito fraca me acaricia o rosto e nem chega a me acordar. Agora mesmo é dia, mas é como se já estivesse escurecendo. Detesto dias escuros, e em Angosta, felizmente, eles são muito raros. Estive muito ocupado visitando repartições públicas, tentando reunir os documentos para o salvo-conduto de entrada a F e para a permissão de trabalho. É tudo bem mais difícil de conseguir do que pensam na Fundação: exigem atestados de saúde, de boa conduta, de antecedentes criminais, referências pessoais, garantias bancárias. O fato de eu ter um irmão no Exército (tive de mencioná-lo, muito a contragosto) me ajudou bastante, pois ele, como oficial, tem salvo-conduto permanente para entrar em Tierra Fría quando bem entender.

À tarde perguntei ao porteiro pelo sr. Lince. Ele me autorizou a subir. Estava sozinho, sem camisa. É um tipo mediano, eu diria: nem gordo nem magro, nem alto nem baixo, nem branco nem mulato, nem jovem nem velho (deve ter uns trinta e cinco, quarenta anos). Tem ombros largos, fortes. Agradeceu pela ajuda que lhe dei de madrugada. Disse que se sentia muito melhor e que estava esperando certas partes desincharem para se levantar. Não me explicou o que lhe aconteceu, só que eu, por imprudência de sua amiga, já sei. Mas não lhe disse que sabia. Perguntou sobre mim, e falei do meu novo emprego na Fundação H. Ele disse que conhece o dr. Burgos por causa de algumas conferências na universidade, e que ele e sua mulher são das poucas pessoas decentes que existem em Paradiso. Pareceu sincero. Depois me convidou para passar por sua livraria qualquer dia. Conheço o lugar, chama-se La Cuña e vendem livros usados. Pena que lá tenham pouca poesia, comentei. Prometeu me mostrar uma sala repleta de poesia, em vários idiomas e de todos os países. É uma sala a que poucos iniciados têm acesso, disse, como querendo ganhar a minha cumplicidade. Depois fez outra coisa que me surpreendeu: me mediu de cima a baixo e perguntou se eu estava tão mal de dinheiro como de roupa. Não tive outro remédio senão dizer a verdade: que estava melhor de roupa que de dinheiro. Ele disse então para eu pegar uma caixinha de metal que estava na gaveta de uma cômoda, à direita. Eu a peguei e lhe entreguei. Ele a abriu, e vi que dentro dela havia um maço de notas, dólares, todas de cem. Tirou cinco delas e me entregou. Disse: "Vá me devolvendo quando começarem a pagar seu salário na Fundação, se puder. Se não puder, tranquilo".

Fazia anos que eu não via tanto dinheiro junto. Peguei uma nota e devolvi as outras quatro. "Isso já é suficiente", eu disse, mas ele me obrigou a levar três.

"E já sabe que não precisa ter pressa para devolver; apressar-se a pagar as dívidas é de péssimo gosto", disse. Não sei se estava me pagando pelo socorro que lhe prestei na rua, mas não parecia. Ou parecia, sim. Só me disse que sentia muito por ter me exposto ao seu vômito, ao seu fedor. É como se sentisse vergonha de seu corpo. Tive vontade de abraçá-lo e pôr iodo em seus ferimentos com um algodão branco, mas me contive.

Estou me sentindo rico. Tenho um espaço todo meu e posso escrever sem medo de que leiam meus papéis e zombem de mim. Parece inacreditável que eu não precise mais escrever num alfabeto cifrado. Até que enfim escrevo também em liberdade.

Permissão. Hoje me entregaram o salvo-conduto. Depois de amanhã começo a trabalhar na Fundação. Uma das prostitutas que na quinta-feira me olharam na rua com uma luxúria fabricada mora ao lado e se chama Vanessa. Apertou minha mão e me disse seu nome. Riu, embora não houvesse nenhum motivo para rir. Eu tinha vergonha de olhar para ela e de que ela me olhasse. Tem um decote profundo, muito profundo, e seu vestido chega até a borda dessa parte dos seios onde eles mudam de cor. A esta altura da minha vida, nunca me deitei com uma mulher. Nem puta nem não puta. Nunca consegui; chego quase lá, e recuo. Não valeria a pena experimentar? Seria outro pedaço da minha vida nova. Agora teria como pagar.

Era mais fácil, no colégio, quando alguns colegas tinham coragem de confessar que ainda não. Eu não era o único e me juntava sem problemas a esse pequeno pelotão de inexperientes. Mas o batalhão minguava a cada mês, até que você, para não ficar sozinho, precisava mentir, dizer que sim quando não. Talvez eu não tenha sido o único a mentir; quem sabe no primeiro grupo dos que tinham "tirado o cabaço da pica", como diziam, já houvesse algum mentiroso, como acabei sendo. Para mim nunca foi fácil encarar um corpo nu, estranho, tão diferente. Talvez por isso numa época tenha me cercado de amigos gays. Eles pelo menos não me pressionavam para ir com as "vadias", como eles diziam, e até me ofereciam dinheiro emprestado, se fosse esse o problema. Só que os gays queriam que eu fosse com eles, o que também não era a minha intenção. A única coisa que eu ganhei na companhia deles foi a fama de bicha em casa e no colégio. Com o tempo, fui virando um solitário que sonha com outros corpos, mas que, na proximidade de outro corpo, treme de medo.

Enquanto penso nisso, olho pela janela, quer dizer, olho para o céu pela pequena abertura da claraboia acima da minha cabeça. Um passarinho começou a fazer um ninho com palhas num canto; não quero tirá-las. As nuvens em Angosta são brancas e pachorrentas. Não há vento que as empurre nem brisa que as disperse, quase nunca, porque as montanhas são uma barreira que represa o ar. É como o telhado em volta da claraboia. Do alto, olhando para trás quando se chega a Paradiso, vê-se a nuvem de *smog*, negra e densa, às vezes parda, que envolve o vale do Turbio. Aqui é como se o ar estivesse estagnado e as nuvens se movessem muito devagar, como a lua, quase imperceptivelmente, e no fim, se a gente fixa o olhar nelas, acabam passando ou se dissipando. Às vezes mudam de cor, escurecem de repente, desatam uma incontrolável tempestade de raios, como se toda a fúria dos deuses se concentrasse contra o vale. Parece um aviso dos céus, para ver se as pessoas caem em si e mudam. Mas não. Em meio a tantos relâmpagos, as nuvens quase sempre se esgotam, mas também, às vezes, como anteontem, rebentam em chuvas que varrem as calçadas e limpam o ar. Depois a nuvem de *smog* acaba voltando e cobrindo tudo. Eu gosto quando chove sobre Angosta. Três dias depois, ainda é como se o ar tivesse tomado banho.

* * *

Toda terceira quinta-feira do mês, sem falta, o sr. Rey convida alguns hóspedes para jantar. Como é uma pessoa tradicionalista que tenta preservar as formas que no passado imperavam no La Comedia, envia pequenos cartões escritos com caligrafia pomposa, com tinta sépia, que são enfiados por baixo da porta de cada convidado: "O sr. Arturo Rey (e as volutas do ípsilon ressaltam o sobrenome numa espécie de rubrica barroca), gerente-geral do hotel La Comedia, tem o prazer de convidá-lo para um jantar que terá lugar no salão principal na próxima quinta-feira. Hora: 8 p.m. RSVP". Os convidados são quase sempre os mesmos: seu primo Jacobo Lince; a sra. Luisita Medina, a mulher mais triste de Angosta (epíteto hiperbólico cunhado pelo sr. Rey, amante da epopeia), e Lucía, sua guia; o professor Dan, inteligente como ninguém e surdo como nenhum outro; Quiroz (o único convidado do galinheiro), que consome um jantar líquido e gasoso, pois nunca prova nada, mas toma todas as bebidas e fuma todos os cigarros da noite; e Antonio, o barbeiro do hotel e da máfia. Este último é, sempre, o mais elegante, o primeiro a chegar, o último a sair, o que mais elogia os pratos e o que mais aprecia o banquete. Veste um terno escuro, de gala, com camisa engomada, gravata-borboleta fúcsia, e assume modos e gestos de grande dama, pois embora de aparência masculina (barba azul cerrada no queixo e nas faces) seu corpo parece enxertado numa alma feminina, que por sua vez conduz os gestos de seu corpo para uma porção feminina. Ele só lamenta que o gerente não convide também Charlie, o suposto sobrinho com quem vive em seu quarto do terceiro andar. Mas também nunca nenhuma concubina de Jacobo foi convidada, mesmo sendo notório que é um beija-flor impenitente, por isso Antonio se conforma com sua momentânea falta de parceiro, sem sugerir nenhuma inovação nos hábitos do sr. Rey. Às vezes Charlie vai até os limites do restaurante e espia com faceirice, talvez também com fome, apontando a cabeça pela porta principal. Todos, menos Luisita, viram a cabeça; o próprio gerente o vê, mas faz vista grossa, e Antonio se limita a enfiar no bolso do paletó, mal embrulhada num guardanapo de papel, sua própria porção de sobremesa.

O sr. Rey sempre comparece com sua mulher,* uma senhora na quinta década de seus dias, que faz o impossível para ainda parecer loira e atraente, como sem dúvida foi no passado. É dona desse tipo de boa educação enfadonha, conhecida como agradável, que consiste em sempre dizer única e exclusivamente o correto. Tenta ser otimista e positiva em qualquer circunstância, diante de qualquer contratempo, de qualquer história, por mais calamitosa que seja. Nas raras vezes em que fala, chateia e se chateia, e como que para corroborar o fato com sinais visíveis, quase todas as suas frases terminam num bocejo contagioso.

Jacobo, ainda machucado uma semana depois da surra da quarta-feira, desta vez declinou do convite. Não gosta de exibir suas misérias. Se comparecesse, ofereceria a todos vinho tinto, por sua conta, e se sentaria ao lado da sra. Luisita para puxar conversa, como sempre, esforçando-se para tirá-la de seu mutismo, para mudar o disco riscado da inabalável amargura dela. Sua guia, Lucía, sempre a alimenta com certo automatismo (o garfo e a colher vão e vêm, ritmados, do prato à boca, às vezes o copo de água se apoia nos lábios, depois o guardanapo), enquan-

---

* Catalina de Rey é uma chilena perliquiteta (palavra que bem a define e que consta em alguns dicionários). Mora com o marido em quase meio andar do La Comedia. Não pôde ter filhos porque, quando muito jovem, numa cirurgia malfeita, lhe tiraram os ovários e o útero. Foi bonita, mas a menopausa prematura a amatronou. Nunca estudou nada. Disfarça com boas maneiras sua perfeita ignorância e seu tédio definitivo. Vive num mundo superficial e lamenta não poder viver num mundo mais superficial ainda, em Tierra Fría. No fundo, não perdoa o marido por isso: por ser um *segundón*.

to sua patroa cala, mastiga, engole. Lucía talvez se sentisse autorizada a falar se Luisita não falasse. Nessa noite o professor Dan tenta substituir seu amigo Jacobo e fala com a senhora cega sobre o marido dela, o professor, que ele conheceu há muitos anos na universidade. Com sua estrondosa voz de surdo, exclama:

— Eu me lembro da tarde em que o professor morreu; foi muito doloroso... — comenta Dan, mas a sra. Luisita o interrompe e o corrige, seca:

— Ele não morreu. Foi assassinado. E assassinaram meu filho também.

Não diz mais nada. Dan ouve o esclarecimento e pede desculpas; percebe que com ela é falta de tato procurar ter tato. A reunião cai num limbo do qual não conseguem resgatá-la nem os comentários espirituosos que Quiroz lança no ar de vez em quando, envoltos em fumaça, do seu jantar líquido. Por fim, a conversa passa à agressão de Lince, mas tudo se resolve com um monte de frases genéricas sobre como a vida se tornou insegura em Angosta, cada dia pior, e como é perigoso sair à noite em Tierra Templada. Felizes os da cidade alta, que podem ficar na rua até tarde. Todos sabem que por trás da surra há um caso com uma mulher, mas só Quiroz menciona o fato indiretamente, com um provérbio: "Tanto vai o cântaro à fonte, que um dia volta quebrado".

A sra. Rey não suporta que o marido convide Quiroz e, por isso, contrariando sua boa educação, nunca festeja as piadas dele nem seus ditados. Todo mês ela pede, implora ao marido que não o convide desta vez, pois "Esse barbudo não come, se veste como um mendigo, estraga o aroma dos pratos com fedor de tabaco e bafo de cachaça, além de sempre terminar tão bêbado que precisa ser carregado até o quarto. É o cúmulo".

— É verdade que ele não come, é óbvio que fuma, claro que se embebeda e talvez seja verdade que não se veste como o barbeiro ou como você — reconhece o sr. Rey —, mas diz coisas muito mais inteligentes e oportunas do que o barbeiro e, lamento dizer, do que você também, e do que todos os outros, pois Dan é socialmente um desastre e Jacobo só pensa naquilo. Que diferença faz, para mim ou para quem quer que seja, o jeito como Agustín se veste? Nem que o convidássemos por causa da roupa ou para um desfile. Ou você pensa que sou do tipo que abandona os amigos na rua depois que eles ficam pobres? Conheço o Agustín há cinquenta anos, e para mim ele não tem defeitos.

Na última vez em que sua mulher tinha tocado no assunto, o sr. Rey reagiu com raiva, terminou a discussão batendo a porta e indo para seu escritório com grandes passos irados. Chamou Carlota e mandou que, daquele dia em diante, toda a roupa de Quiroz fosse lavada e passada de graça na lavanderia do hotel. Ele admite que Agustín anda com a roupa velha e puída e sente remorso por não ter reparado a tempo na deterioração de sua aparência. Talvez sua mulher parasse de encher o saco se ele ousasse dar sua roupa usada a Quiroz; tem muitas, sobrando, e, com poucos ajustes, ficariam bem no amigo. Mas teme que o Mestre se ofenda com a oferta e prefere nem tentar. Mandou comprar três camisas, uma branca, uma cinza, uma bege, novas, e as deixou no quarto de Quiroz, em cima da cama, sem nenhuma explicação. Nessa noite, no início da reunião, o sr. Rey notou com satisfação que Agustín estreava a camisa branca. Pena que deixasse cair em cima dela a cinza do cigarro, e até algumas brasas, que abriam buraquinhos sem Agustín nem perceber.

No final do jantar, depois de a sra. Luisita e sua guia se retirarem, o sr. Rey conta aos outros a história do professor, o marido da mulher mais triste de Angosta, que ele conhece muito bem. Fala em voz baixa, e Dan consegue ouvir apenas fiapos do relato, embora entenda tudo pela leitura labial e acompanhando os fatos aos saltos, porque já lhe contaram essa história muitas vezes. O marido da sra. Luisita, diz Rey, foi levado de sua casa no Prado (quando o Prado ainda era o Prado, e não essa pocilga) uma madrugada, fazia mais de quinze anos. Eram capangas da Secur. Chegaram em vários jipes blindados, com os faróis acesos em pleno meio-dia. Renderam o mordomo que os atendeu na entrada da casa, subiram até o segundo andar, arrombaram a porta do quarto com uma marreta e o levaram do jeito que estava, de pijama e descalço. Quando o filho da sra. Luisita, apenas um adolescente, saiu de seu quarto e tentou detê-los, também foi levado, "porque é bom cortar a árvore e queimar a semente", disseram. Os dois apareceram poucas horas depois, as mãos amarradas com arame, as costas e a barriga queimadas com pontas de cigarro, os braços e o umbigo beliscados com alicate, com vários tiros na cabeça e no abdômen. Tinham um cartaz no peito, escrito à mão: "Por colaborarem com o COA".

O barbeiro intervém e diz que um de seus clientes lhe contou detalhes dessa morte: tinha sido ordenada pelo Conselho, uma espécie de pequeno tribunal de pessoas muito influentes que funciona em Tierra Fría.

— Me contaram que quando o Conselho decide a sorte de alguém, nem meu deusinho o salva. Tomara que a gente nunca caia na mira deles. O filho do professor não estava jurado, mas se meteu a defender o pai, e na horinha mesmo o levaram. Quem me contou disse que foi por respeito à senhora que não atiraram os corpos no Salto de los Desesperados. E que, se ele não era colaborador, no mínimo era um simpatizante, ou muito tolerante com os grupos terroristas.

— Pelo menos deixaram de sofrer — diz a sra. Rey num sussurro, com um leve suspiro imediatamente substituído por seu eterno sorriso de satisfação enquanto passa a mão pelo cabelo, como se tentasse ajeitar uma mecha loira que nunca saiu do lugar. Em seguida sua mão desce, cerrada, até a boca, para cobrir e ao mesmo tempo sinalizar um prudente bocejo, o infalível semáforo que avisa aos convidados: "Já é tarde, senhores, não demorem muito para terminar a sobremesa".

O COA, sigla de Contra o Apartamento, era um pequeno grupo guerrilheiro que havia sido desmantelado pelo Exército na época da divisão de Angosta, ainda que durante anos algumas de suas células tenham permanecido ativas e até hoje restem alguns redutos suicidas (os homens-bomba do Jamás, uma dissidência dura, mais radical que o COA, que agora se dedica a atividades terroristas) nos grotões mais inóspitos de Tierra Caliente. O marido da sra. Luisita era contra a divisão da cidade, e mesmo depois de ela ter sido consolidada ele não se conformou e convocava marchas silenciosas em sinal de protesto, escrevia artigos a favor da união, tentava manter viva a memória já nebulosa da cidade quando era una e aberta, mas nunca pertenceu ao COA, pois era um pacifista e se declarava contra toda e qualquer violência. Ele se opôs com todas as forças à divisão da cidade, depois à falsa normalidade do Apartamento, através da resistência pacífica, de escritos públicos e manifestações silenciosas. Ainda assim, pagou seu protesto com a própria vida e foi tratado como mais um terrorista. Luisita ficou com uma única filha, María Luisa, e depositou nessa vida jovem o pouco ânimo que lhe restava para continuar vivendo, até que também a filha morreu, anos depois, num acidente de helicóptero com jeito de atentado, quando ia cobrir um massacre cometido pela Secur em Boca del Infierno. Desde que perdeu a única razão que lhe restava para continuar viva, abandonou seu casarão no bairro do Prado (que já começava a se tornar Barriotriste), guardou os móveis, os quadros, os livros, as baixelas, os lustres finos de sua casa num guarda-móveis perto do rio e se instalou no hotel, sem avisar amigos nem parentes, quase incógnita. Durante muito tempo não quis ver nem falar com ninguém, até que a cegueira a obrigou a contratar Lucía, e os repetidos convites do sr. Rey foram dobrando sua resistência a qualquer contato social. Ainda agora é uma pessoa extremamente reservada e silenciosa, com um fundo de amargura que a faz desconfiar de quase todo mundo. É difícil tirá-la de seu mutismo e arrancar-lhe uma pequena frase que seja, mas às vezes fala, com frases breves e ferozes, quase grunhidos de animal ferido. Come pouco, perambula pelo hotel e pelas ruas, a mão posta sobre o ombro de seus olhos, e cultiva um ressentimento que não sabe como canalizar, mas que sempre se traduz no seu oposto, numa desmesurada generosidade sem sentido e em milagrosas obras de beneficência que decide por impulso. Foi rica, talvez ainda seja, e reparte o que tem a mancheias, de modo inesperado e surpreendente.

Participa ensimesmada dos jantares do sr. Rey. Embora sempre agradeça o convite e diga que foi ótimo, nunca parece estar presente nem atenta ao que os convidados falam a seu redor. Come o que lhe dão, sem apetite, como num ato de disciplina, bebe uma taça de vinho tinto, parece que com mais gosto, e é a primeira a se retirar para sua suíte, no segundo andar, com uma breve frase de agradecimento ao sr. Rey e uma inclinação de cabeça mínima lançada ao ar para os demais. A despeito da secura com que Luisita trata o livreiro Lince, tem simpatia por ele, e há outros hóspedes do galinheiro que às vezes ela convida para almoçar, mais para ajudá-los do que para ter uma companhia que não procura. Às vezes lhes empresta dinheiro sem cobrar juros ou até lhes dá um mês de aluguel, quando passam por algum aperto. Dizem que o sr. Jursich, o eslavo, antes de começar a trabalhar no La Cuña, vivia apenas da caridade da sra. Luisita, a mulher mais triste de Angosta.

O professor Dan, o Reloginho, fala com um sotaque difícil de definir. Poderia ser o espanhol nativo de um chileno ou de um costa-riquenho (com seus erres líquidos e seus verbos arcaicos), ou o rastro indelével de outra língua materna impossível de suplantar por completo. Está ficando surdo e isso talvez o torne ainda mais solitário, pela dificuldade que tem de entabular uma conversa fluida. Quando se encontra com Jacobo para um brandy e um cachimbo em seu quarto, no final da tarde, mais que manter uma conversa, Jacobo ouve por algum tempo um monólogo de Dan e depois o brinda com seu próprio monólogo. É sua maneira de conversar sem as inevitáveis interrupções explicativas da surdez. Como se cada um fizesse uma breve palestra para o outro. Percebe-se que Dan, exceto pelas aulas, passa dias inteiros sem falar, e quando surge uma chance de desabafo ele despeja uma enxurrada incontida de palavras, como se elas tivessem ficado represadas e estivessem ansiosas para sair. "Fala da maneira como os homens sedentos bebem", era a frase que sempre vinha à cabeça de Lince enquanto o escutava.

Na realidade, Dan não se sente confortável quase em nenhum lugar. Incapaz de se esquecer de si mesmo, vive à mercê de seus pensamentos e é uma vítima da própria consciência. Não é grandiloquente nem solene, mas desajeitado, tímido, incapaz de assumir com autenticidade um ar desenvolto. E mais: quando se esforça para superar seu permanente desconforto, o resultado é patético. Com o cego propósito de conseguir se libertar de si mesmo, às vezes bebe além da conta, porém o álcool não lhe dá loquacidade nem alegria, mas o mergulha numa sombria tristeza. Bêbado, tem plena noção de seu profundo descompasso com o mundo. Percebe então aquilo que ele é: um inadequado ao tempo e ao lugar.

O mais doloroso para ele é que sua maneira de ser o impede de conseguir uma parceira. Nem mesmo as mulheres menos atraentes, mais passadas da idade, o consideram um possível candidato a seus afetos. Ele olha para elas como um preso olharia detrás das grades do sentimento de inadaptação que o atormenta. Às vezes dirige a palavra a elas, arrisca um passo tímido de sedução, uma pergunta, mas esta sempre acaba sendo a mais inoportuna, e elas passam ao largo, com desdém. É um fato que ele não reconhece, afirmando que já atingiu a paz dos sentidos e que o sexo não o inquieta, nem busca prazer na carne, só na matemática e no pensamento geométrico.

Sua atitude corporal também não ajuda, com olhos que mal se detêm, oblíquos, nos olhos do outro, para logo se refugiarem de novo nas próprias mãos ou no ar, as pupilas inquietas, como se procurassem uma poeira suspensa no espaço. Essa incapacidade de olhar de frente passa uma desagradável impressão de hipocrisia, mas, se ele fosse hipócrita de verdade, conseguiria disfarçá-la, e nunca conseguiu. Seu corpo retraído, dobrado sobre si mesmo, aleijado apesar de não ter malformação alguma, revela o que ele é: um inseguro.

Quando o jantar da quinta-feira terminou, um pouco antes das onze, o professor Dan resolveu ir até o segundo andar para ver Jacobo. Dan vivia no mundo da lua, ou em seus problemas de altas matemáticas, o que dá na mesma, por isso passara a semana inteira sem saber da surra de Lince, mas como este havia sido tema de conversa no jantar, resolveu ir vê-lo assim que a reunião foi encerrada com os bocejos da sra. Rey e com o sono e os roncos etílicos de Quiroz. Bateu à porta (um toque longo e dois curtos, a inicial do seu nome em código Morse: –..) e Jacobo o autorizou a entrar. Estava fazendo uma consulta na internet, esticado na cama, com o notebook no colo, e antes de desligar anotou um número, 1 044 718, e jogou o papelzinho dobrado na gaveta do criado-mudo.

Após perguntar como Jacobo estava e lhe contar rapidamente que Quiroz tinha comentado que talvez ele estivesse exagerando em seus arroubos carnais e tumultos sentimentais, Dan, sem preâmbulo algum, sem quê nem por quê, começou a teorizar sobre a solidão e o casamento. Embora conservasse com Jacobo todas as formas de cortesia um tanto antiquadas que lhe eram indispensáveis para se relacionar com qualquer pessoa, Jacobo era talvez o único hóspede do La Comedia com quem ele conseguia falar sem temor; relaxava e deixava sair sem hesitações o fio de seu pensamento.

— Eu não temo a solidão, sr. Lince, e talvez o senhor também não. Ninguém que more num hotel teme a solidão, e me dei conta de que nós todos aqui somos ilhas, ou um arquipélago, para ser mais exato, um bando de solitários dispersos e delimitados por um pequeno espaço. É cômodo viver entre tantas solidões, porque cada um de nós se sente mais um da mesma espécie, e não um extraterrestre ou um estranho no ninho. Mas eu me pergunto se esta solidão não nos levará às vezes a cometer imprudências desnecessárias. Será que o senhor não está correndo muitos riscos para fugir da solidão, sr. Lince?

Fez uma pausa e olhou o espancado de cima a baixo. Apesar de machucado, Lince não inspirava compaixão, pois estava restabelecido e sua saúde saltava aos olhos, principalmente através dessa espécie de euforia sentida por quem esteve à beira da morte e não morreu. Enquanto olhava para seu amigo, o professor Dan ia enchendo seu cachimbo devagar, e continuou a acariciar o fumo enquanto abria sua divagação sobre a solidão:

— Longe de mim culpá-lo pelos golpes que recebeu; seria uma infâmia. Mas permita-me fazer uma pergunta pessoal: o senhor já foi casado? Não precisa responder, se não quiser. Na verdade, eu não quero saber. Foi? Ah, divorciado. Eu digo isso porque nunca me casei. Pergunto para poder contar. Acho que contar intimidades é uma impertinência, pelo menos até que a outra pessoa não tenha revelado alguma. Eu me pergunto por que as pessoas se casam. Dizem que por amor, mas eu duvido. Claro que às vezes acontece, o amor. Mas acho que a maioria dos homens (e as mulheres, melhor nem falar) detesta a liberdade. As pessoas não se casam por amor, mas por costume, e por horror à solidão. Além disso, a maioria das pessoas é infeliz e acredita que, como dizer?, a extenuação, o incômodo constante do casamento servirá de solução para a infelicidade. Os homens imaginam que seriam felizes se não fossem casados; as mulheres imaginam que seriam felizes se tivessem outro marido. Este é o segredo do casamento: fornece o álibi perfeito para atribuir uma causa à nossa infelicidade. Os casados acham que não são felizes porque estão casados, ou que se não estivessem casados com aquela pessoa seriam felizes, e que se não conseguiram nada na vida é porque seu péssimo casamento não deixou. O casamento também serve de pretexto para a própria inutilidade. Às vezes as pessoas se separam, voltam a se casar e, depois de alguns meses, ou com sorte depois de alguns anos, veem que também não são felizes e continuam sem ter alcançado nada de extraordinário. Mas nem assim se dão conta de que o casamento é seu álibi perfeito para explicar a infelicidade.

Jacobo não respondeu; sabia que não devia interromper quando Dan se punha a falar direto. Um sorriso vago pairava em seu rosto e escutava o professor como quem ouve uma melodia moderna, um pouco estranha talvez, e bem forçada, mas no fundo amena. O professor Dan tinha acendido o cachimbo e o doce aroma do tabaco acariciava seu nariz com uma reminiscência agradável de seu tempo de fumante. Fazia tempo que Lince tinha parado de fumar, por causa da asma.

— Além disso, a liberdade, o senhor sabe melhor que eu, é muito difícil de controlar e nos faz cometer tolices. Eu, pelo menos, há alguns anos, cometia tolices, permita-me que lhe diga, tolices como essas que o senhor costuma cometer, até que resolvi ser um solitário e um infeliz até o fundo, por inteiro. Eu sou um solitário, sr. Lince, o senhor sabe, e um infeliz, mas não me interessa a solidão de ninguém nem me importo com a infelicidade dos outros. Também não atormento ninguém com a minha infelicidade, isso nunca, nem culpo ninguém por ela. O senhor se perguntará por que vivo nesta pensão. Eu tenho passaporte húngaro e poderia viver sem problemas em Tierra Fría. Poderia até fazer a Aliyah, se eu fosse um judeu convicto, e ir viver naquela terra que vocês, góis, chamam de Santa, onde tenho parentes. Também não tenho por que viver sozinho; tive algumas opções de casamento, inclusive uma vez cheguei a ficar noivo e estive prestes a me casar, mas larguei a prometida já com o enxoval comprado e os convites distribuídos. No último minuto rompi o noivado, para o senhor eu posso contar. Pobre moça, mas foi melhor para ela: eu não sou alguém bom para se viver com. É estranho que em espanhol não se possa terminar a frase assim, com uma preposição; elas são tão práticas. Mas voltando ao assunto: eu poderia dizer que as duas decisões têm a ver com uma opção moral: que me recuso a me casar com a hipocrisia do casamento, que a política do Apartamento me parece abominável e que minha vida é um mudo protesto social, uma insubordinação ética. Mas seria mentira em ambos os casos. Eu moro aqui, sem uma companheira, porque é mais prático e barato. Principalmente barato. Eu poderia pagar uma suíte como a sua, sr. Lince; talvez também pudesse conseguir parceiras ocasionais, como o senhor, embora admita que seria mais difícil na minha idade e sem seus atributos. — O professor Dan sorriu, cético, e o sorriso de Lince pareceu um espelho. — Mas sua suíte é cara, as conquistas roubam muito tempo, além de poderem terminar mal, como o senhor bem sabe — e aqui Dan se permitiu pela segunda vez um sorriso, que Jacobo respondeu com uma tossida —, e me basta uma cama de solteiro e uma mesa para pensar no meu problema.

Lince sabia muito bem que Dan chegara ao seu ponto nevrálgico, à sua loucura, que cedo ou tarde sempre mencionava em qualquer conversa. Dan vivia, na realidade, para resolver um problema de álgebra aberto fazia quase um século. Esse problema era, para ele, a mesma coisa que as mulheres para Jacobo: o mais importante, a grande pergunta, a ausência de resposta, a razão de seus desvelos. Uma baforada de fumaça branca saiu de entre seus dentes, acompanhando as palavras:

— Dediquei vinte anos da minha vida pensando num único problema, como eu já lhe disse, não?, e talvez os melhores anos da minha mente eu os tenha perdido, devo confessar, tentando resolver um problema mais mundano e mais ridículo: com quem me deitar. Talvez em outra época eu tenha sido como o senhor, sr. Jacobo. Mas isso agora não importa. O meu problema é estupendo, um problema aberto, monstruoso, cheio de significados, para o qual nem sequer se sabe se existe solução. Chama-se Conjectura do Somando Direto, e, embora talvez não signifique nada para o senhor, acho que é um nome bonito, como Bárbara, ou Ana, ou Marianne. Quem sabe meu problema, para ser resolvido, precise mesmo de um nome de mulher: Verónica, Rita, Claudia, Sonia, Andrea, Clara, María, Patricia, Tatiana, Clemencia — o professor parecia ter perdido o fio do discurso, patinando numa lista interminável, atolado no lamaçal de sua memória, talvez em seu harém de sombras e fantasmas —, Valentina, Silvia, Carmenza, Paula, Mercedes, Janet, Eliana, Pilar... enfim. Talvez assim eu já o tivesse resolvido, teria resolvido minha conjectura se não tivesse perdido tanto tempo tentando fazer com que me abrissem de par em par um par de pernas, todos esses nomes de que nem consigo me lembrar bem. Que tolice, sendo a masturbação tão simples e saudável, sr. Lince. Pensa-se numa mulher como quem pensa num problema de álgebra, num buraco negro, e essa mulher virtual ou da memória se torna real; posso apalpar a carne delas em pensamento, e isso me basta. Eu as fecundo, tenho provas tangíveis disso, e depois volto ao que realmente interessa: o meu problema.

Dan pediu licença para ir ao banheiro. Não fechou a porta, abriu a torneira e bebeu algumas mãozadas de água, sorvendo com força, como se fosse água quente ou sopa. Depois lavou o rosto, massageou as pálpebras e as maçãs do rosto, enxugou-se com a toalha e voltou para o quarto. O cachimbo se apagou, e antes de se sentar retomou o que estava dizendo:

— E assim sigo eu, com o meu problema aberto, sem saber se conseguirei resolvê-lo. O senhor conhece a piada dos matemáticos? É a mesma piada do bêbado que perdeu as chaves de noite e procura por elas em volta do poste de luz, mas só ali. Só ali, porque tudo o mais está em sombras, na escuridão total, e só ali, na pequena zona de luminosidade, ele acredita que poderá encontrá-las. Assim é a matemática: uma noite escura, um universo de sombras impenetráveis, e nós, os matemáticos, temos de procurar com os poucos instrumentos de que dispomos, na parte iluminada, embora talvez aí nunca se encontre a chave. Talvez eu não encontre a solução, mas vou recolhendo objetos mais ou menos úteis, um clipe, um cabelo enroscado, uma moeda de cem. Desses objetos que encontro é que são feitas as minhas aulas na universidade.

Calou-se por um momento e virou os olhos para o teto, como se tomasse impulso para continuar. Pontuava sua fala com gestos. A vírgula era uma breve piscada; o ponto e vírgula, uma lenta suspensão das sobrancelhas; o ponto, um sorriso um pouco mais aberto. Esse sorriso se esfumou de novo quando ele empreendeu a seguinte peroração; seu modo de pôr maiúsculas era tomar muito fôlego para o primeiro impulso dos lábios:

— A conjectura me leva à teoria da interseção; a teoria da interseção, às variedades C infinitas; as variedades C infinitas, aos espaços anelados; os espaços anelados, à teoria dos feixes e sua co-homologia, aos funtores derivados, à álgebra homológica e ao estudo das sequências exatas, à resolução dos funtores, a Tor, a Ext, aos módulos projetivos, a seus análogos em fibrados, aos feixes localmente livres e suas resoluções, à sua homologia, à K-teoria de Atiyah e Grothendieck, ao teorema de periodicidade de Bott e ao estudo da alta homotopia, e este é só um fragmento de todo o mapa, apenas um dos possíveis ramos da árvore; os outros nem sequer foram mencionados — Jacobo disfarçou um bocejo, e Dan viu com o rabo do olho as contorções de uma boca lutando para permanecer fechada. Por isso disse: — Mas certamente o estou aborrecendo, sr. Lince, me perdoe, o senhor com todos os seus machucados, o senhor com seu sono, e eu com as minhas angústias. Não? Não o aborreço? Então continuo, ou melhor, não continuo, volto.

"Acho que não podemos dizer que moramos aqui por uma decisão moral, assim como evito me envolver com mulheres não por uma atitude ética ou mística, ou por um exercício de castidade, e sim para poder pensar com liberdade no meu problema, porque a matemática me apaixona muito mais do que o sexo (entre uma noite com Cleópatra e uma noite com Fermat, não teria a menor dúvida em escolher Fermat). Mas a decisão de morar aqui, e não em Paradiso, também não pode ser uma escolha moral, pois a divisão que existe aqui é tão imoral como a que existe em toda a cidade. Bom, é verdade que aqui, pelo menos, o pessoal do galinheiro pode entrar no salão principal; hoje Quiroz jantou conosco, por exemplo. Jantou é modo de dizer: embebedou-se conosco. Mas aqui ou em qualquer lugar de Angosta vivemos uma coisa suja. É como se esta cidade estivesse amaldiçoada. Sim, amaldiçoada, desde que está separada, cortada, como o mundo, e desde que as pessoas precisam pedir permissão para se deslocarem. Uma velha expressão espanhola alertava sobre o absurdo que é "pôr portas no campo"; agora o campo é uma porta fechada, uma grande muralha intransponível. Ou talvez já nem exista campo e por isso parece lógico que tudo tenha portas. O senhor e eu temos o privilégio, imoral, de podermos nos deslocar por essas portas. Imoral porque, se todos não podem se deslocar, nós, que podemos, deveríamos ficar parados, iracundos, imóveis, tristes. Tenho nojo dos *segundones* que só sonham em ir morar em Tierra Fría, que lambem o cu dos *dones* para que sejam aceitos entre eles. E mais nojo ainda dos que propõem que pelo menos para nós, os *tibios* que vivemos em T, seja dada uma permissão, nos fins de semana, para deixar os *calentanos* mais isolados ainda. O que acontece é que nesta cidade a pessoa é irremediavelmente obrigada a levar uma vida imoral. O simples fato de nos deslocarmos por ela, para cima com respeito ou para baixo com medo, é imoral.

"Falei demais, sr. Lince. Agora há pouco perguntei se o senhor já foi casado. Eu gostaria de saber a história, e gostaria de saber por que o senhor pode se deslocar como um peixe na água, para cima e para baixo, livre pelos dois sectores, como eu. Suspeito que isso tenha a ver com o seu casamento, com o seu casamento anterior, quero dizer, pois o senhor disse que é divorciado. Queria saber disso e, se não for incômodo, gostaria que também pensasse no que eu lhe disse anteriormente, no seu problema matemático, digamos, nessa sua obstinação em andar sempre atrás de saias, ou de mulheres novas, como se em cada corpo de mulher houvesse uma pista para resolver o problema da sexualidade. Eu já passei por isso, e foi uma absoluta perda de tempo, uma lista de nomes sem rosto e sem pele, talvez, o que me impediu de resolver meu problema quando eu estava mais lúcido e tinha o cérebro mais fresco, com menos anos de uso. Como eu já disse, a pura necessidade biológica tem outras soluções mais tranquilas, mais à mão e mais práticas.

Jacobo tossiu. Quando lhe faziam uma pergunta direta sobre sua vida pessoal, era como se lhe dessem um empurrão ou uma bofetada. Ficava desconcertado. Não sabia por onde começar nem o que exatamente queriam saber dele: se linhas gerais, um esboço da situação ou detalhes, recantos, meandros.

Na verdade, não era uma história muito difícil de contar, embora tivesse algo de piegas. Tinha acontecido fazia quase seis anos, quando ele já morava no hotel, mas naquela época não podia subir a Paradiso nem passar o Check Point para ir ver Sofía, sua filha, que crescia longe, distinta, distante.

Para qualquer pessoa, aquela carta judicial significaria um grande golpe de sorte, uma felicidade. Para muitas, quase todas, o que a carta anunciava teria significado também uma grande tristeza, uma imensa desgraça. Para Jacobo, o envelope e a notícia foram uma coisa incompreensível, uma queda numa espécie de estupor do qual nunca saiu por completo. A carta dizia, simplesmente, que sua mãe, Rosa Wills, tinha morrido e que ele devia comparecer a uma reunião em Paradiso com sua meia-irmã para acertar alguns detalhes da herança.

Da mãe conservava uma lembrança nebulosa em que todas as emoções haviam sido apagadas pela vontade ou pelo tempo. Quanto à meia-irmã, ele nunca a tinha visto, não sentia afeição por ela nem sequer curiosidade, e só sabia de sua existência por alguns comentários amargos de seu pai. "Me disseram que a Rosa dos espinhos, a falecida, pariu outra flor, que há de ser outro espinho para você." Àquela altura, quando se conheceram para a leitura dos documentos, ela devia ter pouco menos de vinte anos. Não simpatizaram um com o outro.

Naquele mesmo envelope o tabelião anexou um salvo-conduto provisório, que lhe permitiria entrar no planalto para assistir à abertura dos documentos de sucessão. Se ele não se apresentasse, dizia a carta, seria nomeado um representante legal. Jacobo lembra de sua volta a Paradiso depois de muitos anos sem poder entrar lá após sua separação. Fez uma visita surpresa a Dorotea e à menina. Mais tarde, sem dizer nada a ninguém, pegou um táxi e se apresentou no cartório. Uma hora depois, tudo tinha mudado para sempre, embora desde o início, por dentro, tenha resolvido que por fora nada iria mudar.

De acordo com o Decreto de Empoderamento 737, aprovado há alguns anos pela Câmara de Angosta-Tierra Fría, qualquer pessoa que prove ser proprietária de uma fortuna igual ou superior a um milhão de dólares tem direito a fixar residência em Paradiso e a receber o tratamento de *don*, não importando suas origens geográficas, étnicas, religiosas ou familiares. Inspirada nesse decreto, sua mãe, sua ex-mãe, a muito espinhosa Rosa Wills, resolvera alterar as disposições de seu testamento pouco antes de morrer. Da imensa fortuna que herdara do marido, um magnata da indústria química, reservava um milhão de dólares, nem um centavo a mais, nem um centavo a menos, para o filho que abandonara fazia quase trinta anos, Jacobo, concebido em seu primeiro casamento, com o professor Jaime Lince. O restante da fortuna, sessenta ou setenta vezes maior do que isso, passaria, com sua morte, à única filha de seu segundo casamento, Lina, concebida em segundas núpcias com o empresário químico Darío Toro, já falecido. Lina considerou esse único milhão deixado a um *tibio* um roubo a seu pai e uma dilapidação de seu patrimônio. Entrou com uma ação na Justiça, mas sua demanda não prosperou. A ex-mãe, Rosa Wills, disseram os juízes, poderia ter disposto, inclusive, de uma quantia maior para atribuir a quem quisesse, ou a seu filho, de acordo com a sua vontade.

Era mais ou menos isso o que dizia a segunda notificação judicial que Jacobo recebeu no hotel poucos meses depois, num envelope timbrado, quase igual ao primeiro. O sr. Jacobo Lince poderia comparecer em qualquer momento ao Primeiro Cartório de Paradiso, a partir do dia seguinte, para receber instruções sobre sua fortuna e tomar posse dela. Caso quisesse adquirir o título de *don*, o próprio cartório poderia cuidar dos trâmites necessários a um custo irrisório. Jacobo não quis contratar um advogado nem se apresentar no fórum para se defender da ação interposta por sua meia-irmã. Mas havia ganhado, sem querer. Mais do que se alegrar, teve um ataque de riso, e a única coisa que lhe ocorreu dizer foi: "Isso está parecendo mais um romance da Corín Tellado. Mãe arrependida deixa imensa fortuna a filho *segundón* para se redimir da culpa e tirá-lo da miséria. Meia-irmã tenta despojá-lo de sua herança, mas por fim a maldade perde e a Justiça vence. Nem eu acredito".

Depois começou a pensar no assunto mais seriamente. O que fazer? Rasgar com toda a dignidade aquela carta e jogá-la ao fogo com um gesto displicente, como um verdadeiro fidalgo dos tempos passados? Mudar de vida e ascender à classe nobiliária da noite para o dia, feliz como um personagem de Balzac que recebe uma herança de uma tia desconhecida, perfeito *Deus ex machina*? Enfim, depois de refletir por dois ou três dias, depois de consultar seu travesseiro — sua segunda consciência —, Jacobo decidiu mandar uma carta confirmando o recebimento da notificação e solicitando a transferência da soma a uma conta bancária, até que ele resolvesse o que fazer com o dinheiro. Também autorizava os trâmites para adquirir o título de *don* e o salvo-conduto permanente, ou cartão de residência. Em seguida resolveu continuar sua vida de sempre, como se nada tivesse acontecido, sem tomar nenhuma decisão definitiva da qual um dia pudesse se arrepender. Não pensava revelar sua nova situação a ninguém, nem à própria filha, nem aos amigos mais próximos. Somente seu amigo Carlos Gaviria, o advogado, sabia do assunto, pois Jacobo precisava de alguma assessoria técnica. E agora tinha resolvido contar também a Dan, talvez porque ele perguntasse com tanta inocência, diretamente, e porque confiava em seu temperamento discreto. Não contara nem à filha nem aos melhores amigos, mas agora tinha resolvido dizer a verdade ao professor Dan. Como ele era um verdadeiro marciano, talvez fosse uma das poucas pessoas que podiam receber a notícia sem julgá-lo.

O fato é que ele podia ser um *don*, se quisesse, ou já era um *don*, no fundo e na superfície, e fazia alguns anos podia visitar a filha em Tierra Fría, e tinha até uma aluna rica e bonita em Paradiso. Mas nos meses e anos que se seguiram a esse golpe de sorte, Jacobo sempre fez o possível e o impossível para que nada se alterasse em sua vida. As mudanças tinham sido poucas: o salário para Jursich, o contrato fictício para Quiroz. E ainda a possibilidade de trabalhar menos, pois, gastando apenas parte dos juros, tinha mais do que o necessário para viver em T com uma folga que, para seu tipo de vida anterior, era um verdadeiro luxo. Tinha adquirido, isso sim, uma mania: a de verificar diariamente (ou várias vezes numa manhã, quando estava nervoso) se tudo estava certo, se seu milhão de dólares continuava intacto na conta do Banco de Angosta, agência Plaza de la Libertad, e crescendo aos poucos, impulsionado pelos juros. Tinha um cartão de crédito escondido: Prudential Investments, seguido do nome do banco, mas nunca tocava um centavo no capital, nem em caso de emergência. Só mexia nos juros se fosse necessário, ou para as pequenas bobagens que quase sempre tinham a mesma finalidade: comprar presentes para a filha ou conquistar uma mulher.

Jacobo tossiu. Quando lhe faziam uma pergunta direta sobre sua vida pessoal, era como se lhe dessem um empurrão ou uma bofetada. Ficava desconcertado. Não sabia por onde começar nem o que exatamente queriam saber dele: se linhas gerais, um esboço da situação, ou detalhes, recantos, meandros. Sua cabeça, num único segundo, percorreu a história de sua herança, mas não quis começar por aí. Tomou outro rumo. Começou por uma consideração mais geral que elaborara ao longo da semana, depois da surra que levara dos capangas do mafioso. Se Dan podia divagar sobre Grothendieck, talvez ele também pudesse remontar a Darwin.

— Veja, professor Dan, não sei bem o que me levou a me casar nem o que restou do meu casamento, nem por que há anos prefiro relações ocasionais. Mas vamos começar pela minha mulher, para avançar em ordem, como o senhor gosta. Ela é uma *doña*, é verdade, e no começo o salvo-conduto que eu tinha para entrar em Paradiso me foi concedido por motivos de unificação familiar, como se diz, mas ao me separar perdi o direito de entrar lá. Depois de alguns anos, dois ou três, eu o recuperei por um motivo muito banal, de telenovela. E aqui eu recuo no tempo. Fui órfão de mãe a vida inteira, embora tivesse mãe e ela se chamasse Rosa Wills, mas em casa sempre nos referimos a ela como "a falecida". Essa viva se tornou falecida e este filho ficou órfão quando Rosa abandonou meu pai, se juntou com um *don* riquíssimo de Paradiso e depois se casou com ele, que era um empresário de sobrenome Toro. Depois de muitos anos, ela enviuvou. Pouco antes de a falecida morrer definitivamente, na última hora se lembrou de mim e me deixou um dinheiro, a quantia exata que exigem em Paradiso para conceder a residência, sem que importe a origem: dez milhões de pesos novos, ou um milhão de dólares. Uma fortuna, não é, professor Dan? Pois ela me deixou essa dinheirama, e quase ninguém sabe disso. E não quero que o senhor revele esse segredo a ninguém; confio na sua discrição. Esse dinheiro que ela me deixou tem um pouco de mensagem cifrada, e também de bofetada. A mensagem diz: eu te abandonei para poder viver aqui; eu te abandonei para que você pudesse viver aqui: Paradiso é a única coisa que importa, e sair desse podredouro onde você está.

O professor Dan, imperturbável diante de quase todos os aspectos da vida, tinha um evidente fraco por dinheiro. Ao ouvir a confissão do amigo livreiro, seus olhos começaram a brilhar e, sem que ele percebesse, um fenômeno ocorreu em sua mente: Jacobo Lince tinha sofrido uma repentina metamorfose e, dali em diante, para sempre, seria outra pessoa para ele.

— Desde então, tenho cartão de residente, mas prefiro viver aqui. Deixei o dinheiro aplicado em títulos, e ele cresce, cresce sem parar, porque não toco nem em um centavo dele, nem o uso, nem nada, a não ser umas migalhas dos juros. Um dia talvez minha filha herde esse capital, e isso é tudo, mas não quero que agora ela saiba que eu o tenho. Sinto certo prazer em ver que ela me despreza um pouco por eu ser um *segundón*. É uma lição póstuma que estou preparando para ela, uma lição oposta à da minha mãe, a falecida. Ultimamente me interessam as marcas que ficam. É o que andei pensando nestes dias em que fiquei de cama, professor; e vi que esse é o meu problema; não algébrico, mas vital.

Jacobo fez uma pausa, como para organizar melhor as ideias na cabeça. Ajeitou os travesseiros e se sentou, apoiando-se na cabeceira da cama.

— O amor deixa marcas, mas onde? Onde, professor Dan? Isso é o que estive me perguntando nesta semana de convalescença. É agradável estar doente às vezes, principalmente quando a gente sabe que está se recuperando e a cada dia as feridas doem menos, menos, até quase não doerem mais, escondem seu gume, seu fio se embota, e quase sorriem, quase fazem cócegas em suas crostas e inchaços. O amor deixa marcas, professor Dan, sei que ele deixa marcas, mas não sei bem onde nem como.

"Desta vez parece que tudo está muito claro. Tentei ir para a cama com uma garota que é namorada de um mafioso, e esse amor me deixou no corpo marcas evidentes, que o senhor mesmo pode ver: todos esses roxos e inchaços. Mas do meu casamento, ou de todas as minhas outras relações ocasionais, que marcas ficaram no meu corpo, ou nisso que antigamente se chamava de alma? É o que estive me perguntando a semana inteira. Desde a surra da Quarta-Feira de Cinzas, que de madrugada já era quinta-feira, não tenho feito outra coisa senão lamber as minhas feridas e observar os machucados. As porradas que levei me deixaram de cama, como o senhor pode ver. Já as marcas do amor são muito mais tênues, menos escandalosas.

"No início concentrei minha atenção nos machucados sangrentos que foram virando crostas; noite e dia tocava os pontos doloridos, que eram quase todos os cantos do meu corpo, incluindo os dentes, olhe aqui, este incisivo estava mole, mas parece que já se fixou de novo ao osso do maxilar. Apalpava tudo, começando pelo nariz de boxeador, até chegar à ponta dos dedos dos pés, passando por uma infinidade de pontos intermediários. Fizeram várias radiografias (tórax, crânio, braços, pernas) e felizmente não encontraram nenhum osso quebrado, a não ser uma fissura no septo nasal. 'É melhor não mexermos aí; se eu operar você, acabo mudando seu perfil', disse o ortopedista. O inchaço dos testículos, precisava ver como ficaram, professor, parece que também não é grave, apesar da dor, que já vai melhorando à base de muito gelo e muita paciência. Talvez o inchaço nos testículos também seja uma marca do amor... Que nada. A imagem é tão óbvia que chega a ser tola.

"Mas sem apelar para metáforas baratas, posso lhe dizer que desta vez achei bom que o amor, um amor que nem sequer se consumou, professor (do senhor não tenho por que esconder a verdade), que esse amor pelo menos tivesse deixado alguma marca. Porque de todos os outros amores, amorzinhos e namoricos, a única marca que eu guardo é a da lembrança que vai se apagando, da sensação de algo intangível, insatisfeito, mais uma vez triste. Eu gosto do amor furtivo, professor, e acho que não estou preparado para nenhum outro, mas nunca consegui saber por que ele é o único amor de que eu gosto, se ele não cria compromissos, nem deixa marcas, nem cura a solidão. Eu adoro os beijos clandestinos, carregados de saliva doce e de mordidinhas mais que doces, gosto das carícias entre o peito e as costas, principalmente quando feitas por uma mulher que não conheço; me deleito com frases e gritos descontrolados e sinto falta das umidades e dos líquidos que entram em contato ao unir durante um breve ou longo tempo essas partes que se atraem e se devoram, se juntam, se roçam, se espremem, se esvaziam, se saciam, e que com um nome latino e dissimulado chamamos de genitais. Talvez por isso eu não goste de uma simples punheta, professor, porque sem umidade nem troca de secreções e humores (embora não deixem marcas) não me parece que a coisa seja completa. Talvez seja isto: sempre preferi o amor sem marcas, sem rastro, sem consequências nem compromissos, mas não o amor virtual; não chego a tanto, talvez me falte uma mente mais profunda, mais matemática, menos realista. Pelo menos durante, porque depois é tudo igual: uma lembrança impalpável. Mas durante, não; prefiro o amor real, mesmo que não deixe marcas. Por que, volto a perguntar, onde o amor deixa marcas? Não no coração ou naquilo que as pessoas propensas ao lirismo chamam de coração. Na memória, talvez sim, mas essas são marcas leves, inofensivas, restos de lembrança que não põem ninguém em risco e que vão se apagando. É esta a minha opinião: que as marcas do amor furtivo são muito tênues e quase inócuas.

"Meu amor sério, meu amor matrimonial, em compensação, deixou uma marca, uma marca gravíssima, uma marca tão funda que, comparadas com ela, todas estas cicatrizes não são nada. Podiam ter me matado, e as consequências, até mesmo nesse caso, teriam sido menores. Já lhe falei sobre isso, mas talvez nunca tenha querido lhe explicar sua transcendência, o que me pesa, o que me ocupa e me preocupa: eu tenho uma filha. Agora ela tem dez anos, ou melhor, ainda tem nove, e é uma marca que me pesa mais que minha própria vida. E mais: é a única coisa importante e definitiva que me aconteceu na vida. Graças a essa filha, o nome dela é Sofía, acho que entendi em que consiste, no fundo, a grave incompreensão existente entre homens e mulheres, entre machos e fêmeas, entre namorados ciumentos e esposas no cio, entre os dois sexos desse mamífero superior dotado de consciência que somos nós, os humanos. Acho que a fonte de metade das nossas desavenças reside no modo radicalmente distinto como sentimos esta única marca séria do amor: os filhos. Nos homens, para a maioria de nós, o sexo pode se reduzir a alguns sinais sem importância na memória (que logo esquecemos). Na mulher, ao contrário, pode ser uma cicatriz que dura a vida inteira, uma marca imensa, porque consiste em nada menos que outro corpo feito. Foi essa a consequência do sexo que as mulheres temeram durante dezenas e dezenas de milênios: algo que cresce no ventre e suga o sangue, e dói e nasce e chora e mama e pede e fala. A pílula ou qualquer outro método anticoncepcional para as mulheres não pode mudar a forma da mente e do sentimento da noite para o dia; em compensação, o medo de uma doença, velha ou nova (aids, sífilis, gonorreia, hepatite), não refreia nem limita a cega programação de fecundadores que trazemos gravada na alma, nosso programa vital de machos.

"Eu consegui entender isso, professor, porque me apaixonei pela minha filha como uma mulher se apaixona pelos filhos, visceralmente. Porque morei com ela, porque a carreguei no colo e troquei suas fraldas e a levei para passear e a pus no balanço e muitas vezes lhe dei a mamadeira. Se um homem não se torna mulher, mesmo que por alguns meses, não pode entender o que as mulheres sentem, a seriedade com que elas encaram o sexo e as relações duradouras. Claro, eu voltei a ser o macho tradicional, o fecundador que espalha suas sementes e segue seu caminho. Claro que fiz vasectomia, professor, porque já não quero arcar com essa terrível responsabilidade de deixar uma marca definitiva. Mas minha programação cega continua ativa e me diz, noite após noite, dia após dia: fecunda, fecunda, fecunda. Enfia teu membro em toda vulva jovem que se oferecer, pois é para isso que você nasceu. Essa é a nossa tragédia de machos, professor, que o senhor tem a sorte de poder resolver com a mão e a imaginação, talvez por ser um algebrista, um imaginativo, um abstrato, mais que por ser homem.

"Meu casamento, que era um bom casamento, acabou por minha culpa, por culpa dessa programação obtusa que me levou a procurar corpos diferentes do corpo de Dorotea. Não me sinto culpado, professor, não é isso. Todos os homens são assim, ou quase todos, e os que não são é porque talvez não tenham a oportunidade, ou porque tiveram a sorte de nascer frouxos, fracos de hormônios, carentes de apetite. São homens raros, assim como é raro certo tipo de mulher: as taradas, as cachorras, como os homens costumam ser cachorros, e que são infiéis sem pudor nem regras, sobretudo com sujeitos que lhes parecem bons portadores de sementes, garanhões de algum modo mais apetecíveis que o próprio marido. Mas, enfim, nesse caso quem falhou fui eu, mais fiel ao meu instinto do que à minha mulher. E sem culpa.

Fiz isso quase sem perceber, enganando a mim mesmo como continuo a me enganar desde então, achando que estou apaixonado toda vez que penso que posso ter prazer com uma mulher diferente. Pelo menos já sei que o meu caso é uma tragédia, uma armadilha do instinto, uma guerra sempre perdida no fim, mas que exige lutar e ganhar suas mil batalhas. O sexo é isto: mil batalhas vencidas, para no fim perder a guerra. Ou melhor, a guerra é impossível de ganhar, a guerra consiste nessas batalhas que se sucedem uma após outra, e nada mais.

"Desta vez, pelo menos, nessa batalha da semana passada, me aconteceu algo interessante. Finalmente o amor furtivo ficou sério e me deixou todas estas marcas no corpo. Já é alguma coisa. O mafioso protetor de Camila me levou até a beira da cova, o que tem algo de bom, porque me fez recordar tudo isso. Agora ela me liga às vezes, compungida, culpada, consternada, e se oferece para vir cuidar um pouco de mim, o que equivale a dizer que me oferece seu corpo. Eu digo que não; ainda tenho medo das ameaças dos capangas, e digo: 'É melhor tomarmos cuidado, Camila, você não faz ideia de como um chute no saco dói'. Pelo menos faço a moça rir. Desta vez paguei caro por uma noite de boleros, por uns amassos, beijos e carícias num táxi, por minha eterna ereção, pela glória da minha bússola. Muitas outras vezes cheguei até o final, passei noites inteiras, completas, sem nenhuma consequência além dos humores que se misturam e se derramam, saliva, sêmen, secreções, suor. Afinal sempre pensei que, para os homens, o sexo é uma experiência sempre feliz e sempre livre de consequências graves. Desta vez a vida se encarregou de me lembrar que o sexo também é uma coisa séria e que por causa dele já se matou mais gente até do que por alimento, ou por território, religião ou dinheiro. Mas agora vamos dormir, professor, que é muito tarde e acabei exagerando nas minhas reflexões maçantes.

"Meu casamento? Como eu disse agora há pouco, fracassou pelo mesmo motivo de sempre, ou de quase sempre. Porque eu quis abraçar o corpo de outra mulher, nem sequer mais jovem, nem mais bonita, nem mais rica, simplesmente outra. É a lei da variação que nos governa, ou, como dizia um poeta manquitola: 'O maior apetite é outra coisa, embora a mais formosa se possua'. Fui descoberto, e não me espancaram até me deixar sem sentidos, mas Dorotea resolveu se separar, e principalmente me separar da minha filha, que foi o mais duro e o mais grave, porque minha filha é a única coisa importante que me aconteceu na vida, a única duradoura. Se fôssemos desmemoriados e inconscientes como os leões, como os chimpanzés, eu não me importaria, mas sei que o pouco que vai ficar de mim nesta vida quando eu morrer está aí, nessa menina, em Sofía. É por isso que eu guardo para ela a surpresa desse dinheiro da sra. Wills, que consta que foi minha mãe e me pariu, e também que rompeu com o programa mais sério de sua vida, que era me ver crescer, cuidar de mim, tudo isso.

"Sempre me pareceu exagerada a decisão de Dorotea de pedir o divórcio por causa de um caso sem importância. Muitas vezes me queixei com ela de sua irascibilidade, do seu ciúme e da sua vigilância excessiva. Eu me achava muito moderno, professor, e pensava que o sexo não tinha maior importância, pelo menos o sexo que não leva à gravidez. Ainda penso assim às vezes, quando me convém. O início das minhas desavenças com Dorotea foi, inclusive, mais teórico que real. Foi verbal, e mais ainda escrito. Mas não era minha intenção iniciar as hostilidades, muito menos declarar guerra. O que eu pretendia era deixar um testemunho sincero e direto do meu pensamento. Quis declarar em público minha intemperança, minha incontinência. Isso foi tolo, ingênuo, mais do que simplesmente franco, como eu pensava. E, claro, Dorotea levou a mal, mais do que mal, e nunca se refez por completo da raiva daquele dia.

"Aconteceu o seguinte: eu escrevi um artigo para *El Heraldo*; publiquei o texto com o título de 'Epitalâmio', que pretendia ser um elogio ao matrimônio, motivado pelo casamento de uma amiga nossa. O artigo começava assim: 'O casamento é uma bênção. E a única forma de torná-lo duradouro é a infidelidade'. Dorotea cismou com essa frase e, antes de continuar a ler, perdeu a paciência. Telefonou para mim no La Cuña:

"'— Você me deve uma explicação. Ou melhor, nem me venha com explicações. O casamento não dura para os maridos cafajestes. O que é isso? Você se acha muito esperto ou pensa que eu vou aceitar o papel de imbecil complacente aos olhos das minhas amigas e da minha família? O que você escreveu é ridículo, humilhante, patético e explosivo. Se é isso que você pensa, pode casar com outra, com todas as outras, mas não continue comigo.

"'— Meu amor... — eu comecei a dizer, muito humilde, muito meloso, com uma expressão que nunca uso, meu amor, mas Dorotea bateu o telefone.'

"E esse foi só o princípio teórico, professor Dan. Depois veio a comprovação prática da minha teoria, o que acabou de vez com meu casamento e, o que é mais grave, também com a proximidade da minha filha. Mas aquele epitalâmio, na verdade, o começo da nossa guerra conjugal, pretendia ser um elogio sincero ao casamento, juro. Eu gostava do casamento, falava com sinceridade. Gostava de abrir os olhos de manhã, esticar o braço e encontrar um corpo quente ao meu lado, com a respiração tranquila, os olhos fechados e a boca aberta (um fiozinho de saliva escorrendo até o travesseiro). Gostava de comer acompanhado, de cozinhar a dois, de caminhar de mãos dadas, de dividir uma garrafa, e não desta vida de hotel, que se parece com a vida dos hospitais, mas sem as enfermeiras para consolar os corpos doentes. Gostava de ter filhos, de brincar com a minha menina, de discutir sobre a melhor educação que se pode dar a eles, ou se é verdade que alguém pode mesmo influir na personalidade dos filhos de outra forma que não seja simplesmente a aceitação amorosa da personalidade com que nasceram. Gostava das frases repetidas, cada vez mais previsíveis, e dos subentendidos quase telepáticos da convivência. Era bom fazer excursões todos juntos e estender uma toalha no campo para um piquenique com batatas e ovos cozidos, vinho tinto e frango assado, e descer sentado num papelão pelo barranco de um pinheiral, crianças e adultos, numa clareira amaciada por um colchão de agulhas que faz o corpo escorregar ladeira abaixo com um delicioso friozinho na barriga. Eu gostava da conversa com a luz apagada, dos mexericos do dia ou da noite, dos comentários maldosos mas carinhosos sobre os amigos. Gostava muito da observação mútua, do comentário constante sobre os defeitos do outro, que é como um alfinete necessário, indispensável, para murchar a vaidade de cada um, sobretudo do macho prepotente. Era confortável a familiaridade com o cheiro, com os hábitos, até com os tiques e as manias, com as misérias repetitivas da máquina do corpo (minha insônia, a constipação dela, os estalar dos ossos ao dobrar os joelhos, as dores de dente). O casamento era bom até o extremo de ter por parceira um detector de mentiras que lia meu rosto como um livro aberto. Além disso, eu temia, professor, os graves efeitos colaterais da vida de solteiro que vejo em todos nós que moramos aqui neste hotel: o egoísmo exacerbado, a intolerância progressiva, o aumento da avareza e da rigidez das rotinas, o descuido dos hábitos higiênicos e a aspereza de caráter, a tendência ao isolamento, o supremo egoísmo que cresce com o passar dos dias sem que alguém o comente, reclame ou se incomode. Olhe ao seu redor, professor, olhe para si mesmo: somos todos um bando de solteirões incorrigíveis.

"Claro, o que eu menos suportava no casamento, e o que escrevi naquele artigo, o que seria o início do fim da minha relação com Dorotea, era esse insolúvel problema da exclusividade do vínculo sexual. Por isso escrevi, embora sem insistir muito no assunto (por respeito, e porque é inevitavelmente muito incômodo), que era necessária, sempre, certa dose de infidelidade. Claro que escondida, negada até a morte, clandestina. Ou nem infidelidade, pois a palavra já encerra uma condenação. Digamos recreação do corpo, diversão, distração, leves desvios do caminho reto. Só essas aventuras momentâneas, essas curvas amenas do caminho, os *burladeros** do amor furtivo (contra o touro furioso que é o casamento), faziam da vida conjugal uma carga suportável, por todas as suas outras virtudes, que são muitas, menos seu grave defeito, a exclusividade do trato carnal, a propriedade privada e excludente do corpo do outro (e do seu tempo, por medo de que o tempo o leve até outro corpo). Aquilo não era ingenuidade minha, professor, pois não acredito em relacionamento aberto nem em outras baboseiras do gênero: sei que todos, homens e mulheres, querem ser os donos exclusivos do sexo do parceiro ou da parceira. Não olhem muito que ela é minha, não toquem nele que ele é meu. Nós, homens, tememos a infidelidade, no final das contas, mesmo não sendo conscientes disso nestes tempos de métodos anticoncepcionais, por medo de que nos empurrem para sempre um filho de outro; as mulheres, por mais ricas e independentes que sejam, por temor do abandono e de se sentirem desprotegidas, sem a exclusividade do seu macho provedor. Mas essas duas atitudes, muito velhas, muito animais, programadas com sangue e genes no cérebro mais arcaico, podem ser combatidas com as armas da razão e da astúcia.

---

* Nas praças de touros, pequeno tapume disposto em alguns pontos em volta da arena, separado da barreira das tribunas por um vão onde o toureiro ou outros lidadores podem se proteger das investidas do touro. (N. T.)

"Não tem jeito: essa parte da nossa profunda condição humana só pode ser assimilada com o engano e o autoengano. Engano: fazer tudo sem que o outro, sem que a outra perceba. Autoengano: pensar que o outro, que a outra, nunca farão nada, nem mesmo às escondidas. E mais: aceitar tacitamente que acabarão fazendo, mas admitir tão somente uma leve suspeita (o que equivale a dizer: não perguntar, não indagar, não investigar). Aí está a verdadeira sabedoria do casamento, a única que permitiria torná-lo duradouro, e que eu não soube viver com inteligência, até que acabei nesta solidão e neste estado. Esse senhor da Apuestas Nutibara, que possui até espiões e guarda-costas para tomar conta do sexo da estudante e fotógrafa, sua propriedade privada, não tem um comportamento muito diferente do meu, ainda que com métodos mais semelhantes aos dos nossos antepassados de cem mil anos atrás; ele é mais fiel à sua programação de defesa e violência, de morte ao agressor que ouse se aproximar da sua fêmea. Até deu provas de ser muito civilizado ao mandar seus capangas me ameaçarem e me espancarem, mas não me matarem, como podia ter feito (como queria o tal Chucho, o capanga principal), e eles podiam ter feito isso sem o menor problema, eu digo, porque aqui, quando se mata alguém, não acontece nada com os assassinos, como o senhor já sabe.

"Se o senhor reparar bem, verá que Dorotea não foi muito diferente dele. Depois do artigo, começou a me vigiar como um marido ciumento, como um cacique de Tierra Fría, como o dono da Apuestas Nutibara fez com Camila, sua amante. Foi terrível; deixei de viver com uma esposa e comecei a viver com uma sentinela, com uma espiã. Isso foi quase literal, pois ela acabou contratando um detetive de Tierra Templada para me seguir. Naquela época eu estava bem com ela, em todos os sentidos; estava fascinado com minha filha de meses e com o peito opulento da mulher que a amamentava. Naqueles dias eu não estava à caça de consolos para a carne, eu lhe garanto. Ela me vigiava inutilmente: contava minhas camisinhas na gaveta das meias (para ver se um dia faltava alguma); espiava meus e-mails, descobria minhas senhas, verificava os números mais frequentes na conta de telefone, chegou até a revirar o lixo e a catar os papéis que eu tinha jogado fora, à procura de indícios das minhas traições. O trabalho do detetive particular também foi infrutífero durante muitos meses, e Dorotea pagava seu salário à toa, para ele não descobrir nada.

"Até que um dia, sem planejar, quase sem perceber, caí numa cilada mais ou menos inocente do meu próprio corpo. Uma pequena tentação não reprimida, aceita com um sorriso e um pouco de alegria, com um prazer de água quando se tem sede, não com palpitações do coração nem compromissos da alma. Era amor? Claro que não; era só desejo, mas às vezes essas coisas se confundem, principalmente aos olhos alheios, que imaginam que todos os abraços são iguais. Na saída da livraria, o detetive inútil me pegou cumprimentando uma jovem senhora com um beijo no rosto. Ele nos seguiu e nos viu entrar juntos neste mesmo hotel, cenário de tantas coisas minhas (eu ainda não morava aqui nem tinha a mínima intenção de morar). Ele me viu pagar por um quarto. Notou no painel do elevador que a senhora e eu paramos no oitavo andar, o dos quartos de alta rotatividade. Duas horas depois, nos viu sair de novo, andar algum tempo pela rua de mãos dadas, e nos despedirmos, outra vez com um beijo, na frente da livraria, na rua Dante. Com fotos e uma detalhada contagem das horas perdidas, o detetive entregou seu relatório a Dorotea dois dias depois, no apartamento de Paradiso que eu tinha mobiliado.

"A menina estava naquela idade em que ainda não fala, mas entende alguma coisa, em que ainda não anda, mas engatinha, em que dorme muitas horas à noite, quando as cólicas deixam.

Eu ia dormir em Paradiso, e naquela noite a tempestade desabou. Foi quase um ano depois do fatídico e inutilmente sincero artigo sobre o casamento que desencadeou em minha mulher a sede insaciável de espionagem, de querer saber, de acreditar em suspeitas e negar verdades. Dorotea me recebeu de punhos cerrados, me acertou socos de lutador de boxe no rosto (peso-pena, ou nem tão pena assim, pois Dorotea é grande e alta), muito menos duros do que os que eu levei há uma semana, gritou palavrões angostenhos e castelhanos, cuspiu na minha cara, me mostrou as fotos, disse nome, profissão, idade e estado civil da pecadora, e para completar me enxotou de casa jogando em minhas costas todos os objetos que encontrava ao seu alcance enquanto eu saía: um copo, um cinzeiro, uma caixa de bolinhas de cristal e a reprodução em miniatura de uma escultura grega. Naquela noite voltei a Tierra Templada já bem tarde (mais ferido na honra do que nas costas), no último metrô, dormi na minha velha cama do La Cuña, no meu antigo quarto, e tive uma terrível crise de asma, coisa que não me acontecia desde criança, quando minha mãe me abandonou. Foi inútil pedir perdão ou tentar reparar o dano. Uma muralha intransponível de fúria se ergueu entre nós, impossível de derrubar. Em seguida vieram as agressões da família de Dorotea (que dali em diante passou a me odiar e a me tratar sempre com uma única palavra: cachorro), a separação e os papéis do divórcio.

"Pouco depois, por pressão da família de Dorotea, que é muito poderosa, cancelaram meu salvo-conduto 'por união familiar', que me permitia pernoitar em Paradiso. 'Não há mais nenhuma união a preservar, sr. Lince', explicou-me um funcionário displicente. No início foi humilhante. Por vários anos, uma vez por mês, na estação Sol, Dorotea atravessava a fronteira, e do lado de T, mas sem se sujar, antes dos controles, me entregava a menina por cima das catracas. Eu passava o dia com ela (de dois, de três, de cinco anos), dias cansativos e apressados em que eu tentava, de maneira histérica, fazer com que ela se divertisse: sorvetes, pizzas, parques de diversão, brinquedos, zoológico, livraria, compra de bugigangas e de roupa. Sofía chorava muito e logo queria voltar para cima, para junto de Dorotea, em Tierra Fría. Ela só convivia comigo assim, meio à distância, naqueles brevíssimos ciclos mensais em que não chegávamos a estabelecer um laço entre pai e filha. Às sete ou oito da noite, eu, exausto, devolvia a menina sonolenta, quase com alívio, por cima das catracas do metrô, na estação Sol, a uma Dorotea que mal me cumprimentava e levava a filha, fazendo perguntas e chamegos, em direção ao Check Point. Passavam rápido, com uma reverência dos chineses ao verem seu cartão azul de residente, no qual Sofía também estava inscrita, mesmo sendo filha daquele *segundón* que ficava olhando de longe, de olhos arregalados, já nostálgico do mês vazio que o aguardava do lado de cá, entre a livraria, traduções e as aulas de inglês em Tierra Templada.

"Passei vários anos de fúria, solicitações inúteis, súplicas, desassossego, em que me negaram qualquer permissão para entrar em Tierra Fría. Não me permitiam ver minha própria filha. E Dorotea só me deixava vê-la no Sektor T uma vez por mês, aos sábados ou às terças-feiras, conforme seu capricho, das dez da manhã às oito da noite. Ponto. Sofía aprendeu a falar com o sotaque de cima, a viver com os caprichos de cima, com os hábitos ostentosos dos pais de Dorotea, um industrial branquíssimo e uma matrona tirolesa que gosta de romances policiais, de muito porco em todas as suas criações culinárias e de jogar baralho. E eu, culpado de traição e de adultério, não tinha mais filha, ou tinha, mas era uma menina distante que me olhava como se eu fosse um vergonhoso parente pobre que sua mãe a obrigava a ver de vez em quando e muito a contragosto. Até que aconteceram dois milagres quase simultâneos: Dorotea arranjou um namorado, casou-se de novo (e isso mitiga todos os ódios e abafa o ressentimento), e minha falecida mãe morreu de verdade. O milagre do cravo que tira outro cravo, e o milagre da sra. Wills, esse milhão que me abriu as portas de Paradiso e de alunos da cidade alta, e que me deu esta nova segurança que ostento e que poucos sabem em que se apoia e de onde vem.

"Duas vezes fui castigado por causa do amor furtivo, professor; naquela primeira vez, de forma determinante, e agora, em que podiam ter me matado mas só me machucaram. E nem por isso penso em mudar de vida, por mais trágica que seja, professor, pois se eu mudasse deixaria de ser fiel a mim mesmo. Enfim, professor Dan, acho que já respondi a todas as suas perguntas, e agora minha sugestão é que a gente vá se deitar. Olhe que horas são.

CADERNO DE ANDRÉS ZULETA

Tierra Fría. A pessoa que me entrevistou e contratou, *doña* Cristina de Burgos, a mulher do presidente da Fundação, é uma senhora coxa, velha e alegre. Tem quase setenta anos e, no entanto, vive de bom humor e faz tudo com a disposição de uma adolescente. Talvez seja alegre graças aos seus milhões — se bem que eu conheci muitos milionários amargurados —, mas em todo caso já é um mérito que não se deixe abater pela velhice nem pelo problema na perna. Há pessoas que nascem com alegria por dentro, uma alegria que nem as calamidades e muito menos as doenças conseguem vencer e que só uma catástrofe pode apagar. Acho que a minha chefe teve a sorte de nascer com esse temperamento. Gosto de *doña* Cristina por causa do seu entusiasmo, e também porque me deu um emprego apesar de eu não ter nenhum título (só o duvidoso título de *segundón*) e mesmo depois de eu admitir que em toda a minha vida só tinha sido estudante ou, quando muito, poeta, e um mau poeta.

"Tudo bem", ela disse, "aqui não vai ser a mesma coisa, e você não poderá ter grandes arroubos de lirismo, mas pode valer como experiência."

Depois sorriu com uma ironia que não me pareceu ferina e acrescentou:

"Você vai ter que entrar na prosa do mundo. Ah, e por falar em prosa, um último conselho: ponha um cinto, para suas calças não caírem."

O escritório fica na parte mais nobre da zona comercial de Tierra Fría, no segundo andar deste vale. Nem todos têm o privilégio de poder trabalhar em Tierra Fría. Lá tudo é mais limpo, o ar é transparente, está cheio de parques e de árvores, os namorados se beijam nas esquinas, as pessoas podem sair à noite e sentar nos bancos para conversar, as lojas são tão caras que dá até medo de parar para admirar as vitrines, que só falta eles cobrarem para a gente olhar. Eu já tinha estado em Tierra Fría, claro, mas como turista, como dizem, porque lá, se a pessoa não é muito rica, se sente estrangeira. Só os que têm dinheiro, muito dinheiro, é que são cidadãos de Tierra Fría, os que se sentem brancos mesmo se sua pele é de outra cor.

Para ir do La Comedia a Tierra Fría, preciso caminhar uns dez minutos até a estação Central. Lá se cruzam várias linhas de metrô. Eu pego a linha A, que sobe para Paradiso até a estação Sol, onde fica o Check Point. A linha A é uma espécie de trem de ascensão que sai de Tierra Templada, na parte intermediária de Angosta, em Barriotriste, e vai até o limite de Tierra Fría, não muito longe do escritório. A linha A funciona com grandes vagões amarelos que passam de cinco em cinco minutos (e de dois em dois no horário de pico). Da estação Central até Sol, onde todos os *segundones* ou *calentanos* que queiram passar para o outro lado devem desembarcar, pois é a estação que fica embaixo da divisa, são uns vinte minutos de subida contínua. Nos subterrâneos da Sol, há um túnel com guichês e zonas de inspeção onde é obrigatório mostrar os documentos. Às vezes formam-se filas e aglomerações, mas quase sempre os funcionários chineses são eficientes e em questão de meia hora os trâmites de imigração estão prontos. Ao sair da Sol, faço sempre o mesmo percurso: contorno a Plaza de la Libertad, olho para a odiosa estátua de Moreno, sigo pela avenida Bajo los Sauces, dobro à direita na rua Concordia e logo chego ao meu destino, no número 115.

A Fundação funciona numa antiga mansão de família transformada em escritório. O casarão tem dois andares e é tão grande que foi dividido em três áreas. No andar de baixo ficam os escritórios, onde eu redijo a correspondência e onde trabalham minha chefe, às vezes uma das filhas dela, e mais quinze funcionárias, todas mulheres. Eu sou o único homem da empresa, sem contar John, o motorista, mas ele vive na rua, levando encomendas, trazendo reclamações, recibos e notas fiscais ou distribuindo cartas e folhetos com as análises, as estatísticas e as denúncias da Fundação.

O segundo andar da casa é dividido em dois espaços. Na parte da frente, que dá para a rua, fica o consultório do dr. Burgos, que agora está quase sempre fechado. Na parte de trás, fica a presidência da Fundação, quer dizer, a sala do dr. Burgos, o marido da minha chefe, que é médico, embora não exerça a medicina há muitos anos, para se dedicar a obras de filantropia. Ele é o presidente da H, e talvez por isso mesmo não suje as mãos com questões menores, como contratar redatores de relatórios, que é o que eu sou. Ele cuida do que é realmente perigoso e importante: torturados, sequestrados, desaparecidos, pobres, removidos, deportados de Guantánamo, coisas do tipo. O dr. Burgos diz que ele não exerce mais a medicina, e sim a "poliatria", ou seja, que trata da cura da pólis, quer dizer, neste caso, de curar esta incurável cidade de Angosta. Quando o dr. Burgos chega no seu carro blindado, ele sai da garagem e entra num pátio central que dá para um corredor que vai terminar nas portas, também blindadas, de sua sala. Ele prefere a parte de trás da casa porque ela não dá para nenhuma rua, ali não passam carros nem gente, e é mais silenciosa. Acho que ele também se sente mais seguro nos fundos, pelo menos há o obstáculo de duas portas fechadas.

Todos os dias, de segunda a sexta-feira, eu passo para o outro lado. Os sábados e os domingos são meus. Mostro meus documentos de identidade e apresento o mais importante, o salvo-conduto. Os *segundones* com permissão de trabalho permanente, como eu, têm que digitar uma senha num teclado verde e em seguida passar à sala de inspeção. Ali me escaneiam da cabeça aos pés, e se as máquinas não estão funcionando tenho que tirar a roupa e deixar que me apalpem. E é bem pior quando as máquinas estão quebradas, porque os funcionários da inspeção têm as mãos grudentas e uns modos falsamente cordiais de mexer no corpo da gente.

Há alguns meses houve um recrudescimento dos atentados do grupo Jamás, e desde então as medidas de segurança se tornaram opressivas. Olhares duros e carregados de suspeita tentam identificar qualquer portador da peste. Todos os que vêm de baixo, principalmente se são *calentanos*, podem carregar a semente da morte. Chegou a haver alguns atentados suicidas, triste imitação de casos distantes, inclusive de lavagens cerebrais e promessas de uma vida celestial. Esses homens-bomba que buscam o céu através do martírio são astutos, se vestem bem, chegam recém-barbeados e com a roupa muito limpa, o rosto cheirando a água-de-colônia, e de repente voam pelos ares numa grande explosão que ilumina o espaço dos *dones*, e tudo se transforma em corpos despedaçados, membros espalhados, sangue aos borbotões, sirenes de ambulâncias, gritos de ajuda, vozes desesperadas de socorro que não podem deter a arrogante modéstia com que a morte chega. Do portador da peste só resta um fumegante montinho de cinzas em que os policiais tentam achar algum resto de carne para fazer os exames de DNA que os levem até os familiares — suas casas são destruídas e todos os membros da família são levados algemados para os campos de Guantánamo.

— Buscam cúmplices, e todo conhecido, por mais remoto que seja, se torna suspeito para sempre.

Toda vez que há um atentado, infalivelmente chovem os magníficos fogos de artifício dos mísseis teleguiados. Caem com grande estrondo em Tierra Caliente, e casas, esconderijos de terroristas — é o que dizem —, supostos arsenais voam pelos ares no meio da noite, e nossos olhos atônitos veem o reflexo das labaredas, o fogo dançando entre o vento e o orvalho que sobe do Salto. As pessoas dormem querendo que o dia seguinte chegue logo e os bombardeios acabem. Os *tercerones*, ao amanhecer, recolhem seus mortos, renovam seu ódio e juram vingança eterna contra os *dones*. É disso que se alimentam os homens-bomba do Jamás.

Entro no trabalho às nove, nove e meia. O horário é flexível por causa dos contratempos que pode haver no Check Point; com isso a sra. e o sr. Burgos são muito tolerantes. Com isso e com tudo o mais. Os chineses, quando são novatos, o que é bem comum, pois se trata de rapazes que estão prestando o serviço militar, são um desastre com as máquinas e não sabem lidar com a papelada. Alguns nem sequer conhecem o alfabeto ocidental. Atrás dos vidros blindados ficam os chefes máximos, quase invisíveis, mas que se distinguem dos subalternos por serem brancos ou rosados, americanos que com olhos incrédulos observam a confusão, a desordem inacreditável dos chineses novatos, sem poderem fazer nada. São supervisores, mas suas queixas são inúteis e já estão conformados que tudo funcione mal. Os chineses falam em chinês e quando se dirigem às filas de TS (Trabalhadores Solidários, que é o que eu sou) o fazem em péssimo inglês. Meus documentos de TS estão em ordem. Depois de semanas mexendo e remexendo na minha vida, não acharam nem um alfinete ilegal. Eu não poderia ter uma ficha mais limpa, mesmo assim todas as manhãs é a mesma tortura: meia hora de fila, quinze minutos de scanner e inspeção, duas horas quando as máquinas não funcionam. Então tocam todo o nosso corpo com as mãos e às vezes nos despem para inspeções completas. As mulheres vão para outra fila e são revistadas por mulheres chinesas. Quando as máquinas estão quebradas, eu queria ser mulher.

— Tem um jeito de você encontrar com ela sem correr riscos — disse o sr. Rey, sentado na poltrona de leitura de Jacobo, de costas para a janela.

— Como? — perguntou Lince da cama, meio coberto por um lençol e já com todos os inchaços e as dores atenuados por uma longa semana de convalescença.

— Neste mesmo quarteirão, só que do outro lado da rua, fica o consultório do meu irmão, que é dentista. Ela poderia ir lá para uma consulta, para várias consultas, para um longo tratamento de canal, ou de ortodontia, para substituir as obturações de amálgama (descobriram agora que o chumbo é tóxico) por restaurações de resina.

— E daí?

— Ninguém sabe. Ou quase ninguém. É um resquício do passado. Há uma escada interna aqui que vai dar no porão do prédio onde fica o consultório do meu irmão. Nesse porão há uma porta, e esta chave dourada abre o cadeado da porta. — O sr. Rey tirou duas chaves do bolso do paletó. — Dali sai um corredor escuro (ela vai ter que levar uma lanterna), de uns noventa metros, que vai dar em outra porta. Esta chave prateada abre o cadeado dessa outra porta, uma grade de ferro. Quando ela abrir, estará no porão do hotel e poderá subir até qualquer andar pela escada de serviço.

— Camila precisa marcar uma consulta com o seu irmão, o dentista.

— Isso. E levar estas chaves e uma lanterna. Depois vir para cá e ficar, digamos, por uma hora. E tornar a sair pelos porões e pelo consultório. Ninguém vai saber que ela veio ao hotel se encontrar com você.

Jacobo pensou por um momento. O único problema que via era como avisar Camila desse esquema. Como não confiava na privacidade do e-mail, pensou num método mais antiquado. Pegou o telefone e ligou para Jursich na livraria.

— Dionisio, quero que você telefone para a fotógrafa do outro dia, isso mesmo, a Camila. Diz para ela ir até aí porque você achou mais um livro muito útil para a pesquisa dela. Um estudo sociológico sobre Angosta na época do Apartamento escrito por outro professor alemão maluco. Isso. Anota o número dela. Vou te mandar um envelope e você entrega a ela — Lince desligou o telefone.

— Perfeito, Jacobo. Você não imagina que prazer me dá poder te ajudar em alguma coisa; e poder dar o troco a esses sujeitos que se dedicam a espancar pessoas. Agora só falta marcar a consulta com o meu irmão. Pode ser na terça-feira às dez da manhã? Digamos, das dez ao meio-dia. É suficiente para um primeiro encontro? Ou segundo ou terceiro, não sei bem... — O sr. Rey sorria, satisfeito.

A seguir, ligou para o consultório e disse ao irmão que precisava de um serviço, como na época dos toureiros, dos cantores e dos presidentes, mas desta vez para um hóspede menos ilustre, o primo Lince, que estava em apuros. Os irmãos pareciam empolgados, faziam piadas internas revivendo velhas glórias e velhos serviços quase esquecidos do Gran Hotel La Comedia. Depois o sr. Rey passou a Jacobo as instruções para Camila e eles puseram as indicações e as chaves num envelope. Jacobo pedia no bilhete que ela também tirasse uma cópia das chaves e que as trouxesse para ele. E que decorasse as instruções e as queimasse; não devia deixar rastros de nada. Tinha que marcar uma consulta na hora que ela pudesse, se não pudesse na terça-feira às dez. O dentista trataria de avisar o gerente do hotel, ou ele próprio, diretamente. O sr. Rey chamou um mensageiro e lhe pediu que levasse imediatamente o envelope até a livraria La Cuña e o entregasse ao sr. Jursich.

Eram dez e cinco da terça-feira quando Camila bateu à porta. Tinha algumas teias de aranha enredadas no cabelo, mas estava com o rosto radiante, um sorriso de picardia satisfeita, e correu até a cama para examinar o corpo de Jacobo. Largou a bolsa no chão e a lanterna rolou para um lado. Afastou o lençol e abriu a camisa dele. Tocava cada mancha roxa levemente com a polpa dos dedos e depois com a língua. "Me desculpe por isto, e por isto, e por isto", ia dizendo, ferida por ferida, edema por edema. Jacobo voltou a sentir o perfume da possessão e a acariciou como na noite em que dançaram em Pandequeso, como no táxi que a levou até o apartamento perto do estádio. Seguiram-se os mesmos beijos daquela noite e as mãos procuraram as partes dos corpos ainda a explorar. Os dois estavam nus e se olharam longamente, felizes. Pouco depois já estavam fundidos naquele abraço completo com que Jacobo vinha sonhando e pelo qual pagara tão caro e adiantado. O risco que corriam, o medo de serem descobertos só faziam aumentar o desejo. Depois das onze ela saiu correndo, Mata Hari furtiva pelos túneis de uma cidade secreta. Jacobo permaneceu nu na cama, olhando para o teto. Era um amor agradável, apesar de perigoso, mas era triste que a única profundidade desse amor fosse o perigo. Porque Jacobo não sentia nenhum amor por Camila, nem mesmo afeição, apenas um desejo intenso e insolente de cheirá-la e penetrá-la, talvez o mesmo que sentia o Senhor das Apostas. Fez algumas contas de cabeça e concluiu que a garota não passava de uns sessenta ou sessenta e cinco quilos de boa carne, e mais nada. Era quase sempre a mesma coisa com suas amantes ocasionais: entrava nelas, como seus instintos lhe indicavam, com a flecha afundando na fresta úmida entre suas pernas, deliciosamente estreita, perfeitamente estreita, como a porta do paraíso, mas ao sair do céu se achava de novo fora, perdido em seu limbo de indiferença, sem saber se queria entrar outra vez por aquela porta estreita para gozar as delícias, ou se era melhor permanecer no limbo dos seus livros. Tinha que deixar passar pelo menos um dia, para poder voltar a desejar, para poder se enganar de novo pensando que isso, e somente isso, valia a pena ser vivido nesta vida: a entrada pela fresta estreita, pela urna suculenta onde semeava sua semente estéril.

A partir desse dia, as consultas de Camila com o dentista se multiplicaram. Primeiro fez um tratamento de canal. Em seguida, um pouco de ortodontia em dois incisivos inferiores encavalados. Depois mandou trocar todas as amálgamas por resinas modernas. Sem saber mais o que inventar, continuou com o branqueamento. Às vezes os guarda-costas do Senhor das Apostas a acompanhavam até a sala de espera e ficavam por ali ou iam buscá-la uma ou duas horas depois. Ela escapulia pelo corredor e corria até o La Comedia. Eram visitas breves, mas muito intensas, porque não podiam ser mais de uma ou duas por semana, para não chamar a atenção, e ainda tinha de cancelar uma ou outra por ordem do Senhor das Apostas. O mafioso que sustentava Camila era um tipo desconfiado, e ela tinha sido avisada de que, se fosse pega com outro, seu fim seria uma longa queda pelo Salto de los Desesperados, de pedra em pedra até ser tragada pela terra. Jacobo também sabia que estava sendo vigiado, mas acreditava que era quase impossível descobrirem o segredo deles. Não se escreviam nem se telefonavam; nunca se viam em outro lugar que não fosse o hotel. Ainda assim, não era fácil para Camila burlar o controle daquele homem que não era seu marido, que a sustentava e que, em troca desse sustento, a submetia a uma vigilância mais rigorosa do que faria um marido legítimo, com uma desconfiança e uma fúria de orangotango envelhecido e ameaçado por rivais mais jovens.

Camila aparecia no consultório de repente. Às vezes marcava a consulta em cima da hora, a qualquer hora (três da tarde, dez da manhã, sete da noite). Chegava ao hotel já pronta, já disposta, e quase sem nem se falarem ela e Jacobo se atracavam num ataque repentino de sexo tórrido, terno e violento, vagaroso e apressado. Tinham na lembrança o medo do Senhor das Apostas, mas se vingavam dele como quem se vinga de um deus tirano e impotente, cego às vezes. Arrancavam a roupa com fúria, beijavam o corpo todo um do outro com lambidas felinas, o tempo todo mergulhados numa sombria sensação de perigo e de morte que tornava cada encontro mais intenso, com a intuição permanente, em ambos, de que aquela poderia ser a última vez que se viam, o que os fazia se abraçarem sempre com uma sofreguidão e um desejo de primeira vez, ao mesmo tempo doce defloração e dura despedida.

Jacobo nunca conhecera uma mulher tão ávida ou tão veemente, só para usar algumas palavras que não se usam mais. As umidades marinhas do baixo-ventre dela, que Jacobo lambia e penetrava, um charco de ostras frescas, um polvo de ventosas imensas, um perfume picante, um sufoco de selva, rebentavam e tornavam a rebentar com gemidos de fera ferida, em emissões de goma como clara de ovo que o melavam até as coxas, em apelos frenéticos (mais, mais, mais, me engravida, me engravida, mais fundo, mais, sem parar, mais, mais, grávida, grávida, me deixa grávida, ai, ai, nossa, devagar, ai, rápido, não, ai, sim, meu Deus, aaaaaaaahrrhhhiiiaaaaahh), e depois em gritos que faziam estremecer as janelas e protestar os hóspedes do andar de cima. Jacobo procurava adiar ao máximo suas ejaculações (para tanto estudava manuais japoneses em sua livraria), a fim de terem mais prazer, pois Camila era capaz de sustentar pelejas de duas horas, com tantos orgasmos que às vezes não cabiam nos dedos das mãos, cada um com uma explosão de alaridos. Quando ela ia embora correndo para suas absurdas consultas com o dentista (que lhe trocava uma amálgama às pressas para justificar tanta dedicação), o corpo e a mente de Jacobo demoravam o dia inteiro para se recomporem do atordoamento produzido pelos gritos, dos roxos deixados pelas mordidas, do inchaço nas partes assediadas com golpes de pélvis deliciosos e fricções viscosas de caverna. Noite e dia, lampejos de visões do corpo dela o despertavam excitado, ou o mergulhavam em sonhos eróticos que lhe endureciam meio corpo com brandas reminiscências. Era um amor sem profundidade, sim, um amor superficial de pura pele; nada de profundo havia em Camila, a não ser o medo do Senhor das Apostas, o terror do abismo do Salto da morte, mas isso bastava para uni-los com o firme laço que tem o proibido quando, além de proibido, ele é perigoso.

CADERNO DE ANDRÉS ZULETA

Roupa. Quando a roupa suja não cabe mais no cesto do meu quarto, eu a levo a uma lavanderia automática que fica na rua dos ônibus, a cinco quadras do La Comedia. O barulho dessa rua é infernal, a fumaça é inclemente e o rosto de quem anda pelas calçadas fica tingido de preto, imundo de fuligem. O meu também, nos dias em que levo a roupa. Acontece que no hotel é muito caro e não há outro lugar no bairro onde eu possa lavar a roupa suja. Eu a divido em branca e colorida. Enfio as moedas, coloco o sabão e fico esperando sentado num banco, o olhar no vazio ou no rosto vazio das pessoas que, como eu, esperam o fim do redemoinho monótono das máquinas de lavar. Nunca conversamos. Há um forte cheiro de lavanderia, a porta está sempre fechada para a fumaça dos escapamentos não entrar, e somos envolvidos pelo vapor, pelo abafamento, quase como numa sauna, enquanto lá fora passam filas intermináveis de ônibus lotados, rostos enegrecidos, olhares baixos. Nas primeiras vezes, levei um livro, mas quando eu saía de lá as folhas estavam todas onduladas por causa da umidade, e ao caminhar pela rua dos ônibus a fuligem grudava no papel, e o que me restava nas mãos era um maço de folhas escuras que já não servia para nada, nem para os meus vizinhos do La Cuña. Por isso agora eu fico esperando sem fazer nada, e recito em silêncio poemas que sei de cor, e quando eles acabam penso em alguma coisa ou esvazio a mente e alcanço uma espécie de serenidade. Quando a lavagem termina, transfiro a roupa úmida para imensas máquinas de secar. Saio depois de uma hora, uma hora e meia quando tem fila, mas antes de voltar para a rua coloco minha trouxa de roupa limpa em sacos plásticos, para que ela não se encha de fuligem na travessia da rua dos ônibus. No meu quarto do galinheiro, tenho um armário com gavetas e cabides de plástico. Não passo a ferro nenhuma peça, na Fundação não me exigem isso, posso ir com as camisetas amassadas, e já estou me acostumando a não usar roupa passada. Está aí uma coisa que aprendi a apreciar na minha mãe, isto e mais nada: ela passava as minhas roupas.

Perto da lavanderia há uma zona de fronteira, quase de *tercerones*. É um labirinto de ruas de terra, às vezes poeirentas nos meses secos, com lama que chega aos tornozelos nos meses de chuva. Mas por lá não me aventuro quase nunca, só quando quero ir a um fast-food que fica ali, para levar algo pronto para o hotel. Por todas essas ruas se vê a mesma coisa: as farmácias, as lojas, as mercearias, as quitandas, e todos os pequenos negócios têm grades de ferro para evitar assaltos. Atendem por um guichê minúsculo, com olhos assustados, e desconfiam até das freiras.

Os forasteiros têm dificuldade de entender Angosta, e todos no fundo somos forasteiros em Angosta, porque é impossível acompanhar o ritmo do seu crescimento, em cima e embaixo, em qualquer uma de suas metades ou de seus três andares. A topografia do vale é plana, mas os dois lados do rio têm partes altas por causa das cordilheiras que rodeiam o vale. O rio é imundo, cor de merda, e nós, os *segundones*, sonhamos com uma corrente de água que seja como o rio Cristalino que corre em Tierra Fría. Os habitantes de Paradiso, em compensação, entediados com tanta ordem e controle (em seu sektor não há nem uma palha fora do lugar), sonham em passar noites de farra num dos sektores de baixo, enquanto os habitantes de Boca del Infierno só anseiam ter um emprego, uma casa em T, uma permissão para passar temporadas em Paradiso. Não quero esquematizar nem dividir Angosta em ricos e pobres. A coisa é mais ambígua do que parece, por mais que em Paradiso, obviamente, agora que o conheço melhor, de fato morem os mais ricos. A questão é que temos arquimilionários mafiosos também em Tierra Caliente, com casa na praia e filhos naturais que vivem em Tierra Fría. Antes eu não sabia disso, mas na Fundação há montes de estudos e de documentos a respeito. Li uma tabela demográfica. Para cada habitante de Paradiso, há três no Sektor T e doze aos pés do Salto. Na verdade, nem se sabe ao certo quantas pessoas moram em Boca del Infierno; tentaram fazer censos, a cada cinco ou seis anos, mas as pessoas se escondem, evitam os pesquisadores, têm medo de ser expulsas para mais longe ainda ou que os dados sirvam de informação para as operações sangrentas da Secur. Estudos mais precisos falam em seis milhões (mas o número pode chegar a oito milhões quando se somam as invasões de deslocados que se acumulam perto das lagoas fétidas de Babilonia, quase chegando ao Bredunco). Numa área equivalente, mas, claro, com parques, grandes avenidas e serviços melhores, vivem meio milhão de habitantes em Tierra Fría. Há fábricas tanto em cima como embaixo, mas elas são muito diferentes, os operários das fábricas de Paradiso parecem a elite limpa dos bairros menos marginais do Sektor C, se eles passassem para a cidade alta e fossem vistos por lá. Desde que comecei a trabalhar na Fundação, estou deixando de ser poeta para me tornar sociólogo. É chato, mas pelo menos fico sabendo onde estou. É a prosa do mundo, como diz a minha chefe, a boa sra. Burgos.

Ninho. Estou vigiando o movimento há alguns dias. Num canto entre o telhado e a claraboia, uma pomba-rola começou a fazer seu ninho. Terminou em pouco tempo e agora passa quase todas as horas do dia e da noite chocando seus ovos, que são três. Durante o dia nos olhamos, e acho que a rolinha já confia em mim. Talvez tenha notado que não voltei a abrir a claraboia, para não estragar o seu ninho, embora quisesse arejar um pouco o quarto. Passei a comer só alimentos crus (frutas, iogurte, quando muito um chá), para não deixar o ambiente com cheiros fortes. De manhãzinha ouço um arrulho e um piar. Prefiro acordar assim a acordar com o despertador. De noite, a rolinha, com seus olhos fixos, me diz que já está na hora de apagar a luz. Ontem, ao apagá-la, do buraco escuro da memória brotou uma luz, ou melhor, uma frase. É um antigo poema que já não me lembro onde li e que diz mais ou menos assim: "Têm os pássaros seus ninhos começados, menos tu e eu, o que esperamos agora?". O problema é que esses versos são dedicados a alguém, e eu não tenho a quem dedicá-los.

Com o tempo e as visitas de Camila, o apetite, todos os apetites, foram voltando à mente e ao corpo de Jacobo. O melhor sintoma de sua recuperação foi quando numa noite ele finalmente sentiu vontade de sair, de caminhar, e, enjoado do eterno cardápio internacional do La Comedia, resolveu jantar num restaurante que, fazia muito tempo, Quiroz tinha lhe recomendado. Como o espectro de Agustín já não come nem caminha, ele não quis acompanhá-lo, mas lhe disse que era o melhor restaurante chinês de Angosta, ou pelo menos era o que ele achava antes, quando ainda tinha o incompreensível vício de comer. "Fica na zona de fronteira, na primeira rua de C, depois de cruzar o rio, mas é um lugar limpo, agradável, ainda seguro. Fica logo no primeiro círculo, um limbo tranquilo entre os dois sektores, pois ainda não é o pedaço mais barra-pesada. Você desce pela Cuesta de Virgilio e vai olhando à direita. É uma biboca minúscula, não tem cara de nada, mas é o melhor chinês de Angosta, eu garanto, embora não seja totalmente chinês: fazem comida eclética, digamos assim, e além do mais é barato. O nome é Bei Dao, e quase ninguém o conhece, porque aqui acham que do outro lado do Turbio só se come merda, ou quando muito *mazamorra, aguapanela* e *arepa*".*

* Três itens da cozinha popular colombiana. *Mazamorra* é uma sobremesa à base de milho branco, semelhante à canjica; *aguapanela*, uma bebida preparada com rapadura ou caldo de cana, limão e canela, consumida gelada ou quente; *arepa*, um pão redondo de milho branco, que pode ser grelhado, assa-

Eram seis da tarde, e Jacobo seguiu a pé até a estação Central, feliz por suas pernas, que já lhe obedeciam, animadas. Ia pensando no corpo de Camila, que tinha ido ao dentista de manhã, e ainda sentia os dentes dela mordendo suas costas. Pegou o metrô na direção norte e desceu na estação Desesperados, à beira do Salto, a última parada antes de o vale afundar em Tierra Caliente. Ali repassou mentalmente as indicações de Quiroz: tinha de atravessar o rio (pela parte mais estreita, antes das corredeiras) e subir a ladeira que se via logo ao desembarcar na outra margem; não tinha erro. Não gostava de se afastar de T, sentia-se perdido ao penetrar nesta selva, mas eram apenas algumas quadras além do Turbio, ainda no limbo, como dizia Quiroz.

Ocorre que, estando ainda nos limites de T, do lado de cá do mundo, antes mesmo de atravessar o rio, Jacobo já se viu, sem saber como, numa cidade que não conhecia. Como se tivesse aberto uma daquelas portas mágicas de *Matrix*, aquele pedaço de Angosta lhe parecia tão estranho como um lugar nunca visto. Tentou não se deixar intimidar por essa sensação e se afastou das ruelas vizinhas do Salto, indo cada vez mais para a borda do vale, para o norte, já muito perto da Roca del Diablo, a pedra lisa e alta, uma espécie de meseta em miniatura, trampolim para o vazio de onde os suicidas costumavam se atirar, na beira do Salto. Os becos que desembocavam no rio ainda tinham nome, nomes religiosos: Monte Tabor, Viacrucis, Señor Caído, Niño Perdido, Calvario... Chegou às margens do rio e a um pequeno atracadouro, onde esperou um barco que o atravessasse para o outro lado. Viu um velho desdentado de barbas longas, brancas, que apontou com o dedo para um barqueiro (parecia uma cópia dele, seu irmão gêmeo: as mesmas barbas, as mesmas costas en-

---

do ou frito, e recebe recheios diversos (queijo, linguiça, pernil, frango desfiado etc.). (N. T.)

curvadas sobre o remo) que se aproximava lentamente pela parte mais estreita do Turbio. Jacobo subiu no barco e cruzou o rio em pé, respirando pela boca para evitar as náuseas que lhe davam seus eflúvios mefíticos, e sem olhar para a água cor de café com leite. Cem anos atrás, pescava-se no Turbio ("matrinxãs irisadas e argentinas, cheias de espinhos e sabores", dizia Guhl), mas hoje ele é um esgoto venenoso de fedor nauseabundo onde só as bactérias anaeróbicas sobrevivem. O barqueiro não disse uma palavra; os remos mergulhavam sem ruído na merda do rio. A corrente não os desviou de seu rumo, como se não tivesse força, embora ao fundo, à direita, se ouvissem os primeiros rugidos da queda. Ao descer, o barqueiro lhe disse: "A rua que o senhor está procurando começa ali. Pague quando voltar, se voltar".

Jacobo assentiu e seguiu rua abaixo pela boca estreita que o barqueiro lhe indicou como sendo a Cuesta de Virgilio. Empreendeu a descida com desconfiança, olhando sempre à direita, tentando localizar o restaurante. Viu algumas vitrines com ideogramas chineses, mas era evidente que não se tratava de restaurantes, e sim de mercearias, lojinhas de bijuterias, botões, tecidos ou bugigangas. De repente a escuridão tomou conta do céu e caiu sobre ele como um poncho preto, sem aviso. Talvez fosse o crepúsculo instantâneo dos trópicos, ou então as luzes dos postes deixaram de funcionar quando entrou em C, ou nem existissem ali. Imperceptivelmente, a ladeira sob seus pés se transformou numa ruazinha sem asfalto, de terra, e ele começou a sentir poeira e pedras no sapato. Algumas luzes coloridas estavam acesas em corredores sujos e mal iluminados. Cada vez havia mais gente, mais barulho, um ritmo profundo de tambores ao longe. Jacobo olhava para cima, para trás, para os lados; diante de cada rosto que entrava em seu campo visual (olhos fundos de raiva, cabelo cortado rente, cenhos carregados), sentia medo e fitava as pessoas nos olhos, desconfiado, tentando prever o momento do ataque. "Se está com medo, por que saiu de casa, *segundón* de merda?", gritou um rapaz, furioso. Já não sabia se aquilo ainda era a Cuesta de Virgilio. Perguntou, mas o olharam como se olha para um estrangeiro que não conhece a língua: "Aqui as ruas não têm nome, porra", ouviu alguém gritar. Desceu por uma escada de concreto, ainda mais estreita que a rua, onde cruzou com homens bêbados que tentavam subir, talvez em direção ao rio. Começou a ouvir música cada vez mais alto; não uma, mas muitas, numa mistura indefinível. O som de tambores, vozes, baterias, maracas e acordeões aumentava a cada passo, o aturdia, confundia seu pensamento, e ele sentia, cada vez mais, que olhos o observavam com raiva das esquinas, como cães bravos olham para intrusos, sem latir, apenas rosnando e mostrando os dentes, o pelo arrepiado e os músculos retesados antes do ataque. Às vezes pisava em sarjetas de águas fétidas, às vezes pisava em rabos de gatos famélicos que se limitavam a lhe mostrar os dentes, às vezes se esquivava de corpos de bêbados estirados no chão e envoltos no fedor do próprio vômito. Viu cruzes de cimento sobre túmulos de pedra, sem saber se eram mesmo sepulturas ou apenas uma recordação do lugar onde alguém tinha morrido. Sentiu que o empurravam e riam dele, uma bola de borracha bateu em suas costas (ou talvez uma pedra atirada sem tanta força) e lhe deixou um ardor quente como lembrança. O beco por onde caminhava não tinha saída, ou terminava numa passagem estreita. Entrou por ali, e o ar se tornou uma fumaça fétida, pesada. Quando tentou voltar, não sabia mais onde era a saída. Correu por alguns metros e sentiu que a asma (ela quase nunca o atacava, mas depois de uma crise alguns anos antes, não confiava mais nela e muito menos em seus brônquios) o impedia de prosseguir; seus testículos voltaram a doer. Parou para tomar fôlego e olhou para todos os lados; acima dele, bem alto, havia um telhado de zinco. Não tinha a menor ideia de onde estava; parecia ter entrado, sem perceber, num edifício labiríntico, cheio de buracos por onde despontavam cabeças que o olhavam com fúria. De cada um desses buracos saía fumaça, uma fumaça densa e pestilenta de drogas desconhecidas que embotavam sua mente.

Deu meia-volta, apertou o passo, quase correu, e sem atravessar nenhuma porta, ao dobrar uma esquina, teve a impressão de ter saído do cortiço imundo. Viu outra vez cruzes dispersas, mas pelo menos já não havia fumaça de drogas nem olhares hostis. Olhou para o alto e não viu mais o telhado; estava ao ar livre e voltou a respirar, embora não se sentisse muito mais seguro. Seguiu por uma rua mais iluminada e então a viu,* ou viu seu cabelo muito ruivo e muito curto, de pontas arrepiadas, como se houvesse uma labareda em sua cabeça, sentada num banquinho forrado de couro, cantarolando entredentes uma espécie de rap infestado de palavrões (a rima era em *uta*, em *orro*, em *rea*, em *imba*), com um cigarro na mão, na porta de um bar miserável e sem nome. Como era a única pessoa que não parecia bêbada naquela rua, a única que não parecia marginal, resolveu falar com ela:

— Não sei onde estou, estou perdido.

Ela o olhou com um sorriso irônico e respondeu, a voz neutra e distante:

— Está às portas do inferno, meu *don*, nada menos que às portas do in-fer-no. — Dividiu bem as sílabas e no final soltou uma gargalhada.

Jacobo sabia que sua roupa não tinha o estilo dos *dones*, por isso o *don* que a ruiva lhe lançou só podia ser irônico. Foi até ela

---

* Viu quem? Uma desconhecida: Virginia Buendía, dezenove anos, 1,58 metro de altura, 55 quilos, apelidada de Candela por causa de seu cabelo ruivo. Nasceu num bairro de ocupação perto de C, filha de uma família de migrantes do litoral. Algo em seu rosto parece um ímã e quem a vê não consegue afastar os olhos dela.

e a olhou de perto, desamparado, buscando refúgio em seu rosto, que era calmo, fresco e inspirava confiança. A jovem continuava ali sentada, sem nem olhar para ele, o cigarro na boca, com sua intermitente luz avermelhada, as costas apoiadas na parede onde o banquinho estava encostado, os pés erguidos. Olhando-a nos olhos (uns olhos estranhos, assimétricos, de cores diferentes, um amarelo, o outro café) pediu, tentando falar com voz neutra:

— Me ajude a sair daqui, me leve até o rio.

Ela sorriu de novo, mais irônica ainda:

— O senhor está por pouco — disse. — Mais um passo, e não vai ter quem o tire daqui. Quanto é que vai me pagar?

E Jacobo, sem pensar:

— Tudo o que eu tenho no bolso, nos quatro bolsos.

Ela se levantou do banco como uma mola, gritou para dentro "Já volto!" e pegou na mão dele, dizendo:

— Então venha, eu tiro o senhor deste inferno, meu *don*, senão daqui a pouco o senhor vai ser assaltado, furado e feito picadinho num minuto, para depois venderem sua carne boa. Já aconteceu coisa bem pior aqui, mas o senhor vai ver que comigo ninguém toca no senhor: todo mundo aqui me conhece e me respeita. Não se preocupe, venha.

Todos cumprimentavam a ruiva com carinho ("E aí, Candela? E esse *man*, qual é a dele?"). Ela repetia a mesma senha: "Sussa, o tiozinho aqui está comigo, é de confiança". Desceram por uma viela de terra, com trechos de barro, trechos de poeira e trechos de cascalho. Depois começaram a subir uma escada ainda mais íngreme que aquela por onde ele tinha descido, Jacobo sempre um pouco atrasado, e quando tentou acompanhar o passo firme da jovem voltou a sentir que estava perdendo o fôlego. Os malditos brônquios, bem nesse dia, resolviam abandoná-lo. Procurou a bombinha de asma que sempre levava no bolso e pediu uma pausa à ruiva. Ela disse, rindo:

— Olhe o roubo, vovô! Tudo o que o senhor tem aí nos bolsos é meu.

E quando ele acabou de aspirar, ela pegou o inalador e o olhou sob a luz vermelha de uma lâmpada macilenta:

— Por isto aqui não vão me dar nada, pode ficar com ele, vovô. O que é? Oxigênio?

E Jacobo, o avô de trinta e nove anos, fez que sim com a cabeça, para não gastar o fôlego em explicações.

— O que o senhor veio fazer aqui nestas bandas, hein, vovô? Está na cara que o senhor não é daqui; no mínimo, é do outro lado, ou quem sabe até lá de cima.

— Moro em T, mas por que você está me chamando de vovô? Não sou tão velho assim.

— É porque aqui ninguém chega à idade do cabelo branco; ou quase ninguém. E o senhor já tem um monte; devia tingir. Mas o que o senhor veio fazer aqui, vovô, para morrer na mão de um *calentano*? Cansou da boa vida?

— Vim porque sou um ressuscitado e porque me falaram de um restaurante chinês, um tal de Dao, ou Bao, ou Beo, não me lembro mais. Me disseram que fica lá no meio da Cuesta de Virgilio, logo no começo do Sektor C.

— Ah, o Bei Dao. Eu conheço, é o único céu deste inferno. Fica no quarteirão chinês, que vocês chamam de Cuesta de Virgilio. Venha que eu levo o senhor lá, está pertinho.

— Não, perdi a fome.

— Tranquilo, vovô, eu faço ela voltar. E o Dao é meu parceiro, parceirão mesmo. Só que o senhor vai ter que pagar o meu jantar, que eu estou com uma fome de anteontem.

— Quem vai pagar é você. Já esqueceu que todo o dinheiro que eu tenho nos bolsos é seu? — conseguiu dizer Lince, já conseguindo brincar.

— Ah, é mesmo. Esqueci. Bom, então eu pago o seu jantar. Mas antes vamos nos apresentar. Meu nome é Virginia, mas me chamam de Candela. E o senhor, como quer ser chamado?

— Prefiro que me chame pelo meu nome mesmo: Jacobo Lince. — E soltaram as mãos, que estavam enlaçadas, para se cumprimentarem como desconhecidos que acabavam de se encontrar.

A ruiva dobrou algumas esquinas, subiu outra ladeira com uma escada de cimento, e eles não demoraram a achar o lugar, escondido num local abaixo do nível da rua. O restaurante, de fato, ficava no meio da Cuesta de Virgilio, mas do lado esquerdo de quem desce (e não do direito, como pensava, disléxico, o fantasma Quiroz), e era compreensível que Jacobo não o tivesse visto, porque a entrada nada mais era que uma portinha minúscula, muito estreita, depois de descer seis degraus, o restaurante sinalizado apenas com um ideograma escuro na parede, sem nenhuma placa, nenhum nome, nenhum indicador além daquele cheiro maravilhoso que só os entendidos conhecem. Lá dentro, uma espécie de porão escavado na encosta da montanha, cabiam apenas seis mesas apinhadas, um balcão de dois metros de comprimento, e atrás a cozinha, à vista de todas as mesas. O restaurante era perfeito. Uma mistura incrível de ideias e ingredientes de comida crioula com tempero oriental. O dono, Bei Dao, tinha modos pausados, de uma sofisticação inesperada, talvez de mandarim com quatro mil anos de cultura pesando em suas costas ou erguendo-o pelas axilas. Recebeu Jacobo com uma grande reverência e a ruiva com um sorriso largo, claro, branco. Suas mãos eram compridas, elegantes, a pele de uma tonalidade indefinível, de papel de arroz, quase transparente. Ela, ao sentar, pediu o prato especial, o mesmo que seu irmão pedia nos dias de festa, nos bons tempos.

— Eu é que vou pagar, então não se preocupe, Dao, nem o senhor, olho de lince — disse, piscando para um e outro com seus olhos de cores diferentes, estilo David Bowie.

Levaram-lhes água de rosas numa tigela, para lavar as mãos, uma toalhinha de linho e uma aguardente morna, de arroz, como aperitivo, servido em moringuinhas de porcelana azul, fina como casca de ovo. Aos poucos começaram a chegar os pratos, cobertos com tampas de bambu (para não esfriarem), em pequenas porções fumegantes, com os sabores mais insólitos, as cores perfeitamente combinadas e aromas que faziam a língua se desmanchar no céu da boca, num mar de saliva. Comeram massa recheada de alguma coisa que não era nem sólido nem líquido, nem animal nem vegetal, regada com molho de tamarindo e gergelim; lagostins salteados com folhas de hortelã, pimentão, macarrão de arroz e brotos de soja. Pedacinhos de pato laqueado à moda mandarim. Peixe cozido no vapor em panelas de bambu, entre ervas estranhas. Porco em cubinhos escondidos entre legumes crocantes apenas passados no *wok*, frutas empanadas e fritas, com sorvete de pistache e de maracujá.

Animados pelo vinho morno de arroz, uma espécie de saquê japonês, com seu cheirinho rançoso e efeito promissor, ele satisfeito pelo perigo superado e ela feliz pelo dinheirinho arranjado sem roubar, a ruiva alegre e o ferido recuperado, não paravam de falar. A garota irradiava uma indefinível graça natural. Tinha a pele morena, porém mais clara que a de Jacobo. O sorriso era bonito, apesar da desordem dos dentes, que pelo menos eram brancos, muito brancos. Entre os dois incisivos superiores, muito separados, cabia um dedo, ou pelo menos a ponta do mindinho dela, e essa abertura parecia um túnel que se abria para dentro, um espaço escuro com um fundo secreto. E era isso mesmo que cabia, apenas um dedo, entre os seios que quase se juntavam, rimando com os dentes, entre a ampla abertura muito cálida, bronzeada, cremosa, do decote, emoldurados como uma paisagem montanhosa por uma simples camiseta da cor dos dentes. Entre os seios, se a pessoa olhasse bem, começava a linha de uma cicatriz. Ela pediu cigarros ao chinês e começou a fumar com sofreguidão. Na verdade, o cigarro não cabia entre os incisivos, nem ela tentou encaixá-lo ali, e Jacobo suspirou aliviado ao ver que ela não cometia mais essa grosseria. A ruiva, no entanto, logo o desapontou, pois começou a lançar jatos de fumaça pelo nariz, como um dragão. Jacobo se refugiou de novo no decote e viu que do pescoço dela pendia uma cruz supersticiosa, que mais parecia uma flecha, um sinal que indicava a trilha oculta para o sutil vale entre seus seios, ou talvez o começo da cicatriz.

 Durante aquele primeiro jantar no Bei Dao, extasiado com seus dentes distantes e equidistantes seios, Jacobo se deu conta de que, na idade dela, Virginia tinha vivido muito mais do que ele, apesar de seus estudos no norte, de todos os livros que havia lido, do tio padre, do pai professor, da mãe efêmera, da livraria e dos artigos nos jornais. Tinha vivido mais, sabia mais das misérias e das alegrias do mundo e, além disso, seu corpo e seu rosto eram de uma beleza incomum, uma beleza feia, se é que se pode dizer assim, uma beleza capaz de perturbar a mente mais equilibrada. Seu rosto, analisado friamente, era horrível, com um olho de mel claro e outro de café preto, o que lhe conferia uma assimetria assustadora no olhar. Mas, como dizia um poeta, "tinha uma bunda que dava a cara por ela e uns peitos como mamões maduros que nem é preciso tocar para saber como eram". Mas havia nela outra coisa (tinha a ver com seu bairro, claro, e não era culpa de ninguém) que o repugnava e lhe causava arrepios de aversão: o jeito de falar. Por exemplo, ela quase sempre usava o verbo *colocar*, como se houvesse algum tabu contra o verbo *pôr*, que tinha sido banido de seu léxico. A mesma coisa com o verbo *falar*, que sempre substituía por *dizer*, sabe-se lá por quê. Não falava de seu *cabelo*, mas de sua *cabeleira*, e nunca dizia *dinheiro*, e sim um importado *money*. Essa maneira de dizer as coisas mais o bordão perpétuo (porra, porra) e a exclusão do seu vocabulário da palavra *amigo* para, em vez disso, dizer sempre *parceiro*, e não dizer um *cara*, ou um *homem*, e sim um *man*, e nunca *ouvir*, mas sempre *escutar*, tudo isso era, para Jacobo, como pequenos golpes que o distraíam, que o incomodavam. Pensava que talvez devesse se tornar seu professor de dicção, de fonética (não diga *agenti*, querida, diga *nós*, é melhor para você, e não diga *podexá*, nem *peraí*, e sim *espere um pouco*, como uma boa moça de Paradiso). Mas não, ele não queria se transformar num Higgins, num Pigmalião. Afinal eram umas poucas palavras isoladas que mais o incomodavam, porque o que ela dizia estava certo, só que às vezes vinha salpicado de palavras repulsivas para ele. Não era a ideia, mas certas maneiras de dizer as ideias, a mesma coisa que devem ter sentido os poetas latinos ao ouvirem o povo começar a falar naquelas línguas vulgares que depois se transformariam no italiano, no francês, no espanhol. O comportamento à mesa às vezes também o distraía (ela pegava a carne com as mãos, entre o polegar e o indicador, fazia barulho ao tomar sopa, limpava a boca na manga, sem usar guardanapo, e não tinha o menor problema em gargalhar de boca cheia), e ele se perguntava se, numa convivência mais longa e mais íntima com ela, seria capaz de superar aquele desagrado. Respondeu a si mesmo que sim no instante em que Virginia se levantou para ir ao banheiro e Jacobo viu, numa fração de segundo, o umbigo delicado dela no centro de uma barriga plana, lisa, entre as pregas justas de sua blusa branca, uma antecipação fugaz de outro orifício escuro, anúncio e evocação daquele que mais o interessava. Pelo menos a cicatriz que começava no peito não descia até o umbigo.

Virginia também devia vê-lo como alguém deslocado e muito mais desamparado que ela naquele território:

— Na hora em que eu te vi, me deu dó e vontade de rir, vovô. Você parecia uma criança perdida, com medo de que algum adulto fosse te bater ou te maltratar. Vocês que vêm lá do outro lado do rio são sempre assim. Sabe o que a Sandra, a minha parceira, vive dizendo? Que vocês não sabem de nada, por isso chegam aqui sempre assustados. Acham que todo mundo do lado de cá é perigoso. Pensam que a gente vai assaltar vocês com navalhas brilhantes. São uns tontos que se perdem e vêm parar aqui de bobeira. É isso que ela diz. Na verdade a gente não é mais perigoso do que vocês, ou melhor, é bem menos, porque os do lado de cá têm facas e os do lado de lá têm metralhadoras. O que eu acho é que a gente é outra coisa. É que nem um bando de bichos selvagens, só que todo mundo aqui se ajuda e tem seu código. Agora, se um de vocês entra aqui sozinho, aí sim pode acontecer alguma coisa, por curiosidade ou violência, coisas pesadas, terríveis, mas nem sempre é assim. Agora mesmo, vovô, estou aqui com o senhor e, como o senhor pode ver, não estou fazendo nada de mau, só estou lhe fazendo bem, talvez porque entrei pelo lado da curiosidade, e não do medo. O senhor tem um jeito que deixa a gente com a pulga atrás da orelha; também parece um bicho selvagem, mas de outra espécie, que dá vontade de conhecer, de olhar de perto para ver o que sabe fazer, como caça e como morde.

Nessa mesma noite, depois que o barqueiro de barbas longas os deixou do outro lado com uma canção de gondoleiro veneziano, eles dormiram juntos pela primeira vez, no La Comedia, com as pernas entrelaçadas, mas sem fazer amor.

— Hoje eu já fiz, e tenho uma regra de ouro: não transo com duas mulheres diferentes no mesmo dia — mentiu Jacobo, e a explicação pareceu satisfazer a ruiva.

Quando tiraram a roupa, Lince viu melhor a cicatriz: parecia uma facada, bem embaixo do esterno, mas não quis perguntar nada; limitou-se a tocá-la, passando um dedo lento pela linha mais branca com pequenos lábios quase apagados pelo tempo.

— Um dia quase matam a Candela. Mas um *don* de avental branco a salvou, na Policlínica. Por isso a Candela não odeia todos os *dones* de Angosta, ao contrário de todos, todinhos aqui no meu pedaço. — Foi tudo o que ela disse quando Lince a tocou.

Na semana seguinte, aceitando o convite do livreiro, Virginia deixou sua casa nos primeiros precipícios do Salto, sua casa com banquinho de couro na porta, sua casa que, nos fundos, também era bar e boca de fumo, e talvez também de pó, e foi morar no nono andar do hotel, num dos cubículos do galinheiro, o de teto arriado, que ela mesma remendou com um plástico, aproveitando um veranico que tomou conta de Angosta no início de abril. Sua bagagem se limitava a uma sacola de supermercado com três ou quatro mudas de roupa, um par de tênis meio rasgados e pouca coisa além disso.

Carlota a recebeu bem porque Jacobo pagou três meses de aluguel adiantado. O sr. Rey aceitou que Virginia morasse num quarto do galinheiro, embora suspeitasse que ela fosse menor de idade, o que era ilegal, e temia que atrás da *tercerona* viessem outros problemas. Depois de anos de amores simultâneos, já estava acostumado que seu primo acendesse várias velas ao mesmo tempo. Por amizade e simpatia, não insistiu em exigir os documentos da ruiva, pelo menos não de imediato, e fez a vontade de Lince, que garantia que a jovem faria vinte anos naquele mês e que ele se responsabilizaria, como um pai, por tudo o que acontecesse com ela. Além disso, a ruiva traria um *tercerón* pedreiro, seu vizinho, para consertar o teto do seu quarto no galinheiro, por um preço inacreditável, muito conveniente ao La Comedia.

Desse dia em diante, Candela e o livreiro começaram a andar juntos com frequência, para cima e para baixo, como um casal. Jacobo a apresentava como uma amiga, e mais nada, porque os vinte anos de diferença o incomodavam, e gostava de parecer um sedutor, não alguém que se aproveitava de uma menor, ou quase. Ou talvez tenha sido ela que quis dar à relação um inútil ar de decência. Apesar dessa precaução nas palavras, que os fatos desmentiam, ninguém, ao vê-los juntos, poderia acreditar que fossem apenas amigos. Todos suspeitavam que devia haver algo mais complicado, um pouco mais carnal, como se diz, e é óbvio que quem pensava assim (e dizia: "Olhem, lá vai a brasa com o carvão") estava certo. Mas os dois, e isso foi se tornando uma espécie de jogo, uma inútil hipocrisia mantida por hábito, diziam que não, e continuaram dizendo que não até o fim, explicando que era tudo amizade e mais nada, embora ninguém acreditasse e todos rissem deles pelas costas — o par ímpar, o pai órfão que arranjou outra filha para substituir a de Tierra Fría, que ele quase não podia ver.

O Bei Dao se transformou no restaurante preferido de Jacobo e Virginia, o refúgio perfeito para a conversa tranquila e a felicidade. Depois de umas tantas noites, não voltaram a dormir juntos no hotel, para desmentir rumores tolos e insistirem na pantomima de sua amizade; quando muito, de vez em quando, faziam uma sesta matinal depois do café (disfarçada de aula de fonética), mas para sessões mais longas preferiam o reservado que Bei lhes emprestava, atrás de uma porta escondida nos fundos da cozinha, entre almofadas chinesas e luzes tênues de lanternas orientais. O reservado ficava do outro lado de um biombo de papel de arroz, e era também um mocó, quer dizer, um esconderijo para armazenar o saquê contrabandeado, além de cachimbos de ópio, dizia Virginia, que Jacobo não tinha visto nem queria provar, temendo não conseguir largar a droga depois, e também porque sabia, pois ouvira o relato de um viciado em morfina, que depois de cair nesse hábito maravilhoso, a vida sem o ópio ficava insuportável, porque com ele se entendia que a existência é só dor e sofrimento, sofrimento e dor, e mais nada.

Lince fez amizade com o barqueiro, ou com os dois barqueiros réplicas de si mesmos (como os ascensoristas, sim, porque em Angosta as pessoas se repetem, como os pintores e os poetas), e aprendeu o caminho para chegar ao restaurante sem se perder. Tinha medo de se aventurar para além dali, e só algumas vezes, pela mão de Candela, voltara a ir, sem saber como, sem atravessar o cortiço, até o bar que era a casa de Virginia, um antro onde não gostava de entrar, porque ali não reinava a serenidade do ópio, e sim a excitação da cocaína, a modorra abobalhada da maconha, a loucura insaciável do crack. Tinha aprendido que, descendo até o fim da Cuesta de Virgilio e virando à esquerda, voltava-se ao rio por outra ladeira, e esse era o único caminho que ele fazia, sobretudo quando voltava sozinho do Bei Dao. Atravessava de volta o Turbio no barco a remo (nessa parte não há ponte, ou deixou de haver, porque a explodiram num atentado muitos anos antes, e o governo da cidade alta não quis reconstruí-la, porque o dinheiro todo é gasto em Paradiso e os recursos nunca chegam a esta parte de Angosta), e em alguns minutos estava de novo no Sektor T. Do atracadouro, caminhava em direção ao Salto, deixava para trás a Roca del Diablo, sem olhar para ela, até encontrar a boca da estação Desesperados, indicada com um M torto, um M voltado para a direita, e lá tomava a linha em direção ao sul, para chegar, depois de oito paradas, à estação Central, em pleno Barriotriste, o antigo centro de Angosta, onde fica o hotel.

A reunião dos Sete Sábios, toda última quinta-feira do mês, começava sempre às seis e meia da tarde em um bunker ao lado da gerência do Grêmio da Terra. Quando faltava alguém, o que quase nunca acontecia, davam dez minutos de tolerância, e se o quórum regulamentar (cinco membros) não fosse atingido a assembleia era dissolvida até a semana seguinte. Nesse dia, antes mesmo da hora marcada, os sete membros já estavam presentes. As cadeiras em volta da mesa heptagonal eram iguais, menos uma, de espaldar ligeiramente mais alto. Elas estavam identificadas desta forma: Dom, Sab, Sex, Qui, Qua, Ter, Seg. A maior tinha "Dom" no encosto, e lá se sentava o membro mais antigo, que presidia as reuniões: à direita dele estava Sab e à esquerda, Seg. A mesa, coberta por um feltro verde, parecia uma mesa qualquer de jogo. Exatamente no centro dela, havia um recipiente de vidro, vazio, como uma caixa de apostas, e diante de cada lugar, sobre o pano verde, duas bolinhas do mesmo calibre, uma branca e outra preta. Ao entrar na sala (carpete vermelho, iluminação indireta), os sábios tiravam o paletó e enfiavam pela cabeça uma toga preta (o capuz caído nas costas) que lhes cobria o corpo até os tornozelos. As togas ficavam penduradas em cabides identificados com a mesma letra das cadeiras.

O presidente permaneceu de pé atrás de sua cadeira, tossiu, esperou alguns segundos e em seguida murmurou algumas palavras inaudíveis. Talvez fosse uma oração, mas não se entendia nada do que ele dizia. Os outros responderam com uma única e breve frase, composta de duas palavras: "Sim, juramos". Quando os sete se sentaram, o presidente tocou uma campainha sob a mesa e um homem malvestido, com a gravata frouxa no peito, entrou pela única porta e lhe entregou um pequeno dossiê. Eram algumas folhas manuseadas, com uma lista de nomes. Depois dele entrou uma velha encurvada que pôs em cima da mesa duas garrafas de uísque, um balde de gelo e sete copos; depois ela saiu, sem olhar para ninguém nem dizer nada.

O presidente examinou a lista. Ao lado dos nomes estavam anotados dados pessoais, profissão, endereço, idade. Depois enumerava-se uma série de cargos. O homem da gravata frouxa, alto, forte, mal-encarado, esperava em pé, olhando para cada um dos presentes ao mesmo tempo com admiração e arrogância. O presidente olhou para ele, assentiu duas ou três vezes com a cabeça, e limitou-se a dizer: "Bom trabalho, Tequendama, depois chamamos você" e o homem se retirou da sala, fechando a porta ao sair, sem fazer barulho.

O presidente pigarreou e disse: "Vejamos". Os outros seis se acomodaram em suas cadeiras de couro. Pareciam sete atores de segunda categoria levando seu papel muito a sério. "Temos aqui uma lista de... (olhou a última folha) vinte e nove pessoas. A maioria, como sempre, *calentanos*. Há cinco de T e, curiosamente, dois de Tierra Fría. Como podem imaginar, estes últimos são casos delicados, pelo barulho que pode haver. Tenho certeza de que já devem ter adivinhado seus nomes. Mas comecemos pelo início."

CADERNO DE ANDRÉS ZULETA

Encontro. Quando um hóspede de outros andares vai usar o elevador, nós, do galinheiro, não podemos entrar. Temos que ceder a vez, esperar o hóspede subir e o elevador descer de novo. É uma norma, não sei se de Carlota, do sr. Rey ou do ascensorista negro. O ascensorista não conversa com os moradores do galinheiro e nos leva ao oitavo andar de má vontade, como se ele mesmo tivesse de empurrar o elevador para cima. Talvez por não termos dinheiro para gorjetas, e ele sabe disso.

Ontem à noite houve uma pequena confusão. Uma garota e eu chegamos quase ao mesmo tempo ao saguão do hotel. Ela ficou ao lado do elevador, como que esperando eu subir para um dos andares decentes. Quase ao mesmo tempo, eu fiz a mesma coisa, e a olhei, achando que ela era uma hóspede importante. Tinha alguma coisa em seu rosto, nos olhos, na linha do nariz ou do queixo, no formato das orelhas ou da testa, alguma coisa que não me deixava parar de olhar para ela, mesmo que eu não quisesse, como a vertigem de um abismo nos chamando. O ascensorista negro pôs a cabeça para fora e disse: "Não fiquem aí parados que nem dois bobos. Subam logo, que assim eu mato dois coelhos com uma só cajadada". Então entendemos e subimos sem nos olharmos, sem que nossos olhos se encontrassem, de cabeça baixa. O negro arrotou. Ela tinha nos pés uma espécie de tamanco que deixava os calcanhares à mostra, uns calcanhares tão perfeitos que também não consegui parar de olhar para eles. Descemos no oitavo e, quando a porta do elevador afinal se fechou, nos olhamos com um sorriso fugaz, de cumplicidade. Ela tem dentes desordenados, como crianças no recreio, só que mais brancos que uma folha nova. Seus olhos são estranhos, talvez um pouco vesgos. Ela é ruiva, muito magra, se bem que carnuda em algumas partes, e seu cabelo, mais do que ruivo, é alaranjado. Subiu os degraus de dois em dois, num ritmo alegre, na minha frente, com umas coxas firmes de linhas muito simétricas, manobrando o tamanco como se ele fosse um tênis. Ao chegar ao nono andar, virou a cabeça e sorriu de novo. Eu gostei dos braços dela, talvez porque são a parte menos magra do seu corpo, a mais carnuda, e tive a impressão de ver o começo de uma cicatriz em seu peito. Eu disse "Até amanhã" e ela respondeu "Sim". Foi a única palavra que disse, "sim", mas de um jeito, com uma entonação, com um fôlego e uma voz que não me deixaram dormir direito.

Demorei para entrar no meu quarto, só para ver aonde ela ia. Vi que abriu a porta 9G, o que é estranho porque, segundo o que a sra. Carlota me disse, esse quarto não estava para alugar pois parte do teto tinha caído e quando chovia entrava água. Talvez tenham arrumado, mas ultimamente eu não ouvi nenhum barulho de conserto. Essa única palavra, "sim", me tirou o sono.

Quando alguém diz "até amanhã", a outra pessoa responde a mesma coisa, ou quando muito "tchau", e não "sim". Para mim esse "sim" foi como um convite. Ou será que estou sonhando?

Amanhecer. Não acordei com a luz nem com o barulho. Acordei no meio da noite, e tudo era silêncio, escuridão. Nos primeiros segundos acordado, estranhei a mim mesmo, como se não conhecesse nem soubesse reconhecer o sentimento que acabava de me despertar. Não lembrava o nome que eu podia dar àquela espécie de felicidade perfeita, à plenitude serena que eu sentia. Estava desconcertado; não conseguia saber o que significava aquela placidez imensa em que eu parecia estar submerso por inteiro, como um escafandrista mergulhado num mar de tranquilidade. Não quis acender a luz nem olhar o relógio para não espantar a maré agradável que invadia e inundava meu pensamento como uma carícia total. De repente soube o que era, com clareza, sem hesitação, sem dúvida: eu estava apaixonado. Me sentia feliz e profundamente apaixonado. Não estava apaixonado por ninguém, era um amor sem objeto, mas eu o sentia com absoluta nitidez. Era o amor, o amor puro. Fiz o possível para não me mexer nem um milímetro, quase nem me atrevia a respirar; queria permanecer daquele jeito por muito tempo, por toda a vida se fosse possível, quieto na penumbra, apenas uma breve piscada de vez em quando, a respiração quase inaudível e a profunda sensação do amor. Abstrata, sem dor, sem ciúmes, sem insegurança, sem angústias, sem perguntas, sem promessas, sem desejo sequer, uma perpétua resposta, um sim permanente, nítido e perfeito como um sonho feliz: o amor completo, inconteste, sem misturas nem impurezas. Eu estava imerso naquele sentimento como nos momentos de percepção auditiva em que tudo é música, só música, e o resto do mundo e das sensações se apaga, como colocado num parêntese de vazio e esquecimento.

Mas agora a música silenciosa que eu ouvia era a do amor. Me agarrei com todas as minhas forças àquela maravilhosa alucinação, mas, com a claridade e os ruídos do amanhecer (alguém tomava banho no fim do corredor, a zeladora reclamava entredentes por causa de alguma infração às normas, alguém tossiu), o sentimento foi desvanecendo, confundiu-se com o sono, até que voltei a dormir nesse nada em que afundamos um momento antes de acordar. Quando acordei de novo, tudo já era normalidade, ou seja, a rotina das preocupações que se sobrepõem, os ruídos da agitação matinal, os trabalhos por fazer, a luz na claraboia, a lista de compromissos do dia, a lembrança dos deveres inadiáveis na Fundação, o ritmo da vida. Como quem dá de ombros ao inevitável, como quem vira a página de um livro, me levantei, fui ao banheiro coletivo no corredor, que estava molhado e sujo, mas por sorte vazio, me despi, entrei no chuveiro, e o amor já era apenas uma lembrança remota, alucinada, do amanhecer.

Visita. Superando uma profunda repugnância — ao entrar senti náuseas, vontade de vomitar —, voltei à casa dos meus pais numa hora em que não há ninguém lá (os homens no futebol, a mulher na igreja). Cheirava a ódio, como sempre, a ódio e raiva. Mesmo sem ninguém, a televisão estava ligada num programa de auditório. A primeira coisa que fiz foi desligá-la (e vi a cara furiosa do meu pai, ao chegar: Caralho, quantas vezes tenho que falar para não desligarem a tevê?). Depois sentei um pouco no sofá da sala e voltei a olhar a casa, aquela que tinha sido a minha casa por vinte e cinco anos. O que será que, além de seus habitantes, me fazia detestar tanto aquele lugar? O mais desagradável era que ela estava abarrotada de coisas; quase não sobrava espaço nem para andar. Logo ao entrar, à direita, há um cabide cheio de paletós, jaquetas e gorros. À esquerda fica a cozinha. Na cozinha não cabe nem um alfinete. Em cima do fogão não há uma panela nem duas nem três; há umas vinte panelas empilhadas. Minha mãe diz que, se as guardar nos armários, ficam cheirando a barata, a grilos e a umidade. Então ela as deixa lá fora, tanto as sujas como as limpas, tachos, frigideiras, caldeirões, travessas, caçarolas, *woks*, panelas de pressão, coadores, tigelas. Perto do fogão fica a mesinha auxiliar em que meu pai toma café da manhã. Pratos com migalhas, restos de leite e de café, pedaços de pão seco, manchas de molho de tomate, restos de manteiga, colherinhas com resto de iogurte, grãos brancos de açúcar esparramado, baratas voadoras sobre pingos de geleia. Na pia estão amontoados pratos e mais panelas, copos e talheres que ficam ali apodrecendo por semanas. "Quando eu começo a lavar, lavo a manhã inteira, é assim que eu gosto", repete meu pai, que é quem deveria cuidar da louça. Para não ser preciso lavar com muita frequência, há centenas de pratos e centenas de talheres. Na mesma pia está o saco de lixo, e ali se misturam e fedem sobras de comida, cascas de frutas, cascas de queijo, restos de arroz e feijão.

Meu pai é gordo como um hipopótamo; minha mãe, neutra como água morna; meu irmão, musculoso como um halterofilista. Eles também me odiavam porque sou magro, fraco mesmo, e não gosto muito de comer. Comia por minha conta, pouca coisa, e recusava os pratos cheios de creme, manteiga, maionese, cheios dos molhos pesados da minha mãe, que não engorda, mas deixa meu pai feito um boi. São capazes de devorar um pudim inteiro, só os três. Um deles engorda, o outro cria músculos, a outra fica lânguida e sonolenta, como se fossem animais prestes a hibernar. Eles não param de comer. A geladeira vive abarrotada, ao abrir a porta caem no chão caixas, pacotes, sacos, vidros, e é quase impossível encontrar alguma coisa ali. Nunca chegam a consumir o que compram, e como nessa confusão não encontram o que procuram, saem para comprar o que já têm. Assim é com tudo, não só com a comida: a roupa, os objetos, os enfeites, as toalhas, os lençóis, o xampu. No banheiro há mais de cem frascos e frasquinhos de condicionador, de xampu, de tintura para cabelo, de creme para as mãos, de pasta de dentes, cremes para o corpo, produtos contra caspa, seborreia, psoríase. Na sala também não cabe nem mais um enfeite. Artesanato barato, caminhõezinhos, bonequinhas, casinhas típicas, ranchos, relógios, peças de madeira entalhada, pássaros, papagaios, a coleção de moinhos do meu pai, a coleção de palhaços da minha mãe, a coleção de *Seleções*, da *National Geographic*, das obras-primas da humanidade, dos melhores romances do século, das grandes obras científicas da humanidade, de autoajuda, de leitura da mão, de leitura dos astros, de como fazer amigos, falar bem em público e ter sucesso nos negócios. E a música: as cem obras-primas, o melhor do bolero, do *vallenato*, da ópera, músicas inesquecíveis. A Bíblia, o *Dicionário Larousse*. Réplicas em miniatura de estátuas de Santo Agostinho, toca-fitas do tempo do Onça, fotos, fotos e mais fotos de família, da formatura do meu irmão, da entrega de armas do meu irmão, do noivado do meu irmão, de uma viagem que fizeram a Cartagena e Santa Marta, no litoral, dos hipopótamos do zoológico do mafioso Escobar. Não tem uma foto minha, o que é um consolo. Sobre as mesas, mais artesanato, caixas com flores secas, CDs de música dançante, porcelanas, objetos de vidro, coleções de taças, tacinhas, pratos, mais palhaços, mais casas de campo, uma oração emoldurada, Senhor, faz de mim um instrumento da tua paz, hipócritas, um jogo incompleto de xadrez com as peças de mármore lascadas e cobertas de poeira de anos e anos.

    Nisso apareceu a gata que me detesta, Margherita. Encurvou a espinha e eriçou o pelo, mostrou os dentes afiados e arranhou meu sapato. Sempre me detestou. Minha mãe dizia: "Os gatos sabem quem é bom e quem não é". Subiu no sofá e me tirou de onde eu estava, miando, furiosa. Vou para o meu quarto. Era o único lugar livre de coisas, quando eu morava lá. Queria que ficasse vazio, sem nada, para compensar, para eu descansar. A cama coberta com um lençol; o criado-mudo vazio, o guarda-roupa com poucas camisas, três calças, sapatos, duas prateleiras com livros, mais nada. As paredes brancas, poucos CDs em ordem. Agora também o colonizaram e ele já está lotado, não cabe mais nada. Logo se vê que foi transformado em quarto de despejo. Em cima da cama se acumula a roupa suja dos três e na mesa puseram um aparelho de som velho, mais CDs, fitas cassete, caixas com revistas, a coleção completa da *Gaceta Deportiva*, uma montanha rosada e engordurada, porque meu pai sempre lê o jornal enquanto come. Eletrodomésticos mais velhos ainda que já não funcionam, mas que eles não têm coragem de jogar fora nem de doar.

Vi as eternas pantufas do homem que chamei de pai durante anos, aquelas odiadas pantufas xadrez. Vi partes do uniforme militar do meu irmão, galões, quepes, jaquetas verde-oliva, caixas de munição; vi os trapos medonhos da minha mãe, suas saias compridas de mulher que detesta as próprias pernas ou se envergonha delas, ou pensa que são tão irresistíveis que não pode mostrá-las sem que todos os homens se atirem sobre elas (o caso da minha mãe era o primeiro). Não olhei mais nada. Peguei dois lençóis, duas toalhas, uma manta, um travesseiro. Nessa manhã senti que precisava de uma roupa de cama melhor no quarto onde moro, principalmente de lençóis limpos, e senti que tudo aquilo estava sobrando na minha antiga casa. Também fui à cozinha e peguei um par de talheres, uma panela, uma faca de cozinha e uma caçarola. Não sabia se isso era roubar. Coloquei dois pratos na bolsa, e também três copos, duas xícaras, um coador de café. Deixei um bilhete no banco da cozinha: "Estou levando alguns pratos e talheres. Aqui estão sobrando. Em todo caso, devolvo quando puder". Não mencionei a panela nem a faca, porque os peguei da despensa, que nunca é aberta. Se eu tivesse uns saquinhos de chá e açúcar, poderia convidar a ruiva. Ou café. Com certeza na casa havia, de sobra e aos montes, só que era impossível encontrar os pacotes abertos. Não acho que a ruiva possa gostar de mim, mas quem sabe goste do chá. Ou do café. Não quis pegar um pacote fechado de café na despensa, porque estão contados e sei que isso eles não iriam tolerar e seriam capazes de mandar o senhor capitão atrás de mim com uma ordem de prisão por furto.

Beatriz mora em Paradiso, claro. É uma *doña* pura, inatingível, rodeada de muros e de luz, uma luz que parece como que tirada dela mesma, porque é de uma beleza que ilumina. Jacobo a conheceu por causa das aulas de inglês. Saber inglês sem sotaque e falar fluentemente nesse idioma é considerado um traço pessoal indispensável na Angosta de cima, e lá há centenas de institutos, escolas e academias para ensiná-lo bem. Também são muitos os clientes que pedem aulas particulares para aperfeiçoar a pronúncia e pelo menos aproximar-se desse ideal. Além do anúncio dos livros usados, Jacobo publicou por muito tempo outro classificado no *Heraldo*: "English Lessons. Todos os níveis. Professor nativo. Aulas em domicílio: Sektor T". O "nativo" era por causa de uma de suas identidades alternativas, que ele usava antigamente para ganhar mais. Como seu avô materno era irlandês, e de sobrenome Wills, ele fingia ter nascido nessas terras quando lhe convinha. Depois de receber a herança da mãe, a falecida que no fim morrera de verdade, tinha resolvido acabar com as aulas particulares em T e abandonar seus alunos. Mas quis ter alunos em F (por isso mudou a letra do anúncio), e foi assim que conheceu vários *dones* e *doñas*, até chegar a Beatriz, e depois de Beatriz dispensou definitivamente todos os outros e ficou apenas com uma, a única que valia a pena: ela. Jacobo a adorava, ela lhe tirava o apetite e o sono, e gostava de sentar a seu lado, falar, falar, falar, poder corrigi-la, poder exibir algo de bom, algo em que era superior a ela, seu inglês perfeito. A alegria de olhar para ela um pouco toda semana compensava o cansaço da viagem e da aula. Olhar sem tocar, como num museu, isso bastava, porque os traços dela pareciam copiados de uma obra de arte, uma mulher perfeita de Botticelli, de Veronese, de sabe-se lá quem.

Na primeira vez em que esteve na casa de Beatriz, há um bom tempo, Jacobo sentiu raiva de perceber que a opulência em que ela vivia o intimidava. Era insuportável para ele admitir que, com sua couraça blindada contra os *dones*, sentia de modo automático uma espécie de respeito imediato e gratuito pelos sinais mais notórios de riqueza e poder. Apesar de sua mentira irlandesa, apesar de seu milhão secreto no banco de Angosta. Mais do que numa casa, Beatriz morava numa mansão, numa fortaleza nas colinas mais agradáveis de Paradiso, com vista para o lago dos Salados, a imensa e plácida represa onde fica armazenada a água que abastece Angosta, ou pelo menos F e T, e que é ao mesmo tempo o coração de um imenso parque natural, com matas, trilhas e regatos de água cristalina.

Ele fazia sempre o mesmo trajeto para ir a Paradiso todas as terças-feiras e aproveitava o dia para sair com a filha (comprava alguma coisa para ela, tentava conversar, conquistar seu amor e por fim iam comer alguma coisa por lá antes de devolvê-la à casa da mãe) e dar sua aula semanal. Com seu cartão verde de residente, passava pelo Check Point reservado aos motoristas sem nenhum contratempo. Subia em seu carrinho desconjuntado (detestava dirigir, e só às terças-feiras o tirava da garagem do hotel) e deixava para trás as torres da abadia de Cristales, agora um shopping center com uma ortografia diferente. Superado o bloqueio, atravessava a Plaza de la Libertad, entrava na avenida Bajo los Sauces, seguia à direita por outra avenida mais longa ainda, arborizada, a avenida Moreno, chegava ao rio Manso e cruzava seu leito cristalino; finalmente começava a subir pelos contrafortes de La Colina, a região das mansões, até chegar à grande portaria da reserva Los Salados. Dali, ainda a quilômetros da casa, anunciavam sua chegada, e depois de alguns minutos o deixavam entrar. Um pouco mais adiante começa de fato o parque, e a estrada avança margeando a represa, entre pinheiros e prados, contra o fundo verde-escuro, quase negro, das montanhas. Da represa saem vários caminhos. No Sendero del Bosque, número 368, ficava a entrada da casa de Beatriz. Ela não morava na casa principal, a mansão californiana que se via no fim da alameda de loureiros centenários, e sim na casinha dos mordomos, reformada, no acesso do terreno.

O sobrenome de Beatriz é Potrero, que soa bastante vulgar, não resta dúvida, mas na Angosta de cima basta pronunciá-lo para que as pessoas baixem a cabeça com respeito, e até com temor. Seu pai é cachorro grande: o senador Potrero. O simples fato de que, para chegar à sua casa, seja preciso atravessar avenidas, ultrapassar bloqueios, passar por portarias e controles, e que na última ladeira o caminho seja ladeado e sombreado por árvores centenárias, gigantescas, impõe respeito e é pensado para intimidar.

Na primeira vez, Jacobo entrou na casa com aquela pinta de irlandês que ele não tem, a pele morena muito além da conta, fingindo falar mal o espanhol, embaralhando a fonética e confundindo a sintaxe, com erros de conjugação nos verbos castelhanos. Parecia um bom ator, mas nesse dia, quando cumprimentou Beatriz, uma aparição, uma miragem, perdeu a fala. Existe gente assim? Os anjos reencarnam?

Beatriz lhe estendeu uma mão de dedos afilados, lânguida. "Continue", disse depois de apertá-la brevemente, despótica. *"Nice to meet you, I'm Jacob. What is your name?"*, disse Jacobo com voz trêmula. "Beatriz." "Senhorita", disse, "acho que *the best thing* é eu lhe fale sempre *in* inglês, *do you agree with me?*" "Como preferir", respondeu Beatriz, seca, sem abrir a menor brecha para a simpatia. *"Perfect. Then, in English all the time. Have you ever been to Britain? No? Oh, what a pity. But you speak some American English, don't you?"* Jacobo fazia o impossível para parecer à vontade, imperturbável como costumava ser, mas alguma coisa tinha acontecido dentro dele que o aniquilava. Ainda assim conseguiu dar a aula, que dali em diante continuou sempre igual, todas as terças-feiras, das cinco às seis, sobrepondo sua única superioridade à completa inferioridade que sentia: falar bem o inglês.

Era pago em dólares, como é usual em Paradiso, quinze por aula. O que Beatriz precisava era muito simples: ela planejava ir a Boston por alguns meses, para fazer uma especialização em história da arte, mas devia se preparar antes, para conseguir se virar com a língua quando chegasse lá. Tinha estudado com as freiras francesas do Sagrado Coração, depois numa universidade particular, mas o inglês do colégio era péssimo, porque, para as freiras, o francês era mais do que suficiente como segundo idioma para uma moça de boa família, e na universidade bastava um inglês básico. No final da aula, pouco antes das seis, tomavam sempre a mesma coisa, chá com biscoitos amanteigados ingleses, e conversavam em espanhol por meia hora, antes de se despedirem. Em espanhol Beatriz era muito mais encantadora, e Jacobo se odiava por ser obrigado a reconhecer que nunca, nunca em T nem em C, havia conhecido uma mulher como ela, jamais. Às vezes, para se consolar, perguntava a si mesmo se não seria toda aquela beleza que o levava a pensar que ela não tinha nada de burra e que em qualquer assunto que tocava o surpreendia com comentários certeiros, inteligentes e muito bem informados. Talvez aquele rosto embotasse a inteligência dele, baixasse suas defesas, desarmasse toda censura e toda crítica. Ela o tratava com distância, com superioridade até, porém Jacobo notava que era cada vez mais amável, menos dura, menos distante, mas nem por isso ele chegou a abrigar nem a mais remota esperança de ir além e nunca tentou insinuar o mais leve aceno de sedução. Ele a tratava como o que ela era: uma boa aluna, e nada mais. Quantos anos ela teria? Jacobo não conseguia calcular ao certo, alguma coisa entre vinte e trinta: a idade indefinível de seus sonhos.

Uma tarde, ao chegar — já haviam se passado vários meses desde a primeira aula —, Beatriz disse que deviam ir sem falta até a casa de seus pais; era uma ordem, pois eles queriam conhecer pessoalmente seu *English teacher*. Parecia tensa. Seguiram sozinhos pela avenida arborizada até a mansão. No caminho, Jacobo sentia olhos que o fitavam, embora não conseguisse localizá-los. Sentia-se observado, sem saber por quem, mas era uma sensação clara, como quando estamos dormindo e sabemos que alguém está olhando fixamente para nós, e quando acordamos vemos que é verdade. Beatriz, ao entrar na casa principal, onde o professor nunca tinha entrado, escapuliu para os cômodos internos sem dizer uma palavra. Ela o deixou ali, fazendo apenas um gesto com a mão que significava que por enquanto ele não podia ir além. Então o fizeram esperar bem uns quinze minutos numa saleta ao lado da entrada, sentado num banco desconfortável, de madeira, embaixo de um relógio de pêndulo que acentuava a passagem dos minutos. Jacobo conhecia essa técnica de sujeição e submissão; os mais fracos são sempre condenados a esperar. Depois o fizeram passar à biblioteca, imensa embora sem muitos livros, e os poucos que havia eram todos de coleção e evidentemente intocados. Não lhes faria mal passar umas horinhas em La Cuña, pensou Jacobo (encorajando-se com um pequeno sinal de superioridade), mas pessoas desse tipo nunca descem a T. Então poderiam ir a El Carnero, o grande sebo que existe em F.

O pai* de Beatriz era um homem alto, empertigado, com um grande nariz, mas todo o seu porte altivo se desmantelava numa proeminente barriga inevitável, de uns sete meses de gravidez, que se derramava incontrolável sobre a cintura da calça. A mãe** já não era bonita, mas tinha os genes harmoniosos de Beatriz, amargurados por longos anos de vida conjugal. De início, o casal submeteu Jacobo a um longo, ainda que amável, interrogatório sobre sua vida e sua família. Parecia interesse, mas era puro cálculo. Lince, quer dizer, o professor Wills, sentia-se incômodo forçando o sotaque e inventando um passado imaginário na Irlanda e na Escócia. Com eles, postado atrás do senador, estava um homem rude*** que não abria a boca, de olhar

---

* O senador César Potrero Barros é um mulato racista que se acha branco e que escolheu a esposa pela cor da pele. Pertence a uma família de latifundiários, mas se tornou verdadeiramente milionário (e comprou mais fazendas) com o negócio da educação no Sektor T, montando colégios e universidades particulares de péssima qualidade, para seduzir *tibios* e *calentanos* com a ilusão de que um dia melhorarão de vida graças a seus esforços. É o típico político populista. Corrupto, clientelista, ardiloso, ladrão. Não treme as mãos ao ordenar "operações de limpeza" e tem relações próximas com os chefes da Secur. Em que pese a sua crassa ignorância, ou talvez justamente por causa dela, pertence ao sinédrio dos Sete Sábios de Angosta: o pior disfarçado do melhor.
** Ofelia Frías foi miss Angosta há trinta anos e aprendeu glamour e boas maneiras para aquele concurso. De uma família de *dones* decadente, é uma mulher que nunca quis se inteirar dos abismos de podridão do marido, para não ter de odiá-lo. Ama seu conforto e não fica nada à vontade nele, repartindo doçura e tentando compensar com boas obras a pressentida sujeira do marido.
*** Gastón Artuso, 32 anos, de remota origem italiana. Chefe de segurança do senador Potrero e membro ativo, do mais alto nível, da Secur. É conhecido no meio como comandante Tequendama, e seu patrão lhe concede todo o tempo livre que ele solicita. Qualquer pessoa que passe umas poucas horas na sua

enviesado e lábios cínicos, malvestido de terno e gravata, o nó frouxo, com uma camisa que em algum momento foi branca, curtida pelo tempo e pelo suor. Jacobo contava sua infância em Dublin, falava do avô marinheiro, do pai bancário e da mãe dona de casa, abnegada e muito cristã. Suas mãos suavam. Por dez minutos o deixaram falar com certa condescendência desdenhosa.

— Seu porra! — foram as primeiras palavras ditas pelo sujeito da gravata frouxa, mal-encarado, que o olhava por trás de olhos injetados. — Teu nome é Jacobo Lince e você é um *segundón* de merda, como qualquer outro; irlandês o caralho, filho da puta. Você mora num hotel fuleiro, quarto 2A, e nem trabalho fixo tem, só uma livraria cagada de livros imundos, atendida por uns velhos, que não dá nem para o gasto; usa o quarto da pensão como se fosse um puteiro, sempre levando uma vadia diferente, uma atrás da outra, e se não fosse por um parente que você tem lá já tinham te botado no olho da rua por safadeza. Como é que te deram o salvo-conduto para subir aqui, não dá pra entender, mas ainda vamos descobrir isso, seu bosta, e ele vai ser cancelado.

— Por favor, Gastón, seja mais educado com o sr. Wills — disse o senador Potrero, num tom falsamente conciliador. — Vamos ver o que ele tem a nos dizer sobre as suas averiguações, que parecem muito bem fundamentadas.

Aí começaram seus problemas com Beatriz Encarnación, ou melhor, com seu pai, o senador Potrero, e com sua mãe, a doce Ofelia Frías. Jacobo engoliu em seco. Não havia nada a fazer. Sua pronúncia mudou, e pela primeira vez em meses Beatriz ouviu de sua boca um espanhol perfeito com a cadência de T. Soou ridículo, mas também risível (ela soltou uma risadinha

---

presença percebe que é um psicopata e sente um medo instintivo dele, como o que os macacos têm das cobras. Entre ele e o senador não há uma relação de patrão e empregado: existe uma simbiose de conveniência e medo mútuo.

mal reprimida, talvez para si mesma, pelas muitas vezes que lhe perguntara onde aprendera a falar tão bem o espanhol), depois de tanto tempo fingindo falar mal:

— O que esse senhor diz, a não ser a acusação de putanheiro, que não está correta, é quase verdade. De qualquer forma, meu segundo sobrenome é Wills, sim, e meu bisavô nasceu na Irlanda. Além disso, falo inglês quase perfeitamente porque meu pai era professor e falou comigo desde criança, além de eu ter morado muitos anos nos Estados Unidos quando era jovem... Entendo que o que a srta. Beatriz precisava era de um professor apto, e nisso, que é o fundamental, não há nenhum engano. Não é difícil entender que o resto da história é necessário para eu viver, quer dizer, para que me contratem.

O sujeito estava prestes a lhe acertar um pontapé, mas o senador o deteve com a mão e com um grito:

— Comporte-se, Gastón, comporte-se; lembre-se de que esse senhor aqui é um professor. Beatriz me disse que ele faz seu trabalho direito e que nunca lhe faltou com o respeito. É um ponto a favor dele.

— Deixe que eu cuido desse farsante, senador. Ele merece é apodrecer na base do Salto, bem na Boca del Infierno — disse o guarda-costas. — Não dá pra aguentar ver o senador Potrero, muito menos a filha dele, ser enganado por um *segundón*. Além disso, quem sabe que outras coisas esse sujeito pode estar escondendo; quem mente pequeno mente grande.

Jacobo engoliu em seco outra vez:

— Senador, eu estudei vários anos em Nova York, posso lhe mostrar meu diploma de doutorado, *summa cum laude*. O que acontece é que em Paradiso a pessoa não é ninguém se é de T. Se me fiz passar pelo que não sou, foi para não me classificarem, para não me porem o rótulo de *segundón*. Ninguém acreditaria que um *segundón* pode ser um bom professor de inglês. Isso é tudo. Sua filha dirá se cumpro ou não com meu dever. Depois de todos esses meses de trabalho, posso garantir que o inglês dela melhorou muito — Beatriz, depois de um primeiro momento de desconcerto, parecia se divertir com a situação. *Doña* Ofelia tomou a palavra:

— É melhor Gastón se acalmar, o senhor voltar para o seu hotel em T e não se falar mais no assunto. Vamos procurar outro professor para Beatriz, um inglês autêntico, ou melhor, uma americana nascida lá mesmo, uma nativa.

— Não — disse Beatriz, e foi um *não* dito com tamanha intensidade que soou como um *nunca*.

O senador tossiu:

— Se não fosse por ela... Claro que eu detesto os métodos de Gastón. Na verdade, ele não está falando sério. Ele se entusiasma um pouco com as palavras, sr. Lince, apenas isso. Pode se retirar, Gastón — e indicou a porta com um movimento do queixo. — É melhor resolvermos isso amigavelmente, como Beatriz quer. O senhor continue com as suas aulas e pare com suas trapaças. Deixe a paranoia de lado, professor; aqui em cima sabemos respeitar muito bem as pessoas de qualidade; aqui se aprecia a cultura.

Depois de mais duas ou três frases, a discussão acabou. Jacobo poderia continuar com as aulas, mas se esperava que ele nunca mais dissesse uma mentira. Eles tinham olhos em muitos lugares, disse o senador, embora às vezes, por conveniência, pudessem fechá-los. Não no banco de Angosta, pensou Jacobo com satisfação. Beatriz, vendo que era o momento propício, pegou-o pelo braço, depois pela mão, levou-o rápido até a casa dos mordomos, a sua, e ele se dispôs a lhe dar, com voz trêmula, a aula que nem sequer tinham podido começar. Ao se despedirem, Beatriz pôs cinquenta dólares no bolso de sua camisa, acariciou-lhe o pescoço com as mãos, como numa massagem, e lhe deu um longo beijo na boca, de língua.

— *I will be waiting for you, next Tuesday. Please come!* —
Foi a última coisa que disse, com um sotaque quase bostoniano.

CADERNO DE ANDRÉS ZULETA

Ninho. Queria que Virginia viesse ver o ninho e os pombinhos, mas acho que, se eu lhe dissesse isso, ela riria de mim. É de um sentimentalismo tolo e infantil eu ficar aqui cuidando de passarinhos. Provavelmente vai achar ridículo (ou feminino, como diriam na minha casa) eu não abrir a claraboia nem arejar o quarto primeiro por causa das palhas, depois por causa dos ovos, de um ninho, de uns pombinhos (feios, além do mais, rosados e de pescoço comprido, o bico aberto, barulhentos e exigentes com esses pais que trabalham o dia inteiro para lhes trazer minhocas e não sei que outras coisas mais que regurgitam dentro de seus bicos sempre abertos e vorazes).

Vanessa. Quem viu o ninho foi Vanessa, a inquilina alegre. Veio me pedir um ovo emprestado e, enquanto esperava, olhou para o teto. Depois se sentou na cama e não queria ir embora. "Para você eu não cobro, garoto. Vem." Me estampou um beijo na boca. Eu a apalpei um pouco, com medo, tremendo como um passarinho, por cima da roupa. Depois ela levantou a saia, baixou a calcinha e eu fiquei olhando para ela com medo. Ela me chamou com a mão, mas eu fiz que não com a cabeça. Ela riu, uma gargalhada funda, cavernosa. Voltou a se vestir e eu vi pela última vez aquela sombra muito escura, macia, entre suas coxas. Quando se cobriu com a saia, senti uma coisa parecida com remorso e decepção. Ela me disse, apontando para o teto, que eu era como aqueles pombinhos, que um dia eu ia ter que crescer, e foi embora. Eu me senti um idiota. Poucas coisas são tão ridículas quanto um homem de vinte e cinco anos virgem. Tenho vergonha até de escrever, só que eu sabia que, se me aproximasse dela, depois eu não ia parar. Me dá pena dizer isto, mas o escuro que ela tinha no meio das pernas era bonito de ver, mas cheirava mal.

Sábado. De noitinha, vesti uma fantasia de valente e fui bater no 9G. Dei uma batidinha tímida, quase inaudível, e mesmo assim meus nós dos dedos doeram e fiquei vermelho. Eu já tinha saquinhos de chá, açúcar, e havia posto a água para ferver na minha única panela. Ninguém vinha abrir e colei o ouvido à porta. Tive a impressão de escutar um fru-fru de tecidos, um movimento tênue sobre os lençóis, uns passos abafados. Nesse instante, senti um bafo na minha nuca, um bafo quente, azedo. Levei um susto. Era Carlota. Sua voz de homem, fanhosa, disse para eu tomar cuidado com as inconveniências. A menina Virginia era amiga de um hóspede muito importante, de um amigo pessoal — frisou a palavra *pessoal* — do sr. Rey. É um comerciante que, se quisesse, poderia até morar em Paradiso, mas prefere morar aqui, o sr. Lince. Não ia gostar que um estudante tentasse seduzir a namorada dele. Expliquei que eu ia apenas convidá-la para um chá. "Um chá, um chá, um chá", disse três vezes, e foi embora balançando a cabeça. De sua porta, gritou: "Esses fedelhos acham que a gente nasceu ontem". Não sei se a ruiva estava ou não, mas voltei para o meu quarto. O rabo entre as pernas, a falta de caráter, a ausência de estratégia. Talvez em casa tivessem razão, talvez seja verdade que não sirvo para nada, nem para convidar uma garota para tomar chá. Nem para me deitar e perder a virgindade com uma puta.

Não aguentava ficar no quarto e resolvi descer para tomar ar. Chamei o elevador, mas como, depois de esperar muito, ele não veio, decidi ir pela escada. Quando estava no segundo andar, quase trombei com uma garota alta, bonita, que vinha apressada pelo corredor e que desceu as escadas como um raio. Não saiu pelo térreo, mas ouvi seus passos indo para o porão. Fiquei escutando e ouvi um barulho de chaves e, em seguida, uma porta de ferro batendo. Quando se afastou, desci para olhar. No porão há uma grade, mas não dá para passar porque está fechada com cadeado. Sem dúvida a moça tem a chave e passou por ali. Aonde será que ela vai? Quem será ela? Tinha os seios bem grandes.

Ninho. Ontem, assim que o sol se pôs, aconteceu uma coisa sangrenta. Quando vi, já era tarde demais para evitar. Eu estava escrevendo sobre a vizinha ruiva que ainda não conheço, quando ouvi acima de mim um bater de asas agitado, guinchos agudos, vi penas voando e uns arranhões de garras sobre o vidro da claraboia. Ergui os olhos e cheguei a ver um rato enorme, cinza, devorando os filhotes das rolinhas. Vi o sangue fresco entre seus dentinhos miúdos e afiados, vi seus olhos malignos e seu bigode salpicado de vermelho. As rolinhas voavam em volta dele em atitude de defesa, mas incapazes de se aproximar. Bati no vidro com uma vassoura, com o punho, e por fim o rato fugiu, ainda com um pombinho entre os dentes, mas era tarde demais. Não havia mais nada no ninho, e as rolinhas foram embora. Hoje abri a claraboia, peguei o ninho e joguei no lixo. Depois o tirei do lixo e pus em cima dos livros. Tem restos de sangue e de merda; cheira mal. Joguei-o no lixo de novo. Por que temos de ser lobos ou cordeiros sempre? Queria não ser nunca nem carrasco nem vítima.

Com a claraboia aberta, fiz um ovo frito que me deu nojo e o joguei no lixo, junto com o ninho. Estou me sentindo um rato. Um parente do rato, é o que eu me sinto. Acho que há no ar olhos de rolinhas (parentes de galinhas) me vendo, me julgando e me desprezando. Senti vontade de vomitar, mas consegui me conter. Não vou contar isso a ninguém. Acho que estou hipersensível. Quando quero virar vegetariano, e isso acontece quase todos os meses, é porque estou hipersensível. Minha mãe dizia: "Você tem regras, como as mulheres". Não quero mais ninhos na minha claraboia. Também vou comprar veneno para ratos, porque também não quero ratos na minha claraboia. Vou pôr o veneno dentro de um apetitoso pedaço de carne vermelha. Para que aprendam. Quem vai aprender o quê? Na realidade, a vida não tem solução. A única solução é morrer. É a pior, mas é a única solução.

Depois de descobrir a verdadeira identidade de Jacobo, Beatriz deixou de se interessar pelo inglês e começou a se interessar pelo professor de inglês, que levava uma vida dupla, ou pelo menos era o que ela pensava. Na verdade, pouco lhe importava que seu professor não fosse irlandês, como tinha sido durante meses de verbos e pronomes. Agora, de certo modo, estava mais interessada nele, fascinada com o fato de que um *segundón* tivesse conseguido burlar por algum tempo a vigilância de seu pai, o senador, e até entrar no coração de sua casa, uma das mais protegidas de Tierra Fría, com outro nome e uma identidade diferente da real.

Na primeira vez em que Jacobo voltou para sua aula semanal, uma semana depois do vexatório episódio com os pais e o guarda-costas, Beatriz lhe disse, num inglês regular: *"This is the first time that I have a real contact with a* segundón, *you know. I never have had a lover from down Angosta. Many* dones, *you know, I've had many* dones, *but no one* segundón *or* tercerón. *From that part of the city I know only the maids, the car driver, maybe Gastón, that's all, but I don't want to fuck with killers like him, even if he would, I know"*. Até esse dia não tinha passado pela cabeça de

Jacobo que ele pudesse ter alguma coisa com Beatriz. Ela era de uma beleza tão estonteante que de saída descartara qualquer possibilidade de aproximação. Gostava de olhar para ela durante as aulas e fantasiar, mais nada. Mulheres como Beatriz, em geral, até para um tipo atirado como ele, entravam na categoria do impossível, mais até, do *unapproachable*. Mas ela tinha suas diversões, e a principal talvez fosse encantar os homens, e como sabia que sua beleza era completa e incomum, não desprezava o prazer de se exibir e ser vista. Além disso, Beatriz tinha uma espécie de fantasia sobre algo que poderia ser chamado "ardor da Tierra Caliente", ou coisa parecida, a selvageria das pessoas de baixo, dos subordinados, a síndrome de Lady Chatterley. Era curioso, mas desta vez a categoria *segundona*, que já havia fechado tantas portas a Jacobo, lhe abriu um dos corpos mais incríveis que seu corpo conhecera.

Depois do comentário dela de que ele seria o primeiro, embora com um mau pensamento na cabeça, Jacobo continuou sua aula sobre os verbos irregulares, aqueles que no *past tense* tinham uma terminação insólita. Jacobo espantava o mau pensamento (que ela tivesse falado a sério ao usar o verbo regular *to fuck*) com um pensamento cético e resignado ("Foi apenas uma brincadeira, não se iluda, seu bobo"). Mas no fim do horário regulamentar, e depois do habitual chá com biscoitinhos, ela perguntou se ele não poderia ficar também para jantar. Jacobo permaneceu mudo por um momento, com uma tática inconsciente de sedutor. "Sim, claro", disse por fim. Seu único compromisso das terças-feiras era o passeio com a filha, que já fizera, e a aula, que havia terminado. Podia ficar, era uma honra.

Continuaram conversando em espanhol por mais duas horas, tapeando o tempo com assuntos complicados (a arte conceitual, a escultura de Bernini, a mística espanhola), misturados com uma ou outra história pessoal. Depois das oito, seguiram outra vez pelo atalho arborizado até a casa dos pais de Beatriz. Talvez fosse uma armadilha e Gastón estivesse atocaiado atrás de uma árvore, esperando para matá-lo por ter voltado a enganar o senador Potrero, por não ter revelado seu saldo no banco, sua verdadeira situação econômica, a desnecessidade de seu ofício de professor. Chegaram à casa. Só estava a mãe, *doña* Ofelia, e jantaram com ela algo que Jacobo não sabia o que era, porque era a primeira vez que comia: salada de polvo. Achou aquilo delicioso, e muitas vezes encheram as taças com um bom vinho branco, Chardonnay argentino envelhecido em tonéis de carvalho. Jacobo comeu e bebeu muito além da conta, como se estivesse no Bei Dao, esquecendo o velho conselho de seu pai, que lhe dizia: "Coma tudo na casa dos pobres, e na casa dos ricos prove apenas um bocado". Não. Comeu como quem ele era, um *segundón* esfomeado, ansioso por experimentar pratos exóticos, mas *doña* Ofelia, muito mais relaxada sem a presença do marido e do capanga Gastón, celebrou seu apetite com uma frase que para Jacobo era quase uma permissão: "Eu gosto dos gulosos. Inapetentes na mesa, inapetentes na cama. E vice-versa". Jacobo inverteu mentalmente o silogismo e gostou do resultado, que, além disso, era verdadeiro.

Depois do jantar, Beatriz o levou de volta à sua casinha afastada, outra vez pela mão, para um último copo, um digestivo, um *pousse-café*, o que ele quisesse. Foi lá, sentados no sofá branco que nunca tinham usado para as aulas de inglês, que Jacobo se atreveu, com o pretexto de sentir o perfume dela (era seu truque de sempre, aproximar o nariz), a apoiar o rosto no pescoço de Beatriz, a boca em sua clavícula, a mão em seu braço esquerdo e em sua axila. O vinho, o polvo, o brandy, a luz tênue da casa dos mordomos naquela tarde de fim de outubro, a frase de Beatriz, o verbo *to fuck*, a aula de gramática, tudo conspirava para que naquela noite Jacobo afundasse ali, naquele corpo, por sua fresta mais estreita. Quando começaram a se beijar, Beatriz fez pela primeira vez o gesto que iria repetir todas as vezes que dormissem juntos: sentou-se de pernas abertas sobre a coxa de seu professor e começou a pressionar ali com o púbis, com uma carícia lenta, esfregando cada vez mais intensamente, como se estivesse numa moto, ou montando a cavalo, com um trote lento, compassado, que ia se transformando aos poucos em um galope, mais rápido, mais rápido, até perder a roupa e quase se desenfrear. No início, a saia subia até sua pélvis, deixando descoberto seu estupendo par de pernas, bronzeadas, fortes, sem meias.

Nem todas as mulheres procuram o homem com a mão. Ela, sim. Ela queria sentir o que havia ali. Foi sempre parecido: o trote, o galope, uma longa carícia por cima das calças, depois uma mão hábil abrindo o botão e baixando a braguilha. Jacobo, enquanto isso, com suas mãos, passava das axilas aos seios. Os peitos de Beatriz. Durante muito tempo, ele os reviveu em suas lembranças eróticas, e quase todas as mulheres que surgiam ali, na memória, mesmo que fossem outras, sempre ganhavam os seios de Beatriz, como se elas não tivessem os seus. Beatriz não usava prótese de silicone, pelo menos naquela época, mas a firmeza e o tamanho de seus peitos poderiam levar a pensar que fossem operados. Eram perfeitos. De um tamanho ideal que mal ultrapassava a palma aberta e côncava da mão de Jacobo, com auréolas rosadas e suaves, muito sensíveis ao tato, de textura perfeita quando os percorria com a língua, macios e duros ao mesmo tempo, fofos e firmes, ideais para a carícia e a mordida leve.

Beatriz nua era uma aparição; algo tão perfeito que Lince ficou mais pasmo do que quando a vira vestida pela primeira vez. Pediu que ficasse quieta por um momento, e ficou olhando para ela, sem ação, o membro estupefato apontando com seu único olho para o teto, com uma tensão de fruta madura a ponto de rebentar. Quando seus dedos a tocaram debaixo dos pelos e

Jacobo sentiu aquela viscosidade tão abundante a ponto de um fiozinho de baba se enredar em seus dedos e ficar ali pendurado, tão fino e transparente como um fio de teia de aranha, ele não se conteve. Pareceu o pior *latin lover* já visto por olhos humanos. Gozou ali mesmo, fora, sem nem ter sequer insinuado o gesto de penetrá-la. Ela explodiu em gargalhadas e recolheu o sêmen com a mão para passá-lo em volta do umbigo. *"It's good for the skin"*, dizia, *"good for the skin"*, enquanto se lambuzava entre risadas de chacota e de prazer. *"I'm sorry, really sorry, you are so beautiful"*, Jacobo tentou se desculpar.

Tiveram de esperar um bom tempo, pois Jacobo não era um homem rápido para segundos assaltos. Tomaram mais um brandy, conversaram nus, estendidos na cama. Por fim, já perto da meia-noite, envolvidos nos lençóis e em risadas, ficaram meia hora fundidos nesse abraço e nessa sensação que são uma das poucas coisas que justificam toda a dor da existência. Beatriz era uma amante alegre, menos gritona que Camila, porém mais intensa, sem a fragilidade indecisa de Candela. Jacobo nunca teve com ela, ao terminar, a sensação de estar saciado, nem sequer satisfeito, e se seu corpo tivesse respondido teria ficado ali para sempre.

Não era fácil voltar para Tierra Templada naquela hora. Tinha de pegar a rodovia e no Check Point, antes da descida, faziam mais revistas do que nunca, mais perguntas do que nunca. Era muito suspeito que um residente de F quisesse descer ao inferno a uma hora daquelas. Mas Jacobo voltava com uma profunda sensação de felicidade. A partir desse dia, por vários meses, toda terça-feira fez amor com Beatriz, sem nunca sentir enfado nem tristeza. Tampouco amor, e sim uma ansiedade sem limites por afundar em seu corpo. As aulas de inglês se transformaram numa simples e alegre cumplicidade erótica, carente já de verbos e fonética, sem tês ingleses ou tês americanos, sem *shwas* ou impronunciáveis vogais intermediárias. Beatriz, no entanto, sempre pagava; ela mesma colocava, num envelope, os quinze dólares da hora de inglês e outros dez de gorjeta pelas horas extras, ela dizia, rindo. Jacobo teria pagado qualquer quantia só para poder ver Beatriz nua, e ela pagava para ele mergulhar em seu corpo toda semana. Nunca falava de nada que não fosse impessoal, isso sim, nem deixava escapar uma expressão de afeto ou de intimidade. Da parte dela, isso ficava evidente, tudo era desejo, puro e simples, vontade reprimida, no início da tarde, e vontade satisfeita à noite.

O curso intensivo duraria até o começo de junho, quando Beatriz iria fazer uma especialização numa universidade americana da Ivy League. Estava pensando em dar uma festa de despedida na propriedade dos pais em Tierra Caliente, e convidou Lince, que poderia levar todos os seus amigos *segundones* que quisesse. Beatriz lhe disse que, antes de ir embora, queria se misturar com o povo para ver como era. Pela primeira e última vez.

CADERNO DE ANDRÉS ZULETA

Caminhada. Foi ela quem bateu. Eu estava sem camisa, assando uma *arepa* para o café da manhã, olhando o céu e as nuvens pachorrentas de Angosta pela claraboia. Foi uma batida decidida, não como a minha, tanto que pensei que fosse Carlota vindo dar alguma bronca, um aviso, fazer uma reclamação. Era ela, a labareda no cabelo, a fila de dentes brancos no recreio. "Hoje não vou descer para tomar o café com Jacobo. Ele falou que está com dor de dente; azar dele. O dia está lindo. Não quer vir caminhar comigo?" Levei um susto e já ia dizer que não podia, inventar uma desculpa qualquer, quando alguma coisa em mim virou o jogo. Não respondi, só dei meia-volta para pôr uma camiseta. Enquanto a procurava e me vestia, a garota disse: "Que cheiro de queimado", e me lembrei da *arepa*, vi uma fumaça escura e um cheiro de carvão subindo do fogareiro. "Estraguei seu café da manhã, desculpe", ela disse, mostrando os dentes muito brancos, harmoniosamente desordenados, os olhos bicolores. Eu queria lhe oferecer um café, mas minha voz não saía. Servi o café e lhe estendi a xícara, sem dizer nada. Ela continuava em pé na soleira da porta, não de tamanco, mas com um tênis puído cobrindo os pés.

"Meu nome é Virginia, mas me chamam de Candela por causa do cabelo. E você?"

"Meu nome é Andrés e não me chamam de nada, porque não tenho nada especial."

Fiquei vermelho, tenho certeza, e em seguida virei as costas para ela e comecei a abanar o quarto com a toalha, para fazer a fumaça sair. Nisso Carlota, bruxa de faro apurado, gritou do seu quarto: "Idiotas, vocês vão acabar queimando este palácio!". "Espere por mim lá embaixo", eu disse à ruiva, rápido, entre os dentes, para evitar o encontro com Carlota, e ela me entregou a xícara ainda meio cheia e desceu sem dizer uma palavra, como se tivesse passado ao largo diante do meu quarto. Carlota se aproximou arrastando as pernas pelo corredor, com uma cara feroz, mãos na cintura. Depois de explicar que tinha sido apenas uma *arepa* chamuscada, inofensiva, um pequeno descuido, calcei o tênis e desci os nove andares pela escada, para evitar mais encontros. Quando saí, Candela estava me esperando ao lado da porta do hotel.

Ela propôs que fôssemos de metrô até o monte Ávila. Lá podíamos pegar uma trilha e subir pela encosta até a beira da *obstacle zone*. Eu nem sabia o que era isso, só tinha conhecimento de sua existência por causa de um relatório da Fundação, que o mencionava como uma coisa vergonhosa. "Lá do monte Ávila a gente vê Paradiso inteiro, com o Check Point no alto, ao longe. Embaixo, isto aqui e, mais embaixo, todo o resto, da minha antiga casa até o deserto do vale de Guantánamo."

Foi uma caminhada bem longa. No início há casinhas de conjuntos habitacionais, todas idênticas, e a encosta com escadas de concreto. Depois se chega à cota 2000; a partir daí é proibido construir, e tudo começa a se parecer com o campo. Há árvores, mato, capim, abelhões zumbindo como motores de barco, alguns terrenos baldios. É uma terra de ninguém. Há um pinheiral das Empresas Públicas protegido por alambrados. Dizem que não é aconselhável caminhar por ali, porque é proibido e está cheio de patrulhas de segurança, ou de assaltantes, estupradores, coisas do tipo. Porque é deserto. Mas quando se sobe a encosta, beirando o pinheiral, o ar começa a arder no nariz e é agradável, balsâmico, cada vez mais fresco. Além disso, Virginia não tem medo de nada. Subia concentrada em suas pernas, ágil, leve, e eu atrás dela.

São pelo menos duas horas de caminhada até chegar lá no alto. Tivemos sede, mas não havia água para beber. Cada vez se sentia o ar mais rarefeito. No final da subida, Virginia me explicou enquanto caminhávamos, chegaríamos à chamada *obstacle zone* e poderíamos ver a cerca que dividia as duas cidades. O topo do Ávila fica a mais de dois mil e seiscentos metros de altitude. O planalto começa um pouco mais abaixo, mas, em todo caso, não é permitido ir além da crista. E mais: aconselham que ninguém se aproxime do topo a pé. A pessoa pode ser confundida com os bandos de intrusos que tentam entrar em Paradiso pelo buraco, ou seja, com os ilegais. Quase todo dia sai alguma notícia a respeito, e os *dones* organizaram grupos particulares de "caçadores", como eles são chamados, que têm autorização para capturar *segundones* ou *tercerones* que se atrevam a cruzar ilegalmente a fronteira ou a zona de exclusão. O buraco são túneis ligando uma zona a outra que os *tercerones* "toupeiras" cavam para atravessar à noite, como ratos. Tanto os seguranças oficiais como os caçadores particulares com autorização podem atirar sem aviso nos intrusos. Às vezes não os matam, mas os trancam em prisões e os deixam morrer de sede, para servir de exemplo às classes baixas; pelo menos é isso que se conta, mas pode ser puro exagero, lenda urbana. Uma coisa é certa: se nos confundirem com intrusos, podemos ter problemas. Nada disso preocupa Candela. Ela diz que o ar da montanha lhe faz bem, e também andar, porque está acostumada. Diz que não tem coisa no mundo de que ela goste mais e que sempre caminhava com seu irmão que foi assassinado. Não lhe pergunto nada e me limito a olhar sua cicatriz. Ela sorri e me diz: "Não, não foi no mesmo dia, isto aqui foi antes, e meu próprio irmão me levou de táxi até a Policlínica, onde um anjo ali me salvou". Às vezes, de uma árvore a outra, salta um surucuá mascarado com sua cauda furta-cor.

Dois quilômetros antes de chegar ao limite entre o Sektor T e o Sektor F, começam os avisos militares. "Você está se aproximando da zona restrita", "Você está sendo vigiado", "Seus movimentos estão sendo registrados por câmeras de vídeo", "Se solicitarem sua identificação, não resista", "Proibido afastar-se da trilha, zona minada, circule por seu próprio risco e responsabilidade". Virginia nem sequer olha os letreiros e segue em frente, o passo firme e o olhar fixo no topo da montanha. Quando chegamos ao cume, surge a trilha de pegadas e a primeira cerca de segurança. É proibido seguir em frente. Ladeando a cerca, sem pisar na trilha de pegadas (os guardas verificam os rastros constantemente), pode-se chegar até outro mirante da serra, de onde se consegue avistar a grande planície de Paradiso, a torre da abadia de Cristales, a rodovia de seis pistas que desce para o planalto, o verde das matas, as primeiras casas de campo, com suas quadras de tênis e cavalariças. Ao longe, também o bunker do Check Point e as árvores verdíssimas da Plaza de la Libertad. Não chego a distinguir a estátua do prócer. Eu nunca tinha estado aqui, tão perto da cerca, por prudência. Sentamos para descansar e Candela tira duas maçãs de debaixo da blusa. Nem se viam, não sei como conseguiu trazer as frutas até aqui.

Depois de comermos as maçãs, ela propõe que aprontemos uma com os guardas. Era a brincadeira preferida de seu irmão. O desafio é atravessar a trilha de pegadas até a cerca e depois voltar para trás, tomando o cuidado de pisar exatamente no mesmo lugar, para que os guardas vejam os passos de ida e não os da volta, como se alguém tivesse atravessado o alambrado sem rompê-lo nem fazer o alarme disparar. Primeiro ela vai sozinha, para me mostrar como é. Avança devagar, com passos largos. As pegadas de seu tênis ficam nitidamente marcadas na areia da trilha. Ao chegar à cerca, dá marcha a ré com todo o cuidado, devagar, encaixando as solas exatamente na fôrma anterior. Eu a imito e não falho. Ela então diz para nos afastarmos até o monte, para vermos o que os guardas vão fazer quando descobrirem as pegadas. Dali a pouco chega a máquina que alisa o terreno e verifica se há pegadas. Ao verem nossos passos, eles param e um grande tropel de botas estoura. Olham cuidadosamente o chão e inspecionam a cerca no ponto onde nossos passos terminam. Veem com preocupação que não há passos de volta, até que depois um oficial, com certeza mais experiente, parece explicar que as pegadas são fundas, duplicadas. E aponta para a mata, onde supõe que nos escondemos. Varrem nossas pegadas e seguem em frente.

Enquanto esperamos, agachados, Candela e eu falamos de Jacobo, o livreiro. Digo que conheço a livraria há muitos anos, mas que só o conheci pessoalmente há uns dois ou três meses, na porta do hotel. Não digo como nem por quê. Não entendia que tipo de relação ele mantinha com a ruiva e queria descobrir. O que ela diz de Jacobo eu já sabia: que é amigo de Quiroz e de Jursich, os dois velhos que moram no galinheiro e que trabalham por turnos na livraria. Digo que já conversei um pouco com um deles, com Quiroz, porque ele é enxadrista e uma vez jogamos umas partidas rápidas, com relógio. Também digo que me parece uma pessoa fascinante por um detalhe insólito: não tem nenhuma vaidade. Virginia diz que conheceu melhor o eslavo e que ele é um encanto, uma simpatia ambulante, e esperto como ele só, por mais que Jacobo o chame de "O Espectro". Ultimamente ela tem passado algumas tardes no La Cuña aprendendo um pouco do ofício, porque Lince quer lhe arranjar um emprego numa livraria de uns amigos dele em Paradiso, e até lá é bom ela ir pegando o jeito.

Diz também que Jacobo age como se fosse seu pai, mas não um pai real, e sim o pai que ela queria ter tido. Digo que a entendo e falo do meu pai, o telespectador obeso. Virginia não conheceu o dela. "Só a roupa", diz, "que ele nem voltou para buscar e minha mãe guardou por muitos anos. No fim foi dando de presente, aos poucos, uma camisa por vez e uma calça depois da outra, todas velhas e estragadas. Foi a única coisa que conheci dele, sem contar uns presentes absurdos que ele mandava no início, ninguém sabe de onde. Em meados de outubro, sem falta, aparecia um sujeito carregando um pacote contendo sempre a mesma coisa: seis filhotinhos de peru para a gente engordar e vender no Natal. A casa não tinha quintal nem pátio, nem nada, e minha mãe precisava enfiar os bichos no único banheiro, nos fundos da casa, e quando podia dava para eles sobras de arroz, milho e toda comida que sobrasse na casa ou na vizinhança; os perus comem de tudo, quase que nem os porcos. Era horrível de noite, quando eu acordava para fazer xixi, ou de manhã, quando eu queria tomar banho. Os bichos me olhavam nua e pareciam me despir ainda mais. Tinham aquela crista e um muco meio vermelho, meio roxo, e faziam aquele barulho horrível que os perus fazem, como um risinho forçado, e deixavam o chão todo cagado e fedendo. O pior era entrar de noite, com pouca luz, e sentir aquelas testemunhas me olhando sentar na privada morrendo de medo, e que talvez soubessem que a gente estava engordando todos eles para matar e vender em dezembro."

A família de Virginia tinha vindo de um povoado do Norte, perto do mar, fugindo da violência, mas pouco depois de chegarem o pai arrumou uma amante mais nova e os abandonou.

"Eu nasci lá", diz a ruiva virando-se e apontando para o Sektor C, para as incontáveis casinhas cor de tijolo aferradas às montanhas como com as unhas, ladeira abaixo, pelas ribanceiras que despencam além do Salto de los Desesperados. "Daqui não dá para ver tudo, por causa da neblina, mas eu sei que está lá."

Deixamos a trilha em silêncio, contornando a cerca, sem pisar na faixa de areia das pegadas. Em alguns pontos vimos arame farpado e pequenos cartazes com caveiras que diziam: "Perigo de morte. Alta voltagem". Candela atirava pedrinhas para o outro lado, como um pequeno desafio, sem interromper a caminhada. Nesses momentos ela parecia um garotinho tolo. De repente começamos a ouvir latidos de cachorros. Do outro lado, uma matilha de pit bulls e rottweilers nos olhava com os dentes arreganhados, todos rosnando furiosos e correndo de um lado para o outro, marcando o território intransponível com insistentes jatos de urina, um após o outro, como a golpes de seringa, com a pata levantada contra a grade, enlouquecidos com a nossa presença. Atrás deles, alguns caçadores se aproximavam, ligeiros. Virginia pegou na minha mão e me puxou de volta para a mata que havia do lado de cá, mais profundamente. "E as minas?", perguntei, mas ela não disse nada e me levou pela mão até passarmos um morrinho e me fazer agachar atrás do tronco caído de um eucalipto imenso. "Não estamos fazendo nada ilegal", disse ela, "eles não podem atirar no lado de cá, mas gosto de deixar eles nervosos." Os cachorros não paravam de latir, e os caçadores exploravam o terreno com binóculos. Eu não estava tão otimista quanto ela: achava que, se nos vissem, iam atirar. De fato atiraram, mas para o alto, porque não nos viram. Depois de um tempo, os animais pararam de latir e os caçadores, cansados da busca, deram meia-volta e chamaram os cachorros com assobios. Continuamos caminhando pela beira da mata, até que avistamos gruas e escavadoras enormes abrindo um fosso do outro lado da grade, já em Paradiso. Um pouco mais adiante, uma turma de operários erguia um muro de tijolos e pedras.

"Era isso que eu queria que você visse", disse Virginia, apontando para uma linha que se podia divisar ao fundo. Eles já tinham construído quilômetros e mais quilômetros de muro e ninguém havia publicado nada a respeito em Angosta. O fosso estava vazio e era muito fundo, tão fundo que era impossível saber sua profundidade. Do outro lado do fosso, se erguia a muralha, que parecia uma réplica em miniatura da chinesa, embora eu só conheça a muralha da China por fotos. Guardas asiáticos caminhavam sobre ela, fumando e conversando tranquilamente, fuzil ao ombro, um cão bravo puxado pela correia e chapéu militar na cabeça.

"Antigamente erguiam muros para as pessoas não saírem de um lugar, como em Berlim, por exemplo. Esse aí não está sendo construído para impedir a gente de sair, e sim de entrar", disse Virginia num tom neutro.

"Não entendo. Não é a mesma coisa não deixarem você entrar ou não deixarem você sair? Seja como for, é feito para separar."

"Imagina a tua casa. Se teus pais te trancam lá dentro e não deixam você sair, é um castigo, claro, mas de certa maneira estão dizendo que te consideram e que querem você ali, que se você saísse seria uma perda para eles. Agora imagine você voltando à noite e não eles te deixando entrar, a porta trancada. O que eles estão dizendo é que não querem te ver."

Uns dias antes, eu tinha ido em casa buscar um abajur e umas fronhas que eu havia esquecido de pegar na minha segunda incursão. Quando tentei usar a chave com a qual eu sempre tinha entrado, notei que eles haviam trocado a fechadura. Encontrei um papel pregado ao lado da porta com durex. "Trocamos a fechadura. Não queremos que você continue roubando", dizia. Do lado de dentro se ouvia o som da tevê. A explicação de Virginia ficou muito clara para mim. Aquele muro não tinha sido feito para nos impedir de sair de Tierra Templada — de fato, não existia a proibição de sair —, mas para nos impedir de entrar em Tierra Fría. Virginia entendia isso muito bem.

"De que nos serve o direito de sair se não temos o direito de entrar? Eu pergunto: podemos sair de C ou de T? Claro que sim, eles dizem, vocês são cidadãos livres. Podemos entrar em F? Bom, nem sempre; ou melhor: não. Podemos sair daqui, claro, mas o único lugar aonde podemos ir é para a outra vida, e o problema é que ninguém sabe se o além existe. Olhe para baixo: estamos presos neste fosso, neste vale estreito e enterrados vivos neste buraco, como numa armadilha para animais que não podem esperar nada mais que a morte. Em Angosta. Em angústia, melhor dizendo. Sempre que subo aqui, a distância aumenta; é como se o meu bairro afundasse e ficasse cada vez mais longe. Como um abismo que cresce sem parar. Olho para C daqui e me dá tontura."

Eu estava começando a entender, acho, e fiz um comentário que me ocorreu naquela hora e que depois fiquei ruminando: que há dois impulsos simétricos em nós, dois desejos de liberdade, que são poder sair e poder entrar. Eu queria sair de casa, mas queria entrar em F para ter um trabalho melhor. Se tivessem me trancado em casa, teria sido uma grande tragédia, mas se não me tivessem dado o salvo-conduto para ir todos os dias a Paradiso, para o meu trabalho, a tragédia teria sido a mesma. Em geral, queremos permanecer no lugar que nos é mais familiar, mais conhecido, em nosso próprio território (onde estão os amigos, a família, onde as pessoas falam com o mesmo sotaque que nós e pensam no mesmo ritmo); a pátria não é outra coisa senão uma língua e uma coleção de lembranças da infância e da juventude; mas quando a vida ali se torna impossível, como era impossível para mim a vida com a minha família, ou para Candela a vida em C (por causa dos perigos, da miséria), a vontade de sair supera em muito a vontade de ficar. Se a vida está em jogo ou se a sobrevivência se torna muito difícil, o natural é querer se deslocar, fugir, tentar se ajeitar em qualquer outro lugar, mesmo que seja no aperto de um galinheiro fedorento. E o atentado contra a liberdade não é só não deixarem as pessoas saírem (como faziam os ditadores de antigamente, Stálin, Mao, Castro, Kim Il-sung), mas não as deixarem entrar, como fazem os poderosos de hoje, as ditaduras nacionalistas de hoje, hermeticamente fechadas em seus castelos e fortalezas, onde desfrutam de suas enormes riquezas com todo o egoísmo de que são capazes, sabendo que para muitos bastariam as sobras do banquete para serem mais felizes.

Voltamos a contornar a grade no sentido oposto, até chegar à boca da trilha que desce pela encosta do Ávila. Os cachorros voltaram a latir, mas os caçadores não vieram atrás deles. Descemos acompanhando o sol, que ia se pondo à nossa frente, atrás das montanhas, à medida que descíamos a ladeira. Era uma tarde luminosa, e as cores do entardecer davam tons quentes ao rosto de Virginia. Era um ocaso sangrento, exagerado como a cidade, e os algodões das nuvens foram se encharcando na ferida do sol. "Jacobo diz que Quiroz diz que Deus inventou os arrebóis num surto de mau gosto. Que o pôr do sol é a coisa mais brega da Criação." Eu dei risada, olhando de frente para os caminhos de sangue do entardecer. O fogo dos cabelos dela se duplicava em toda a sua pele com a incandescência do céu. Paramos por um momento, e não tive coragem de olhar para ela.

Não conseguia olhar mais; ela era tão bonita que me doía nos olhos mais do que o sol. Estava tudo muito solitário, o vento entre os galhos, as aracuãs com seus gritos, os pássaros com seus cantos, o capim fresco, a presença dela, o ar que saía de sua respiração. Lá embaixo Angosta rugia num baixo contínuo, envolta em sua perpétua nuvem de smog. Tive medo de querer beijá-la ou, pior, de que ela quisesse me beijar. Aleguei uma inexistente vontade de urinar e me afastei um pouco, fui para trás de uma árvore, fora da visão dela. Como eu não estava com vontade, o jato de urina demorou a sair, e ela caçoou de mim. Depois iniciamos a volta pela trilha até a estação do metrô, aos pés do Ávila, e depois até o hotel; não dissemos uma palavra. Quando eu olhava para ela, sentia um sufoco. Nos despedimos dentro do elevador. Ela desceu no segundo andar e seguiu pelo corredor para o quarto do livreiro Lince; continuei até o oitavo. O ascensorista negro nem sequer olhou para nós.

Jacobo tinha visita. Virginia se deu conta disso no corredor, ao se aproximar da suíte dele, pois se ouviam exclamações, quase gritos. Ela ia pensando na timidez do poeta, em sua dificuldade para falar, para reunir as ideias em algo além de uma breve frase. Falava de modo atropelado, como se estivesse sem fôlego, com vontade de se calar, de voltar quanto antes ao silêncio. Pensava em sua vergonha até para mijar, mas as vozes que vinham do quarto de Jacobo fizeram seu pensamento tomar outro rumo. Como se dizia no hotel — ouvira este comentário do próprio Quiroz e também insinuado numa frase da sra. Rey —, Jacobo tinha uma peculiaridade: gostava de ter mais de uma mulher. A mais explícita fora Carlota, uma manhã, talvez para humilhá-la: "Não vá pensando, menina, que você é a única amiga do sr. Lince. Ele não é dos que se casam com uma só; gosta da poligamia, como os muçulmanos. Se eu lhe dissesse a quantidade de mulheres que dormiram com ele em todos esses anos que ele está aqui...". E deixou a revelação em suspenso. Virginia não se sentia dona de nada nem tinha compromisso nenhum com Jacobo. Seu desejo insaciável de macho animal era problema dele, mas nesse instante não lhe agradava a ideia de bater à sua porta e parecer que estava mendigando afeto, caso o encontrasse com outra, sem camisa, na cama desarrumada, ou mesmo ao lado da cama arrumada, os dois vestidos e tomando um café. Antes de bater, tentou ouvir alguma coisa. Jacobo falava muito alto, com tanta força que de início Virginia imaginou que se tratava de uma áspera discussão. Mas logo depois percebeu o engano: ele estava falando com o surdo, com o professor Dan.

Além da matemática, o professor Dan tinha outra paixão: o montanhismo. Fazia alguns anos, numa escalada ao Nanga Parbat, um dos picos mais difíceis do Himalaia, sofrera um grave acidente (fratura exposta da tíbia e do perônio mais oito costelas quebradas e um corte no pescoço, vinte e seis pontos, depois de rolar por mais de trezentos metros entre as pedras) que o obrigou a permanecer quase seis meses internado num hospital, em recuperação. Desde esse acidente perdera o hábito e a vontade de caminhar. Acabava de contar esse episódio a Jacobo (não era a primeira vez, mas toda vez que o repetia Dan gostava de acrescentar algum detalhe, real ou inventado) e de mostrar-lhe as cicatrizes na perna e no pescoço. Quando naquele domingo Virginia se aproximou da porta do quarto de Jacobo, o livreiro propunha ao professor Dan que caminhassem juntos, para conversar, para combater a asma e conhecerem melhor a borda lascada das montanhas que rodeavam Angosta.

— Antigamente, meu ofício de garimpador de livros me levava a andar muito pelas ruas de T, professor Dan, mas agora faço isso muito menos, por causa da asma, e talvez por preguiça.

Sei que o senhor não está em forma, e eu menos ainda, mas acho que um dia poderíamos nos arriscar a subir pelo sopé da montanha. Até o monte Ávila, por exemplo. O senhor me daria seus conselhos. Poderíamos organizar um pequeno grupo de caminhantes. Hoje, por exemplo, fiquei sabendo que dois hóspedes do galinheiro foram passear no Ávila. Uma amiguinha minha que o senhor já deve ter visto, Virginia, a ruiva, e um funcionário, aquele rapazinho com corpo e jeito de menino. Talvez eles estejam dispostos a nos acompanhar por trilhas e caminhos. O que acha da ideia?

O Marciano disse que conhecia os caminhos de Angosta melhor do que ninguém, e o Ávila palmo a palmo, pois antigamente treinava lá, e tinha subido inúmeras vezes ao topo de Los Nevados; tinha até descido pela boca do vulcão Poas, com máscara e tanque de oxigênio, por causa dos gases tóxicos, para recolher amostras da água turquesa. Mas abandonara as caminhadas definitivamente. Era uma decisão sem volta. No entanto, por amizade, poderia voltar a caminhar como diletante, foram essas as suas palavras. Pediu alguns dias para pensar.

Virginia, com o corpo colado à porta de Jacobo, não quis bater, para não interrompê-los. Já era alguma coisa Jacobo não estar com outra, mas a incomodava saber que ele a vigiava, que sabia até aonde e com quem ela caminhava. Decidiu não vê-lo naquela noite e resolveu que, em vez disso, sairia do hotel e iria dormir no Sektor C, na casa da Cuesta del Hades, onde sua irmã tinha o bar. Fazia muito que não dormia em sua antiga cidade. Pegou de novo o metrô e desceu em Desesperados antes de cruzar o rio. Atravessou-o com o barqueiro de barbas brancas, que permaneceu mudo na breve travessia. Por várias noites, nem Jacobo nem Andrés a viram nem tiveram notícias dela. Ir ao Sektor C significa também a possibilidade de topar com tantos problemas, com tantas situações absurdas e imprevistas, que às vezes é impossível voltar na hora em que se decide.

Por mais que Angosta se chame Angosta em toda parte, nem todos os seus habitantes moram na mesma cidade. Uma coisa é a Angosta do centro do vale, às margens do Turbio, onde ficam os arranha-céus e os enxames de mendigos; outra coisa é a Angosta ao pé do Salto de los Desesperados, onde o rio e as pessoas se confundem com a terra; e outra coisa, ainda, é a Angosta do planalto, onde moram os *dones* e os estrangeiros. Nesta última Angosta faz frio, as casas têm lareira e as crianças vestem casaquinhos vermelhos de lã; nas cavernas de baixo a temperatura é tórrida, sua-se mesmo estando parado e as crianças andam nuas e sujas como porcos.

Os pais de Candela chegaram à cidade de baixo no final do século, fugindo de um vilarejo do litoral, Macondo, que tinha sido dizimado, primeiro pelas matanças oficiais e depois pelas burradas da guerrilha, as ameaças dos narcotraficantes e os massacres dos paramilitares. Tinham perdido tudo: a casa, a inocência, o entusiasmo, a fantasia, a confiança na magia e até a memória. De sua aldeia de casas de barro e palha, das miragens do gelo, da astrologia e da alquimia, recordavam apenas a chuva interminável ou a seca infinita na gleba ardente onde tentavam cultivar em vão raízes de mandioca e de inhame para os cozidos sem carne. Chegaram a Angosta com a roupa do corpo, exceto por um peixinho de ouro que sua mãe tinha herdado de um bisavô, e do qual cuidava como a menina de seus olhos, depois de uma viagem a pé de vinte e seis dias por pântanos, selvas, desertos e gargantas. Candela nasceu lá, num bairro de ocupação na encosta dos penhascos que sobem da base do Salto de los Desesperados. Depois o pai fugiu com outra, e sua mãe criou os filhos, duas meninas e um menino, com determinação, ganhando a vida em empregos humildes no Sektor T, varrendo e limpando o chão num prédio de escritórios. A vida de *tercerones* como Virginia e sua família é a mais dura que se pode levar em Angosta.

São a casta mais numerosa da cidade, mas em sua região nunca tiveram quase nada, nem rede de esgoto, nem escolas que funcionem, nem segurança, nem emprego fixo, nem transporte decente. Convivem com o abandono, num progressivo retrocesso a um mundo de violência primitiva, alimentado pela miséria e pelo desespero. Como também os *segundones* pobres já não cabiam no vale nem tinham onde receber os migrantes, mesmo quando eram parentes, os *calentanos* que chegavam como hordas desesperadas, expulsos dos vilarejos pela guerra e pela violência, optaram por ocupar as partes baixas dos subúrbios de Angosta e ali fazer seus barracos, que com o passar dos anos deixavam de ser de madeira e papelão para se erguerem pouco a pouco num frágil tijolo aparente, sem a firmeza necessária para suportar o embate dos invernos, quando muito rigorosos, em que a água derrubava os casebres e os arrastava ladeira abaixo em avalanches de pedra e terra. Crianças e adultos eram sepultados sob a lama, mas os sobreviventes tornavam a levantar as paredes, primeiro de papelão, depois de madeira, até por fim voltarem ao tijolo, e esperavam a chegada do próximo deslizamento, em algum ano nefasto, na temporada de chuvas, quando já parecia que iam erguendo a cabeça. Por falta de coisa melhor, faziam ligações elétricas clandestinas com arames mortíferos, para poderem instalar um aparelho de som ou uma televisão que os livrasse do tédio e lhes abrisse uma janela fantástica para aquilo que diziam ser o resto do mundo.

Pelas ribanceiras do Salto de los Desesperados, se acumulam barracos que vão descendo abruptamente até Tierra Caliente; quanto mais baixo, mais afundados na miséria. Como a casa de Virginia era das mais altas, se poderia dizer que ela vivia no melhor do pior. Essa área tem muitos nomes, à medida que se desce a encosta: Popular Siete, El Parche, El Cartucho, El Cucurucho, Las Cuevas, La Comuna Uno, La Comuna Dos, e assim por diante, até La Comuna Trece. No círculo mais baixo, o pior, chega-se a Boca del Infierno, um lugar que poucas pessoas conhecem, porque é quase impenetrável e é o esconderijo das quadrilhas que dominam o território. Em todo o Sektor C não há ruas bem traçadas, muito menos pavimentadas, nem numeração nas casas; ali a polícia não chega e impera a ordem ou a desordem das quadrilhas de rapazes sem pai que se dedicam a impor costumes selvagens e uma justiça radical, primitiva, em meio à qual sobrevivem apenas, e por poucos anos, os mais astutos, os mais maldosos ou os mais impiedosos. É a eles que se atribui automaticamente, com ou sem razão, qualquer coisa de terrível que aconteça no vale do Turbio ou no planalto de Paradiso.

Também não se fala do mesmo jeito em todas as Angostas. No planalto, as crianças frequentam colégios bilíngues, e tanto elas como os pais preferem falar em inglês, mesmo sem sabê-lo muito bem; em La Cueva, se fala um dialeto que tem tantas reminiscências do idioma nacional como este do latim. *"I'd like to live in Miami"* é o lema da cidade alta. Na cidade baixa não falam nem inglês nem espanhol, e sim um curioso dialeto de vogais abertas. Cumprimentam-se assim: "Saaalve mano, firmeza? Firmeza, porraaaa". Não pedem mais esmola "pelo amor de Deus", mas com uma fórmula secreta: "Colaboraê, tio, colaboraê". E se despedem assim: "Vocolá na goma, sisbarramoaê. Fechô, truta, na fé". Eles se entendem. É uma gíria carcerária que se difunde por toda parte porque quase todos eles tiveram ou têm algum parente ou amigo na prisão. Lá faz um calor úmido e tudo está como que salpicado pelo orvalho amarelo e nauseabundo do Salto, ou pelo cheiro de pólvora das balas locais ou dos bombardeios internacionais. As ruas cheiram a sangue e morte; também a fritura, porque vivem fritando coisas: bolinhos, bananas maduras, linguiças ou empanadas, no tempo das vacas gordas. Não há um único instante do dia ou da noite em que não se escute música. "Dancemos enquanto nos matam", é o lema dos *tercerones*. A música sai de alto-falantes imensos, instalados em picapes ou em burrotecas que avançam por entre a lama e fazem tudo tremer: o ar, os vidros, às vezes até o chão. A música embota, faz esquecer a fome e a desgraça, impede de pensar, e a cabeça cheia de álcool se embala até com a repetição incessante de um tambor eterno. Por serem muitos em pouco espaço, ninguém ali sabe o que é solidão, e por serem muito pobres uns ajudam os outros, mas também se assaltam e se roubam de vez em quando, por desespero ou para comprar drogas, música ou comida.

A vida é conturbada no Sektor C, e muito amarga, porque está o tempo todo salpicada de morte. Quase toda noite aparecem mulheres violentadas, crianças com tiros de fuzil na cabeça e jovens assassinados, às vezes decapitados, com partes do corpo repartidas em vários pacotes. Penduram um cartazinho: "Pra ke aprendam". Para que aprendam o quê, não se sabe. São mortos pela Secur como terroristas, ou pelos terroristas como dedos-duros, mas também se assaltam e se matam uns aos outros. Para atacarem ou se defenderem, ou para as duas coisas, formam grupos com siglas obscuras, os *caputs*, os *mucs*, os *fendos*, todos com supostos fins políticos ou sociais (de limpeza, de sujeira, contra ou a favor do Apartamento), e entre eles mesmos roubam o pouco dinheiro que conseguem com seu trabalho informal em T ou com trabalho braçal na construção ou na limpeza em Paradiso. A maioria dos *calentanos*, no entanto, é pacífica e pacata, e também solidária, em seu desespero, mas as pessoas pacatas, mesmo sendo muitas, quase nunca são notadas. Estão lá, abandonadas, sem a menor possibilidade de melhorar de vida, proibidas de entrar no mundo inteiro, a começar pelos outros sectores de sua própria cidade, onde são temidas e evitadas como a peste. Entre os *tercerones* há de tudo em termos de bondade e de maldade, de talento e de coragem, mas os *segundones* e os *dones* preferem pensar que estão todos condenados a apodrecer lá e que eles não têm salvação, como se suas mazelas fossem genéticas ou como se pertencessem a uma espécie sub-humana.

Qualquer cidadão pode descer livremente, quer dizer, sem controles oficiais nem leis, embora com riscos evidentes, pelas vielas labirínticas de C, cruzando para a margem ocidental do rio e subindo um trecho (porque há uma parte alta da zona baixa, "a parte alta embaixo", como a chama um poeta *tercerón* dos melhores de Angosta, onde faz quase tanto frio como em Paradiso), ou circulando pelos caracóis das péssimas estradas de terra que descem em direção a Boca del Infierno, até penetrar cada vez mais fundo em Tierra Caliente. O percurso também pode ser feito a pé, por ruas empinadas e escadas de concreto que sobem e descem em temerárias ladeiras de precipício. Mas quase ninguém se atreve a andar por ali, somente eles, os *tercerones*, os que vivem lá. Às vezes o Exército e a polícia também incursionam nesse território, em grandes batalhões protegidos por veículos de artilharia de guerra, dizem que para fazer operações de segurança e limpar os bairros de marginais, bandidos e ladrões, comandados por gente da Secur, encapuzada. Chegam em tanques e helicópteros às três da manhã. Tiroteiam e bombardeiam um pouco, matam seis meninas, derrubam uma casa com o fogo feroz e indiscriminado dos tanques, capturam dez ou vinte jovens e vão embora depressa, espavoridos, entre as balas e a fúria com que as quadrilhas respondem ao ataque.

Virginia ficou presa na casa da irmã por vários dias, sem poder sair, porque o Exército estava fazendo uma operação pente-fino na área, ao que parece em busca dos militantes do Jamás que haviam posto uma bomba numa rua central de Tierra Fría, matando oito adultos e três crianças. Houve batidas, revistas casa por casa, bombardeios diurnos e disparos noturnos, detiveram cerca de setenta rapazes, uns por serem militantes, outros por serem maconheiros ou ladrões, outros simplesmente por serem jovens, embora não tivessem a ver com nenhum tipo de movimento político, com drogas, revolta ou delinquência. Todos eles, ou os que chegassem vivos, porque no caminho qualquer indisciplina é castigada com a morte, ficariam internados nos campos de Guantánamo por tempo indeterminado, à espera de um julgamento que nunca aconteceria. Foi uma desordem de várias noites com seus respectivos dias, e um desassossego completo, porque havia toque de recolher com luz e sem luz mais lei seca e proibição de música (o pior para eles, pois era como deixá-los sem água), e estouravam os miolos de quem pusesse a cabeça para fora da porta. Pouco se soube disso tudo nas duas partes da outra Angosta, a do meio e a de cima, pois o governo afirmava que os jornalistas não deviam ir lá, já que naquela área não podiam garantir segurança para a imprensa. As operações nem sequer saíram em *El Globo*, e quase nada em *El Heraldo*, que dias depois deu uma breve nota na penúltima página da seção D, tão vaga e imprecisa que chegava às raias do incompreensível: "Operação da polícia secreta em bairro vizinho a El Cartucho. Foram encontradas granadas e bombas caseiras e capturados dezenas de terroristas, que ficarão concentrados nos campos de Guantánamo". Quando realizava essas batidas, a Secur proibia o acesso da Cruz Vermelha e de qualquer civil, por isso a informação não podia ser confirmada em primeira mão. Ninguém tampouco tinha acesso aos campos de Guantánamo, a não ser a brigada do Exército que os controlava. Além disso, onde ficavam os campos de Guantánamo? Ninguém sabia, ninguém sabe, e alguns até afirmam que eles não existem, que são uma invenção da oposição para depreciar o governo.

 Enquanto essas coisas aconteciam onde Virginia morava, o professor Dan dedicava mais tempo ao dilema de voltar ou não a caminhar que a seu próprio problema de matemática, a insolúvel Conjectura do Somando Direto. Ele renunciara ao esporte depois do acidente no Himalaia, mas no fundo lamentava aquela decisão, porque logo começara a ganhar peso e a perder agilidade. Achava até que, desde que tinha parado com o exercício, sua mente matemática também perdera a contundência, o gume. Contudo, tinha prometido a si mesmo, como um alcoólico, que não voltaria a experimentar a droga do montanhismo, porque ele sempre levava aquilo tão a sério que acabava arriscando a vida. Por duas semanas perdeu o sossego e não pensou em outra coisa. Tudo, para o professor Dan, se transformava numa questão problemática e transcendente, pois ele fazia tudo com absoluta seriedade, sem a irresponsabilidade e ligeireza costumeiras dos habitantes de Angosta.

O verdadeiro negócio do sebo La Cuña,* que de início não fez mais que ir acabando aos poucos com os livros herdados por Jacobo, consiste em comprar bibliotecas de famílias falidas e, sobretudo, de viúvas e órfãos. Não é de estranhar que os filhos de grandes leitores sejam iletrados, ou com gostos opostos aos dos pais, por isso se desfazem dos livros do progenitor como de um fardo inútil, de um peso, do obstáculo que os impede de respirar.

* Desocupado leitor: este capítulo, que se encontra na metade deste livro, é na realidade um entreato jocoso, ou um entremez de um único ato (como aqueles que se costumava representar no teatro entre duas jornadas da tragédia). Não pretende ser nada mais do que um jogo literário quase alheio às ruas de Angosta e à estrutura deste romance. Os editores espanhóis me pediram que o suprimisse, para o bem dos leitores, que, segundo eles, o achariam enfadonho. Eu, no entanto, tenho muito carinho por ele, porque é uma homenagem ao pai do romance, nosso sr. Cervantes, e porque é um capítulo que em grande parte não foi escrito por mim, mas por vários escritores amigos. Se os editores tiverem razão e você se chatear (querida leitora), peço-lhe que pule estas páginas até o próximo espaço, e assim fazendo terá, quando muito, perdido um sorriso e evitado dois bocejos.

Todos os meses pessoas telefonam querendo vender livros. Depois de uma inspeção nas estantes, quando há dois ou três volumes interessantes, Lince faz uma oferta global por um preço muito baixo (o custo dos livros bons e uma pequena bonificação pelos outros). Os órfãos regateiam até chegarem a um valor, de qualquer forma muito baixo, pois quem vende livros usados, a não ser quando ele mesmo os leu, costuma pensar que a biblioteca herdada não tem valor nenhum. Assim que chegam a um acordo, Jacobo chama um carroceiro que costuma contratar, Clímaco, para fazer o transporte até La Cuña. Em qualquer dia, pode-se ver, pelas ruas estreitas do Sektor T, essa dupla encarapitada na carroça, duas cabeças, duas rodas, uma boleia e uma caçamba puxadas por um cavalo esquálido e famélico, de um branco-sujo, igual a Rocinante. Dentro da caçamba de madeira, um monte de livros protegidos por uma lona verde impermeável. Jacobo paga à vista, em dinheiro, e enche a carroça com as caixas dos falidos, das viúvas ou dos órfãos, repletas dos volumes amorosamente colecionados pelo crédulo leitor defunto, e assim vai abastecendo La Cuña com transfusões recentes, ao mesmo tempo que vai dessangrando a antiga linfa dos ancestrais mortos. Os melhores exemplares, Jacobo os leva diretamente ao hotel e os reserva para uma dupla de livreiros sofisticados de Paradiso, Pombo e Hoyos, que monopolizam as transações internacionais, por terem o talento e os contatos para tanto.

 A profissão do livreiro que lida com livros usados é afim à do coveiro. Por isso uma das tarefas de Quiroz é andar sempre a par dos necrológios dos jornais. Certa manhã ele leu, com satisfação profissional — não humana, claro —, que Hernando Afamador, crítico e resenhista de livros de *El Heraldo*, tinha morrido de uma complicação hepática (eufemismo para cirrose), embora nas rodas de conversa de Angosta se soubesse que os médicos, apesar de seus muitos esforços, não tinham conseguido tirá-lo de um coma alcoólico. Jacobo pediu a Jursich que procurasse contatar um dos filhos de Afamador, se é que ele tinha algum, ou a viúva, se é que deixava viúva, depois da novena de finados. As bibliotecas dos críticos costumam ser estupendas, primeiro pela imensa quantidade de livros (eles não os compram, mas os ganham das editoras, com dedicatórias bajuladoras dos autores, que tentam pagar com afagos, adiantado, por uma ansiada resenha favorável) e segundo porque a maioria deles permanece intonsa, como nova, porque o crítico não tem nem tempo nem vontade de ler os livros que resenha. Em Angosta sabia-se que o lema de Afamador era o seguinte: "Resenho os livros sem ler; assim, quando os leio, já sei o que pensar deles".

Exatamente no décimo dia da irreparável perda, Jursich anunciou a seus amigos que Rosario,* a única sobrinha do crítico Afamador, pusera a biblioteca do tio à venda. Dois dias depois, três coveiros vestidos de luto fechado se apresentaram, às cinco da tarde, em ponto, na casa que a vida inteira tinha sido do crítico, numa rua sem saída de Barriotriste. O aposento onde estavam os livros, no fundo do casarão, era um enorme espaço retangular com umas cem estantes distribuídas em mais de dois metros de altura, todas abarrotadas de volumes. Quando a sobrinha abriu com a chave o grande espaço da biblioteca, com a luz zenital que tornava visível uma poeirinha leve suspensa no ar parado do recinto, todos sentiram que estavam adentrando uma câmara mágica e secreta.

— Ele nunca permitia que passássemos da porta, nem a empregada nem eu. Tínhamos de deixar seu almoço e as garrafas de

---

* Rosario Saavedra, 46 anos mal contados, alta e magra, de rosto muito pálido. Órfã de mãe, sem dotes financeiros nem físicos para se casar, viveu com o tio desde os quinze anos, e sempre foi mais empregada e cozinheira do que parente. Aos poucos, porém, foi assumindo todo o poder na casa, e seu tio só conservou jurisdição sobre um espaço: a biblioteca.

vodca aqui mesmo, na soleira. Como se o que ele fazia aqui dentro, ler imagino, se bem que nunca se sabe, fosse um vício nefando e solitário — disse a sobrinha. Saiu apressada do aposento e voltou imediatamente com uma tigela cheia de água benta e um hissope.

— É melhor benzer este lugar, porque deve estar cheio de demônios, vivos e mortos, os mesmos que comeram os miolos do meu tio, e não só o alcoolizaram, mas também lhe inculcaram essas tendências de bon-vivant e muitas crenças heréticas.

Rosario era muito religiosa e nunca suportara as inclinações livrescas nem a profissão de seu parente. Atribuía aos livros todos os males possíveis, e se não fosse pelo lucro que, intuía, podia extrair da biblioteca, em vez de aspergi-la com água benta teria tocado fogo nela, borrifando-a com gasolina, como castigo.

— Espero que levem tudo, e logo. Não vejo a hora de que esses elogios do pecado saiam daqui. Se não saírem, estou disposta a jogar todos pela janela, para que sejam levados pelos catadores e picados como papel ou varridos pelo vento como folhas de árvores.

Quiroz, Dionisio e Jacobo se sentaram em três banquinhos e começaram a examinar a biblioteca com muito mais respeito e reverência que Rosario. A olho de bom tanoeiro, devia haver, por baixo, cerca de seis mil exemplares, alguns muito bem encadernados em couro, outros com a capa dura intacta, outros de aparência mais modesta, de bolso, mas em perfeito estado. Havia livros dos mais diversos formatos, in-quarto, in-oitavo e in-16, finos e grossos, com ou sem traças. Havia prateleiras de história e de religião, de esoterismo e artes ocultas, de poesia, teatro, filosofia, ciências naturais, artes plásticas, teologia, uma infinidade de dicionários e enciclopédias. Na estante de literatura em língua espanhola, havia uma seção bastante completa de narrativa contemporânea e, dentro dela, várias prateleiras de autores locais.

Mais por acaso do que por verdadeiro interesse, os três coveiros começaram por ali, pelos hispânicos. Jursich, como bom mestre de cerimônias, ia tirando os volumes, anunciava o título e o nome do autor, ou alguma pista sobre eles, e passava o exemplar às mãos de Jacobo, que o folheava, o cheirava, emitia um breve juízo e o passava a Quiroz, para seu respectivo veredicto. A sobrinha, um pouco afastada em outros escaninhos livrescos do aposento, continuava fazendo aspersões com seu hissope e resmungando esconjuros contra os maus espíritos do alfabeto. O primeiro livro que Dionisio Jursich lhes passou foi uma segunda edição de *La vorágine*, de Rivera.

— Como é triste tornar-se um clássico — disse —, todos conhecem, mas quase ninguém leu. — Passou-o a Jacobo, que simplesmente comentou:

— Nem eu mesmo li, mas talvez esta seja a minha chance: gosto do tamanho da letra.

Quiroz acariciou o livro e leu algumas linhas.

— Isso provoca em mim uma mistura de sentimentos, porque a selva de Rivera me lembra Angosta. Agora, da mesma forma que antes, o pântano atoleiro deste país vai nos engolir.

— Não tem só coisa boa. Vejam! Uma prateleira inteira de Paulo Coelho, traduzido — anunciou Jursich, e Quiroz recebeu os livros com fingida reverência, mostrando os dois únicos dentes amarelos de sua boca saqueada pelos anos. Sorria sem maldade:

— Em La Cuña já temos a obra completa de Coelho repetida três vezes, e ela quase enche uma parede. É como se todo mundo quisesse se desfazer dos seus livros depois de comprá-los. São como cascos vazios de coca-cola: em toda casa sempre tem algum.

Os livros, antes de serem depositados no chão, eram tocados outra vez por Dionisio:

— É curioso: ele faz um sucesso impressionante, é milionário, finge que é santo, mas dizem que é mais lascivo que você,

Jacobo, e seus livros parecem plágios da mais ridícula literatura de autoajuda de todos os tempos. Para mim é puro lixo. É o mais indigno seguidor da estirpe dos evangelistas.

— Aqui temos um grupinho de livros mais novos. São autores mexicanos: Padilla, Volpi, Palou, Urroz...

— Com dedicatória? — perguntou Lince.

— Ahã. Todas melosas.

— Ah, sim — disse Quiroz. — São aqueles cinco rapazes ambiciosos que decidiram transformar cinco fracassos individuais num sucesso coletivo.

— Eles têm uma autêntica vocação literária, e alguns têm também leituras sólidas — esclareceu Dionisio —, mas estão mais interessados no currículo do que nas vivências, e mais ainda nos prêmios do que nos livros. Segundo eles, o Crack nasceu como uma vanguarda, só que, ao contrário do ultraísmo, do criacionismo, do surrealismo e de outros ismos, não estavam dispostos a romper com nada, porque são eminentemente conservadores (muito católicos) e querem chegar ao topo escalando a linha hierárquica. Agora são diplomatas.

— Não nego que Volpi às vezes se enrole em questões de ciência, mas constrói bem suas tramas, elas são bem armadinhas — tentou defender Lince.

— É pouco, mas vá lá.

— Aqui está o escritor peruano que quase chegou a presidente: Vargas Llosa.

— Mais que de presidente, ele tem pose de cardeal, ou melhor, de papa. Os escritores, quando ficam muito famosos em vida, envelhecem mal. Mas Vargas Llosa é um mago da técnica romanesca. E tem histórias geniais, com um ritmo que muitos queriam ter. Logo se vê que foi corredor, pois continua vigoroso. Além disso, é culto e liberal, duas qualidades muito raras nestas plagas.

— Foi o último, o mais jovem da geração do boom, e o único que tinha força romanesca para competir com o maior de todos. Tem uma obsessão que não o deixa em paz: o Nobel. Se não ganhar logo esse bendito prêmio, periga ter uma diverticulite. Tomara não lhe chegue tão tarde, como aconteceu com Octavio Paz, que mal conseguiu desfrutá-lo.

— Autores dessa estirpe são muitos por aqui: Fuentes tem a mesma obsessão, e até o próprio Borges, que merecia o Nobel mais do que ninguém. E até os mais jovens também começam a roer as unhas todo mês de outubro: Lobo Antunes, Jorge Amado.

— Esse não é jovem e, além disso, já morreu.

— Ah, desculpe, é que vi aqui um livro dele, *Capitães da areia*, que é bem bonito.

— Vejamos o que é isto: parece bastante lido, todo sublinhado — disse Jursich. E anunciou: — *Bartleby e companhia*.

— O romance de Vila-Matas sobre os escritores que param de escrever? — perguntou Jacobo.

— Exato. O livro é um ensaio, mas também um romance. Gosto muito dele — disse Quiroz —, se bem que sempre vou recriminar o autor porque, com a desculpa de que o livro não teria fim, deixou no tinteiro uma porção de Bartlebys colombianos.

— Que eu saiba, ele também esqueceu coreanos, chineses e finlandeses. Não entendo qual é o problema — comentou Dionisio.

— Mas, será que vocês não percebem? Eu sou Bartleby e poderia estar nesse livro — disse Quiroz com um repentino tom dramático.

Comovidos, Lince e Agustín o olharam por um momento, até que por fim os dois, quase em uníssono, disseram, sorrindo:

— Bom, Quiroz, a gente não pode aparecer em todos os romances.

— Vamos em frente. Esta prateleira está cheia de García Márquez. Vejam aqui a primeira edição de *Cem anos de solidão*, com o navio encalhado na capa, antes da edição de Rojo, que era melhor, mas custa menos. Ah, também tem a primeira do *Coronel*, a de Aguirre, uma verdadeira joia, e a edição de *A hora má* revisada na Espanha, para adaptar o texto ao castelhano peninsular.

— Para além do interesse literário, tudo isso tem valor de bibliofilia. Antes que o compre já está vendido na livraria lá de cima. Só esses livros valem mais de quatro mil dólares, senhorita.

A sobrinha do crítico esfregou as mãos e aspergiu água benta nelas.

— Esse dinheirinho vai para os meus pobres — disse.

Jursich foi passando todos os volumes de García Márquez, inclusive as memórias e as últimas novelas.

— Bom, aqui não há o que dizer. O cara pode não ter sido lá muito generoso com seus biógrafos, e é amigo de Fidel Castro, mas neste canto da América não existe nenhuma obra que se compare à dele. Tudo o que ele escreveu saía com uma graça que é como se os anjos lhe soprassem as palavras no ouvido — disse Quiroz, refeito de sua crise anterior.

— Por que você está falando no passado, se o Gabo continua vivinho? — perguntou Lince.

— Bom, é que de pessoas assim a gente pode falar num tempo intemporal. Esse vai ficar, garanto que daqui a quinhentos anos vai continuar sendo lido. E eu tive a sorte de conhecer esse gênio, o único verdadeiro gênio da literatura que nasceu perto de Angosta. Lembro bem quando conversamos; foi um dia na Cidade do México, e imaginem vocês que...

— Você já nos contou essa história umas dez vezes, Quiroz. Agora nos poupe, por favor. E para de falar de um homem como se fosse um deus, não seja tão baba-ovo.

— Voltamos ao México — anunciou Jursich. — Este também é dos novos: Juan Villoro.

— Li um livro de ensaios dele; escreve muito bem — disse Lince com um entusiasmo sincero.

— Aí é que está o problema — comentou Quiroz. — Ele escreve bem sobre os outros. Devia se concentrar na crônica e no ensaio ligeiro, porque para ser romancista lhe falta o nocivo mas fecundo interesse por si mesmo. É um admirador.

— Isso não parece uma coisa tão ruim — disse Jursich.

— É nefasto e mesquinho não reconhecer nenhum mestre — concordou Quiroz —, mas Villoro admira gente demais. Já não tem idade para isso.

— Quer dizer que o gênio deve se basear no bendito egoísmo?

— Em parte. Talvez eu não tenha contado a vocês que, quando fui ao México, estive com Villoro em algumas reuniões. No dia seguinte, ele só se lembrava do que os outros tinham dito. Suas próprias palavras lhe causam amnésia. No começo pensei que fosse por causa da cortesia mexicana; depois percebi que ele confia muito pouco no que diz, e não sei se alguém pode escrever com tamanha desconfiança de si mesmo. Outro ponto contra: ele é muito alto.

— Mas e o Cortázar? — devolveu Dionisio de bate-pronto.

— Já chega um — concluiu Quiroz.

— Deixem o México de lado. O que tem da Argentina, da Espanha, de Cuba?

— Começando pelo A, vejo o Aira.

— César Aira? Um esnobe.

— E seus leitores são mais esnobes do que ele. Muito mais! Ele é tão esnobe que certamente é daqueles que escrevem esnobe sem "e", *snob*.

— De qualquer forma, sempre resta a possibilidade de que os esnobes tenham razão.

— Seus livros são delirantes e por isso mesmo deliciosos. Escreve como um drogado.

— Passe para o B. Tem alguma coisa do Bolaño?

— *Os detetives selvagens*, com uma dedicatória distante.

— Ah, sim, o Bolaño. Não sei se ele era o melhor da sua geração, como ele mesmo se declarava, mas era muito bom, sim, e o melhor dos chilenos, depois de Donoso, claro. Com um editor que cortasse seus excessos, teria sido genial. Mas confiava demais em si mesmo, mais do que nos leitores. E seu editor, Herralde, era muito amigo dele, incapaz de sugerir que cortasse uma única página, mesmo que estivesse sobrando.

— Você não queria alguma coisa da Espanha? Aqui temos coisas muito boas: Javier Marías, Rosa Montero, Juan Goytisolo...

— Só esses três já justificam o fim de século espanhol. Depois de Franco (porque enquanto o caudilho estava vivo, a narrativa espanhola dormiu nos quartéis) voltaram a inventar o romance na Península. Com Vila-Matas e Muñoz Molina, são cinco mosqueteiros que qualquer país queria ter.

— Eu acrescentaria também um galego mais jovem, muito sensível, o de A *língua das mariposas* e *O lápis do carpinteiro*. Manuel Rivas, acho que é o nome dele, e aquele de A *cidade dos prodígios*, Mendoza, para não falar de outro que escreveu durante o regime e foi segregado por motivos sexuais, Terenci Moix. Tem livros dele por aí; são comoventes.

— Nenhum dos livros de Marías tem dedicatória.

— Não estranho. Para mim, é o maior dos novos. Na Espanha não gostam dele, porque o acham arrogante e enfadonho, e porque fala bem inglês, o que em terras castelhanas se considera um sacrilégio. Não sabem ler o que ele escreve, vai ser amado quando estiver morto. Sua sintaxe é das mais inventivas e suas ideias são labirínticas como uma melodia insistente, obsessiva, das mais profundas.

— Marías desconfia muito das pessoas; é um pouco paranoico. Gosto mais deste outro aqui, Muñoz Molina.

— Mas me mostra alguma coisinha destas nossas terras, e de preferência feminina, por favor — insistiu Lince num acesso de bairrismo.

— Pelo que vejo, não há livros de mulheres, a não ser um ou dois. Nem sequer os da ex-mulher de Plinio, Marvel Moreno. Nem mesmo de Piedad Bonnett, a melhor poeta de Angosta.

— Não há nada de estranho nisso. Afamador era um machista consumado. Nunca resenhou um único livro escrito por mulher, alegando que elas, a menos que tivessem cérebro de homem, como Yourcenar, eram incapazes de escrever.

— Era um idiota, então. Já se sabe até que as mulheres têm a área da linguagem mais desenvolvida. Se não escrevem mais é porque passaram cem mil anos criando filhos — sentenciou Jacobo.

— Aqui há vários livros de Darío Jaramillo. E vejam lá o que vão dizer, porque ele é meu amigo — exclamou Jursich.

— Quem é este aqui? — perguntou Lince.

Quiroz olhou piedosamente para Jacobo:

— Era um comerciante de Santa Rosa, uma cidadezinha aqui perto, que escrevia versos nos fins de semana. E romances nas férias.

— Quer dizer que era ambidestro? — comentou Lince, maldoso. — Como se chama quem escreve verso e prosa? Anfíbio?

— Atrevido, eu diria.

— Estou vendo vários títulos dele — observou Lince. — Podemos colocar na cesta de "Pague um e leve cinco".

— Infame. *Cartas cruzadas* é um grande romance, e os poemas de amor são tão intensos que até os rapazes de estábulo e as empregadas os sabem de cor. Outro dia um dos ascensoristas negros, o do bem, estava recitando versos desse livro.

— Que mais tem aí? — perguntou Quiroz.

— Vejamos, ao lado do jota está o agá. Aqui tem uma coisa do nosso colega Hoyos, seu amigo, Jacobo. *Por el sendero de los ángeles caídos* é o título.

— Muito longo. Alguém leu?

Não houve resposta. Era evidente que ninguém tinha lido. Lince, constrangido, disse:

— Só conheço duas pessoas que o leram: a crítica Valencia e o filósofo Aguirre. Ele diz que o livro termina melhor do que começa.

— Então termina bem? — insistiu Quiroz com ceticismo.

— Não sei — titubeou Jacobo. — Não chegaram até aí. O que eu sei, porque conheço o Hoyos, é que o sujeito vai continuar escrevendo mesmo que nem a própria mãe leia seus livros.

— Aqui está outro dos que moram em F, Faciolince, o convencido.

— O que tem dele?

— Este livrinho pequeno, as receitas.

— Não é ruim — disse Quiroz.

— Não, não é ruim; é ridículo — disse Jursich. — É como se Isabel Allende ou Marcela Serrano tivessem reencarnado nele. É um livro de homem escrito com alma de mulher. Uma bichice só.

— Pois achei justamente o contrário. Parece o canto de um pintassilgo, que usa seus gorjeios para conquistar as moçoilas.

— Por que tanto ódio, Jacobo?

— Talvez porque se pareça muito comigo.

— Tem também *Fragmentos* e *Hidalgo*.

— *Hidalgo* é o único livro dele que presta. Depois viciou na própria fórmula fácil; é um talento desperdiçado, mais nada — disse Jacobo.

— Não sabe escrever diálogos. Acho que, se encomendasse seus diálogos a outros escritores, acabaria escrevendo um bom livro. Mora em Paradiso, trancado em sua torre de marfim. Quando vai à livraria, sempre diz que está com pressa. Acho que a mulher o domina e não o deixa sair.

— Vamos mudar de assunto, não sei por que tanta história com um autor menor. Continua, Jursich.

— Aqui está a narrativa do Mutis. Um monte de romances com títulos ótimos.

— Quem disse isso foi Caballero, o grande colunista. Além do título, têm muito pouca coisa. A prosa é feita de boas frases, cada uma vista separadamente, de sintaxe perfeita e sonoridade poética. Mas as histórias são absurdas, soporíferas, queriam ser Conrad e não chegam nem a Pérez-Reverte. Se não fosse tão amigo de García Márquez, tão simpático e tão bom diplomata (sabe como tratar as infantas e como se ajoelhar aos pés dos reis), não teria chegado aonde chegou. Até o Cervantes lhe deram.

— É, mas pode ter sido pela poesia, que é magnífica, e pelo *Diario de Lecumberri*, que é bom.

— Deixem o sujeito em paz, *La muerte del estratega* é um romance magistral e, além disso, ele prepara o melhor dry martíni do país.

— E esse outro, quem é? — perguntou Quiroz.

— Vallejo.

— César?

— Não, seu tonto: Fernando, o único. O outro já não conta mais.

— Até que enfim ouço você dizer alguma coisa sensata, Dionisio. Você não está nos seus melhores dias.

— É mais desbocado e maldoso que vocês todos. Rosario, venha cá, traga esse hissope e jogue em cima dele toda a água benta que tiver aí, para ver se nos salvamos do seu fel.

Jogaram em cima de *El río del tiempo* toda a água que restava na tigela. Não restou nem para exorcizar Vargas Vila.

E passaram a tarde inteira falando de livros; de autores locais e de outros lugares. Era mais fácil serem generosos em suas opiniões com escritores mortos, ou distantes, que não podiam fazer sombra aos deste lado de cá. No fim, pressionados por Rosario, a herdeira, compraram a biblioteca inteira por um bom preço médio, três pesos novos por volume mais uma bonificação pelas primeiras edições valiosas. Chamaram Clímaco, o carroceiro, que no dia seguinte fez nove viagens até a livraria com seu Rocinante. Cada caixa que saía era borrifada pela herdeira com jorros de água benta; tinha tornado a encher um jarro na pia da catedral. As caixas se acumularam por semanas na sala de jantar, agora recepção da livraria La Cuña.

Desde o desaparecimento de Virginia, todo dia Jacobo perguntava aos porteiros do La Comedia se tinham visto a ruiva entrar. E a resposta era sempre a mesma: não. Na casa da irmã de Virginia, como em boa parte do Sektor C, não havia telefone nem outro meio moderno ou rudimentar de se comunicar. Jacobo tinha o número de um vizinho, que morava a umas oito quadras do bar e era dono de um bilhar onde instalaram um telefone público. Ligou lá dias seguidos, várias vezes, mas nunca atenderam. Depois de quatro noites de ausência, uma tarde Jacobo resolveu ir procurá-la. Nunca mais voltara sozinho ao bar onde a encontrara pela primeira vez, mas imaginava que, se fosse até o restaurante chinês, talvez Bei Dao pudesse lhe dar alguma indicação de como chegar, ou poderia encontrar alguém dali capaz de servir de guia e acompanhá-lo. Pegou o metrô até Desesperados, cruzou o Turbio com o velho barqueiro, que se despediu com as palavras de sempre: "Pague quando voltar, se voltar". Seguiu pela Cuesta de Virgilio. O restaurante chinês estava fechado e não havia sinal de vida em toda a rua. Jacobo se lembrava da habitual animação daquela área e não entendia tanta solidão, tanto silêncio. Desceu um trecho e tentou evitar os lugares onde se perdera na primeira vez e seguir o percurso por onde Virginia o conduzira outras vezes. Depois de algum tempo, por labirintos desertos, deparou com uma rede de encruzilhadas e escadas que não reconhecia. A única sensação comum era que às vezes caminhava sobre poeira, às vezes sobre pedras e às vezes sobre lama, mas agora as ruas estavam desertas e percebia-se o clima de tensão, quase de guerra. Nos muros das casas viam-se rastros de combate; buracos de bala nas paredes escreviam com seu monótono alfabeto uma advertência: o próximo pode ser você. o o o o o o são zeros ou são ous: ou você ou eu seremos zero. Sentia-se inseguro pelas ruas vazias e curiosamente silenciosas, sem música; rostos espiavam pelas janelas; muito ao longe ouviam-se disparos, hélices de helicópteros, explosões. Jacobo sentiu que tinha se metido, mais uma vez e sem saber, na boca do lobo e, o pior, nem sequer sabia o caminho de volta. Virou-se para trás (ou o que achava que era atrás) e começou a correr, pensando que, se sempre seguisse por escadas ou ruas que fossem para o alto, cedo ou tarde encontraria de novo as colinas do vale, e um pouco mais abaixo o rio. O problema era que tudo que subia voltava a descer e nunca se chegava a margem nenhuma.

Não viu de onde, de repente, saiu um rapaz que vinha na direção dele ouvindo música, a mão esquerda junto da orelha com um pequeno rádio e um poncho azul cobrindo o corpo. Jacobo ia lhe perguntar qual era o caminho para o Turbio, quando, nesse instante, o rapaz ergueu o poncho por um lado e seu braço direito apareceu empunhando e brandindo uma faca de açougueiro que refletiu o sol.

— Parado, seu filho da puta, senão está morto!

O rapaz, o rosto desfigurado pela fúria e pelo medo, encostou o gume da faca no pescoço de Jacobo.

— Vai passando rapidinho tudo o que tem aí, rico filho da puta!

Jacobo tentou acalmá-lo ("Calma, irmão, calma"), já tirando o relógio. Quando o entregou ao rapaz, este lhe ordenou que o colocasse no pulso dele. Jacobo obedeceu. Depois tirou a carteira do bolso de trás e também a entregou. O rapaz mandou colocá-la em seu bolso. Jacobo pensou que isso seria tudo, que o assalto já iria terminar, mas o rapaz se aproximou mais, baixou a faca e a pressionou com força no lado do corpo de Jacobo. Enquanto Jacobo sentia o tecido ceder e a pele rasgar, o rapaz passou o braço esquerdo por cima de seus ombros e o abraçou como se fossem amigos. A faca, que bulia superficialmente em seu flanco, ficou oculta sob o poncho, e o rapaz o mandou caminhar. Jacobo deu alguns passos ao lado dele. O rapaz o apertava pelos ombros e o levava a passos largos por vielas desertas. De vez em quando cruzavam com alguém, um rosto fugaz que mal os olhava. Quando alguém se aproximava, o rapaz fingia falar de futebol, do Boleta, e Jacobo sentia um nó na garganta que o impedia de gritar. De repente, sem saber bem como nem quando, chegaram a uma espécie de descampado por onde subia uma vereda amarela, de terra.

— Entra aí — ordenou o rapaz.

Caminharam um bom trecho sob o sol, em completa solidão. Já não havia casas e se aproximavam de um muro branco pelo caminho de terra amarela. O muro branco tinha uma brecha estreita, e ao passar para o outro lado Jacobo se viu no meio de um cemitério. Túmulos e mais túmulos de cimento caiado e muitas cruzes pobres de madeira. O rapaz o mandou sentar em uma das lajes. O cemitério era grande e não se via uma só alma viva. Longe, cada vez mais longe, ouviam-se as explosões dos combates nas vilas. O assaltante o mandou tirar o sapato. Jacobo tirou. O rapaz tirou seus próprios tênis, guardou-os numa mochila que levava sob o poncho e mandou Jacobo calçar seus sapatos nele. Jacobo os calçou e os amarrou. O rapaz também o mandou tirar a meia e deixá-la esticada sobre uma lápide. Jacobo tirou. O rapaz ficou de pé, estava cada vez mais pálido.

— Eu não gosto de roubar. Vamos fazer uma coisa, a gente luta pelo relógio, pela grana, pelo sapato. Quem ganhar fica com tudo.

O rapaz levantou a camisa acima do cinto. Enfiados na cintura da calça viam-se quatro ou cinco cabos de faca. Cabos de madeira ou de metal. O rapaz mandou Jacobo escolher uma das facas, qualquer uma, para lutarem até a morte pelas coisas. Não queria roubar, queria que se matassem pelas coisas. Jacobo se negou a pegar uma faca e disse ao rapaz que estava tudo certo, que lhe dava tudo de presente, sem problemas, que era um presente e não um roubo. O rapaz tinha um olhar desvairado e insistia na luta.

— Eu não vou usar esta faca aqui. Vai ser uma faca do mesmo tamanho para os dois. — E puxou duas facas quase iguais da cintura. Jacobo recusou a proposta. Pediu ao rapaz que o deixasse ir embora, mas o outro retrucou que não podia fazer isso porque ele tinha visto seu rosto e depois na certa ia à delegacia, e que lhe mostrariam fotos de pessoas com antecedentes, e aí ele ia reconhecê-lo e a polícia ia vir atrás dele. Jacobo disse que não ia denunciá-lo, que não ia dizer nada e que nunca se lembraria do seu rosto. Como prova, parou de olhar para ele. O rapaz ficou um momento em silêncio. Depois disse para Jacobo tirar a calça e, como Jacobo vacilou, voltou a encostar a faca em seu peito. A camisa se rasgou e umas gotinhas de sangue mancharam o tecido:

— Mandei tirar a calça! Não entendeu, filho da puta?

Jacobo desafivelou o cinto e tirou a calça. De cueca sentia-se mais vulnerável ainda. O rapaz o mandou tirar também a camisa. Jacobo obedeceu.

— Agora a cueca — disse a voz.

Um par de mãos trêmulas baixou a cueca. O membro de Jacobo, encolhido, tímido, dava a ele uma aparência de menino.

— Deixa a roupa aí e vem atrás de mim.

Ao chegar a uma sepultura de cimento, o sujeito estacou e mandou Jacobo se deitar na laje, como se estivesse morto, mas do lado de fora, e de bruços. Jacobo fez que não com a cabeça e o rapaz aproximou outra faca de sua jugular.

— Ou você deita, ou morre.

Jacobo se sentou na lápide. Nesse momento se ouviu uma grande explosão, muito perto, e o rapaz pareceu se assustar: "Vamos por aqui", disse, enquanto uma nuvem de fumaça e um cheiro desagradável de pólvora invadia o ar.

Voltaram a sair pela brecha da parede externa do cemitério. Do outro lado, bem ao pé do muro branco, o rapaz mandou Jacobo se deitar no chão e disse que sentia muito, mas ia ter que matá-lo. Jacobo tremia, nu, incapaz de brigar ou de correr. Só lhe restava resistir; negou-se a se jogar no chão. Tornou a pedir ao rapaz que o deixasse ir, garantindo que ele não ia gritar. O rapaz ficou pensando e Jacobo viu que um fiapo de piedade tinha passado por seu rosto.

— Vamos por aqui, pegado ao muro. Você vem atrás de mim, sem se virar, sem correr, e vai ficando pra trás, bem aos pouquinhos. Espera abrir mais de um quarteirão, aí você se vira, mas não antes. E não grita, seu porra, nem corre: cuidado! Anda sempre reto, pro lado do rio, e só.

Avistava-se o rio atrás dos muros do cemitério. Jacobo foi caminhando muito devagar, cada vez mais devagar. Quando o rapaz estava a uns cem metros dele, virou a cabeça e lhe fez um gesto com o queixo. Jacobo deu meia-volta e saiu ladeira abaixo, para o rio, como se o coração estivesse com uma bateria dentro do peito. Sentiu que, ao tentar correr, seus pés descalços se feriam nas pedras. Já perto do rio, voltou a ver gente, que o olhava passar, fazendo comentários, como se olha para um louco. Jacobo cobria as partes com uma das mãos. Viu uma casa pintada e bateu na porta. Ninguém abriu. Continuou caminhando em direção ao rio, vendo mais olhos que o observavam das janelas, em silêncio. Chegou aonde estavam os barqueiros, mas nenhum deles queria levá-lo, por não ter com o que pagar. O velho barbado não estava lá.

— É que acabei de ser assaltado, fiquei sem nada — explicava. Os barqueiros davam de ombros como dizendo "E nós com isso?".

Sentia-se perdido, seus pés doíam e ao olhar para eles viu que a planta do pé direito, preta de terra e sujeira, estava sangrando. Começou a correr sem saber para onde e ouviu assobios das pessoas e risadas. Estava suando e sentia que estava prestes a enlouquecer de verdade. Do terraço de uma casa, um grupo de jovens armados com pistolas o observava. Entre eles havia um menino de uns treze anos, com o olhar vidrado de perturbado mental, que pedia ao chefe:

— Olha, olha lá aquele louco, vamos brincar de tiro ao alvo, vamos brincar de tiro ao alvo. Aposto que eu derrubo ele no primeiro teco.

O rapaz que parecia ser o chefe disse que não era dia de trabalho, que tinha polícia por perto, era melhor não se arriscar. Jacobo correu e subiu a passos largos uma escadaria de concreto.

Chegou a uma parte mais plana e se aproximou de uma igreja em construção. Estava fechada. Na beira do átrio (um pouco além se abria um precipício), um sujeito muito sujo, vestido com os molambos de uma túnica que um dia foi alaranjada, tentava distribuir uns volantes impressos em papel verde. Tinha os olhos injetados e gritava para o vento, com alaridos de demente. Os poucos pedestres que havia se esquivavam dele, assim como evitavam Jacobo, mas o homem barrou sua passagem e lhe disse: "Irmão, eu também estou nu, mas trate de se cobrir com este anúncio do fim do mundo", e lhe entregou um de seus papéis. Jacobo o recebeu e o pôs em cima do púbis como uma folha de parreira.

Seguiu caminhando, correndo quando recuperava o fôlego, brilhante de suor, com uma pequena ferida no peito e outra no flanco, mancando um pouco por causa da dor no pé. De novo o bairro estava deserto, completamente deserto, e se ouviam disparos ao longe. Talvez as lágrimas de desespero tenham limpado sua vista, porque de uma hora para outra distinguiu, como num estalo de lucidez, a Cuesta de Virgilio. Entrou por ali, procurou o Bei Dao. A porta estava entreaberta e Lince entrou como um raio. Abraçou o cozinheiro e se pôs a chorar. O cozinheiro tentou acalmá-lo, e Jacobo por fim começou a contar o que tinha acontecido. Bei Dao lhe deu uma roupa, emprestou-lhe um chinelo de usar em casa, acompanhou-o até o outro lado do rio e deu dinheiro a um taxista para que o levasse ao hotel. Também lhe explicou que o bairro onde ficavam o bar e a casa da irmã de Virginia estava sob toque de recolher permanente, ninguém podia sair, ninguém podia entrar, e Candela devia estar presa lá. Ao chegar ao hotel, Jacobo notou que ainda tinha, apertada na mão, a folha que o homem da túnica alaranjada lhe dera. "Fim do mundo", rezava o título, e a leu inteira: "Entre o clochard e o cachaceiro/ o jovem assaltante ansioso por crack de faca na mão,/ uma mendiga de chagas purulentas,/ crianças que lutam nas mil guerras de hoje,/ leprosos, velhos abandonados/ em hipócritas campos de extermínio;/ entre *homeless* cheirando a mijo/ e álcool de morte,/ ou naquele Gulag atroz onde perdem a vista as mulheres/ que costuram vestidos de luxo a dez centavos a hora,/ enquanto os donos da grife e os acionistas,/ que exigem mais e mais, sempre mais,/ têm lucros de um bilhão de dólares por ano;/ entre os adolescentes cheirados com o cérebro desfeito,/ filhos da violência que só estão aqui para perpetuá-la,/ as meninas prostitutas transbordantes de aids/ e droga com catorze anos,/ grávidas de filhos que nascerão doentes e drogados:/ entre tudo isso e o resto,/ surge aos olhos soberbo, insultante e luminoso/ o Templo dos Templos,/ o santuário eletrônico à deidade da usura e do ouro plástico./ Diga se não é justo que Cristo volte/ e aja como dizem os Evangelhos". O papel era assinado por um tal de Pacheco, e Jacobo o achou lúcido e premonitório.

CADERNO DE ANDRÉS ZULETA

Averiguações. Virginia ficou presa no seu bairro por mais de oito dias. Fiquei sabendo, por um porteiro, que o sr. Lince desceu para procurar por ela, mas que, por se meter lá embaixo, foi assaltado. Todo mundo sabe que quem entra lá sem guia não sai, mas parece que o homem não aprende. Quase sem querer fui descobrindo informações sobre a vida dele; não sei que interesse sua vida pode ter para mim, mas o fato é que, sempre que posso, investigo alguma coisa sobre ele. Já sei por que o homem se dá tão bem com a Carlota; não só lhe dá uma gorjeta por cuidar de Candela, mas também várias vezes pagou a pensão de Jursich e de Quiroz. Ninguém soube me dizer o que ele quer da Virginia, e acho que nem ela mesma sabe bem que tipo de afeto ele tem por ela. A única coisa certa é que ele mesmo, recentemente, a convidou para vir ao hotel e a trouxe para morar aqui. Todos pensam que ela é mais uma de suas amantes e que ele paga o aluguel dela em troca de sexo ocasional, mas não me entra na cabeça que ele faça isso, muito menos que Virginia se preste a uma coisa dessas.

Também me contaram que Lince é primo do dono do hotel, o sr. Rey. É mais um motivo pelo qual Carlota prefere tê-lo como aliado. Por isso é cúmplice dos seus namoricos e até se comportou como uma espiã e avisou Jacobo quando Candela e eu saímos para caminhar pelo Ávila. Fiquei sabendo disso por Ramiro, o porteiro da noite, que é indiscreto quando ganha rum e cigarros. Eu lhe dei um agrado para ver se ele sabia alguma coisa de Virginia, e em troca ele acabou me contando que Jacobo vigia a namorada, ou melhor, as namoradas, porque tem mais de uma. Falou de uma outra, que o visita vindo pelo porão, e deve ser aquela garota que vi outro dia, a peituda. Ramiro disse que é a mesma que o fez levar aquela surra na noite em que eu e Jacobo nos conhecemos: a tal Camila que falou comigo pelo telefone. Apesar de já ter essa garota, Jacobo também vigia a ruiva, e vigiou outras. Não que seja ciumento, diz Ramiro, só quer estar informado de todos os movimentos de Virginia. Isso lhe dá uma sensação de controle e poder. Enquanto transa com Camila, também quer saber de tudo o que Virginia faz, por exemplo, comigo. É um monopolizador. "Mas não é perigoso", diz Ramiro, "só quer se informar para saber, não para se vingar." Não gosta de ver suas amantes todos os dias, e sim por turnos espaçados. Faz jejum de vista com cada uma delas, como se não quisesse memorizar seus corpos e temesse a catástrofe de se acostumar com eles.

Jacobo toma o café da manhã no salão do térreo, quase sempre às sete, com Virginia. Suco de laranja, pão ou *arepa* com manteiga, café e ovo mole. Almoça fora, por aí, quando sente fome, e quase nunca come à noite, salvo uma salada ou uma sopa de legumes que prepara no fogareiro do seu quarto. Juntando as peças, percebo que ele tem fogo no rabo: quase nunca está quieto, e é mulherengo, doente por mulheres, como um cachorrinho. Já conheço duas namoradas dele, a ruiva e a peituda. Se bem que, pela atitude de Virginia, não acho que ela se sinta namorada dele. Em todo caso, estou interessado em saber como Jacobo faz para ter todas a seus pés. Espero que não seja pelos dólares. Não me parece lá muito atraente, se bem que talvez as mulheres o achem. É muito tranquilo, aparentemente, e embora tenha feições duras seus gestos são suaves, quase doces. Já ouvi Jursich dizer que Jacobo tem duas vozes: uma para todo mundo e outra na presença de uma mulher que o atrai. Fala com elas, diz Jursich, como se todas o atraíssem. Não parece uma pessoa alegre, mas às vezes tem um sorriso irônico na boca e seus comentários são engraçados. Tem braços fortes e a pele queimada de sol. Dizem que cozinha bem e que faz comida no quarto para suas amigas, quando quer comê-las. Candela me disse que ele cozinha muito bem e que sempre toma vinho tinto. Veste-se de modo simples e parece estar sempre confortável dentro de sua roupa, ao contrário de mim, que, mais que estar confortável, nado nessa horrível herança do meu irmão. Tem olhos grandes, vivos, inteligentes, e o nariz muito reto, bem-feito. Aonde Jacobo vai todos os dias, ninguém sabe ao certo; imagina-se que ande de um lado para o outro por Barriotriste, tomando café, observando, comprando livros velhos. Tem carteira de jornalista e dizem que por isso, mais alguns contatos influentes em F, recebeu o salvo-conduto para entrar na cobertura luminosa dos *dones*, e que tem guias para percorrer o porão sórdido dos *tercerones*, mas se isso fosse verdade não teria sido assaltado. Tem um carrinho velho que usa para ir ao Sektor F, quase sempre às terças-feiras.

Pelos telefonemas que recebe (Ramiro me contou sobre as poucas pessoas que o procuram), também deve ter suas histórias em Tierra Fría. Uma esposa, uma filha, uma aluna, alguns amigos; dois livreiros famosos, *don* Pombo e *don* Hoyos, que lhe deixam recados sobre livros raros. Segundo uma pessoa que trabalha na Fundação, e que o conhece, ele também é dono de um comércio, que recebeu por direitos de sucessão de um tio padre, no santuário de Cristales. Conheci recentemente esse lugar. Foi uma abadia beneditina, fundada no século XVIII, com sua horta e seu convento, com sua igreja e seu claustro incoerente de colunas românicas, arcos góticos e ornamentação barroca, tudo junto. Fica pouco depois do alto, onde antigamente começava Tierra Fría e hoje é o limite do Sektor F. Agora a velha abadia é um shopping center, o Mall Cristalles, escrito assim mesmo, sem pudor, com seus dois eles e sua língua de lugar nenhum. Onde era o altar e a nave da igreja, hoje fica a praça de alimentação. Foi a última coisa vendida pelo penúltimo cardeal de Angosta, monsenhor Ordóñez Crujido, vulgo O Sanguinário, antes de ir viver em Roma, de renda. Parece que o tio de Lince, o padre, somente conseguiu odiar, e dizer que odiava, uma pessoa na face da Terra: o cardeal sanguinário, pedófilo enrustido, sem sangue nas veias, maligno como um Lúcifer reencarnado.

Isso é tudo que consegui apurar sobre Jacobo. Estive na livraria, mas os dois velhos, meus vizinhos, não me contaram nada de importante, a não ser o comentário de Jursich que anotei. Eles são astutos e desconfiados: sempre se calam quando você quer que eles falem e falam quando você quer que eles se calem. Na tarde em que estive no Mall Cristalles, depois de sair de H, um pouco para conhecer o lugar, um pouco para procurar a tal loja de artigos religiosos, não vi nem sinal de objetos sacros. Não restou nenhuma loja desse tipo na antiga abadia. Só tem roupa de grife, tênis e cuecas, móveis de couro, aparelhos eletrônicos e comida tão ruim como rápida. O shopping center tem uma vista bonita, isso sim, aquela que os monges escolheram para uma vida avara com todos os sentidos, menos o da visão. Nos fundos da abadia, sobre o vasto planalto, se abre um grande terraço, e daí se domina a cidade do alto. O ar é ardido e fresco, e parece que a gente está fora do trópico, e não na zona tórrida, mas em algum vale alpino com vaquinhas Holstein, maravilhosas colinas onde o verde é multicolorido, ruas sinalizadas, semáforos auditivos para cegos, rodovias com pedágio, bancos com autoatendimento para carros, academias, aeroportos, lagos, praças. Se você perguntar a qualquer pessoa o que ela está fazendo, ela vai dizer que está indo para o aeroporto ou voltando de lá. Ou chegando de Londres ou indo para Nova York. Sempre. A vida em Paradiso é uma cópia da vida no Soho, dizem meus colegas em H, e eu acredito neles, apesar de não conhecer a vida no Soho. Há restaurantes tailandeses, vegetarianos, entrepostos naturais, lojas de grife onde vendem as mesmas marcas que você encontra em Kansas, em Verona ou em Berlim. Importaram tudo, até cotovias de Shakespeare e perdizes da Espanha. É possível comer faisão em Paradiso e cordeiro de Burgos com vinho Rioja, *whiskey* da Irlanda como aperitivo ou digestivo, *prime-rib* do Texas e *bife de chorizo* do pampa argentino. Na Fundação, dizem que é uma cópia piorada de Miami, porque não tem mar. Os hospitais funcionam, os *dones* não morrem de bala, e sim de velhice, de câncer ou de infarto, como se morassem em Zurique ou em Tóquio, porque na cidade alta os facínoras da Secur não matam, ou matam muito menos, e as explosões dos homens-bomba complicam a vida, mas não alteram as estatísticas. Em F as pessoas se cumprimentam sorridentes pela rua, as quarentonas bronzeadas correm pelas trilhas dos parques, lutando contra a idade. Isso quer dizer que há parques, trilhas, árvores. As crianças frequentam a Escola Britânica, ou o Colombo-Americano, ou o Liceu Francês, ou o Italiano, ou a Deutsche Schule, todos bilíngues ou trilíngues, e falam o espanhol como segunda língua, com sotaque. Moram em mansões rodeadas por grades de segurança que acabam sendo como prisões dentro da grande gaiola de ouro que é todo o planalto. A paranoia e o medo os definem (essa frase eu ouvi do dr. Burgos), por isso o Check Point, os salvo-condutos, os guardas, as cercas eletrificadas e as câmeras de monitoramento, como modernos castelos medievais. Antigamente as cidades precisavam de muros que as defendessem do exterior, dos bárbaros ou da selva. Angosta é tão selvagem que precisa de muros internos para se defender de si mesma. Antes da política de Apartamento, um muro invisível separava a cidade miserável da cidade opulenta. Agora estão construindo essa espécie de muralha da China, embora o modelo, pelo que dizem, esteja no Oriente Médio. A sra. Burgos diz que a coisa é ridícula, pura cenografia. Estive na casa deles, em Paradiso. Eles me levaram no carro blindado do doutor. Tem um jardim de uma ou duas quadras e uma piscina aquecida, porque os patrões nadam todos os dias antes de ir trabalhar. Tiveram uma conversa sobre a piscina durante o almoço. Falavam entre si, mas era como se quisessem se justificar aos meus olhos. Ambos reconheciam que era uma vergonha ter piscina em Angosta, quando embaixo, em C, havia milhares e milhares de pessoas que não tinham água encanada em casa ou nem sequer uma casa. O dr. Burgos disse que as pessoas de F, os *dones* como ele, se isolam no altiplano justamente para não perceberem essa tremenda injustiça e não sentirem culpa. Para poderem nadar à vontade na piscina, sem peso na consciência.

Disse que nós, os seres humanos, somos muito estranhos. Que todo mundo se preocupa mais com sua própria dor de dente do que com as cem mil pessoas que morrem de fome na África ou na Coreia do Norte. Que era mais dolorosa a morte do cachorro de estimação delas que o massacre de cem crianças na Libéria ou em Uganda. Que o que os dirigentes de Angosta tentavam fazer era afastar a população pobre da cidade de cima, para não vê-los, ouvi-los nem cheirá-los, e assim evitar o compromisso e o remorso. O que os olhos não veem o coração não sente. *Tierrafrías* como eles, disse, precisavam isolar os pobres na parte baixa de Angosta para poderem tomar banho em suas piscinas sem se sentirem miseráveis. Ele nadava todos os dias e se sentia miserável. Tinha feito a Fundação para não se sentir miserável, e lutava contra o Apartamento para não se sentir um bosta (normalmente ele não fala esse tipo de palavra: quando disse isso, já tinha tomado uns quatro copos de vinho). Estava disposto a ir nadar numa piscina pública e a ceder o jardim de sua casa, embora com grande pesar, disse. *Doña* Cristina disse que eles viviam daquele jeito, mas que não era uma vergonha, porque eles lutavam para que as coisas melhorassem também para os outros; que ela não ia entregar seu jardim nem sua piscina, pois para ela os luxos não eram motivo de vergonha desde que todo mundo tivesse o mínimo. As diferenças não seriam horríveis se a parte mais pobre da sociedade vivesse dignamente. Eu percebia que eles estavam encenando essa conversa para mim como uma maneira de se explicarem e de me explicar, e no início eu não quis participar, mas depois comecei a participar e a dar minha opinião. Disse, talvez para consolá-los, que a piscina era tão imoral em Angosta como na Suíça, nos Estados Unidos ou na Itália. Se os seres humanos eram iguais no mundo todo, a nacionalidade não podia ser um álibi que permitisse ter piscina na Espanha, mas não na Colômbia ou no Peru. Os ricos do Primeiro Mundo criticavam os ricos do Terceiro, mas eu não via por que os ricos daqui tinham que ser mais responsáveis e mais culpados que os de lá. O dr. Burgos disse que o ser humano era assim: só se interessava pelo que podia cheirar, tocar, ver com os próprios olhos. A mais de mil quilômetros, as coisas ficam tão distantes como se acontecessem em Marte; se ele não denunciasse o Apartamento, ninguém o denunciaria, a não ser alguns maluquinhos de ONGs suecas ou norueguesas.

Eu disse que, desde que tinha começado a trabalhar em Paradiso, havia percebido algumas coisas. Os *dones* de Angosta eram como os nobres do mundo, idênticos em todos os lugares, só que aqui seus privilégios eram mais visíveis e fáceis de censurar do que em qualquer outro canto, porque o contraste saltava aos olhos virando a esquina. Por isso eram mais paranoicos que seus pares do Primeiro Mundo, porque aqui a peste estava mais perto, a peste dos desesperados que ninguém via, mas que tentavam ser notados voando em pedaços, ou lançando sacos com gases mortíferos, ou explodindo frascos com bactérias infecciosas, ou lançando aviões carregados de carne humana e gasolina contra os edifícios mais importantes, em ataques de ódio e loucura que deixavam o mundo atônito.

Aqui os *dones* de Angosta, que eram os aliados dos países ricos do mundo, tratavam de conter a horda de pobres que queriam emigrar para esses países. Eles os trancavam, os enjaulavam em grandes campos de miséria. Eu disse aos meus patrões que os *dones* de Angosta ficavam com o trabalho sujo. Como Israel, comparei, que era a fronteira entre o Ocidente e o mundo árabe, e por isso fazia o trabalho sujo para a Europa e os Estados Unidos: conter os muçulmanos. Ou como a África do Sul, que era o amortecedor que tentava manter os negros separados. Aqui em Angosta a questão não era tanto racial nem religiosa, mas era preciso encurralar e dominar a imensa massa de pobres como eu, que, se pudesse, emigraria para o mundo dos ricos. Esse era o maior produto de exportação desses países, e não o café, o petróleo ou a cocaína; o que mais se produzia nesta parte do mundo era gente, gente pobre. (Essa ideia não era minha, uma vez a ouvi do sr. Lince. Na verdade, não existe uma única ideia no mundo que seja minha; tudo o que eu penso ou já li ou ouvi de alguém. Em toda a minha vida, só fiz um ou dois versos, se tanto.) O casal Burgos me disse que eu estava indo bem no meu trabalho e que... Não, isso eu não posso escrever.

Desde que subo e desço por toda Angosta, não sei se o mundo é mais largo ou mais estreito. Acho que está tudo errado. Percebi que só em H me julgam pelo que sou. No mais, me deixei assimilar, classificar com o rótulo de ser não uma pessoa, e sim uma ficha a mais na casta dos *segundones*. Jacobo Lince também é *segundón*, se bem que parece que podia ser *don*, se quisesse. É a melhor coisa que ouvi sobre ele: que continua sendo o que sempre foi, apesar de ter sido casado com uma *doña* e poder ter ficado lá em cima. Anoto essas coisas muito rapidamente, sem ter ideias claras sobre nada. Só espero que Virginia (agora há pouco ouvi barulho no quarto dela) volte a me visitar logo.

Agora estou com esta outra novidade coçando na ponta do lápis. Preciso morder a língua, ou os dedos, porque sobre isso é melhor não deixar nada escrito. Os Burgos me escolheram para fazer um trabalho de campo, como dizem; uma investigação *in loco*, como testemunha presencial. Para fazê-la preciso conseguir um fotógrafo. Vou parando por aqui.

Supostamente, a identidade dos Sete Sábios é secreta. Muitos anos atrás, quando o grupo atuava mais como loja maçônica do que como tribunal, o presidente e alguns membros preferiam cobrir a cabeça com um capuz preto e as mãos com luvas de pelica. Talvez a toga seja o último resquício daquele disfarce, que com o tempo foi se tornando cada vez mais informal e mais inoficioso. Os membros do círculo, que no início mantinham sua identidade incógnita, tornaram-se cada vez mais conhecidos, pelo menos para outros integrantes do grupo, devido ao próprio mecanismo pelo qual são nomeados: a cooptação. Quando um membro morre ou se aposenta, um novo Sábio é eleito. Os seis restantes têm o direito de indicar candidatos. Às vezes os postulantes são submetidos a um exame informal, um jantar em que se indaga sobre suas opiniões e seu apego a certos dogmas e preceitos, mas em geral os membros do grupo já sabem que tipo de pessoa podem recomendar, e simplesmente votam até obter um nome com maioria qualificada (cinco votos). Muitas pessoas de fora sabem da existência do conselho e não veem a hora de poder ingressar nele. Talvez os piores inimigos dos Sete Sábios, e talvez os únicos, sejam alguns ex-candidatos rejeitados.

Os Sete Sábios tentam preservar certo equilíbrio de poderes: religião, Forças Armadas, política, magistratura, indústria, o setor agropecuário e comércio. Essa composição não é rigorosa, pode faltar o representante de algum setor e outro estar duplicado, mas tenta-se seguir o conselho do Grão-Moreno, fundador do grupo e seu presidente até falecer, que deixou nos estatutos essa recomendação como uma medida de equilíbrio e cautela. Por religião não se entende necessariamente um líder da Igreja, embora por muitos anos, e até seu forçado traslado para Roma, o velho cardeal Ordóñez Crujido tenha ocupado uma das cadeiras do tribunal. Sua vaga foi ocupada por um prestigioso advogado solteirão, não ordenado, fervoroso e devoto, que, mesmo sem pertencer a nenhuma ordem religiosa, se dedica com profundidade e sabedoria a tudo aquilo que se refere ou que possa ser nocivo aos valores defendidos pela religião majoritária de Angosta. O dr. Del Valle, esse é seu nome verdadeiro, embora no círculo se chame Quarta-Feira, quando põe sua bola preta, costuma fazer uma piada histórica: "É da nossa tradição entregar algumas almas ao braço secular; é doloroso, atenta contra o quinto mandamento, mas é necessário. Se um abortista for eliminado, por exemplo, estamos salvando milhares de vidas em troca de uma única morte". E depois de votar faz o sinal da cruz, beijando com unção o polegar e o dedo indicador da mão direita — os dois dedos que seguram a bola, os dois dedos com que se abençoa no conselho e na igreja.

* * *

O segundo marido de Dorotea, Bruno Palacio,* era um conhecido arquiteto de Paradiso (projetou o Mall Cristalles, o Edifício Inteligente, o Mercado Novo, a Biblioteca da Universidade). Jacobo se dava bem com ele, pois aos ardores do arquiteto com sua ex-mulher devia, indiretamente, a renovada tranquilidade com ela e poder manter uma relação mais próxima com sua filha, sem tantos limites, horários e condições. Desde que essa feliz substituição tinha ocorrido, Dorotea mudara de atitude com Jacobo; de repente deixara de odiá-lo e agora se limitava a desprezá-lo. Pensava em seu primeiro marido como uma má lembrança, um odioso erro da juventude ao qual já não valia a pena dar muita atenção. De uma semana para outra, quando conseguiu o novo pretendente, Dorotea começou a permitir que Jacobo passasse da porta e se sentasse na sala, na sala de jantar e até na cozinha da casa. Depois de anos de antipatia e silêncio, não se limitava mais a responder com monossílabos, mas fazia perguntas, lhe oferecia café, contava histórias divertidas sobre Sofía, comentava a respeito da escola ou do tempo. Foi como se a tivessem transformado por dentro ou como se tivessem enxertado outra personalidade em seu cérebro. Nada melhor que um namorado, ou outro cravo, para tirar o cravo de um velho amor contrariado. Em menos de seis meses, Dorotea e seu pretendente já estavam casados.

Pouco depois do casamento, reuniram também seu patrimônio e construíram uma nova casa, luxuosa, projetada por ele

---

* Bruno Palacio: 48 anos, 1,67 metro de altura, 76 quilos. Arquiteto agradável, frívolo, elegante. Casou-se tarde, pois este era seu primeiro casamento, já que até então tinha vivido em clima de ambiguidade. Na vida profissional, foi o queridinho do governo para importantes edifícios públicos de Paradiso, e graças a essa preferência construiu uma fortuna nada desprezível.

e decorada por ela, e esperavam um novo filho, homem, concebido por ele e gerado por ela. Sofía ficava poucas horas no colégio e não tinha uma relação fácil com o marido da mãe, pois Palacio queria planejar também a vida dela, e assim, de certo modo, depois do casamento a menina se aproximara um pouco mais do pai, embora com todos os preconceitos e reticências que um *segundón* desperta numa família de *dones*. Jacobo podia sair com a menina não uma vez por mês, como antes, e sim uma vez por semana, ou até mais, se os dois quisessem, e podia ser tanto durante a semana, à tarde (o habitual era às terças-feiras, o dia em que ele dava sua aula de inglês a Beatriz), como todo um fim de semana. Às vezes a menina descia com ele a T, ia à livraria, tomava sorvete, comia empanadas e ficava para dormir no hotel.

O arquiteto tratava o ex-marido de sua mulher com uma cortês curiosidade. Cada vez que Jacobo ia buscar a menina, ele o convidava para um drinque ou um café, e enquanto conversavam, sentados no grande terraço com vista panorâmica, tentava descobrir o que sua mulher tinha visto naquele homem. Não lhe parecia bonito nem inteligente, muito menos elegante, e era, por indícios óbvios de sua aparência, bastante pobretão. Pensava, horrorizado, que o imenso capital que Dorotea herdaria cedo ou tarde de seu pai poderia ter ficado nas mãos de um livreiro de Tierra Templada que se vestia com tamanha deselegância que era capaz de usar aquele relógio, aquela meia (vermelha ou com desenhos) e aquele sapato de péssimo gosto, e que parecia completamente desinformado do que estava na moda no mundo acadêmico (o pós-modernismo) e na alta-costura (o preto).

O ideal de vida de Palacio era, em geral, a elegância. O que era isso para ele? Começava, obviamente, pelos sinais exteriores da aparência, que se atinham a uma escolha cuidadosa da roupa, dos móveis, dos objetos, dos quadros, dos carros, das toalhas de mesa, dos destinos turísticos nas férias de verão e de inverno, dos licores, dos pratos, do tabaco e do vinho. Vestia-se quase sempre com a mesma cor, preto fechado, com roupas de Yohji Yamamoto, como se a vida fosse um eterno velório. Jacobo nem sequer sabia quem era Yamamoto e achava que a escolha do preto se devia exclusivamente a um esforço para disfarçar a silhueta rechonchuda do arquiteto ou para se adaptar à imperante moda anoréxica, mas Dorotea uma vez explicou, falando do marido:

— Um dos encantos do Bruno é que ele só se veste com roupa do Yamamoto, da camisa aos sapatos, a não ser em alguns fins de semana quentes, quando então ele prefere algo mais fresco, como linhos do Armani de cor pastel. Você não sabe quem é Yamamoto? Ai, querido, é um grande estilista japonês; para o Bruno, o maior.

A cinza dos charutos — Cohiba ou Montecristo — do arquiteto caía em cinzeiros com design de Philippe Starck, e seu traseiro, envolto na primeira camada por cuecas Calvin Klein e na parte de fora por calças Yamamoto, repousava em estilizadas poltronas ergonômicas holandesas Gijs Papavoine. A água do seu café, importada, era fervida num bule Michael Graves, e a infusão era coada numa cafeteira de êmbolo Alessi e servida em xicarazinhas de porcelana tcheca quase transparentes, que tinham no fundo um desenho de aves em relevo. Toda a bateria de cozinha também era Alessi, exceto as facas, que eram da coleção de Yoshikin, o mais sofisticado cozinheiro oriental. Ao lado do bar, repleto de grandes flores de Tierra Caliente, sobressaía um vaso Alvar Aalto. O arquiteto não mencionava todas essas grifes, pois sabia como era deselegante alardear sua sofisticação, mas Dorotea as ressaltava para o ex-marido com orgulho e deleite, tentando explicar a importância e a exclusividade de cada objeto da casa.

Desde seu novo casamento, Dorotea também se tornara cuidadosamente seletiva em seus sinais exteriores de riqueza, e embora Jacobo fosse completamente cego a essas mensagens, acabou intuindo a importância que tinham não só para sua ex-mulher como também para outros *dones* que as compreendiam (Hoyos ou Beatriz, por exemplo, que, mesmo sem adotá-las, se mostravam sensíveis a toda essa parafernália de sinais), e todos eles, cedo ou tarde, tentavam lhe explicar o que havia por trás de determinado modelo de carro, de certas panelas, luminárias ou de um vestido Tcherassi. Jacobo conseguia entender os extremos: uma camisa puída e fedorenta comparada com uma camisa nova, de tecido muito macio e de bom corte. Entendia a diferença entre um Renault 4 e uma Mercedes, mas não decifrava as diferentes mensagens emitidas por um Lancia ou uma Maserati, ou um Porsche comparado com uma Ferrari, ou o que sugeria um Jaguar e o que expressava uma BMW. Percebia muito bem a diferença entre um vinho espanhol e um angostenho, mas não entre um Barolo de 89 e um Château L'Arrosée Grand Cru de 90 (o arquiteto dizia que isso era o *must* do *must*) e nem era capaz de diferenciar dois Douro de vinhedos vizinhos ou de colheitas próximas. O mais ridículo de tudo, para ele, era ver Dorotea e o arquiteto afirmarem que reconheciam o sabor das águas (San Pellegrino, Evian e outras) e do sal, que importavam da Itália em cristais grossos e frascos caríssimos, dizendo que tinham diferentes propriedades salutíferas e poder salgador, já que, de acordo com o arquiteto, uma coisa era o sal da Sicília e outra o da Sardenha, ambos muito superiores ao de Cabo de la Vela, sabe-se lá por quê.

Para o marido de sua ex-mulher, tudo isso era fundamental, assim como a geometria irregular dos *kilims* (ou o nó da gravata, com seu comprimento adequado e sua marca raríssima, de uma camisaria de Milão) ou o desenho dos tapetes persas, caucasianos ou afegãos. Jacobo não era especialista em nada, nem sequer em livros, e não se sentia capaz de diferenciar, na leitura de um único parágrafo, um romance de Pérez Galdós de uma boa tradução de Zola ou de Balzac. Seria porque tinha nascido em T que tampouco distinguia a excelência do traço de uma caneta Montblanc comparado à linha de uma Bic? Era comum demais usar roupa feita em série, dizia Dorotea, repetindo o que lhe ensinava o arquiteto, e não entender isso era como não entender que não é a mesma coisa comer hambúrguer no McDonald's em vez de hambúrgueres feitos com carne de primeira, na brasa, em um bom restaurante de Houston. Jacobo, que usava um relógio eletrônico Casio, achava que sua maquininha dava a hora tão bem quanto o Rolex do padrasto de sua filha, e que usar o colar de pedras Cartier que sua ex-mulher agora exibia era o mesmo que pendurar no pescoço uma cordinha de sisal com mil notas de cem dólares enlaçadas. De modo mais velado ou mais explícito, o colar transmitia uma mensagem idêntica: eu tenho tanto, mas tanto dinheiro que posso levar uma boa quantidade dele pendurada no pescoço.

Uma vez que têm todas as suas necessidades básicas satisfeitas, os *dones* se esforçam para se diferenciarem através de detalhes cada vez menores e mais rebuscados. Quase todos, como sua ex-mulher, viviam em ondas cíclicas de modas que os obrigavam a se desfazer de coisas em perfeito estado para substituí-las por outras mais novas, mais ou menos funcionais, mas que ninguém ainda tivera tempo de imitar, por isso ter ou não ter essas novidades era a senha que indicava se a pessoa continuava na corrente da ascensão, ou pelo menos na de manutenção de seu status, ou se tinha estagnado na mediocridade pequeno-burguesa e navegava, já com as velas avariadas, rumo ao escolho de algum desastre econômico iminente. Por causa disso, quase todos os habitantes de Tierra Fría possuíam outras duas ou três casas completas guardadas no porão ou na garagem de casa. Era preciso ir se desfazendo de móveis e de coisas que já não transmitiam os sinais corretos de posição social, de comodidade, de opulência, era preciso livrar-se de sofás, mesas, quadros, era preciso trocar as luminárias como se troca de meia e substituir geladeiras (as novas tinham alumínio e aço polido aparentes, sem pintura, como os aviões da American), renovar a decoração, modernizar as camas e os banheiros e até trocar de médico, de professor de ioga, de acupunturista e de cirurgião plástico, porque a fama e o prestígio deles subiam ou diminuíam com o mesmo capricho dos humores gástricos de seu aparelho estomacal ou das ações na Bolsa. Só as garagens de Paradiso bastariam para abastecer por completo um número igual de casas em Tierra Templada, com fogões, baixelas, talheres, móveis, toalhas de mesa e eletrodomésticos em perfeito estado. Mas o egoísmo de fundo dos *dones* não lhes permitia se desfazerem de tudo isso da noite para o dia, considerando todo o dinheiro gasto seis anos antes, ou pelo menos não podiam fazer isso até que tudo começasse a ser roído pelos ratos e danificado pela umidade. Às vezes, com a morte de um papa, ou numa manhã triste de domingo, ou com uma terrível ressaca de uma festa de sábado que se estendeu até o amanhecer, entre o tédio matrimonial e ânsias por causa do champanhe com cassis mal digerido, por fim, resolviam jogar fora todos os trastes acumulados durante anos, pondo tudo na rua, com nojo, culpa e uma vontade de limpeza interior, para que alguém levasse tudo aquilo antes da meia-noite ou, se não, para que o caminhão do lixo, na segunda-feira bem cedo, triturasse toda a parafernália e por fim a levasse para sempre da casa e da lembrança deles.

A mesma coisa com as roupas: era preciso renovar o guarda-roupa duas ou três vezes por ano e guardar os vestidos semiusados em closets enormes, grandes como quartos e abarrotados como armazéns, onde iam se acumulando roupas novas que já não podiam vestir (mas tampouco doar). Poucas coisas permaneciam muito tempo em uso, e as coleções de sapatos, camisas, blusas, saias, gravatas, roupa de esporte, se amontoavam entre vidros de perfume (estes também tinham sua temporada, e de um dia para outro começavam, sabe-se lá por que diabos, a cheirar mal), a roupa íntima, os sutiãs mágicos, de aumento, de diminuição, os algodões, as bandagens, as sedas, as rendas. Por que não doavam a roupa que já não usavam? Não era, necessariamente, avareza, pois eles até o fariam de boa vontade, mas como dar a pessoas de categoria inferior roupas que tinham sido escolhidas para serem únicas, exclusivas, como uma máscara sobreposta ao próprio rosto, tão individual e inconfundível como as feições de cada um? Antes de doá-las era preciso esperar a quarentena de esquecimento — não de quarenta dias, mas de quarenta meses, no mínimo.

Quando Jacobo se sentava para conversar com o marido de Dorotea, e o fato de que se dignassem a discutir era um sinal de que se entendiam, ainda que discordando, o tema era quase sempre o mesmo: as diferenças de Angosta, seus sectores separados. Para Palacio, a política de separação (nos últimos tempos, preferiam chamá-la assim em F, em vez de Apartamento, que soava "absolutamente sul-africano e absolutamente absurdo" para eles) era triste, mas inevitável. Os pobres se reproduziam num índice demográfico que inviabilizava por completo sua assimilação. Não era um problema de querer ou não querer; simplesmente não cabia tanta gente em Paradiso, e se os deixassem entrar acabariam com a paisagem, com as normas de convivência, ameaçariam por completo toda uma cultura construída lentamente, com muito sacrifício, ao longo do tempo. Por isso ele considerava necessário o Check Point, a *obstacle zone* que o governo estava construindo na borda do planalto e os controles ferozes para que ninguém entrasse. Palacio não concordava com os caçadores de ilegais, isso não, nem gostava dos massacres da Secur, mas em todo lugar havia extremistas que radicalizam e exageram; era possível ser firme no controle da imigração sem serem bárbaros. Também havia atos de boa vontade. Podiam estabelecer cotas de imigração para *segundones* e *tercerones*, claro, e até mesmo, se demonstrassem a disciplina e a entrega necessárias para reunirem um capital, podiam se tornar moradores de Paradiso depois de alguns anos. Também podiam adotar ideias criativas como a de sortear vistos de residência no Natal, a exemplo do que já fazem alguns países, numa loteria anual da felicidade.

— O ser humano é territorial e não pode abrir suas portas a todos — explicava Palacio. — Chega uma hora em que alguns querem se distinguir dos demais. Os de baixo também podem construir seu espaço ideal e eventualmente proibir a entrada dos moradores de F, se quiserem. Por enquanto não podem, porque os de baixo dependem dos nossos investimentos, mas talvez chegue um momento em que já não precisem de nós e construam uma cidade tão impermeável como a nossa.

Jacobo tentava entender a lógica do marido de Dorotea:

— Aqui em cima defendem a livre circulação de mercadorias, de capital, de investimentos. A única coisa que não deve ter liberdade de movimento são as pessoas. E embaixo nossa maior riqueza, talvez nossa única riqueza, são justamente as pessoas, que é o que mais tem por lá e o que mais faz falta a vocês, porque os ricos querem se reproduzir o mínimo possível (o que me parece muito sensato) e não gostam de sujar as mãos com muitíssimos trabalhos. Por que deve haver liberdade de tudo menos de movimento? Dizem que o mundo se transformou numa aldeia global. Então o que podemos dizer de uma aldeia que não dá liberdade de movimento a seus habitantes? Simples: que pratica uma política de Apartamento, quer dizer, de apartheid, para sermos mais claros, mesmo que este não seja racial, mas estritamente econômico.

— Não sei se essas restrições são justas ou injustas, mas são inevitáveis. Aqui não haveria casas para todos, e não podemos oferecer um nível de vida digno a tantos milhões. Não suportamos ver ao nosso redor pessoas com fome, vivendo na miséria. Já vocês, como estão acostumados...

— Sim, em parte, mas não estamos tão acostumados assim, porque é justamente para fugir da miséria que os *tercerones* querem vir para cá, e para conseguir isso arriscam a vida. Nós também não gostamos da miséria, nem os que sofrem com ela a apreciam. Se a miséria preocupa vocês (pelo menos é o que dizem da boca para fora, em seus discursos), abram as portas, que aqui, com as suas sobras, poderiam viver milhões de *segundones* e de *tercerones*. Já tem muita gente de baixo que vive com o que vocês jogam no lixo.

— Mas eles transformariam isso em um caos de desordem e sujeira e tirariam o emprego de nossos empregados e operários. Embaixo estão acostumados a ganhar muito pouco e a viver em condições materiais deploráveis, sub-humanas. Além disso, como são muitos e se reproduzem como ratos, acabariam, depois de pouco tempo, com nosso estilo de vida, mudariam nossos costumes, e nossa própria cultura sucumbiria.

— Vocês não têm outra cultura. Vocês simplesmente têm mais dinheiro; a cultura é a mesma, ou pelo menos se parece muito. Não é justo que se escudem na defesa da cultura.

— Infelizmente a cultura também se compra com dinheiro. Em condições de miséria, a cultura se degrada porque os miseráveis ocupam seu tempo, quase exclusivamente, com a subsistência. Você pode negar esse fato, Jacobo, mas só por populismo esquerdista.

— Não, eu nego porque não aceito essas generalizações. Em T há pessoas muitíssimo mais cultas que vocês, em todos os sentidos, apesar de não terem nenhum tempo livre. E eu não sofro de populismo. Não tenho uma visão idílica dos pobres ou coisa que o valha. O sofrimento, no geral, não nos faz melhores. Ao contrário, nos torna muito mais ressentidos, raivosos e violentos. Se não fosse assim, se a pobreza nos fizesse pessoas melhores, então a luta contra a pobreza não teria sentido, porque seria combater a característica mais nobre do ser humano. Não acho que o pobre seja um bem-aventurado, como diz o Sermão da Montanha; é um desgraçado, mas nem por isso deixa de ser humano, com desejos iguais e os mesmos atributos que o rico, apenas com a vantagem de ser menos exigente, porque é humilde. Em todo caso, eu venho de lá e não me considero menos culto que vocês. Se quer saber, me considero mais culto, mesmo sem entender de roupa nem de cinzeiros; e entre os *calentanos* também há pessoas muitíssimo melhores que vocês, não por terem crescido em circunstâncias tão adversas, mas apesar disso.

— Você e seus amigos podem ser muito cultos em outros aspectos, eu concordo, como os títulos e os autores dos livros que vendem. Nessa área, são especialistas em fazer listas de nomes não menos ridículas nem mais difíceis que as dos estilistas. Procuram autores ou músicos desconhecidos para estufar o peito com uma suposta cultura exclusiva, única, e para se sentirem superiores, como aqui nos sentimos superiores com artigos raros. São coisas bem parecidas, porque ao mesmo tempo vocês são cegos a muitas facetas culturais delicadas que você, Jacobo, não vê, como bem sei, e acho necessário ressaltar sua ignorância nesses aspectos, mas são elas que tornam a vida muito mais suportável e agradável.

— Em que sentido a tornam mais agradável?

— Não sei como dizer. Seria como explicar o que é o vermelho a um cego de nascença. Vocês acham que o que não veem não existe. Você não consegue enxergar os detalhes mais especiais de um grande projeto arquitetônico; não os verá, por mais que eu os mostre, mas eles estão ali. E, pior ainda, se chegasse a entender as sutilezas que eu vejo, e que são a razão da minha vida, elas lhe pareceriam fúteis e até ofensivas.

Uma vez Jacobo, num momento de fúria (eram momentos raros, ele nunca tinha sido radical em política nem aprovava o uso da violência), chegara a justificar os terroristas, explicando seus atos como inevitáveis manifestações do desespero pelas condições ultrajantes em que se vivia embaixo, em Tierra Caliente, nesse lugar que o arquiteto Palacio não conhecia, nem nunca iria conhecer, nem jamais poderia entender. Jacobo disse então que os atos horríveis dos terroristas eram a única coisa que abalava a consciência dos *dones* e lhes lembrava que não podiam se acostumar ao Apartamento considerando-o algo natural. As bombas, os sequestros e os horrores eram terríveis, repugnantes, mas pelo menos lembravam que aquele estado de coisas não podia continuar, pois do contrário produziria sempre aquela fúria demencial, aquela sede de vingança louca e primitiva. No entanto o marido de sua ex-mulher sabia se defender, não com moralismo, mas com uma franqueza brutal:

— Entendo o que você quer dizer e estou disposto a aceitar seu argumento: que este estado de coisas talvez seja injusto. Se todos os homens são iguais, então é evidente que é injusto. Mas não acredito que um país, ou, no nosso caso, um sektor da cidade, possa ser invadido por outros seres humanos, por mais iguais que em princípio eles sejam. Não é o ideal. Isso é humanismo requentado. A vida humana é valiosa em algumas circunstâncias, não em todas. Se formos viver como ratos, sem cultura, privados de todos os benefícios da civilização, então seremos ratos e teremos os mesmos direitos dos ratos: nenhum. Não posso receber aqui todos que queiram entrar, seja terroristas, seja doutores, atletas, analfabetos, violentos, pacíficos. Simplesmente não posso e me reservo o direito de admissão, como se diz em alguns bares, e portanto também de expulsão. E não para excluir negros e judeus, como vocês, os esquerdistas, dizem, mas para excluir os que vão destruir o meu paraíso, sejam eles da cor que forem, terroristas islâmicos ou ativistas da Ku Klux Klan. Nós construímos este país com o trabalho e com o sacrifício de centenas de gerações. Por que deveríamos ser obrigados a receber todos aqueles que não fizeram (ou cujos pais não fizeram) os mesmos sacrifícios? Sinto muito, as portas estão fechadas. Se esta Angosta aqui de cima os atrai tanto, pois que tratem de imitá-la, como se fosse uma Angosta celeste, mas não a arruínem invadindo o que é nosso.

— Olhe, arquiteto, você é um construtor, não diga bobagens. Esta cidade foi construída quase inteira com o trabalho das pessoas de C.

— Mas com o nosso dinheiro. A igualdade entre os homens foi uma ideia piedosa do passado, uma invenção cristã referendada por uma revolução ilusória, por uma miragem do Iluminismo, um ideal bastante agradável, bem-intencionado e que talvez convenha defender da boca para fora, mas uma ideia impossível de ser aplicada num mundo cheio de gente. Construam vocês, em outro lugar, se forem capazes, seu próprio paraíso, porque neste não cabe mais ninguém; este é um paraíso com um número limitado de lugares, como as poltronas dos teatros.

— Mas há países onde uns não excluem os outros; na Holanda, por exemplo...

— Ora, Jacobo, você não sabe o que está dizendo. Se você tivesse nascido na Holanda, nem por isso seria holandês; e lá não dão visto de residência a quase ninguém. É a mesma coisa que aqui: tratam de se defender dos pobres com unhas e dentes e não os deixam passar da soleira da porta; quando muito lhes dão uma esmola ou a jogam de longe, do outro lado da fronteira, como fazemos também na minha casa ou com as obras de beneficência. O ideal da fraternidade universal é irrealizável, acima de tudo porque vocês, lá embaixo, em Tierra Caliente (como na África, na Índia e em todo o Terceiro Mundo), se reproduzem como coelhos, não impõem limites nem ao desejo nem à fertilidade, copulam freneticamente, e parem, parem, não param de parir, e nossa única defesa e solução demográfica é mantê-los lá, encurralados, e matá-los, se eles insistem em vir para cá. Desculpe que eu diga isso com tanta franqueza, Jacobo, a você, que será sempre bem-vindo a esta casa. Para nós, nem todas as vidas humanas são iguais. Mais iguais são os próximos, não os próximos de forma geral.

— Se as coisas são assim, então a única lei é a força, a brutalidade, e quando essa massa de Tierra Caliente crescer tanto a ponto de ser impossível contê-la, você não vai poder abrir a boca para protestar, quando ela vier em hordas matá-lo, arrancar suas unhas e seus ossos, chupar seu sangue, e não deixar pedra sobre pedra em toda esta falsa Jerusalém, porque aí é você que vai ser o menos igual, quer dizer, o menos poderoso, e como menos igual merecerá perder e perecer.

— Sim, aí você tem toda a razão. Mas isso não vai acontecer. Gastamos rios de dinheiro em armamentos de todo tipo, e se for necessário exterminar essas hordas como se fossem insetos numa dedetização, não hesitaremos em fazer isso. Se eles querem sobreviver, mesmo que seja numa vida miserável, é melhor que não nos ameacem nem façam bobagens.

— Então simplesmente somos diferentes, e nós lá embaixo temos menos porque vocês são superiores, porque foram mais inteligentes e mais disciplinados? Hitler dizia a mesma coisa dos arianos.

— Não me interessa o que Hitler dizia. Hitler perdeu a guerra, mas nós estamos ganhando.

— Quem são vocês?

— Você sabe: nós. Aqueles que vão no rumo do progresso, ainda que Angosta, esta parte de Angosta, seja apenas o último vagão de um trem muito comprido.

— Você não percebe que os maquinistas e a primeira classe desse grande trem moderno também desprezam vocês, os do último vagão?

— Não, eu não percebo. Eles precisam de nós; para eles, também somos importantes aliados. O último vagão cuida de não deixar subir os desgraçados que nos veem passar e que querem entrar como clandestinos.

No fim era sempre Jacobo quem se cansava de discutir e aparentemente concordava, pois se calava e olhava para o outro lado, exausto. O arquiteto gostava de ter sempre a última palavra. Jacobo apreciava o jeito como ele discutia, porque pelo menos era franco, brutalmente franco, e não dourava a espoliação e a violência praticadas contra o povo de baixo com uma falsa retórica de fraternidade. Era triste e inútil continuar discutindo. Se não se aceitasse a igualdade das pessoas, então se voltaria a um período pré-moderno da concepção do ser humano, e só se podiam esperar guerras e violência, opressão e furor: justamente o que vinha acontecendo fazia anos. Para se defender dessas ideias, para não apoiá-las sequer tacitamente, a única coisa que podia fazer era continuar vivendo lá embaixo, com os inferiores, com os indisciplinados e com os obtusos, com os miseráveis, sempre, contra toda lógica e contra toda esperança.

Então Dorotea voltou, trazendo Sofía pela mão, e a menina vinha vestida como para uma festa, embora só fosse sair para dar uma volta com o pai. Jacobo se aproximou dela e a beijou várias vezes. A menina não resistiu, mas tampouco correspondeu aos afagos. Quando entraram no carro de Jacobo, a menina, como sempre, se encolheu no banco de trás, escondendo a cabeça abaixo das janelas. Tinha vergonha de que a vissem naquele carrinho de pobre. Quando desceram num shopping center, caminhou ao lado do pai, mas não de mãos dadas com ele. Jacobo a convidou para comer um belo prato de massa num restaurante italiano, mas ela preferiu frango frito, e Jacobo concordou, vencendo certa repugnância que sentia pelo fast-food e ainda mais por fritura. No almoço, depois de dar uma mordida numa coxa, a menina lhe perguntou à queima-roupa:

— Você sabe quanto o Bill Gates ganha por mês?

— Não faço a menor ideia, minha linda — disse Jacobo.

— Só sei dizer em inglês. *Listen: forty six million dollars!*

— Ahã, ele é um sujeito rico. Mas você não gostaria de ser tão rica como ele, não é?

— Claro que eu gostaria! Há muitas coisas que não podemos comprar. E eu compraria um carro novo para você.

— Ah, bom, obrigado. Mas você é rica, você sabe disso, não sabe?

— Não, talvez a gente esteja bem aqui em Angosta, mas nos Estados Unidos seríamos pobres. É o que a mamãe diz.

— Pobres?

— Olhe aqui — disse Sofía, e estendeu uma das mãos até o centro da mesa, segurando o cabo que sustentava um guarda-sol branco. — Aqui estão os mais ricos dos Estados Unidos, como Bill Gates. — Baixou um pouco a mão. — Aqui, os que estão mais ou menos bem. — Baixou a mão até quase tocar a mesa: — E aqui estão os mais pobres. Se fôssemos viver nos Estados Unidos, a mamãe me disse isto, a gente estaria aqui — e pôs a mão abaixo do ponto médio que havia assinalado.

— Pode ser. Mas, olhe, se observarmos como são as coisas em Angosta, vamos ver que há milhões e milhões de pobres nesta parte aqui (Jacobo indicou a base do cabo, perto da mesa). O papai estaria por aqui (indicou a metade), enquanto você estaria aqui em cima, no ponto mais alto, com a mamãe e o seu padrasto. Poucos em Angosta têm tanto como vocês.

— É, mas eu queria ser como o Bill Gates. Queria ter um cavalo de salto e outro de polo. Talvez o Bruno me compre o de salto no Natal.

Jacobo quis mudar de assunto. Era desagradável não gostar da conversa de uma menina de nove anos; mais ainda, sentir-se incomodado com o que sua própria filha dizia, mesmo que, por viver com outras pessoas, ela lhe fosse tão estranha. Passava poucas horas da semana com ela e não queria se zangar nem brigar. Perguntou se naquela noite ela iria dormir com ele no hotel.

— Não, da última vez foi muito chato. Você não tem muitos canais de televisão. O hotel não tem piscina, está cheio de velhos. E tem um cheiro horrível. Outro dia eu vou, papai, outro dia.

Jacobo encolheu os ombros. Quando a levou de volta para casa, a menina voltou a se esconder no banco de trás, enroscada no assento como uma cobra, para que ninguém a visse naquele carro velho típico dos *calentanos*. Despediu-se com um beijo rápido e subiu correndo as escadas da mansão de sua mãe e de seu novo pai. Jacobo dirigiu devagar até T. Incomodava-o ter de admitir que não gostava do jeito de ser da pessoa que mais amava, sua própria filha. O pior é que não queria entrar num conflito mais sério com ela para tentar mudá-la. Estava crescendo como o que era, uma típica *doñita* de Paradiso, e o que ela mais amava, portanto, eram os passageiros dos primeiros vagões de um trem longuíssimo que os levava na rabeira. Até o inglês quase perfeito que estava aprendendo a falar em seu colégio bilíngue o incomodava, justo a ele, que por tanto tempo fora professor de inglês. Diante de tantos maus pensamentos, a única coisa que pôde fazer foi coçar a cabeça com insistência na região occipital. O mal-estar durou vários dias, inclusive a noite da quinta-feira seguinte, que era a do jantar mensal do sr. Rey. Ele não abriu a boca durante a reunião, e até Luisita Medina, a triste senhora cega, o recriminou com amargura.

* * *

    Por fim o professor Dan aceitou voltar a caminhar. Comunicou a decisão a Jacobo numa sexta-feira à noite, como se estivesse se entregando a um pecado nefando a que sua natureza não podia resistir, e já na manhã seguinte o livreiro tinha convidado o pequeno grupo de candidatos a caminhantes para tomar o café da manhã com ele, e juntos estabelecerem um plano. Subiu cedo ao galinheiro e acordou Virginia (bocejos, labareda do cabelo em desordem, olheiras de sono, roupa íntima com outra labareda entre as pernas). Disse-lhe que também havia convidado o rapaz poeta, que estava esperando por eles lá embaixo, no restaurante, às nove. Por volta das nove e quinze já estavam todos reunidos em volta de uma grande mesa, comendo pão com geleia e escutando os percursos que o professor Dan propunha.
    — Infelizmente, como vocês sabem, o país está sitiado pelo medo. Há violência por toda parte, e caminhos minados, zonas onde não se pode passar porque te matam ou te sequestram, mesmo que você não tenha onde cair morto. Não podemos ir aos picos nevados, muito menos à selva, não é possível sequer ir até o Bredunco nem até o Yuma, e muitíssimo menos mais além, digamos, até a serra de La Macarena, um lugar que, se pudesse ser visitado, não seria menos bonito que Yosemite. Só nos resta esta cidade estreita, e ainda por cima dividida, mas até neste território é possível caminhar. Conheço palmo a palmo toda a planície de Paradiso, e poderíamos ir até lá, aproveitando toda a segurança, e inclusive as suas prolongações para as chapadas. São passeios que podem ser feitos desde que todos tenham um salvo-conduto. Alguém aqui não tem? — perguntou. E Virginia respondeu, erguendo um dedo e mordendo os lábios:
    — Eu.
    Na verdade, dos quatro caminhantes, ela era a única *tercerona* e a única que não podia subir legalmente a Tierra Fría.

— Bom, embora seja só a senhorita, não vamos excluí-la nem deixá-la aqui, não é? — Dan continuou falando. — Tenho um plano B. O mundo é vasto e ignoto. Ficaremos por aqui e iremos ao campo sem muros que há nas terras baixas. O que podemos fazer é conhecer melhor Tierra Caliente, onde a cidade termina e começam as fazendas, antes de chegar à selva e à terra de ninguém. O lugar é muito menos tétrico do que se diz, e se adentrarmos os canaviais, além da gruta dos Guácharos, a experiência pode ser estimulante. Há anos não vou lá, mas antigamente eu conhecia o terreno como a palma da minha mão. O que proponho é uma caminhada de umas quatro ou cinco horas, todos os domingos, saindo, digamos, às sete ou até as seis.

— Melhor às sete — disse Jacobo. — E acho que poderíamos começar amanhã mesmo. Aonde podemos ir?

Decidiram descer de carro até Tierra Caliente, pela estrada de caracol, e depois caminhar fora das trilhas, pelos canaviais, até chegarem a um assentamento de índios, de onde poderiam voltar, usando o transporte público, até o lugar onde tivessem deixado o carro, e regressar ao hotel. No dia seguinte, às sete, estavam todos prontos. Jacobo tinha comprado tênis novos para Virginia, meias grossas e chapéu de explorador; a garota estava radiante, e os quatro entraram no carrinho velho de Lince para descerem pela estrada de caracol, uma ladeira vertiginosa, cheia de curvas de cento e oitenta graus, que em menos de meia hora levava de Tierra Templada a Tierra Caliente, beirando os bairros de invasão, e depois mais além da cidade. Chegaram ao limite dos canaviais antes das nove e empreenderam a marcha por entre caminhos de ferradura. Insetos gigantescos zumbiam e se ouvia o chiado ensurdecedor das cigarras. Cruzavam com negros descalços que iam à igreja ou ao bar, aproveitando seu dia de liberdade. Jacobo era o que mais sofria, e de vez em quando pedia que parassem e bebia água do cantil. No entanto, todos conseguiram chegar à reserva, e talvez o mais inteiro, apesar de coxo e de ser o mais velho, era o professor Dan.

No caminho, Virginia contou-lhes sem nenhuma vergonha o pouco que conhecia do mundo e do país. Tinha ido algumas vezes a Paradiso, mas como clandestina, com um grupo de amigos que conhecia uma passagem, ou um buraco, como diziam, por onde se podia entrar e também sair. Mas era muito arriscado, sobretudo desde que começaram as Blitze e as ameaças de que todos os clandestinos pegos em Tierra Fría seriam levados sem julgamento aos campos de Guantánamo. Depois veio a política de "crachalização". Todos os *tercerones* em Tierra Fría deviam usar uma identificação bem visível, uma espécie de crachá, pendurada no pescoço. Mesmo que tivessem salvo-conduto, deviam portar esse distintivo à vista o tempo todo. Por isso tinha preferido nunca mais se arriscar como clandestina por lá. Mas havia uma coisa mais triste: ela nunca tinha visto o mar.

Alguns passos mais adiante, Dan tomou a palavra com certa solenidade. Falou-lhes, baixando a voz até torná-la quase inaudível (ele que falava sempre aos gritos), de uma passagem secreta, pela gruta dos Guácharos, que com certo risco, pois seguia por despenhadeiros subterrâneos entre fios de estalactites e cortinas de pedras vítreas, depois de algumas horas de travessia, levava até a superfície de um cume de onde se podia avistar, ao longe, o mar. Todos o olharam incrédulos, mas ele disse que iria estudar o caminho em seus mapas, pois tinha feito esse trajeto só uma vez, e num fim de semana os levaria até lá. Virginia, afinal, iria conhecer o mar, o veria de longe, embora sem tocá-lo. Jacobo suspeitou que Dan estivesse falando de alguma vista especial da grande lagoa de La Cocha, ou da represa do Peñol, de onde não se via a margem oposta, mas ficou quieto, feliz de que seu amigo tivesse inventado uma história tão singela só para brindar Virginia com a satisfação de um desejo infantil. Nos olhos do professor húngaro já se via a febre do viciado que recaíra na maldição de suas antigas drogas.

O dr. Burgos e sua mulher, *doña* Cristina, não sabem como viver no oceano atormentado de suas contradições. Amam o luxo e o bom gosto com que sempre viveram em Tierra Fría, não se sentem capazes de abdicar de seus privilégios, mas odeiam a política de Apartamento e, de maneira geral, a ordem imperante em Angosta. Têm dinheiro de sobra, que recebem aos borbotões graças ao rum Antioquia, a empresa herdada dos avós, donos das maiores plantações de cana-de-açúcar no vale do Bredunco. Têm três filhas já casadas, e só uma continua morando em Paradiso. As outras duas fugiram da zona tórrida, uma para a França e a outra para a Alemanha; as três se dedicavam a campanhas ecológicas e a escrever boletins sobre os direitos dos índios da Amazônia. O sr. e a sra. Burgos, já velhos, com as filhas criadas e encaminhadas, um pouco para compensar decênios de privilégios e aplacar a culpa, talvez para se livrarem de umas tantas torturas no purgatório, resolveram criar a Fundação H, antigamente chamada Humana, para denunciar os abusos dos *dones* contra as outras duas castas relegadas de Angosta, e sobretudo contra os *calentanos*. Graças a seu prestígio e a sua capacidade de dar um caráter jornalístico às denúncias de sua instituição (pois são acionistas de El Heraldo e de La Voz de Angosta, um canal de notícias), os dois se tornaram uma pedra no sapato do governo local.

Suas investigações sobre as atividades secretas da Secur e sobre seus crimes mais tenebrosos tinham obrigado o governo, umas poucas vezes, a simular operações contra alguns de seus integrantes, ou contra oficiais de baixa patente da polícia militar. Alguns cabeças do grupo paramilitar tinham passado temporadas, breves, na prisão de Cielorroto por causa de denúncias da H, até que, sempre contando com a cumplicidade dos guardas, conseguiam fugir e voltar a essa espécie de clandestinidade tolerada pela cúpula do governo.

Depois de alguns meses de estágio na Fundação, os Burgos convidaram Zuleta para ir à casa da família nas colinas. Simpatizavam muito com aquele rapaz bonito, tímido e introspectivo e queriam lhe confiar trabalhos de maior envergadura. Lá, com o maior sigilo, depois de um almoço esplêndido, anunciaram um aumento no seu salário e o incumbiram de seu primeiro trabalho delicado. Devia fazer um relatório especial sobre os mortos que eram jogados no precipício do Salto de los Desesperados não se sabia por quem. Quando as pessoas e os jornais dizem "não se sabe quem", na verdade sabem, sim. São o que se chama em Angosta de "forças obscuras", embora todo mundo admita, confidencialmente, que essas "forças obscuras" não podem ser mais claras, pois é o pessoal da Secur, o grupo de assassinos que faz o trabalho sujo para a polícia e os militares. Os jornais também sabem, mas não publicam nada, porque poderiam cair na mira do próprio grupo ou perder milhões em processos intermináveis por calúnia e difamação. Somente *El Heraldo*, de vez em quando e por pressão de Burgos, ousa insinuar essa verdade em subentendidos e notícias muito cautelosas.

Andrés se sentiu lisonjeado com a promoção. Era a primeira vez na vida que o levavam a sério e que lhe confiavam um trabalho importante. A primeira coisa que fez na semana seguinte foi visitar o Salto, para um reconhecimento inicial. Depois se dedicou a ler as crônicas sobre a cascata, publicadas no século XIX, para entender melhor como o destino do lugar fora mudando com o passar do tempo até chegar a ser o que era. O Salto de los Desesperados tinha sido outra coisa. Antes, as águas do Turbio podiam não ser cristalinas, mas eram limpas e formavam uma espuma branca. Agora a água do Salto tinha cor de coca-cola e sua espuma era parda e espessa, como de cerveja preta. Há cem anos o Salto era, antes de mais nada, uma atração turística. Ficava nos subúrbios de um povoado grande que ainda não estava dividido e onde se organizavam passeios de charrete para ir admirar a catarata. Muitos estrangeiros tinham pintado o Salto e, na internet, Andrés encontrou várias gravuras antigas, alemãs e francesas, pois os viajantes o vinham retratando fazia séculos, recomendando-o como um espetáculo único para os viajantes. Cinquenta anos atrás, o lugar era tão concorrido que os poetas lhe dedicavam sonetos e romanças elogiosas, e ali até foi construído um hotel, o Hotel do Salto (seu prédio semiarruinado continua de pé, à espera de uma impossível mudança dos tempos, com vestígios da cor rosada que teve no passado, um eco remoto de sua antiga glória), para que os viajantes pudessem pernoitar e assistir ao espetáculo da cascata, quando os cogumelos de garoa e neblina se dissipavam perto do meio-dia ou da meia-noite.

Segundo as crônicas de muitos decênios atrás, o lugar foi perdendo seu atrativo turístico ao se transformar no local preferido dos suicidas de Angosta. Essas coisas parecem epidemias; quando dois ou três suicidas escolhem o mesmo lugar para se matarem, a opção vira moda e a partir de então parece que não há melhor maneira de se acabar com a vida, por isso todos dirigem seus passos para o mesmo local, como um rebanho de loucos ou uma procissão de baleias sem rumo. Foi o que aconteceu com o Salto, com a vantagem de que lá nenhum suicida fracassava na tentativa, pois quem se lança da Roca del Diablo só pode encontrar a morte certa, mais certa que um tiro na boca. Mesmo que ficassem vivos ou gravemente feridos ao se estatelar contra o fundo de pedras, morreriam ali, pois o resgate nessa parte de Angosta é praticamente impossível. A correnteza turbulenta não permite que alguém se aproxime, e as próprias águas, antes de submergir embaixo da terra, vão apagando qualquer rastro.

Em todo caso, os turistas não gostavam de se sentir num ossário nem queriam ser testemunhas daqueles saltos no vazio do trampolim formado pela Roca del Diablo, muito menos do desespero dos parentes ou da busca impossível pelos mortos, e isso os levou aos poucos a abandonar o local como ponto pitoresco. Depois veio a poluição definitiva do Turbio, o hotel fechou suas portas, as barraquinhas de comida, lembranças e bugigangas foram embora, não se venderam mais sanduíches, empanadas, torresmo nem *arepa* com queijo, e o lugar foi caindo no abandono, que foi o destino de quase todos os lugares de Angosta com algum encanto, um após o outro, afundados no mar da deterioração e do abandono, com exceção do planalto de Paradiso.

Quando o rio também se transformou num esgoto repugnante, até os suicidas desistiram de se atirar num abismo tão imundo e fedorento. É estranho, mas mesmo quem resolve se matar continua respeitando a higiene, e ninguém, nem mesmo o desenganado que resolve se suicidar, aguenta o bafo podre que sobe da cascata. Porque do estrondo das águas contra as pedras, além das cusparadas escuras de cólera do rio, sobe uma pestilência infecta de emanações podres, resíduos químicos, matéria orgânica decomposta e águas servidas. Por isso, há dez ou vinte anos, quem chega à Boca del Infierno são os assassinados, e não mais os suicidas. O lugar continua tingido de morte, embora de outra forma: é um vertedouro de mortos. Quando os esquadrões da Secur matam algum dissidente, eles o jogam no rio, ou diretamente no Salto, e o corpo cai, desfigurado, na Boca del Infierno, o que torna quase impossível o reconhecimento do cadáver. Acima da boca, os urubus voam em círculo atraídos pelo cheiro, mas devido à queda torrencial das águas dificilmente conseguem se aproximar de suas presas, a não ser que algum fragmento de seus corpos esquartejados fique preso em alguma pedra afastada da corrente. Boca del Infierno se transformou no cemitério clandestino de Angosta, o lugar onde são enterradas sem testemunhas as piores vergonhas da cidade.

Andrés devia contar com detalhes o que estava ocorrendo no Salto de los Desesperados, pois, embora fosse uma história que circulava de boca em boca, nunca tinha sido relatada por uma testemunha ocular, capaz de fornecer uma descrição detalhada dos procedimentos. Ninguém nunca havia escrito aquela verdade com todas as letras. A Fundação H sabia disso, e o dr. Burgos queria denunciar o fato em sua campanha, para mostrar como a política de Apartamento levava à degradação humana. A cidade estava tão podre quanto o Salto, e todos o usavam, tanto a Secur como os terroristas, como esgoto para sepultar ali seus crimes, sob o manto insondável das águas sujas.

Segundo um plano de trabalho elaborado pela Fundação, Andrés deveria se esconder, por uma ou duas noites, o tempo que fosse necessário, nas ruínas do velho hotel (o dr. Burgos conseguiu uma permissão com o neto dos antigos donos), acompanhado de um fotógrafo, e tentar captar o momento em que os agentes da Secur assassinavam suas vítimas e arremessavam os cadáveres no abismo. Nessa época, os grupos terroristas tinham sido banidos da área, por isso os usuários do momento eram apenas os membros do braço clandestino do governo. Era um trabalho delicado, mas, para não expor muito seus autores, seria publicado sem assinatura, em nome da Fundação, e se eles conseguissem não ser vistos, o que era possível, não havia motivos para ser perigoso para os dois, pois ninguém nunca daria nenhum nome. Pelo menos era o que pensava o dr. Burgos, o diretor da Fundação, que sempre fora um otimista com sorte.

Andrés nunca tinha sido herói, e jamais pensou que seu novo trabalho o faria arriscar a pele. Se aceitou a missão de ir se postar no Salto por uma ou duas noites foi porque estava disposto a arriscar qualquer coisa para não ter de voltar à prisão da casa dos pais. Na verdade, nunca fora um apaixonado por denúncia social nem sequer era muito consciente dos riscos que ele podia correr. Sentia-se lisonjeado por sua primeira promoção, um pequeno degrau ao qual poderiam se seguir outros. Por enquanto, devia dedicar algumas semanas a estudar tudo sobre o Salto, o antigo e o moderno ("porque uma crônica sem reminiscências não tem sabor", dizia o dr. Burgos), fazer algumas visitas preliminares de reconhecimento durante o dia e enquanto isso conseguir um fotógrafo que ousasse acompanhá-lo para registrar o que pudesse ocorrer durante a noite. Não havia pressa; na Fundação tinham estabelecido um prazo de três meses para a conclusão do projeto, mas Andrés foi ultimando os detalhes rapidamente. Como sabia que Lince tinha contato com vários jornais, perguntou-lhe se não conhecia um fotógrafo (preferia um que não fosse muito conhecido, não uma estrela, melhor alguém anônimo) que pudesse ajudá-lo numa reportagem noturna que planejava fazer num hotel decadente de Tierra Templada. Jacobo pensou que se tratava de algum escrito insosso sobre a decadência de T, como tantos outros, e lhe pediu alguns dias para propor o trabalho a alguém conhecido. Um sábado, quase no fim da manhã, Carlota avisou Andrés que Lince o esperava em seu quarto.

Jacobo estava com Camila, que passara pelo dentista. Depois das lides de praxe a que se entregavam com frequência esporádica, na hora de relaxada modorra que se seguia ao deleite, Lince tinha comentado o possível trabalho com seu vizinho de cima, um jovem empregado em Paradiso, e ela pareceu se interessar. Andrés, ao entrar, reconheceu a moça peituda que de vez em quando descia a toda a pressa pelas escadas que levavam ao porão.

— Essa é uma amiga minha, Zuleta. É muito boa fotógrafa, e se pedir permissão a uma certa pessoa, está disposta a ajudar no trabalho noturno que você falou. Não poderá fotografar duas noites seguidas, mas uma só, ela poderia. Interessa?

— Acho que se formos numa terça-feira e dermos sorte, uma noite pode ser suficiente. Eu disse sorte, mas não é, na verdade é justamente o contrário; em vez de sorte será uma pena, porque dar sorte nesse trabalho será o mesmo que dar azar. Calma, Jacobo, já vou explicar, e também é bom que a senhorita saiba do que se trata, para ver se mesmo assim aceita. Esse é um trabalho sério, e acho que até um pouquinho perigoso, se bem que vamos fazer todo o possível para não corrermos nenhum risco e, se formos prudentes, nada pode nos acontecer. A verdade é que eu não tenho que escrever sobre nenhum hotel, apesar de que vamos, mesmo, ficar num hotel abandonado. Mas não para falar dele, e sim da vista noturna que se tem dali. Trata-se de contar o que acontece à noite no Salto de los Desesperados e, se possível, provar com fotos. O texto da denúncia não vai sair com o meu nome, nem as fotos com o seu, por motivos óbvios. Vão sair com o nome da Fundação; os diretores são *dones* e estão mais protegidos. Imagino que vocês já sabem o que acontece à noite no Salto.

— Claro que sabemos, Andrés, não vivemos em Marte.

— O que acontece à noite no Salto? — perguntou Camila.

— Você não sabe? Matam gente, querida, matam muita gente, e atiram do penhasco, para que não fique nenhum rastro e para evitar problemas com algum juiz independente que resolva investigar. Sabe-se que todos os desaparecidos são atirados dali, ou rio acima, na corrente, o que no fim dá na mesma: os corpos caem pela cascata e nunca mais aparecem. São tragados pela terra e devorados pela água. E sem cadáver os juízes não fazem investigações por assassinato, apenas acrescentam um algarismo aos desaparecidos. Muitas pessoas somem em Angosta, e aí dizem que elas entraram num grupo terrorista ou que foram para outro país por alguma passagem secreta.

— Ai, não, eu não sabia. Prefiro não ficar sabendo muito dessas coisas.

— Mas faria o trabalho? Conseguiria fazer essas fotos na penumbra? Tem que ser com uma câmera muito sensível.

— Quanto à parte técnica, não há problema. Dá para fazer. A escuridão só não pode ser total.

— Lá tem alguma iluminação pública, e a gente escolhe uma noite de lua cheia, já olhei no calendário, é no fim do mês que vem. Não precisa responder agora; quando se decidir, peça ao Jacobo que me avise. Só lhe peço uma coisa, caso aceite ou não: que o que acabo de dizer fique entre nós. Entenda que, se certas pessoas souberem quem fez esse trabalho, eu... — e Andrés cruzou seu pescoço com o polegar, fazendo o gesto claro de um *corte de franela*.*

— Não vou contar para ninguém, pode ficar tranquilo. Só preciso resolver uma coisa, inventar uma desculpa para passar a noite fora, porque tem uma pessoa que não gosta muito que eu saia. Claro que, se eu avisar a tempo, ele vai ficar menos desconfiado. Além disso, vou dizer que você é uma mulher (e Camila disfarçou um sorriso, porque Andrés lhe parecia mesmo bem feminino), para evitar ciúmes.

— Por mim... Bom, então ficamos assim.

— Ficamos assim.

Jacobo não gostou da ideia. Na verdade, não imaginou que se tratava disso nem lhe passara pela cabeça que pudesse ser uma coisa tão complicada. Não gostava que as pessoas próximas a ele se envolvessem diretamente com causas políticas ou com atividades arriscadas, pois considerava tudo inútil. Sabia que o mundo era dominado pelos violentos, que as pessoas cedem ante os

---

* Ferimento mortal que consiste em degolar parcialmente a vítima e puxar a língua pelo corte, cuja curva lembra a gola de uma camiseta (*franela*). O *corte de franela* se popularizou na Colômbia durante o período da Violência — guerra civil que atravessou as décadas de 1940 e 1950 — e foi retomado como sinal de justiçamento pelas milícias dos anos 1980 e 1990. (N. T.)

prepotentes, e via que Andrés e todos na Fundação queriam lutar contra as forças mais poderosas, aquelas que dominavam Angosta. Podia ser uma loucura e terminar em tragédia. Coçou a cabeça, porque também via que era difícil recuar. Zuleta era muito jovem e, sem dúvida, um insensato; ainda não havia tido tempo de aprender como os anos acabam ensinando a ser egoísta. Expor assim, de saída, o verdadeiro propósito de uma missão tão delicada a uma jovem que acabara de conhecer provava quanto ele era ingênuo, um crédulo que não sabia como as coisas funcionavam em Angosta. Jacobo não queria que Camila se arriscasse. Mas a pedra já tinha começado a rolar ladeira abaixo e não seria fácil detê-la. Jacobo não queria expor sua covardia, nem mesmo disfarçando-a de prudência; opor-se a esse trabalho seria visto como a atitude típica de um covarde.

Seria difícil encontrar duas pessoas mais diferentes do que os proprietários da livraria El Carnero, Hoyos e Pombo,* aos quais, apesar da incompatibilidade de gênio, cabia compartilhar o mesmo espaço na refinada livraria do beco De los Tres Gatos, na zona comercial mais cara do planalto. Pombo, magro, alto, desalinhado, com o cabelo muito preto salpicado de fios brancos, era o último rebento de uma família de *dones* decadente; e Hoyos, loiro de pele rubicunda e cabelo desbotado, calvície incipiente, de baixa estatura e sempre numa luta extenuante para não ganhar peso, era o típico homem novo, representante de

---

* Andrés Hoyos e Mauricio Pombo: quarentões lutando para não ser cinquentões. O primeiro é elegante, sofisticado; com a barba curta, se parece com Van Gogh, mas quando a deixa crescer fica igual a Tolstói. O segundo nunca se arruma e não se parece com ninguém. São desses ex-colegas de escola inseparáveis, mas que não sabem ao certo se se gostam ou se odeiam. Conhecem Jacobo Lince, com quem negociam raridades bibliográficas, e são bons amigos do autor deste livro.

uma família de *segundones* em ascensão. O primeiro baseava suas principais avaliações bibliográficas em critérios antigos como honra, desprendimento e valores nobiliários antiburgueses; o segundo era liberal, mercantilista, tolerante e pragmático. Pombo punha no negócio a paixão e o conhecimento certeiro dos valores estéticos, históricos e tipográficos dos livros antigos; Hoyos sabia o mesmo que todo mundo, com critérios talvez menos objetivos, ditados mais pelos caprichos da moda, pagava pelas coisas. Pombo achava ridículo alguém querer dar dez mil dólares por uma primeira edição em brochura de García Márquez, sem revisão nem notas críticas, e apenas mil por uma raríssima primeira edição — assinada e anotada pelo autor — de Jorge Isaacs. Quando bebia (costumava ter experiências bem ruins), Pombo se tornava agressivo e assumia atitudes de uma lavadeira, com um vocabulário igualmente ofensivo, porém mais rebuscado, e aproveitava esses estados de exaltação para descarregar sua fúria contra toda a fauna de mequetrefes, turgimães, vendilhões, filisteus e abderitas — esse era seu linguajar — que povoavam o para ele decadente planalto de Paradiso, não mais dedicado a nenhum nobre ofício, e sim ao comércio de bens permutáveis por papel-moeda e sem nenhum valor. Jacobo achava divertido conversar e negociar com os dois, pois tinham critérios tão opostos em tudo que bastava ouvi-los para ficar impregnado de duas visões antagônicas do mundo, a derrotada (Pombo) e a triunfadora (Hoyos).

Ambos se opunham, por exemplo, à política de Apartamento, mas Pombo o fazia por motivos estéticos e paternalistas. Achava certo que cada casta permanecesse em seu lugar, embora as classes favorecidas devessem ter com as inferiores uma atitude generosa e condescendente. Hoyos, por sua vez, opunha-se por motivos práticos: o ressentimento que estava sendo cultivado entre *segundones* e *tercerones* poderia resultar numa grande revolta, que deixaria a cidade arrasada, ou em atentados terroristas como os que já a sacudiam e castigavam, tudo por causa de um governo inepto e pouco liberal, incapaz de canalizar o descontentamento de modo mais civilizado. Hoyos tinha um grande mérito: apesar de ter sido sequestrado por um grupo terrorista, trancafiado como um cão durante meses numa pocilga de dois metros em C, não perdera a equanimidade nem se tornara um fanático. Era capaz de discernir as coisas e não tinha estendido o ódio por seus sequestradores a todos os *calentanos*.

Gostavam do *segundón* Jacobo porque este sabia agradar a ambos. A Pombo, mostrava incunábulos granadinos, novenários impressos pelos jesuítas, edições raras de cronistas das Índias, encadernações extraordinárias da primeira edição de d. Juan de Castellanos e cartas manuscritas dos próceres. Para Hoyos, reservava obras mais plebeias, porém de maior valor nas feiras de San Francisco, como primeiras edições de escritores recentes, documentos autógrafos com um valor mais mundano (mexericos sobre camas e chifres) do que documental ou cartas com intrigas de alcova sobre o Libertador. Quando estava lá, o que mais divertia Jacobo eram os grunhidos com que os dois se agrediam e a acusação de Hoyos de que, por causa da atitude de Pombo, El Carnero nunca fora um bom negócio (o que era verdade), pois ele espantava os clientes com comentários sarcásticos sobre a crassa ignorância bibliográfica deles e se dedicava a comprar coisas caras que nunca seriam vendidas e só interessavam a quem não tinha dinheiro, enquanto desprezava as obras fáceis de vender no exterior e se negava até a expô-las em lugares de destaque. Pombo, por sua vez, acusava Hoyos de se nortear apenas pelo critério monetário, de ser incapaz de dar aos livros seu valor intrínseco, mais que seu preço de mercado, segundo critérios bibliográficos que, embora não estivessem em voga, eram os únicos sérios. Enfim, a livraria rumava para a catástrofe, mas sobrevivia graças àquela outra livraria *segundona* de Tierra Templada que conseguia, em velhas bibliotecas do interior, as obras nobres e plebeias que lhes permitiam contornar e superar as crises.

Ainda bem que Hoyos, apesar de sua mentalidade comercial, não era nem um pouco avarento, e todo os mês tirava dos lucros de seus outros negócios (era um Midas em todos os seus demais empreendimentos: caminhões de transporte, ovos de codorna, carros blindados, sistemas de alarme via satélite, azeites vegetais) dinheiro suficiente para comprar mais livros, pagar o salário de Pombo e cobrir as faustosas despesas da loja no beco De los Tres Gatos. Talvez justamente por não ser um *don* de várias gerações, Hoyos cultivava sua própria nobreza e reputação, financiando como um magnífico mecenas empresas culturais condenadas ao fracasso comercial. Além da livraria, que sempre dava prejuízo, também sustentava uma excelente revista literária, a única digna de Angosta, e comprava quadros de quase todos os artistas do país, que em parte viviam de suas encomendas e doações. Além disso, das seis às dez da manhã escrevia extensos romances históricos muito bem documentados, eruditos até mais não poder, muito bem redigidos, que, apesar de não fazerem grande sucesso comercial (e nisso sua mentalidade era contraditória, mercantilista em tudo, menos com seus próprios livros), eram muito elogiados por críticos exigentes como Caicedo ou Aguirre, embora denegridos por muitos outros, por serem enfadonhos.

Quando Jacobo reunia duas caixinhas completas de livros (a caixa Pombo e a caixa Hoyos), telefonava para El Carnero para anunciar uma visita. Sentia raiva por ter de ser ele a ir à montanha (eles nunca desciam de Tierra Fría), mas aproveitava algum encontro com sua filha ou algum torneio genital com Beatriz para ir a El Carnero. Submetia-se à humilhação das revistas (os chineses não podiam ver ninguém subir T com um pacote pesado, mesmo que tivesse cartão de residente), brigava com os guardas por causa da maneira infame como procuravam drogas ou explosivos entre as folhas de seus incunábulos, pondo em risco edições cuidadas com esmero durante séculos, desancava mentalmente todos os brancos, os ricos, os falsos nobres, e por fim chegava, suando bile, ao beco De los Tres Gatos, onde os sócios de El Carnero o recebiam melhor do que se ele fosse um *don*. Cada um era simpático a seu modo, Pombo com seu humor ferino e sonhador, e Hoyos com sua franqueza prática e sua extraordinária generosidade. Hoyos acabava vencendo Pombo em tudo; em quase tudo fazia prevalecer seus critérios (afinal, era também quem entrava com o dinheiro), mas num único terreno Pombo sempre levava a melhor, apesar de sua feiura e seu desalinho: com as mulheres. Para o de família antiga, choviam mulheres com vontade de fazer amor, e para o novo mercantilista parecia que seu sangue tivesse decretado para ele um programa genético de solteirão, pois espantava as mulheres como se fossem moscas incômodas, sem nem sequer saber como as espantava. O lema de Pombo era o seguinte: "As mulheres têm uma esperança: que lhe peçam; e um sonho: dar". O de Hoyos era muito mais pessimista: "As mulheres acusam os homens de só quererem uma coisa. Mas elas são piores: elas não querem só uma coisa; elas querem tudo".

Conversando sobre isto e aquilo, enquanto Pombo elogiava um atlas raríssimo de José Manuel Restrepo (que vinha com alguns exemplares de sua *Historia de la Revolución*) e Hoyos se encantava com uma primeira edição de *Moby Dick* (já calculando seu preço em Nova York) e com outra mais modesta, mas linda, de *Ninguém escreve ao coronel*, a de 1962, em perfeito estado, pois era o exemplar que tinha pertencido a Aurita, a mesmíssima amante do editor, com a dedicatória de ambos (autor e editor), Jacobo soube que a livraria El Carnero estava procurando um funcionário para tirar o pó dos livros que Pombo se negava a limpar, por mais que Hoyos mandasse, e atender alguns poucos clientes que iam à livraria na hora do almoço e que Pombo espantava com seus desplantes de sábio.

— E não poderia ser uma funcionária? — perguntou Lince, já pensando numa candidata.

— Por que não? — disse Hoyos. — Para nós dá na mesma.

— Não — disse Pombo —, não dá na mesma, e não fale em meu nome, porque para mim não dá na mesma. As mulheres não são boas vendedoras de livros usados. É preciso ser homem, e quanto mais velho, melhor. Até Jacobo só tem funcionários homens, e velhos, porque um sujeito da idade dele ainda tem muito a aprender. Num assunto desses, ninguém dá crédito a uma mulher, não por preconceito machista, mas com razão, por causas objetivas. Tem duas coisas para as quais as mulheres não servem, ou melhor, três: xadrez, matemática e livros raros.

— Isso é ridículo e machista. Só falta você dizer que elas só servem para parir, amamentar e criar filhos. Não sei como você se dá tão bem com elas; é o maior mistério da minha curta vida. Em todo caso, precisamos dela não para dar assessoria, Pombo, nem para fazer avaliação, nem para conversar; é para tirar o pó e abrir a porta, caralho — disse Hoyos, mal-humorado.

— Ah, depois o machista sou eu. Melhor nem falar. Faça o que você achar melhor. Aqui sempre se faz o que você diz.

— E quem é a sua candidata, Jacobo?

— É uma jovem muito esperta que mora no hotel.

— Desculpe eu perguntar — interveio Pombo —, você sabe que eu não sou de discriminar ninguém, mas o pessoal da imigração, sim. Imagino que seja *segundona*, para morar no mesmo hotel que você.

— Pior que isso: é de baixo, *don* Pombo. Mas rápida como Hoyos e delicada como você.

— Idade?

— Uns vinte anos.

— Que horror. O que você quer é despertar nossos hormônios adormecidos e nos distrair do trabalho. Com as mulheres que aparecem por aqui já perdemos o sono mais que o suficiente. Nem pensar. Só nos faltava uma *calentana* para nos deixar *calientes*. Nem pensar. Em vez de tirar o pó dos nossos livros, ela vai nos fazer querer tirar o pó do nosso membro.

— Que raciocínio de padre reacionário. Uma jovem bonita atrai clientes, Pombo, deixe de ser antiquado e ridículo. Toda loja deve ter, no mínimo, uma mulher bonita atendendo; é a chave do sucesso, assim como sua carranca é a chave do nosso fracasso. O problema é que não podemos fornecer a permissão de trabalho. Agora quem se mete nisso se torna suspeito. Basta a pessoa tentar facilitar a entrada de um *tercerón* para já acharem que ela é cúmplice de terroristas. Se ela mesma conseguir o salvo-conduto, o emprego é dela.

— Mas uma carta dizendo que precisam dela aqui vocês podem me dar, não podem? Ou nem isso? — perguntou Jacobo.

— Podemos, mas sem compromisso — esclareceu Hoyos.

— Sem compromisso, não — interferiu Pombo. — Se vamos contratar a moça, temos que nos comprometer com ela. Eu escrevo a carta e garanto que lhe daremos um salário decente, um contrato adequado e um tratamento humano. É isso que falta aos *tercerones* neste país. Quando eles eram escravos e nos pertenciam, estavam muito melhor, e o país também, porque o pastor cuida do seu rebanho com amor e carinho.

— Mas quem é ela, Jacobo? Fale mais da sua candidata.

— Ela se chama Virginia, mas seu apelido é Candela, e nos últimos meses a transformei em minha guia em Tierra Caliente (como eu disse, ela é de lá), para uns trabalhinhos jornalísticos que precisei fazer. Ela também é minha cabeleireira, minha manicure, minha... vocês sabem, não costumo falar dessas coisas, enfim, minha companheira de lençóis de vez em quando. A mãe de Virginia tem ou tinha um emprego no Sektor T, mas a vida lá embaixo é tão dura que nem com a mãe empregada dá para sobreviver. Eu a levei para morar no La Comedia porque achava que lá, ao pé do Salto, ela ia se perder, ou ser morta, como seu irmão foi, como vários amigos dela foram. É uma história triste. Ela mesma já foi ferida uma vez. Se não a tirarmos de lá, apesar de todas as suas qualidades, ela nunca conseguirá progredir. Vocês sabem... ou melhor, não sabem, mas imaginam, o que é ter nascido *tercerón*. O quarto dela é minúsculo, sem banheiro, no último andar do hotel, apenas com uma privada coletiva no corredor. Ela paga o aluguel quando pode e, quando não pode, eu pago. Não dá para dizer que seja bonita, mas quem olha para ela não consegue parar de olhar; tem algo estranho nela, uma assimetria no olhar, seus olhos são de duas cores, seu corpo tem uma brandura firme e ela caminha com graça, como se estivesse fazendo amor com o ar... Não recebe o café no quarto, como eu. De manhã, senta num canto do hall. Quando me ouve sair do elevador e entrar no restaurante, sempre aponta a cabeça, com sua cabeleira vermelha, mostra os dentes brancos e eu a convido para tomar o café da manhã comigo. Batemos papo. Depois subimos para o quarto e ela toma banho no meu banheiro. Quando sai nua, quase sempre não conseguimos nos controlar e caímos no colchão. Não estou dizendo isso para me gabar. Não sei exatamente o que sinto pela garota (compaixão, medo, angústia, desejo), mas ela se transformou na minha melhor companhia; quase sempre. Ultimamente, junto com um pequeno grupo, temos ido caminhar aos domingos.

Ao ouvir a descrição de Virginia, Pombo e Hoyos foram assumindo um ar sonhador. Por fim ficou combinado que Jacobo tentaria tirar um salvo-conduto de trabalho para a ruiva, e, se conseguisse, Hoyos e Pombo a empregariam por meio período na livraria El Carnero. Falaram de seus negócios. Sem regateios, Jacobo vendeu por um bom preço as duas caixas. Com os bolsos cheios, foi visitar a filha e a levou ao Mall Cristalles. Depois comeram alguma porcaria oriental ou ocidental na praça de alimentação e dessa vez não discutiram sobre o que se deve ter e comprar nesta vida. Ele fez questão de esclarecer que, mesmo que ela fosse tão rica quanto Bill Gates, ele não gostaria de trocar de carro. Depois, como para compensar, comprou tudo o que ela quis: roupa, brinquedos, bugigangas. Sentia raiva por ter de conquistá-la com as mesmas armas de Dorotea e seu marido. Apesar do gasto com a filha, voltou a Tierra Templada com os bolsos ainda meio cheios (e os esvaziou nas mãos de Jursich e Quiroz, como bonificação extra) e com o entusiasmo de ter conseguido uma chance para sua amante ruiva, que ele estava resgatando, segundo sua própria opinião, do inferno do Sektor C.

Quando chegou ao hotel, subiu direto para o galinheiro, e como o incomodava — porque sentia culpa — a estreiteza do quarto de Virginia, os cheiros do corredor e o vento que penetrava pelo teto mal consertado, convidou-a para descer a seu quarto. Falou-lhe da conversa que tivera com os *dones* livreiros e da funcionária que estavam procurando. A simples possibilidade a entusiasmou. Combinaram de reunir os documentos e, quando lhes dessem o protocolo de atendimento, ir juntos ao M&M, o escritório de Movimento e Migração, para entrar com o pedido do salvo-conduto. Jacobo pensava em acompanhá-la, para ver se davam sorte de ser atendidos por algum funcionário conhecido dele, que com certeza se compadeceria de Virginia. As chances eram de vinte para um, pois só por acaso seriam chamados ao guichê dele. Além disso, não concediam salvo-condutos temporários a *tercerones*, diferentemente dos *segundones*, que pelo menos podiam tentar arranjar emprego em F com um passe de algumas horas. As chances de que lhe concedessem a permissão eram ínfimas, quase zero, mas quem não arrisca não petisca.

* * *

Virginia e Jacobo chegaram ao prédio de Movimento e Migração antes das cinco da manhã, mas a fila de solicitantes já quase dava a volta no quarteirão. Passavam vendedores de café, com seus recipientes de isopor manchados, carregando nas costas seus copinhos transparentes. Os compradores maldormidos, com remela nos olhos e bocejos felinos, enfiavam as unhas pretas nas caixas de papelão para tirar as pedrinhas de açúcar depois de pedir o café. As bocas expeliam um bafo de vapor, e do céu caía uma garoa traiçoeira que parecia não molhar, mas que, passada meia hora, tinha encharcado todos os que não estavam cobertos com um plástico. Jacobo e Virginia, pouco depois, tinham o cabelo e os ombros molhados, pois não lhes ocorrera trazer guarda-chuva, e também eles acabaram alugando um plástico.

Fizeram algumas contas e concluíram que, se quisessem entrar na repartição naquele dia, teriam de comprar um lugar mais à frente na fila. Os lugares mais próximos da porta custavam trinta dólares; mais atrás, eram um pouco menos caros. Jacobo comprou um lugar de vinte e dois dólares. Às oito começaram a recolher os protocolos (autorizações para entrar) e a distribuir as senhas; eram de papelão gasto, ou melhor, ensebado por muitos dedos, chovido por muitas chuvas, amassado por muitos nervosismos, com o número que indicava a ordem de atendimento já borrado. Pouco antes das oito, a fila foi se animando, os taciturnos começaram a falar e os falantes se calaram. Todos tinham gravada no rosto a marca indelével da pobreza, que salta aos olhos mais que uma tatuagem no nariz. O súbito movimento e a umidade nos corpos e na roupa ressaltavam os cheiros. Antes de os fazerem passar pelo detector de metais, os guardas uniformizados se aproximaram e seus cães farejaram toda a fila à procura de explosivos. Um labrador amarelo de aparência mansa passou o focinho pela virilha de Virginia. Ela tentou acariciar a cabeça do cão, mas um grito iracundo a deteve: "Não toque nele!". Depois da inspeção, a fila foi avançando lentamente. Por fim lhes deram uma senha, a de número 164. Distribuíam duzentas senhas por dia. Com a pausa para o almoço dos funcionários, eles não passariam pelo guichê antes das quatro da tarde, mas, se não entrassem agora, só poderiam entrar no dia seguinte, com outra senha, outro pagamento e outra madrugada, o que também não garantiria que fossem conseguir um dos primeiros lugares.

Na sala de espera havia umas vinte ou trinta cadeiras de plástico, alinhadas em poucas fileiras. Quem consegue um lugar, se senta, e os outros ficam apinhados, de pé, por toda a sala e nos corredores, alternando a perna de apoio para descansar ou encostando um ombro na parede. Com o passar dos minutos, começa a fazer calor e o ar fica viciado. O lugar cheira mal, porque pobreza e sujeira sempre andam juntas. Quase todos os aspirantes são *tercerones*. A roupa de Virginia e de Jacobo também cheirava mal, sobretudo depois da garoa da manhã. Algumas pessoas tossem, outras se coçam, o ar e o ambiente se tornam densos, pesados. Os funcionários rugem atrás dos vidros blindados, através de microfones que distorcem sua voz. Parece que ninguém nunca tem os documentos em ordem, os papéis completos, parece que nenhum dos postulantes faz nada direito. Negam salvo-condutos um após outro, sem se importarem que as pessoas chorem, implorem, gritem. Às vezes os seguranças entram para levar os inconformados à força. Depois os jogam na rua e lhes dão uma cacetada no último esperneio, para que aprendam. Jacobo reconhece seu amigo no guichê 17. Não se olham nem fazem o menor gesto de reconhecimento. Seria fatal se descobrissem que eles se conhecem. Jacobo sabe que ele tentará chamá-los, mas é muito difícil fazer coincidir um número que o funcionário nem sequer sabe qual é. Jacobo tenta desenhar o número com os dedos, mas é difícil o outro decifrá-lo de longe. Se os supervisores chineses ou americanos notarem alguma irregularidade, poderão não só demitir seu amigo como também mover contra ele uma ação de infâmia por alta traição.

A funcionária mais feroz é uma loira tingida no guichê 14; Jacobo faz uma estatística mental. Das cerca de treze pessoas que ela atendeu (já passa do meio-dia), só deu o salvo-conduto a uma: um rapaz de aspecto saudável, levemente mais branco que os outros e, tudo indicava, um *segundón*. Quase todos na sala de espera têm bastante melanina na pele.

— Essas peruas tingidas são as piores — Jacobo sussurra a Virginia. — São racistas. Você nem imagina como é em Paradiso. Tem mais loiras lá do que na Noruega. Mas talvez o seu cabelo irlandês ajude.

Candela sorri com seus dentes branquíssimos em recreio.

— Mas tomara mesmo que eu não caia com a tipa do 14, porque com ela vai dar curto-circuito na certa. Já cruzamos o olhar duas vezes e saiu faísca. Essa aí nunca vai me dar o maldito papel — Virginia diz ao ouvido de Lince.

Dão azar. Quando o número da senha deles se ilumina numa telinha de lâmpadas vermelhas intermitentes, ele se acende no guichê da loira tingida, o 14. Encaminham-se para lá de ombros caídos e entregam os papéis com um gesto de desânimo, já derrotados antes da batalha. A loira ruge:

— Na carta, os donos dessa livraria não se declaram responsáveis por você. Só dizem que lhe dariam emprego, mais nada. Quem garante que você não vai lá para fazer sabotagem industrial?

— Eu só quero trabalhar.

— E o senhor quem é? O que está fazendo aqui? — ela grita, encarando Lince nos olhos.

— Um amigo.

— Aqui ninguém precisa de padrinho, nem de pistolão, nem de amigos. Retire-se imediatamente, por favor, se não quiser que eu chame o segurança.

Jacobo volta cabisbaixo, pálido, furioso, ao corredor. As perspectivas são negras para Virginia. De longe ele ouve as duas discutirem. Por fim Virginia abandona a atitude submissa e começa a responder no mesmo tom da funcionária, desafiadora.

— *Tercerona* vendida, cadelinha dos ricos, cachorra dos *dones*. Late alto para a gente só para proteger os chefes, mas um dia eles também vão te dar as costas, *segundona* covarde.

A loira tingida se enfurece, até se levanta. Lança gritos e grunhidos através do microfone. A última coisa que se consegue ouvir pelos alto-falantes é uma ameaça.

— Insolente! Eu poderia mandar prendê-la por desacato e injúria à autoridade! Saia já. Sua identidade ficará registrada. Nem pense em voltar aqui!

Quando Virginia chega aonde Jacobo está, tem os olhos chorosos de raiva. Murmura palavrões que não chegam a brotar com todo o volume, mas que nem por isso são menos intensos. Quando saem de volta à garoa, Candela solta um rugido de fúria. "Às vezes entendo quem se explode nas ruas dos *dones*, para não ter que suportar essa gente." Jacobo a pega pelo braço, depois passa a mão em seu ombro e acaricia seu pescoço com um movimento que pretende ser tranquilizador. Caminham até o metrô sem dizer mais nada.

Depois de comer alguma coisa se fecham no quarto para remoer o rancor. Virginia parecia uma fera enjaulada no La Comedia. Andava de um lado para o outro pela suíte de Jacobo, dando dentadas numa manga sem descascar e repassando tudo o que tinha acontecido com eles naquela manhã e naquela tarde no escritório do Movimento, com uma fúria antiga, animalesca. Para acalmá-la, Jacobo fazia planos de vingança sobre como ela poderia entrar em Paradiso pelo buraco ou sobre como conseguir o dinheiro para comprar um salvo-conduto (sabiam da existência de funcionários corruptos que os vendiam por vinte ou trinta mil dólares). Lince não queria dizer a ela que podia lhe dar essa quantia, se ela quisesse, portanto, em pensamento, decidiu que faria as gestões por sua conta, talvez através de seu conhecido no M&M (embora ele não os vendesse, talvez conhecesse alguém disposto a fazê-lo). Estavam nisso quando Virginia olhou pela janela e viu ao longe uma imensa labareda num dos morros da cidade, a oeste.

— Que parte da cidade é aquela, Jacobo? Parece que tem um incêndio lá.

Jacobo foi até a janela e, quando a abriu para ver melhor, entrou um cheiro distante de fumaça, de plástico queimado e de madeira chamuscada.

— Se não me engano, é no morro de Versalles, o velho lixão; todo ano, sem falta, pega fogo lá — disse Jacobo. — Mas é melhor olharmos o noticiário, porque acho que desta vez as chamas são maiores e deve haver mortos.

Os canais locais de televisão falavam de um desfile de moda e de futebol. O presidente assistia ao jogo e os ministros ao desfile.

Jacobo conferiu a orientação e não teve mais dúvida: tratava-se mesmo do Versalles. Era assim que os angostenhos, com sua tendência ao humor negro, chamavam o morro que o velho lixão da cidade tinha deixado às margens do Turbio, na única curva que restava de sua passagem linear pelo vale. Por mais de trinta anos, todos os resíduos de Angosta tinham sido jogados dentro do U que desenhava o meandro do rio, até formar uma montanha de lixo. Quando o lote ficou saturado e os caminhões não conseguiram mais subir a ladeira para despejar sua carga, a prefeitura foi obrigada a cercar o terreno com arame farpado e deixar que os urubus fizessem seu trabalho durante anos, até que por fim a colina, com as chuvas e o sol, foi se cobrindo de vegetação. Depois o mau cheiro minguou e o terreno pareceu se firmar. Então alguns deslocados pela guerra invadiram o sopé do morro e construíram ali seus barracos de papelão, zinco ou tábua. Os mais espertos foram dividindo o terreno livre pedaço por pedaço, morro acima até o cume, e pouco a pouco escriturando lotes ilegais, com documentos falsos, para que os recém-chegados erguessem seus casebres. Assim, em cima do antigo lixão nasceu uma vila: Versalles. Uma vila sem serviços, claro, mas também sem alma, com as tripas podres e sem um pingo de compaixão humana.

O mais grave em Versalles não era o solo da colina, muito instável, se mover e na temporada de chuvas muitos barracos deslizarem pela ribanceira com gente dentro, ao mesmo tempo que o ventre da montanha se abria e o lixo velho se desentranhava como vísceras em decomposição, atraindo de volta enxames de urubus e nuvens de moscas. O pior era que de vez em quando, por alguma fenda da terra, a digestão da montanha soltava peidos sulfurosos, terríveis flatulências pestilentas, e o mais perigoso, o gás metano, inodoro, que com uma mísera chama de vela se transformava num maçarico mortal e deflagrava um incêndio. Ao longo dos anos, várias vezes Versalles fora tomado pelo fogo, que queimava em sua passagem casebres, móveis, esteiras, colchões, crianças trancadas (quando vão trabalhar, os adultos costumam deixar as crianças amarradas dentro dos casebres, para evitar que saiam e fiquem num lugar tão violento), mas depois de algum tempo a última tragédia era esquecida e os aproveitadores voltavam a vender e a escriturar lotes clandestinos para os deslocados, iludindo-os com uma moradia que não passava de mau cheiro, praga de mosquitos, labaredas e morte. A prefeitura se fazia de desentendida, claro, e como a coisa se repetia a cada muitos ou poucos meses, a notícia já nem era digna dos telejornais.

Virginia se alarmou, porque no Versalles estavam assentados seus primos, que tinham vindo do litoral, fazia poucos meses, em outra leva errante. Por isso se despediu de Lince e saiu, espavorida, para o Sektor C, a fim de ver se podia fazer alguma coisa por seus parentes, quem sabe levá-los à casa de sua irmã e averiguar de uma vez, em Tierra Caliente, se alguém sabia como conseguir por baixo do pano o maldito salvo-conduto de que precisava para trabalhar em Tierra Fría. Da janela Jacobo a viu sair e da janela observou o espetáculo comovente e bonito (porque distante) do Versalles ardendo: uma colina de fogo contra o horizonte, como um quadro de Bosch visto de longe. Uma montanha de chamas azuis e alaranjadas, uma fumaça que tomava o céu. A televisão, atrás dele, só tinha olhos para as nádegas das modelos (desfile de roupa íntima, olhos vorazes de ministros) e os gols do Boleta na última vitória do Independiente de Angosta, um grande time e uma grande lavanderia de dólares dos mafiosos e que tais.

CADERNO DE ANDRÉS ZULETA

Do fundo do sono, ouvi alguém bater na porta, com golpes insistentes, com vontade. Eram mais de duas da manhã e acordei assustado, com medo de que tivessem vindo me dar uma má notícia. Enquanto me levantava, repassei mentalmente as possibilidades e não consegui encontrar na minha cabeça nenhuma má notícia pessoal: a morte dos meus pais, do meu irmão? Seria um contratempo, não uma tragédia. Talvez eu tivesse perdido o emprego ou tivessem matado um amigo, uma amiga, mas notícias como essas raramente correm e costumam esperar até o dia seguinte. Abri a porta quase irritado, sem curiosidade. Virginia estava ali com um papel na mão. Jogou-se contra mim sem pedir licença, fechou a porta, me arrastou até a cama, me beijou no rosto no pescoço no peito na boca. Ia tirando a minha roupa e ao mesmo tempo ria, ria, e agitava o papel sobre minha cabeça dizendo:

"Eu consegui, eu consegui", dizia, soltando outra vez sua gargalhada.

"Conseguiu o quê?"

"O salvo-conduto, bobo, um passe por um ano para entrar em Paradiso."

"Conseguiu? Como? Talvez seja falso."

"É autêntico, é quente. Tive que ir até a casa do caralho, mas consegui. É que vocês não entendem Tierra Caliente. Lá acontecem muito mais coisas do que neste purgatório, neste limbo. Lá tem tanta gente, tanta, e tão diferente, que rola muito mais grana do que aqui. Não são todos que têm, são bem pouquinhos, mas esses são mais poderosos que qualquer *don*. Fui procurar o Putas. Não pense que é fácil chegar nele. Só que ele cresceu na minha casa e era amigo do meu irmão. Quando mataram meu irmão, ele foi no enterro e me fez uma promessa. Falou assim: 'Vou lhe fazer um favor, mas só um. Pense bem, e um dia você me pede. Juro pela memória do Élver. O Élver era tão irmão meu como seu, apesar de depois ter se bandeado. Apareça na Boca quando quiser e me peça o que quiser. Você sabe que eu posso. Qualquer coisa. Eu posso'. Essa promessa foi há uns três anos. Pedir qualquer coisa para ele era me humilhar, e eu não pensava em pedir nada. Agora engoli meu orgulho, mas estava com medo que ele tivesse esquecido a promessa. Falei isso pra ele. Ele falou: 'Eu não me esqueço de nada, Virgi, de nada. Você já sabe o que quer?'. E eu falei: 'Sei, sim'. 'Então diga', ele falou. E eu: 'Um salvo-conduto, uma permissão de trabalho em Paradiso, anual, das que podem ser renovadas por bom comportamento'. 'Bom', ele falou, 'venha buscar depois de amanhã.' E hoje eu fui lá. Ele me deu o documento, mas pediu para eu encher a cara com ele, pela memória do Élver. E ficou falando a noite inteira do Élver, até agora há pouco. Os guarda-costas dele me trouxeram até aqui numa mafionete. No caminho me falaram: 'Você é burra; o Putas teria dado muito mais. Você podia ter conseguido até uma residência em F, se você pedisse: lá em cima moram as irmãs dele, uns primos, as tias. Você é tonta, não vê que o Putas é doido por você?'. Mas esse é um assunto encerrado há muitos anos, antes da morte do Élver. Nunca gostei desse *man*. Ele insistiu, insistiu, chegou até a me ameaçar. Tive que contar pro Élver. O Élver era o único no bairro que o encarava e falava a verdade na fuça dele. Aí eles brigaram e nunca mais se falaram. Às vezes eu achava que o Putas é que tinha mandado matar o Élver. Não sei, acho que não. Ou sim, às vezes acho que sim. Ele não suportava que alguém no bairro o encarasse. Em todo caso cobrei a promessa, a última coisa que o Élver me deixou. Acho que ele me entenderia se soubesse o motivo. E o Putas me respeita, sabe que para tocar em mim teria que me matar, e ele não quer mais peso na consciência comigo. Já tem bastante por ter matado meu irmão, seu melhor amigo de infância. Ele não me confessou isso, nunca, nem nunca vai confessar, porque não é do feitio dele demonstrar alguma fraqueza, reconhecer um erro. Não consegue. Ou talvez não tenha matado. Talvez só deixou alguém fazer. Porque lá não se mexe uma palha sem que ele saiba e ninguém mata nem um cachorro sem seu consentimento. O Putas conhece cada tijolo e cada fio de cabelo que se mexe no bairro, e basta um sinalzinho dele para cortar o cabelo, para quebrar o tijolo, imagine uma coisa tão grave como matar o Élver, que era uma pessoa que todo mundo adorava, porque ele era único, era diferente. Um dia te conto a história do Élver, mas hoje não; hoje estou feliz. Consegui um quarto para uns primos que chegaram do litoral não faz muito tempo, porque a casinha deles queimou no incêndio do outro dia no morro de lixo de

Versalles. Além disso, consegui o salvo-conduto. Foram dias muito bons, produtivos, e estou feliz. Só me falta uma coisa que venho pensando faz tempo, desde o dia que subimos no Ávila. É a única coisa que falta neste momento para que tudo seja perfeito. Só quero que você me abrace e que a gente fique a noite inteira abraçado, e se você quiser, sim, se quiser, também mais."

"E o Jacobo?", perguntei.

"O Jacobo está seco por dentro. Tem a alma tão seca como a pele. Para o Jacobo não interessa nem isso nem mais nada. Esse é o encanto dele, mas também o limite. O Putas, o Marciano, qualquer um tem mais sentimento que o Jacobo, porque o Jacobo os secou de propósito."

"E você?"

"Eu? Eu sou dura, mais dura do que ninguém, mas tem uma única coisa que me amolece. Algo que acho que nunca vai me fazer mal. Alguém em quem eu confio daqui até o outro lado do mundo, alguém que é a única pessoa que poderia me matar." E em vez de usar o pronome (você), Candela tocou meu peito com o indicador. O dedo seguiu seu caminho e fez uma longa carícia no meu peito. Eu entendi, nítida, como num alfabeto conhecido, a frase dos seus dedos.

Passava das oito quando a vassoura da Carlota nos acordou. Pela primeira vez desde que trabalho em H, cheguei atrasado ao serviço. A sra. Burgos não disse nada, não me repreendeu, mas ficou me olhando e continuou me olhando com um desses olhares que são uma pergunta que não se faz, que são uma recriminação que não se diz, mas que doem mais do que qualquer recriminação. "Se a senhora soubesse por que cheguei tarde, não me olharia assim." Era o que eu queria ter dito, mas trabalhei em silêncio o dia inteiro, sem parar para o almoço. E à tarde a sra. Burgos me sorriu como sempre, sem me incomodar, sem se meter na minha vida, parece que adivinhando meus pensamentos.

Não sei como escrever o mais importante, e vou adiando, embora seja evidente: não sou mais o que eu era. É estranho, uma coisa tão simples. Ter sido isso que as pessoas chamam de virgem por vinte e cinco anos, e um dia não ser mais. Não ser e continuar igual. Olho para mim, olho a flor vencida, penso na fruta aberta e caio na absoluta hipnose da memória, quando a lembrança não passa pela mente, e sim pelas mãos. Ah, não sei como escrever o que aconteceu. Gostaria de contá-lo para reviver tudo na cabeça mais uma vez enquanto escrevo. Na verdade não tenho feito outra coisa senão lembrar daquilo, mas escrever é mais difícil que lembrar: é preciso traduzir as imagens, as sensações e os pensamentos em palavras, e nem sempre as palavras existem.

Não consigo. De qualquer forma, essas partes, a minha parte e a dela, essas partes que se uniram e se misturaram, continuam iguais; apenas têm consciência de que já conhecem algo mais. Odeio as palavras explícitas a que teria que recorrer para escrever o que houve: esta excrescência no meio do meu corpo, por exemplo, que tem um nome que eu não digo, que só endurece quando quer, se introduziu numa flor carnívora (não sei como chamá-la, não digo seu nome em vão, só a ela eu digo) no meio do corpo de Virginia. Flor caprichosa, também, pois se umedece quando bem lhe parece (com o perdão dessa bendita rima). É assim que funciona, imagino, embora funcionar não seja um verbo que me agrade, porque não somos máquinas (ou somos?). Amo Virginia (mas odeio o verbo amar). Nos unimos por aí, resumindo, isso foi tudo, e beijei sua cicatriz até cansar, agradecendo ao destino por ela não ter morrido antes que eu a conhecesse, por sua alma não ter escapado por aquela ferida, onde ficou a marca. Sinto que a vida vale a pena por isso. Não é a mesma coisa com a mão, se bem que se parece bastante. O estranho é que não posso pensar em outra coisa; e queria repetir o que acabo de provar, outra vez, e outra vez, e outra vez, como um viciado, um morfinômano, apesar de a gente não conseguir ficar muito tempo no topo, como no Himalaia, por falta de forças. O que eu quero é que ela volte à noite e me mostre sua flor, e de manhã, e à tarde. É como uma febre. Por que esperei tanto tempo para conhecer essa sensação? Agora entendo melhor o sr. Lince e sua ânsia para conseguir a mesma coisa repetidas vezes. Mas para mim não seria a mesma coisa com outra qualquer. Quero fazer com ela, com ela e com ela, com Virginia, com esse fogo vivo, com seu olhar duplo, contraditório e único, só com ela, que eu amo, embora odeie profundamente o verbo amar, tão surrado que só por escrevê-lo você já parece um imbecil.

Seguiram-se umas poucas semanas em que Candela e Andrés se levantavam ao mesmo tempo, tomavam banho na mesma hora, saíam juntos para pegar o metrô, tomavam um café com um sonho ou um pão de queijo no caminho para a estação Central, iam lado a lado no trem, apinhados entre a multidão do horário de pico, e só se separavam nas filas do Check Point, onde homens e mulheres deviam se dividir para passar pela revista de segurança regulamentar antes de entrar em Paradiso. Quando as máquinas estavam funcionando, o processo de entrada era relativamente rápido e eles voltavam a se encontrar nos corredores da estação Sol, antes de saírem à superfície na Plaza de la Libertad. Ao verem outra vez a luz do dia, penduravam no pescoço o crachá que os identificava como TS (trabalhadores solidários, embora eles e todo mundo soubessem que, no fundo, o T e o S queriam dizer que eles eram *tercerones* ou, quando muito, *segundones*). Caminhavam juntos pela avenida Bajo los Sauces, e Andrés a acompanhava a pé até a El Carnero. Às vezes se viam na hora do almoço (um sanduíche e um suco) e quase sempre se reencontravam para descer juntos a T no fim da tarde.

A jornada de trabalho da ruiva na livraria de Hoyos e Pombo era de meio período, mas quase sempre ela ficava até as seis. Espanava os livros, varria o chão, fazia café, atendia o telefone e às vezes substituía os donos quando os dois saíam, principalmente na hora do almoço. Não fosse o crachá regulamentar (com foto, tipo sanguíneo, endereço, data de vencimento e o aviso "Não pode pernoitar"), já não seria possível distingui-la, fisicamente, de nenhum residente de Paradiso, e de fato, enquanto estava na livraria, os donos (que não concordavam com a política de "crachalização") pediam que ela não deixasse o cartão visível, porque ele os ofendia, já que ela não era "uma vaca numa exposição", como dizia Pombo ao criticar os crachás. Por isso mesmo, às vezes Virginia, ao sair do trabalho, depois que seus chefes voltavam do almoço, não voltava a pôr o odioso crachá, ou o tirava ao sair, o guardava na bolsa e ia caminhar pelas ruas de Paradiso como uma *doña* qualquer. Corria um sério risco ao não usar a identificação em locais públicos, porque, se a polícia a descobrisse, não só perderia o salvo-conduto para o resto da vida como também poderia sofrer um processo penal que certamente lhe daria alguns meses, se não anos, de prisão. Mas gostava de correr esse risco, de lançar o desafio e de experimentar a estranha sensação de ser uma *doña* com todos os direitos, com todo o respeito, com todos os galanteios irreverentes ou olhares lascivos ou respeitosos que os *dones* nunca lhe lançavam quando levava o crachá à vista.

Como Jacobo não só tinha conseguido polir sua dicção, mas também a abastecia com vestidos e sapatos que Dorotea a cada dois ou três meses descartava de seu imenso guarda-roupa, seu vestuário era um disfarce impecável, um uniforme perfeito de *doñita* jovem de Paradiso. Como tinha bom ouvido e o próprio

Jacobo havia lhe dado um curso intensivo de inglês básico, era capaz de imitar as inflexões e os tiques verbais típicos de Tierra Fría, *you know*? Ser *doña* todos os dias por algumas horas não era tão difícil, e Virginia também experimentava uma coisa nova, ainda inusitada: o ódio ou o respeito nos olhares de seus congêneres de T e de C, a atitude humilde, serviçal e invejosa dos arrivistas ou o gesto hostil e desconfiado dos ressentidos. Um dia, enquanto caminhava tranquila pela Zona Rosa fazendo de conta que era uma *doña* indo às compras, notou que um rapaz, com o uniforme laranja dos lixeiros, a olhava fixamente, sem submissão nem ressentimento.

Os "lixeiros laranja", era esse seu título, eram *tercerones* com permissão de recolher material reciclável nas lixeiras de Paradiso. Subiam do mais fundo de Tierra Caliente, apinhados em caminhões, de madrugada, sem ter que passar pelo Check Point (eram revistados em barreiras militares), pois na verdade não contavam com o salvo-conduto regulamentar, e sim com uma licença especial para exercer seu ofício. Todo dia, ao chegarem, recebiam carrinhos com sacos de três cores (verde para plástico, branco para vidro, vermelho para papel) e podiam ficar em Paradiso até as cinco da tarde, recolhendo e separando o lixo pelas ruas da cidade alta. No fim do dia, levavam o fruto de seu suor a grandes depósitos perto do mercado central, voltavam a subir nos caminhões e desciam de novo para Boca del Infierno, onde moravam. Não tinham salário, mas trabalhavam numa espécie de cooperativa. Toda tarde pesavam cada saco recolhido e no fim do mês eram pagos com bônus alimentares (que podiam ser usados em grandes mercados de T ou C), conforme o número de quilos reunidos nos últimos trinta dias.

Virginia sentiu o lixeiro fitando-a intensamente dentro daquele uniforme de uma cor muito parecida com a de seu cabelo. Tinha parado de jogar garrafas vazias em seu saco branco (estava em frente a um bar) e a olhava entre maravilhado e incrédulo. Depois de alguns segundos, o cérebro de Virginia também fez clique num setor do reconhecimento de rostos. Era um rapaz do bairro que às vezes ia ao bar de sua irmã dançar e fumar um baseado. Uma *doña* nunca falava com um lixeiro, um lixeiro nunca olhava para uma *doña*, mas esse lixeiro e essa *doña* se conheciam. Virginia foi até ele:

— Freddy! E aí, parceiro?
— Virginia, a irmã de Alina, ou estou tendo visões?
— Ahã, Virginia, a irmã de Alina.
— E essa pinta toda? Casou com um ricaço, é?
— Só fantasiada.
— Não está metida com o Jamás, espero.
— Não, é outra coisa. Trabalho aqui e à tarde tiro o crachá.
— Se te pegam, está fodida. E é melhor você não falar comigo. É a primeira *doña* que fala comigo nos oito meses que estou trabalhando aqui.
— Trabalho no beco De los Tres Gatos, na livraria El Carnero. Passa lá um dia, de manhã. Aí te dou café e papel suficiente para encher dois sacos vermelhos rapidinho. Vai lá, sério mesmo.
— Pode deixar, vou amanhã mesmo. E cuidado, que aqui está cheio de ratos. Aquele de óculos escuros ali na esquina, que está olhando para cá, é rato.

Virginia continuou caminhando como se nada tivesse acontecido. Ao passar em frente ao sujeito de óculos escuros, ele perguntou:

— Estavam perturbando a senhorita?
— *Not at all* — respondeu, altiva, como Jacobo lhe ensinara a se comportar lá, sem nem sequer olhar para o policial à paisana.

No dia seguinte, Freddy, o lixeiro, passou várias vezes em frente à porta da livraria El Carnero, sem se atrever a tocar a campainha, fingindo que catava pedaços de plástico numa lixeira.

Não era permitido chamar nem pedir material em nenhum estabelecimento de Paradiso. Hoyos foi o primeiro a notar sua presença pela janela:

— Tem um lixeiro laranja há mais de meia hora rondando aí na calçada, sem recolher nada. Deve ser um terrorista.

Virginia correu até a janela.

— Não, dr. Hoyos, desculpe, é um amigo meu. Encontrei com ele ontem na rua e prometi que lhe daria as revistas e os livros estragados que jogamos fora. Não se preocupe, ele é um bom sujeito. Posso?

Hoyos encolheu os ombros e Virginia saiu à porta. Acenou para Freddy, que se aproximou olhando para os lados, com medo de que alguém o visse. Virginia o convidou a entrar e lhe ofereceu um banquinho. Hoyos espiou do mezanino, observou o rapaz por um momento, com desconfiança, e voltou a seu escritório. Virginia deu uma xícara de café com leite a Freddy e lhe mostrou as caixas de livros despedaçados que havia na garagem. Freddy entrou com seu carrinho e em pouco tempo encheu os três sacos vermelhos que levava. Havia muito mais papel, e prometeu voltar no dia seguinte.

Hoyos debateu consigo mesmo se devia contar aquela irregularidade a Pombo, seu sócio. Como o governo não tinha sido muito claro sobre a conduta adequada a adotar com os lixeiros, resolveu telefonar para o escritório do Movimento. Era permitido chamar um lixeiro laranja e dar-lhe material de descarte (papel ou vidro, por exemplo) para que o levasse? No escritório de M&M lhe informaram que era permitido de vez em quando, mas de preferência nunca para a mesma pessoa, a fim de não se criar nenhum tipo de vínculo com nenhum lixeiro. De resto, desde a introdução desse tipo de trabalhador externo, as ruas de Paradiso andavam mais limpas, mas o governo ainda estava avaliando se era conveniente continuar correndo o risco de que com os lixeiros pudessem se infiltrar terroristas, embora esse pessoal fosse escolhido através de parâmetros rigorosos de segurança. Hoyos agradeceu e no dia seguinte disse a Virginia que podia dar o papel aos lixeiros, desde que eles não fossem sempre os mesmos, e que dali em diante não os deixasse entrar na livraria e muito menos lhes oferecesse café.

Quando Freddy reapareceu na porta da El Carnero, Virginia lhe pediu que fosse embora rápido e que era melhor eles se encontrarem no fim da tarde na Zona Rosa, em frente ao bar onde tinham se visto na primeira vez, que ela lhe explicaria tudo. Esperou-o com crachá à vista, para não correr riscos, no mesmo lugar do primeiro encontro. Ela não podia entregar o lixo sempre à mesma pessoa, mas ele podia combinar com quatro ou cinco colegas para que toda semana um diferente passasse na livraria. Virginia disse que reservaria o melhor lote para ele, o de papel mais pesado. Combinaram fazer assim dali em diante.

Uma semana antes de Beatriz viajar para Boston, a mulher do senador Potrero, a doce Ofelia Frías, organizou uma festa de despedida para a filha. Beatriz não quis que a festa se realizasse na mansão de Paradiso, mas em La Oculta, a antiga fazenda da família em Tierra Caliente. Alguns convidados poderiam dormir lá, mesmo que fossem de baixo, e ela fez questão de que a lista incluísse, além de uns poucos amigos e amigas de Paradiso, seu professor de inglês, Jacobo, e um pequeno grupo de *segundones* amigos dele, os caminhantes, que ela queria conhecer. Desse modo eles não precisariam de salvo-conduto para irem à fazenda de Tierra Caliente; bastava o convite do senador, desde que eles não fossem pela rodovia dos *dones*, e sim pela estrada nacional que atravessava os canaviais, as velhas minas e o rio Bredunco, pelo vau dos pobres, depois de Bolombolo.

La Oculta, quase oitocentos hectares de terra fértil, mais de mil cabeças de gado de corte, plantações de tomate, sorgo, cana-de-açúcar e, na parte mais alta, de café, cacau e milho, era um pequeno feudo sem problemas de segurança, pois toda a propriedade era vigiada vinte e quatro horas por dia por um grupo paramilitar de cerca de trinta homens apelidados de Os Sinfônicos. O forte deles não era a harmonia, e sim a percussão, por causa do pipocar contínuo das metralhadoras e talvez do ronco das motocicletas em que circulavam de um lado para outro, por todo o perímetro da fazenda, permanentemente comunicando-se por rádios, celulares e walkie-talkies. Essa não era a única fazenda do senador Potrero, mas era a mais querida, pois ele a herdara do pai; e o pai a herdara do avô, e o avô do bisavô, e o bisavô a comprara a preço de banana do cacique bêbado e corrupto de uma redução de índios aburrás, que a vendera sem a autorização do conselho, ou com uma autorização falsa, segundo a lenda que se contava na família com mais orgulho que vergonha.

A velha sede da fazenda, uma construção de dois andares com paredes de taipa e teto de palha, pintada embaixo de vermelho-sangue e em cima de cal virgem, com assoalho de madeira de lei (cedro, comino-crespo, ipê), sacadas com varetas de palmeira, fogão e forno à lenha, tinha sido construída no final do século XIX, mas agora era usada como dormitório dos trabalhadores volantes nas duas colheitas anuais de café, conservada apenas como uma curiosidade de outros tempos menos opulentos. A velha edificação ficava na parte mais alta da propriedade, para afastá-la do forno das terras baixas, de costas para o poente, e exposta às benéficas brisas da tarde.

Num terreno baixo, havia cerca de quinze anos, edificaram a uns duzentos metros da casa velha a nova sede da fazenda, que, para diferenciá-la da antiga, era chamada de Casablanca. Tratava-se de uma imensa construção de muros brancos, tetos muito altos, varandas amplas, longos corredores ladrilhados com pedra verde polida, que se abria nos seus quatro lados para as quatro paisagens da propriedade: o Bredunco ao sul, com seu andar majestoso e amarelo; as rochas do Chocó a oeste, na parte traseira da casa, pontudas como pirâmides e opulentas como seios de mulher grávida; os penhascos ao norte, afiados e duros; e as planícies verdes e férteis a leste, às margens do rio Cartama, um afluente do Bredunco. Dos altos da casa, na direção deste último ponto cardeal, dominava-se, ao longe, quase toda a extensão da fazenda, começando pelas lavouras intensivas nas planícies do Cartama (laranjas, tomates, tangerinas, toranjas) e chegando até os inumeráveis pastos, com limites marcados por cercas elétricas apoiadas numa sebe de mãe-do-cacau, que florescia várias vezes ao ano com um roxo-pálido, quase lilás. Nesses campos pastavam novilhos gordos, de raça brahma, e umas quantas manadas de éguas de passo fino colombiano. Ao lado da casa velha, a do bisavô, ficava a beneficiadora de café e cacau, atravessada por uma grande corrente de água cristalina que descia da cordilheira. A beneficiadora, de vários andares, tinha amplos terraços que se projetavam ao sol para a secagem dos grãos e tulhas onde se acumulavam montanhas de café sem torrar, seco, cor de palha. A mesma água com que se lavava o café maduro recém-colhido alimentava um grande açude que se estendia, escuro e funesto, para a face norte da casa, e em sua superfície se refletiam os penhascos da borda do planalto, ameaçadores e afiados como premonições de cataclismo. Havia barcos coloridos para passear no açude, mas seu fundo escuro e lamacento era muito temido por causa das inúmeras histórias de afogados, bons nadadores que voltaram à tona depois do primeiro mergulho, ou maus nadadores *nadaístas** que se atiravam na água com uma pedra e um saco de versos amarrados no pescoço.

---

* Adeptos do nadaísmo, movimento literário colombiano nascido em 1958, espécie de versão latina do existencialismo, com inspiração também no surrealismo e no dadaísmo. (N. T.)

Do segundo andar da casa nova, além do lago, avistava-se um grande pomar, graviolas, mangueiras, limoeiros, ameixeiras, goiabeiras, salpicado de embiriçus centenários e orlado de esbeltíssimas palmeiras-reais e grandes árvores de sombra, como açacuranas, mulungus, carvalhos, medronheiros, zamboeiras, jacarandás e castanheiras. Pelo tronco de um imenso pé de lima-espanhola, subia uma trepadeira lasciva como uma garota. Trilhas de pedra serpenteavam pelo arvoredo e iam e vinham em meio às luzes e sombras entre a casa e sua área social, um grande espaço aberto com quiosques altos de palha caprichosamente trabalhada. Os quiosques se afastavam formando raios que partiam da piscina oval, que em vez de azulejos tinha no fundo um pozinho branco de recifes de coral trazido das ilhas de São Bernardo.

A festa começaria num sábado e iria até segunda-feira, mas a família Potrero e alguns convidados de Paradiso chegaram já na sexta-feira em três viagens sucessivas no helicóptero do senador. Gastón, que além de guarda-costas pessoal de Potrero também trabalhava como piloto do helicóptero, fez as três viagens, e com ele chegaram, na primeira leva, a doce mãe, Ofelia Frías, com Beatriz e sua melhor amiga, Martola, mais um pequeno batalhão de serviçais, cozinheiras, garçons e empregadas. Na segunda viagem, chegaram Lili Toro com seu marido, um médico de origem italiana com cara de galã de telenovela, e Lina Gutiérrez com o marido, um alto executivo do Banco do Comércio, ambos os casais com sua coleção de menininhos espertos e menininhas bonitas, entre três e doze anos, todos como que saídos de uma publicidade com um cão labrador e uma família feliz. Depois, e por último, quase ao anoitecer, o senador Potrero com sua secretária particular, uma ocluda anoréxica e hiperativa, que, sem parar um minuto, atendia seus três celulares, enviava faxes e recebia e-mails no escritório da fazenda, com um lápis de carpinteiro atrás da orelha e as unhas roídas até a raiz por causa dos gritos do senador e da tensão nervosa.

Beatriz, desde a sexta-feira, preparara um quarto de emergência (ela sempre procurava um refúgio longe dos pais) no sótão da velha beneficiadora, um longo tabuado abaixo do telhado, em cima do quarto das ferramentas. Se quisesse dormir com Jacobo, e certamente ia querer, precisava preparar um refúgio digno e afastado. Não seria fácil burlar a vigilância dos pais e seus convidados de Tierra Fría, mas ela tinha metido na cabeça que sua despedida deveria incluir uma última atracada sem pressa com o *tibio* amante de baixo que tanto animava suas tardes de terça-feira. Sobre uma cama de café seco, pôs alguns lençóis e montes de travesseiros, além de um pequeno abajur à pilha e garrafinhas de água. Se conseguisse escapulir com Jacobo numa hora qualquer do dia ou da noite, já tinha onde se esconder com ele.

Os convidados de T chegaram por volta do meio-dia do sábado, acalorados e suarentos, no carrinho desconjuntado de Jacobo, depois de uma viagem de mais de três horas, com direito a pneu furado e troca de água no radiador fervendo, pela estrada nacional. Com Lince vinham o professor Dan, arredio e silencioso, de olhar esquivo, vermelho como um pimentão por causa do calor, atraído pela perspectiva de chegar às nuvens em longas caminhadas; Virginia, animada e feliz com a aventura, cheia de curiosidade por tudo, mais sorridente do que nunca, admirada mas não intimidada diante de tanta maravilha; e Andrés, tímido e sonhador, olhos imensos, com um sorriso de abestalhada distância nos lábios, perguntando-se se naquela mansão encontraria um lugar para ficar a sós com Virginia, como sonhava mas temia não conseguir. No carrinho de Lince tinham viajado no banco de trás, e suas coxas haviam se tocado a viagem inteira, as mãos se roçando, o hálito se misturando no ar próximo, mas por respeito a Jacobo não foram mais longe. Ele levava seu caderno de anotações embaixo do braço e uma muda de roupa num saquinho de supermercado.

A doce Ofelia Frías foi mais calorosa do que nunca ao recebê-los, tratando os recém-chegados com uma deferência até exagerada, como costuma acontecer quando alguém tem um ineluíável sentimento de superioridade que tenta disfarçar a todo custo. O clima estava ainda mais relaxado e cordial porque naquela manhã o senador Potrero havia precisado voltar com urgência a Paradiso de helicóptero, convocado pelo governo, e tanto sua ausência como a de Gastón e a da secretária hiperativa faziam com que tudo, apesar do luxo, fosse mais familiar e mais tranquilo. Quando o carro de Lince se aproximava da fazenda pelo caminho de terra, deixando atrás uma esteira de fumaça e poeira, numa das muitas entradas da fazenda, foi parado por um pelotão de vanguarda dos Sinfônicos, mas como eles tinham a lista de convidados, depois de conferir suas identidades os deixaram seguir para Casablanca sem sequer revistá-los. Enquanto olhavam os documentos de cada um, Jacobo observava as armas deles, de grosso calibre e longo alcance, fuzis automáticos, metralhadoras, pistolas.

Almoçaram numa grande mesa retangular em frente à piscina. Primeiro serviram vinho branco, bem gelado, nessas garrafas bojudas de boca larga típicas da Itália, depois uma grande paella de carnes e frutos do mar, tudo misturado e regado a litros e litros de sangria. A bebida e a fartura de comida, a cor do açafrão e o cheiro das carnes fizeram com que o almoço fosse longo e muito animado. Prolongou-se até bem a entrada da tarde, mas antes do pôr do sol organizaram uma caminhada colina acima, até as escarpas do ocidente, para auxiliar a digestão, e o grupo avançou cantando, conversando, recitando, com alguns casais de mãos dadas e outros — Jacobo e Beatriz, Virginia e Andrés — que também teriam gostado de dar as mãos e talvez parar atrás de uma árvore ou de uma pedra para recuperar o fôlego numa sessão de beijos demorados. Não podiam fazer nem uma coisa nem outra; Beatriz, porque suas amigas não entenderiam que ela se metesse com um homem maduro de Tierra Templada; e os jovens, porque não sabiam qual seria a reação de Jacobo, que protegia Virginia no hotel e que de certo modo se sentia seu dono. Voltaram a Casablanca já à noite. Tomaram primeiro refrescos, sucos, e mais tarde bebidas fortes: rum, vodca, uísque, aguardente. Comeram só queijos, frescos e curados, com pão e *arepas* recém-assadas. Na hora de dormir, os casais legítimos foram para seus quartos, talvez para se dedicarem sem muito entusiasmo a seus amores abençoados, enquanto Beatriz tentava encompridar a noite para ver se com a ajuda da escuridão fugia com Jacobo, e Andrés procurava um pretexto para sair e dar uma caminhada pelo arvoredo cheio de vaga-lumes. Protegidas pela escuridão, as pernas se uniam como por acidente e os olhos emitiam sinais que só o outro entendia, mas nenhum dos dois casais encontrava oportunidade para escapar. O professor Dan e a sra. Frías continuavam conversando à beira da piscina, embora a simpatia mútua que o álcool despertara entre eles não os fizera chegar a ponto de desejarem um mesmo quarto e uma só cama, como queriam os outros. Por volta da uma da manhã despediram-se, mas a mãe observou para onde sua filha se dirigia e levou a ruiva para o quarto dela, enquanto Jacobo e Andrés precisaram dividir o que menos desejavam: o mesmo aposento, onde um se sentia vigiado pelo outro.

O domingo também foi um bom dia, embora com o mesmo defeito do anterior. Houve um longo tempo livre para a leitura depois do café da manhã (um best-seller americano, a doce Ofelia Frías; Beatriz, um guia ilustrado de Massachusetts; poemas de amor espanhóis, sussurrados por Andrés Zuleta para Virginia; o professor Dan mergulhou numa geografia dos caminhos de Angosta, por *don* Manuel Uribe Ángel; e Jacobo, num romance de Javier Marías, com um protagonista de nome igual ao seu, com longas e belíssimas tiradas em que se analisava tudo até a exaustão e nunca acontecia nada). Os convidados de Paradiso tinham saído cedo para andar de bicicleta pelos caminhos de ferradura, e as crianças de publicidade tomavam banho de piscina ou os maiorzinhos remavam no lago, fiscalizados por um peão salva-vidas. Por volta das três da tarde, serviram outro almoço monumental, dessa vez com pratos típicos de Angosta: feijão preparado na véspera, a fogo muito lento, em fogão de lenha e panela de barro, com torresmos colossais e rodelas de banana-da-terra, largas e brilhantes como patacões de ouro, acompanhado de guacamole ou *hogao* — um refogado de tomate e cebolinha —, mais arroz branco, ovos fritos, paçoca de carne, cubinhos de banana madura; salada de repolho picado com tomate e cebola, linguiças, chouriços e *arepas*, tudo regado com a melhor cerveja de Angosta, espumante e amarguinha (como a vida), uma *premium* da costa só comercializada em dezembro, mas que o senador Potrero, por sua condição, conseguia o ano inteiro. Também as sobremesas foram típicas: queijo com melado, arroz-doce, ambrosia e doce de leite, acompanhados de *postreras*, quer dizer, leite ordenhado diretamente nos copos, na mesma manhã, com toda a nata boiando na borda e um leve sabor de capim fresco, de flores silvestres, tudo arrematado com café preto da região, torrado e moído na própria fazenda poucas horas antes.

— Vocês não vivem nada mal — disse Andrés à tarde, sem o menor assomo de ironia ou de ressentimento. — Não sei por que não são mais felizes, se praticamente monopolizam a felicidade. Também não sei por que não ensinam ou ajudam todo mundo a viver assim. Nem é preciso ter casas tão absurdas como esta. Mas a vista e a terra dariam para todos. No caminho para cá, antes de chegar à primeira entrada, vimos muitos casebres à beira da estrada. Se pudessem ceder um pedacinho de terra que fosse para cada uma dessas famílias...

— Esse foi o sonho de muitos — disse o professor Dan —, que tudo aqui desse para todos. Ainda era o sonho de alguns quando cheguei a Angosta. Depois alguma coisa se quebrou, e foi tudo à merda.

— Quem levava uma vida como esta que a Beatriz leva agora teve medo de deixar de viver desse jeito, é isso que eu acho — disse Jacobo. — E na sua miopia (tinham horror da inveja que despertavam) se dedicaram não a melhorar as coisas, mas a matar toda e qualquer pessoa que, aos olhos deles, pudesse ameaçar seus privilégios ou que pretendesse ter os mesmos privilégios sem ser das famílias fundadoras.

— Depois perguntamos ao meu pai, mas eu sei que, segundo ele, Angosta desandou quando o comunismo entrou na moda. Ele diz que toda essa bagunça foi culpa da guerrilha e dos comunistas — comentou Beatriz com um sorriso indefinível, entre sincera e irônica.

— Na minha família também acham a mesma coisa, e eles não são nem ricos nem senadores — disse Andrés. — Meu irmão, que é capitão, pensa exatamente assim, e de fato ele se dedica, até onde sei, a exterminar os comunistas por ordem do governo. Já o dr. Burgos, lá onde eu trabalho, diz outra coisa: ele acha que o trópico é tão abundante que suas riquezas dariam para todo mundo. Mas a situação está cada vez pior desde que a política de Apartamento foi imposta, e a raiva e o desespero de baixo alimentam o medo e a crueldade de cima. Vive-se para o ódio e o terror, mais nada. Os de baixo se sentem seres de outra espécie, de outro país, e odeiam visceralmente os de cima; os de cima sentem e temem esse ódio e o combatem com uma fúria histérica que não serve para nada, apenas para que o ódio vá cada vez mais longe, até o terrorismo absurdo de hoje. Mas, na opinião dele, o Apartamento na verdade se deve à imensa massa de migrantes vinda do campo; e as pessoas migram do campo justamente por não terem terra nem proteção contra a guerra.

— Detesto falar de política — disse a sra. Ofelia com expressão doce. — Prefiro deixar esse assunto para o meu marido. Essas coisas sempre acabam em briga e criam um ambiente pesado. — Os amigos de Beatriz que vinham de F também fizeram o possível para encaminhar a conversa para outros assuntos.

Quando a maioria dos convidados fazia sua caminhada de fim de tarde, viram passar muito baixo, quase rasante, o helicóptero do senador Potrero e um braço se agitando na janela em sinal de saudação. Quando voltaram para a casa, o clima já era outro, tenso, e isso se notava até no rosto da doce Ofelia Frías, agora amargo. O senador virava rápido, um após outro, copinhos de aguardente, e já tinha a voz alterada, pastosa. Dirigia-se à sua mulher com modos grosseiros, exigindo que lhe servisse mais uma dose, caralho, que lhe tirasse o sapato e trouxesse seu chinelo, que mandasse as empregadas trazerem logo a *fritanga*.* Entre uma ordem e outra, só ele queria falar e, mais do que falar, pontificar. Seu guarda-costas e piloto, postado num canto com outros dois sujeitos mal-encarados, assentia sempre, com cara de querer matar qualquer um que ousasse contradizer seu patrão. Na verdade ninguém conversava com ele, nem para concordar ou discordar, apenas o deixavam expor seus pensamentos, como se fosse um aparelho de rádio que ninguém sabia como desligar.

Depois de algum tempo, no entanto, o senador disse alguma coisa sobre a violência em Angosta, e Beatriz se animou a lhe perguntar em que momento as coisas tinham desandado e por

---

* Prato sortido, em parte frito, em parte assado. O conteúdo varia conforme a região, mas em geral inclui linguiças, miúdos de boi, costela de porco, batata, mandioca e banana. (N. T.)

quê. O senador desfiou então sua cantilena contra a guerrilha, os terroristas e a esquerda, prometendo que, quando a derrotassem definitivamente — e era preciso exterminá-los como erva daninha —, as coisas voltariam aos eixos e até seria possível abrir as portas de Tierra Fría, não, claro, aos *calentanos*, mas pelo menos aos *tibios* como eles. Seu olhar percorria, triunfal, os rostos dos convidados da filha, e via-se que estava orgulhoso de seu tom demagógico, de comício, que esperava aplausos, sem nem remotamente desconfiar da gafe que estava cometendo com Virginia, que o olhava como de longe, indiferente ou talvez acostumada a esse tipo de comentários. Em vez de ouvi-lo, decidiu se concentrar nas mãos de Andrés e na esperança de uma noite de amor com ele, por fim, escondidos em algum canto daquele lugar cálido e bonito, longe de todos os ruídos e violências de Angosta. Andrés não queria prestar atenção nas teorias do senador Potrero porque logo viu que não havia nenhuma brecha por onde pudesse introduzir na conversa o tema dos milhares de casebres sem terra que rodeavam sua fazenda. Por fim o senador, entre eflúvios do álcool, fanfarronadas políticas e pedaços de porco frito, caiu no sono. Os três guarda-costas o levaram para o quarto e o puseram na cama. Estes, depois de cumprir seu dever, não se retiraram, como se tivessem de vigiar os que tinham vindo de T de carro. Olhavam para eles com desconfiança, e sobretudo Gastón seguia com os olhos todos os movimentos de Jacobo e da filha de seu chefe. Nunca lhe agradara essa intimidade sem a necessária distância entre pessoas de condições tão diferentes. Havia ciúmes e ódio nessa vigilância, pois para ele não existia enigma mais incompreensível que aquela garota perfeita, com os melhores atributos, insistindo em se relacionar com pessoas que ele tinha aprendido a desprezar como uma categoria inferior e com a qual até certo ponto se podia ser indiferente, mas jamais próximo nem íntimo. Ele mesmo era um *segundón* que se dedicara a subir a qualquer preço e que não entendia que alguém de cima se obstinasse em baixar, em tentar costurar, atar ou remendar uma corda que as pessoas como seu patrão haviam decidido cortar definitivamente.

Quando os convidados começaram a se retirar para seus quartos, Gastón, em seu canto, espiava os movimentos de Beatriz e Jacobo. Andrés e Virginia, por fim, tinham anunciado que iam ao jardim caçar vaga-lumes e olhar estrelas. Beatriz, em voz baixa, havia dito a Jacobo que queria lhe mostrar a beneficiadora de café, que à noite tinha uma luz e um ambiente até mais ameno que de dia. Beatriz disse à mãe que ia mostrar uma coisa ao sr. Lince na casa velha e que voltariam logo. A mãe assentiu, parece que sem suspeitar de nada, mas Gastón foi com eles, iluminando seus passos com a luz de uma lanterna.

— Senhorita — disse, com um tom de voz rouco, causado pela ira, quando estavam quase chegando à casa velha —, é mais seguro ir para seu quarto. Fora da casa principal não podemos garantir sua segurança.

— Ontem ninguém me vigiou e não aconteceu nada. Eu não me meto no que você faz com as suas armas, Gastón; não se meta no que eu faço com as minhas pernas. Me deixe caminhar em paz e vá descansar, que eu sei cuidar de mim.

O sujeito deu meia-volta. Não estava acostumado a que alguém, além do senador, lhe dissesse o que fazer. Dirigiu-se rapidamente à Casablanca, onde dormia com os outros dois guarda-costas num quartinho à parte, nos fundos da cozinha. No caminho foi gravando na memória, pela segunda vez, o rosto e o nome de Jacobo Lince. "Um dia esse *tibio* filho da puta vai me pagar por tudo isso", murmurou enquanto se enfiava na cama solitária. Demorou a pegar no sono. Um de seus colegas já roncava (o outro fazia a ronda pela casa). Ficou ruminando sua vingança e resolveu que devia requentar a velha acusação que o senador Potrero fizera ao professorzinho: identidade falsa, apimentada com a denúncia de que em La Cuña se distribuía propaganda subversiva. Enfim, daria um jeito de encaminhar as coisas no Conselho.

Quando Jacobo, quase de madrugada, voltou ao quarto que dividia com Andrés, este acabara de entrar e estava olhando para o teto, ainda sonhando com a lembrança de Virginia deitada em cima da camisa dele na grama do jardim. Temia que Lince tivesse saído para procurá-lo e os tivesse visto, embora também pensasse que tinha valido a pena e que se fosse preciso o enfrentaria. Por isso estranhou que ele, ao entrar, dissesse simplesmente: "Acordei você, Zuleta? Desculpe, precisei ir ao banheiro; bebi demais". "Não, eu também saí um pouco, por causa do calor, para ver se o sereno me refrescava." Por fim os dois dormiram, um pouco inquietos, cada um pensando que seu companheiro de sono não tinha acreditado em sua própria mentira.

É muito provável que nenhum dos Sete Sábios conheça o nome de um só *calentano*, exceto, talvez, mas não o sobrenome, do jardineiro ou da empregada de sua casa. Na verdade, aprovar a eliminação de um *tercerón* é mera formalidade que alguns propuseram suprimir: "Quanto aos *calentanos*, devemos dar autonomia aos comandantes, retirando a leitura de seus casos da ordem do dia para economizar tempo", sugeriram alguns. Mas a maioria prefere preservar essa precaução, pelo menos formalmente. A única coisa que no fundo se verifica é se os condenados não são, por algum remoto acaso, conhecidos de algum dos Sete. Ou se, por falta de informação, se desconheça que algum deles exerce funções de espionagem benéficas para a causa de Angosta e do Apartamento.

— Vejamos essa gente do Sektor C; como sempre, são muitos — Domingo, o presidente, lê rapidamente os nomes e codinomes, mais algumas imputações. — Jáder, Léider e José Moncada. Pertencem a uma quadrilha de ladrões de carros. Foram advertidos; reincidiram. Votação — Esperava um momento até ver cair os votos. — Sete bolas pretas. O próximo.

— Jota Jota Vanegas, vulgo El Chupo. Vendedor de pasta base de cocaína, faz parte de uma quadrilha que pode estar em contato com o grupo Jamás. Votação. — Os membros pegam de volta as bolas e as recolocam com certa displicência no recipiente central da mesa.

— Sete pretas. Continuando. Edwin Alonso Cote, vulgo Soplamicas. Está organizando invasões em áreas vizinhas à zona mineira. Já se meteu em terras dos Sierra, e a coisa pode escapar do controle. O comandante Zuleta, que cuida dos invasores de propriedades, propõe um castigo exemplar. Votação. — Como quase sempre, chegam ao fim da lista de *calentanos* sem haver nenhuma objeção, sem uma única bola branca que revele o mais leve escrúpulo de consciência. O presidente anuncia que a seguir lerá os nomes e as imputações contra os acusados de Tierra Templada.

— Jacobo Lince, vulgo Jacob Wills. Livreiro, professor de línguas, jornalista medíocre e tíbio em relação às políticas do governo. Entra em Tierra Fría com documentos falsos.

— Não me parecem acusações suficientemente graves para despachá-lo — diz Quinta-Feira. — O nome não me é estranho. E me lembro de uma história curiosa de um banco: ganhou na loteria ou recebeu uma herança. Tem dinheiro, pode ter recorrido ao Decreto de Empoderamento.

Terça-Feira pigarreia:

— Fui eu que trouxe essa acusação há alguns meses; depois comuniquei ao braço operacional que não era necessário prosseguir com o procedimento, pois tudo se esclareceu satisfatoriamente. Não era em Tierra Fría que ele entrava com documentos falsos, mas na minha casa, e só com nome falso. Eu mesmo solicitei que não fosse mais incluído em nenhuma lista. Era o professor de inglês da minha filha e até esteve na fazenda pouco antes de ela ir embora; me parece uma pessoa inofensiva. Acho que Gastón está obstinado em levar a cabo esse trabalho. Receio que não suporte que ninguém se aproxime da minha filha, nem como amigo, e parece que houve um entrevero na fazenda. Por mim, bola branca. E recomendar a Tequendama que se acalme a respeito desse caso.

— Seu voto é de veto, Potrero? — pergunta o presidente.

— Não, não chego a tanto. Simplesmente não estou mais de acordo; seria uma ação completamente inútil. Eu a propus há algum tempo numa crise de mau humor, mas já tinha instruído Gastón para não incluí-lo de novo na lista.

Existe um mecanismo de veto que todos os membros podem acionar por no máximo seis sessões consecutivas do Conselho, para preservar alguém da ação do braço operacional. Os Sábios tentam não usar esse poder, a não ser excepcionalmente, e nenhum recorreu a ele mais de uma vez, e a favor de uma única pessoa, a cada ano, pois ir longe na comiseração seria uma prova incontestável de indecisão e fraqueza de caráter.

— Vamos votar sobre esse tal de Jacobo Lince — disse Domingo.

Exceto por duas bolas pretas dos membros mais recalcitrantes e sanguinários ("Não vejo por que alguém que mente sobre si mesmo deva viver", "Não gosto nem um pouco das vacilações de Terça-Feira"), outras cinco bolas brancas o salvaram.

Às sete em ponto da noite, não todos os dias, mas quase invariavelmente às quartas e sextas-feiras, o professor Quiroz arrastava seus passos, suas longas pernas magras, seu peito macilento, suas mãos ossudas de místico espanhol desenhado por Ribera (com longas unhas de múmia chibcha) pelo corredor principal de La Cuña e fechava a porta. A partir dessa hora, se alguém quisesse entrar na livraria, tinha que tocar a campainha. De certo modo, La Cuña, depois das sete da noite, se transformava em bar e café. Desse momento em diante era permitido beber álcool e em volta da mesa da sala de jantar começava a tertúlia. Como Jacobo gastava a maior parte do tempo em suas conquistas (ou em cultivar suas conquistadas), nas visitas à filha ou em seus ataques de asma alérgica, reais ou fingidos, quase nunca estava presente. Quem sempre estava era Dionisio Jursich e às vezes, como se metade do galinheiro se transferisse para a livraria, também comparecia o jovem poeta Zuleta com sua amiga (quando Jacobo a preteria), a caminhante de pernas firmes, voz doce, cabelo ruivo e nome virginal.

Lá dentro, trancados entre milhares e milhares de livros, como atrás de uma couraça de histórias e de gestas, de crônicas reais ou inventadas, de papéis falantes, sentiam-se protegidos, longe do permanente tumulto de Angosta, de seus crimes de sangue, de seus roubos furibundos, da luta e da discriminação entre suas castas doentes de desprezo ou de ressentimento, todas carregadas de ódio e desconfiança. Os livros, nessa cidade estreita e sitiada, eram o único refúgio deles, o oásis arcádico no meio do deserto, a música silenciosa que os tirava do mundo da fúria, do terror e da competição. Punham música, de acordo com as preferências de cada um, e por turnos. Quiroz amava os *bambucos* e nos seus dias punha Obdulio y Julián, Garzón y Collazos, e seus olhos se encharcavam de lembranças. Jursich tentava convencê-los das virtudes da música dodecafônica e em suas noites os aturdia com os acordes difíceis de Schönberg ou com trechos longos de Shostakóvich, com os pássaros enjaulados de Messiaen ou os misticismos nietzschianos de Górecki, mas em seus dias de bom humor, que eram a maioria, tornava-se completamente eclético, suspendia a alta cultura e se voltava para o popular, bandeava-se para a música antilhana (bolero, salsa, *son*), para o jazz, o tango e as milongas. Quando a ruiva comparecia, impunham-se os novos ritmos da cidade baixa, o rap, o rock de periferia, a cúmbia metálica, ou, quando ela estava mais condescendente, aceitava pôr o rock canônico de Bob Dylan, Beatles até de David Bowie, Bruce Springsteen, Eminem e Nelly. Andrés preferia o clássico, as cantatas profanas e religiosas de Bach, as interpretações perfeitas de Glenn Gould, ou o melhor da música de câmara (Brahms, Beethoven, Schubert). Em compensação, se Jacobo aparecia, a música cessava por completo, porque ele odiava música, todas as músicas, e preferia um único rumor, o das palavras e das vozes da conversa. Por respeito a sua casa (não esqueciam que La Cuña tinha sido sua casa e continuava sendo propriedade dele), e aproveitando que suas visitas não eram nem um pouco cotidianas, quando Jacobo estava presente suprimia-se o capítulo de acordes, harmonias, instrumentos e vozes.

Às vezes, na música e na comida, deixavam-se guiar também pelos livros. Pegavam, por exemplo, um romance de Cabrera Infante e tentavam identificar os boleros que apareciam ali, para ouvi-los, ou os *vallenatos* que eram mencionados em *Cem anos de solidão*. Ou perseguiam com notas as páginas de Bernhard ou de Tolstói (leram em voz alta a *Sonata a Kreutzer*, sentindo as paixões de Beethoven, e as *Variações Goldberg*, muitas vezes, mais e mais vezes, até enjoar). La Cuña tinha toda uma seção de discos, aqueles com velhos sulcos de vinil ou os novos CDs, por isso não era difícil ouvir o que quisessem. Ou tentavam comer algo que aparecesse nos contos de Carrasquilla ou de Isaak Dinesen, ou então adaptavam, com ingredientes tropicais (cidreira em vez de tília, peru em vez de perdiz), as receitas faustosas descritas em Proust ou em Flaubert.

Embora nem sempre participasse dessas tertúlias, Jacobo gostava muito delas, e como naqueles dias estava mais em contato com o que se passava no alto, em Paradiso, podia fazer comparações. Em La Cuña a entrada era franqueada a todos, e o café grátis, para quem quisesse se servir. Se o poeta Zuleta achava que a vida em Tierra Templada era triste, com tantos homens sozinhos e mulheres que falavam entre si, Jacobo tentava lhe mostrar as vantagens de tudo aquilo, ou pelo menos as vantagens de lugares como La Cuña, ainda não contaminados pelas inúteis sofisticações e controles de cima.

— Repare, Zuleta, que em Paradiso, onde você trabalha, as pessoas não vão aos cafés, e sim aos clubes. E isso já é muito diferente, isso marca uma diferença substancial. Cada clube que eles abrem é para se diferenciarem e se excluírem. Essa é a lógica da vida deles, a mesma lógica com que contagiaram esta cidade: a lógica da exclusão. Mas aqui, no vale do Turbio, ainda temos redutos de verdadeira comunhão, e muito mais que nas igrejas, porque em Angosta as igrejas também sempre foram para ricos ou pobres, e os *dones* nunca se misturaram com os *calentanos*. Em La Cuña entra quem quiser. Isso já foi dito, e, melhor, por um grande escritor do exílio, que já morreu, espera, vou procurar a citação. Quiroz, por favor, você viu por aí aquele livro sobre os cafés?

Quiroz lhe entregou um enorme catatau azul, e Jacobo leu em voz alta:

> Acredito no Café acima de todas as coisas, por isso nunca quis ir, nem jamais admitirei, que me levem a outras instituições. O Café não pode ser submetido a nenhuma diretoria, e ninguém pode fechar suas portas a quem quer entrar. Não sendo um antro de escolhidos por votação ou por uma eleição mais ou menos forjada, no Café nem todos são iguais. No Café a autoridade depende

do que se diz e da conduta que se tem, sem que intervenham formas de imposição como o título ou a credencial. A base essencial do Café é que nos deixem em paz e que deixemos os outros em paz, tanto que basta alguém estar completamente só numa de suas mesas para que ninguém o perturbe. Lá toda vaidade é rebatida pela presença dos indiferentes e dos desconhecidos, que têm o mesmo direito de se sentar em qualquer lugar e de pedir café com o licor que seu dedo apontar na prateleira cheia de garrafas, pois nada lhes é proibido nem é tão caro que não possam permitir-se esse luxo.

— A citação é boa, Jacobo, mas nós, *tercerones*, não podemos nos dar a esse luxo. Se entrarmos no La Cuña, acham que viemos assaltar, ou se cansam de nos dar café grátis, porque exageramos no açúcar, ou porque veem que em geral não temos nem vontade nem paciência para ler. Ou seja: para nós nem existe esse café grátis, a não ser na primeira vez — esclarecia com raiva Virginia, com o inevitável ressentimento dos *tercerones*, para quem até a suposta postura igualitária e aberta dos *segundones* é um insulto de opulência.

Foi em agosto, o mais cruel dos meses em Angosta, e no início da terceira semana, de lua cheia. Em agosto se trabalha normalmente em Tierra Templada, como se fosse abril (ao contrário de F, onde o trabalho ou o ócio da vida são regidos pelo ritmo de outras latitudes). Em T as férias de verão não existem, porque o próprio verão não existe, ou melhor, porque ali o verão é lei o ano inteiro. E Andrés escolheu uma terça-feira, o dia consagrado ao deus da guerra, mas não por isso, e sim porque, segundo as estatísticas da Fundação, a noite de terça-feira costumava ser a mais sangrenta da semana, quando mais mortos apareciam e mais vivos desapareciam, evaporados na névoa. Não se sabe bem por quê, nesse dia os capangas matam mais e com mais sanha, talvez porque o domingo é dia de descanso, quer dizer de bebedeira, e a segunda-feira é o dia de curar a ressaca, enquanto na terça-feira se pretende recuperar o tempo perdido e começar a semana com o pé direito. Para enxergar melhor sem muita iluminação, era importante a lua cheia, desde que num céu sem nuvens, e era por isso que ele tinha esperado até o final de agosto, que costuma ser um mês de poucas chuvas e céu limpo.

Andrés e Camila se encontraram num café de Barriotriste para rever os últimos preparativos. Era preciso levar sacos de dormir, um pouco de comida fria, água, duas velas, fósforos, bloco de anotações, gravador, a câmera preparada para luz de baixa intensidade e, se não fosse pedir muito, também um tripé. No dia marcado, saíram com tempo, encontraram-se às três e meia no mesmo café, como se fossem dois excursionistas, tomaram o metrô e chegaram ao hotel abandonado ainda com muita luz, às quatro da tarde. O guarda da patrulha diurna conferiu a autorização assinada por seus patrões e, antes de deixá-los sozinhos ("Aproveito para não voltar mais hoje, vocês vigiem por mim, volto amanhã"), abriu os cadeados da grade, enferrujada, carcomida pelo tempo e pela umidade, e da porta principal, desconjuntada, com um rio de cupins na soleira. O piso de madeira rangia sob seus pés, mas o hotel estava relativamente limpo, apesar dos anos de abandono. Alguém também devia varrê-lo de vez em quando. Alguns pássaros revoaram assustados; faziam seus ninhos ali dentro, pois muitos vidros estavam quebrados. Andrés e a fotógrafa também prepararam seus ninhos no amplo espaço onde antigamente ficava o restaurante, perto das janelas que davam para o Salto. Caía uma garoa fina, e eles se postaram em frente à janela, absortos, olhando a queda das gotinhas que não engrossavam a cascata e fazendo figa para o céu abrir. No fundo, à direita, como que encarapitada num montículo, via-se a Roca del Diablo, e Andrés a apontou dizendo a Camila:

— Os suicidas se atiravam dali, e conta-se que antigamente, para os índios, era uma pedra ritual, onde faziam sacrifícios humanos. Não há documentos, apenas indícios, uma depressão e uma vala que desce por um lado da rocha, uma espécie de calha para o sangue. A lenda chibcha diz que o vale de Angosta ficou alagado durante muitos séculos depois do dilúvio (um dilúvio pré-colombiano, diferente do que está na Bíblia), até que veio um deus e partiu as rochas com um raio, para escoar as águas represadas. E para que o escoadouro nunca mais se fechasse, era preciso oferecer sacrifícios humanos todos os anos. Jovens, virgens ou escravos deviam oferecer seu coração ao deus do raio, pois do contrário as águas voltariam a alagar o vale fértil onde os índios plantavam milho e batata.

Camila pegou a câmera, fixou-a no tripé, ativou o zoom e tirou várias fotografias da pedra chata, como uma meseta em miniatura, debruçada sobre o abismo da água e da montanha. No velho salão do restaurante havia uma lareira, e não era difícil fazer lenha com os móveis velhos, mas seria arriscado acender um fogo. O hotel abandonado estava úmido, talvez por causa do borrifo da queda-d'água que aderia às paredes como uma lesma. Sentia-se mais frio dentro do edifício que fora, ou talvez os dois ambientes tivessem esfriado desde a chegada deles, por causa do silêncio e principalmente da expectativa. Faltava muito tempo para começarem a ficar vigilantes, com os olhos postos nos possíveis lugares onde as matanças eram perpetradas. De acordo com o testemunho de pessoas próximas à Fundação, os assassinatos raramente ocorriam antes da meia-noite e, levando-se em conta as pegadas observadas na área, sabiam-se quais eram os locais preferidos dos assassinos. Ao chegarem, tiveram a sensação de que alguma coisa iria acontecer a qualquer momento, mas com a luz, a calma e a passagem dos minutos tudo assumiu um ar de normalidade e parecia impossível que ali pudesse acontecer algo além do perpétuo cair das águas.

Andrés fitava extasiado o líquido marrom que se dobrava na borda da montanha e que logo abaixo se dissipava em espumaradas alvacentas. A queda despertava nele um fascínio ancestral, um estupor hipnótico de desconcerto perante a maravilha. O encanto só se rompia às vezes, quando pelas vidraças penetrava o fedor nauseabundo das águas do Turbio que se precipitavam no vazio, ou quando alguma massa amorfa (lixo, animal, tronco) era arrastada para o abismo pela corrente incessante. Acima rondavam os urubus, funestos e negros, pausados em seus redemoinhos quentes de ar. Camila tirou um livro ("Para o meu TCC", disse), montou no nariz seus oclinhos redondos, falsos, de míope fingida, e se pôs a ler. Era o tratado de geografia de Guhl que Jursich tinha conseguido para ela no La Cuña meses antes, o verdadeiro causador de seu encontro com Lince. Leu alguns parágrafos à luz lateral das janelas e quase sem notar o ruído de fundo do Salto, que de minuto a minuto ia deixando de ser estrondo para se transformar numa cortina invisível de silêncio:

Em vez de Sete Colinas, como Roma, Angosta tem dois morros. De nomes não tão ilustres como Campidoglio ou Quirinale, seus dois morros se chamam simplesmente Nutibara — em homenagem a um índio esquartejado pelos conquistadores — e Aburridor — em homenagem a um tédio consubstancial aos *dones* que assim o batizaram. — Os dois morros de Angosta não contam com monumentos magníficos. Do Aburridor pode-se dizer que, apesar de ter sido declarado parque municipal pelo governo, até alguns anos atrás estava ocupado ilegalmente pelos cavalos, mulas e vacas de uma família de conhecidos narcotraficantes de Angosta. Quando eles não puderam continuar impondo sua vontade à força — pois os vizinhos se organizaram e ficaram firmes depois de muitas ameaças e apesar de vários mortos —, o morro voltou a ser um parque público, mas foi utilizado para um fim até menos nobre que o de pastagem de rebanhos mafiosos; transformou-se (concorrendo com o Salto de los Desesperados) em outro "desovador de cadáveres", isto é, no local onde são jogados os corpos das pessoas assassinadas em Angosta.

Já o outro morro, o Nutibara, tem, sim, um pequeno monumento em seu cume. Chama-se El Pueblito, e é uma espécie de réplica em escala do que eram as aldeias rurais dessa comarca dos Andes há um ou dois séculos. É curioso que a metrópole industrial e comercial erija um monumento — ou seja, um lugar erigido para a honra e a memória — à negação do que ela mesma é. Angosta é uma ruidosa cidade mecanizada, mas rende homenagem ao velho vilarejo, como se quisesse voltar ao passado e tivesse saudades de ser apenas um lugarejo: rural, tranquilo, religioso, tradicional, com todos os valores do crioulismo rústico. No alto da colina Nutibara, há uma tentativa de idealizar essa pacífica e bucólica aldeia camponesa que Angosta nunca foi nos últimos cem anos.

Os angostenhos, ao não sentir sua cidade como um refúgio seguro, sofrem uma espécie de desenraizamento, ou exílio interior, e não puderam assumir com tranquila passividade e com sereno espírito imitativo o velho tópico do louvor à própria terra. Seus governantes às vezes tentam o elogio lírico e sentimental, chegando a pagar salário a poetas oficiais que conseguem no máximo escrever hinos que parecem paródias de si mesmos. Angosta não é um lugar acolhedor. Mais que o lugar de encontro que costumam ser as cidades, transformou-se na encruzilhada do assassinato, no local do assalto, na voragem de uma vida perigosa e muitas vezes miserável e indigna. Talvez por isso seus poetas e pensadores mais dignos, ao escrever sobre ela, não optaram pelo panegírico, e sim pela diatribe. E mais: fazer a diatribe de Angosta já é uma tradição entre eles, um novo tópico. Contudo, essa crítica constante não tem uma raiz autodestrutiva, como denunciam alguns políticos. Enquanto a realidade continuar sendo essa chaga, essa terrível ferida histórica, o construtivo não é inventar uma fábula cor-de-rosa nem fazer um falso elogio do torrão natal, mas continuar refletindo a ferida. Que ferida? Que Angosta é, para começar, uma cidade dividida por muros reais e por muros invisíveis e, como se não bastasse, também a cidade mais violenta do planeta, com um índice de assassinatos por habitantes muito acima do de Sarajevo ou do de Jerusalém em seus piores momentos. E o mais grave: essa carnificina não é cometida por um inimigo externo; o culpado por ela também não é um antagonista estrangeiro ou um inimigo étnico ou religioso. Ela é perpetrada por poderes nativos da própria cidade, muito bem identificados: por um lado, alguns dos mais ferozes e desumanos grupos terroristas do planeta; guerrilheiros polpotianos desumanos que sequestram e assassinam tudo que cheire a "sangue de *dones* ou cara de ricos". E, do outro, grupos aliados do establishment, igualmente cruéis, que pensam ser possível eliminar o descontentamento matando os descontentes.

Andrés também pegou seu bloco e, enquanto Camila lia o livro de Guhl, "para o TCC", ele observava o estrondo e o cair das águas, tentando burilar um poema que estava escrevendo fazia várias semanas. A ideia lhe surgiu ao ler as crônicas sobre os mortos que a água do Turbio carregava para o Salto, e acabava de definir a última versão: "Há um morto flutuando neste rio/ e outro morto flutuando aqui/ Chegou a hora em que os grandes símbolos/ fogem aterrorizados: olha a água/ há outro morto flutuando aqui/ Alguém corre gritando um nome em chamas/ que sobe às cegas e revoa e cai/ dando voltas e lança luz na noite/ há outro morto flutuando aqui/ Caudaloso de corpos passa o rio/

almas arroxeadas até os ossos/ vituperadas até o desperdício/ Há outro morto flutuando aqui/ Dorme flutuação pálida desce/ para descansar: a lua corcunda/ enche o ar de prata leporina/ Em ronda de mãos dadas vão os mortos/ caminhando em silêncio sobre a água".

Antes de o sol se pôr (a garoa tinha parado e o céu se abria), sentiram o apetite se aguçar e pegaram a comida. Camila também havia levado uma garrafa de vinho barato, doce, mas foi bom para combater aquele misto de fraqueza, palpitações e isolamento que poderia receber outro nome mais simples: medo. Cada vez menos gente passava no entorno do hotel, a caminho de casa ou rumo ao ponto dos barcos à beira do Turbio, por onde cruzariam para o outro lado a fim de começarem a descida a Tierra Caliente. Os últimos transeuntes, temerosos, olhavam para os lados, com receio de que a noite os pegasse naquele lugar sinistro e com medo de ver o que não deviam ver. A água continuava correndo sobre as últimas pedras, como se nada tivesse acontecido, dobrando-se para o vazio, caindo nas profundidades, contra outras pedras que não se podia distinguir lá embaixo, muito embaixo, na Boca del Infierno.

Comeram batatas e ovos cozidos. Temperados com pitadas de sal. A noite foi caindo, silenciosa, e a escuridão invadiu também o hotel. Acenderam uma das velas que tinham levado. Andrés não notou a aproximação de Camila. Só se deu conta dela, de seu corpo, quando sentiu uma coxa que lhe pareceu imensa em cima de sua perna, e um agradável cheiro penetrante vindo do pescoço da garota. Algo em sua carne, no meio de seu corpo, vibrou com o inesperado contato. Camila fez uma carícia nas costas dele, soprou seu rosto (um sopro doce de vinho e cigarro) e depois disse que queria tirar umas fotos dele também naquela noite, que ele relaxasse, que não se mexesse. Empurrou-o com suavidade até fazê-lo se deitar de costas sobre o saco de dormir, tirou os sapatos dele, afrouxou seu cinto, baixou sua calça. Andrés fechou os olhos, sem saber o que fazer, o coração retumbando no peito. Sentiu uma ventosa sugando seu membro e este crescendo, crescendo. Um relâmpago iluminou suas pálpebras, e o riso de Camila tilintou em seus ouvidos. Andrés sentia que estava traindo algo, alguém; a imagem de Virginia, e sobretudo o sinal de sua cicatriz no peito, veio à sua lembrança, mas logo se apagou como uma estrela cadente e ele não conseguiu mais pensar nela. Abriu os olhos e disse que também gostava de tirar fotos, que também gostava de olhar. A noite caíra, mas havia um brilho tênue, por causa da luz da vela e das lâmpadas amarelas da iluminação pública. A lua ainda não havia despontado. O Salto tinha agora uma cor mais quente, menos escura que de dia, em contraste com a escassa luz noturna. Camila nua era carne, pura carne desejável, umidades, cabelos, músculos. Andrés abriu suas pernas e a lambeu. Nunca tinha feito isso, nem sequer em Virginia, e não sentiu nojo (como temia), apenas a sensação do cheiro forte, embora menos forte do que pensava, do sabor forte, mas muito menos do que pensava. Tirou fotos do início do túnel rosado que se oferecia a ele como um corredor para outra vida. Depois a penetrou com uma urgência nova para ele, como se sentisse uma irreprimível necessidade fisiológica de que precisava se desfazer de uma vez. Ela começou a gemer quase imediatamente, ele perdeu a consciência e conseguiram gozar juntos, com um grito simétrico que acabou com a tensão.

 Esperaram com calma alguma novidade, mergulhados numa curiosa sensação de inocência. Estavam semivestidos e custavam a acreditar que numa noite tão sossegada pudesse acontecer algo diferente do ritmo obstinado mas sereno do coração deles ou do estrondo monótono das águas. Às vezes compartilhavam um cigarro (Andrés não sabia fumar, tossia, mas gostava de ver o tempo passar enredado nas volutas da fumaça) e falavam muito pouco, apenas monossílabos. Virginia voltara com força à memória de Andrés, mas não com o peso do remorso; não se arrependia do que tinha acontecido, parecia-lhe quase irremediável, e o tipo de beijos que acabava de aprender, em vez de esquecê-los, decidiu pô-los em prática depois, também com ela. Aquele exercício clandestino se justificava porque o tornara um amante melhor. Enquanto montava suas cadeias de argumentos, com o olhar fixo do lado de fora, viu passar um cachorro vira-lata, farejando entre o mato, certamente faminto, com uma tênue sombra de luar sob o corpo manchado. Alguma coisa assustou o animal, que saiu correndo, apavorado, como uma lebre.

Um segundo depois, os faróis de um carro escuro, alto, iluminaram por um instante as vidraças do hotel. Aproximava-se lentamente em direção às pedras do precipício, desenhando uma curva ampla. Andrés e Camila se agacharam abaixo da janela, com todos os sentidos tensos. A câmera já estava instalada no tripé, apontando para o Salto. Zuleta apoiou a palma da mão sobre o pavio da vela, que se apagou imediatamente, e Camila pisou na ponta acesa de seu cigarro. O tênue cheiro de fumaça se dissipou imediatamente. Apesar do estrondo da água, ouviram as portas abrir e fechar. Ouviram ou pensaram ouvir um grito sufocado de medo, capaz de superar o ruído do Salto. Espiaram pelas janelas, apontando apenas metade da cabeça pela abertura, os olhos fixos e negros, tensos, com as pupilas muito dilatadas. Dois homens acabavam de tirar do carro um sujeito amordaçado, moreno, de camisa e calça branca. Empurraram o amordaçado por entre o mato até fazê-lo cair, e então começaram a chutá-lo; arrancaram sua roupa, seus sapatos, e foram jogando tudo o que tiravam no precipício vazio preenchido pela água. O ruído dos golpes não chegava até o hotel. O homem estava de cueca, e o luar dava à sua pele um tom azul muito pálido. Com um alicate que pareceu nascer do fundo da noite (um brilho metálico roubado do ar) começaram a arrancar pedaços de pele de sua barriga, e o sangue brotava ao mesmo tempo que lhe faziam perguntas. "Diga os nomes, diga os nomes se não quiser morrer!" Os gritos chegavam até os vidros quebrados da janela. O homem, dobrado de dor sobre si mesmo, gemia e dizia algo ininteligível, talvez implorasse. Camila, tremendo, apontou a lente da câmera, sem flash, e disparou várias vezes.

— Não tem muita luz, podem ficar tremidas, mas alguma coisa vai dar para ver, com certeza — disse em um tom quase inaudível.

Andrés ligou o gravador e aproximou o microfone da boca:

"É uma caminhonete Toyota, grande, com insulfilme, acho. Não consigo ver a placa. São quatro sujeitos, e alguns estão com jaqueta de couro. Têm o cabelo raspado e carregam lanternas muito potentes. Pelo corpo, nenhum deve ter mais de trinta anos. Estão chutando o sujeito que amarraram. Ele é negro, ou quase negro, e tem um corpo atlético. Tiraram a roupa dele e continuam batendo. O sujeito está banhado de suor e sua pele brilha na luz, brilha. O sangue também brilha. Estão arrancando pedaços da pele dele com alicate. Ele grita de dor. Continua sendo torturado."

— Tente focar o rosto dos caras. — Andrés se dirigia a Camila num sussurro. — Têm que aparecer os rostos, para ver se descobrimos quem são. Que filhos da puta, e a gente sem poder sair.

Camila disparou a câmera repetidas vezes, até que disse:

— Merda, acabou a memória. Preciso trocar o cartão.

Procurou com ansiedade outro cartão em sua maleta e o trocou o mais rápido que pôde. Não tinham se passado mais que trinta segundos, mas para eles era uma eternidade. O espancamento continuava; os sujeitos trabalhavam com esmero, enfurecidos contra o corpo atlético do homem negro.

Os quatro sujeitos, lúgubres como abutres, continuavam chutando o corpo com a ponta de suas botas, como se fosse uma grande bola que afundava a cada golpe. Eles gritavam, gargalhavam. O homem nu já era apenas uma massa inerte, sanguinolenta, imóvel quando não batiam nele. Um deles o sacudiu pelos ombros e depois levou a mão à cintura para sacar uma pistola. Encostou o cano na cabeça dele. Viu-se um clarão alaranjado, como uma labareda, e depois apenas as convulsões do corpo, bem poucas, e o buraco esbranquiçado no crânio, iluminado pela lua pálida. Camila também disparava sua máquina sem parar. Andrés falava pouco. Emitia um gemido abafado de vez em quando, na escuridão, e deixava escapar suspiros de horror. Estava pálido, muito mais pálido que Camila, que demonstrava uma atitude mais fria, quase profissional, embora suas mãos tremessem. Os sujeitos pegaram o cadáver pelos pés e pelas mãos e o atiraram no abismo, balançando-o no ar. Ao voltarem para o carro, limparam as mãos na grama e depois na calça. Três deles riam; o que tinha disparado e parecia o chefe ia mais sério. Subiram na caminhonete e deram a partida.

No momento em que partiam, chegou rápido outro carro, e as luzes dos faróis se cruzaram. Camila continuava fotografando. Por precaução, pegou o primeiro cartão de memória que tinha usado e o escondeu numa fresta estreita que havia num canto, entre as tábuas do assoalho. Olhou o número de fotos e constatou que ainda tinha memória para continuar. Enquanto isso, os sujeitos do Toyota sacaram as armas e se esconderam dentro do carro, com as janelas fechadas acima da metade. Do outro jipe desceram três homens armados, com uma mão para o alto, como em sinal de paz. Camila reconheceu um deles. Era Chucho, o guarda-costas do Senhor das Apostas, seu protetor.

— É o Chucho! — gritou em voz baixa, se assim se pode dizer. — É o Chucho, devem estar me procurando!

— Mas ninguém sabe onde estamos, só o Jacobo, e não acho que ele... — sussurrou Andrés.

— Tem outra pessoa que sabe. Precisei contar.

— Que idiota! Quem?

— Meu namorado, Emilio, o cara que me sustenta. Se eu não dissesse a verdade, ele mandava me seguir, viriam até aqui, e achei que ia ser pior. Inventei que era um trabalho do jornal, uma ordem do diretor. Não disse para quê. Disse que era com uma mulher, uma redatora de *El Globo*, e que era um trabalho sobre o velho hotel do Salto. Não tive coragem de dizer que era com um homem. Se dissesse, ele me matava, não me deixava vir; qualquer homem que conheço, ainda mais se é jovem, é um inimigo para ele.

Os sujeitos dos dois carros se reconheceram e conversavam. Primeiro tudo parecia muito amistoso, só risadas e tapinhas nas costas, chamas de isqueiros e brasas de cigarros. Depois começaram a discutir, gritavam, e olhavam desconfiados para o hotel. Camila tirou várias fotos da discussão entre os dois grupos.

O que tinha disparado a pistola disse, aos gritos: "Primeiro a gente pega elas, interroga e depois resolve o que faz". Os outros concordaram e o grupo foi se aproximando da grade com passos furtivos. Camila escondeu o segundo cartão, com as últimas fotos, na ranhura do assoalho. Colocou um terceiro, vazio, na câmera e tirou fotos da escuridão e das paredes do hotel. Na tela não se via quase nada: o refeitório vazio, uma cadeira velha jogada num canto, o brilho tênue da janela. Tentava pensar numa mentira que provasse sua inocência. Estavam arrombando a porta, e Andrés tremia de medo, de frio, paralisado. Estava todo arrepiado, e sua cabeça eriçada começava a doer. Poderia ter se atirado pela janela, mas não se sentia capaz de correr. Pensou que deveriam subir até os quartos abandonados, correr para se esconderem em algum deles, mas, quando decidiu falar e pôr a ideia em prática, ouviram-se passos pesados na madeira rangente do assoalho e feixes de luz de várias lanternas iluminaram seus rostos.

— Então eram duas garotas, hein, vacilão? Esse aí até tem cara de garotinha, mas é homem. — Quem falava era o sujeito que tinha atirado.

— Camila, o patrão falou... — começou Jesus. — Agora sim que o putanheiro levou chifre. Num lugar desses, e com um *man*.

— Peguem eles — gritou o chefe do outro grupo.

— O que vocês perderam por aqui, hein? E você, quem é?

A pergunta era para Andrés, e o sujeito o sacudia pela camisa.

— Meu nome é Andrés Zuleta, temos que escrever uma matéria sobre este hotel abandonado.

— Uma reportagem para *El Globo* — tentou explicar Camila.

— Você cala a boca. Estou falando com ele. Uma reportagem de noite? Só rindo. Então mostra aí a carteira do jornal — disse a Zuleta. Andrés tremia cada vez mais.

— Eu não trouxe — conseguiu dizer com um fio de voz.

— Revistem ele, quero ver o nome. Parece que eu já vi esse sujeitinho — disse o homem. — E ela também.

Nesse instante, Zuleta pareceu reconhecer o homem que havia atirado, mas não se lembrava de onde; o medo o impedia de pensar direito. Na bolsa de Andrés encontraram, além da carteira de identidade, o salvo-conduto. Lá estava escrito o motivo da permissão de entrada em Paradiso: "Funcionário da Fundação H. Rua Concordia, nº 115".

— Jornalista o caralho, seu filho da puta. A Fundação H é fachada para os terroristas. Jornalista o caralho. Como é que se chama o filho da puta do diretor? Aquele que faz barulho por qualquer coisa. Um dia desses vamos calar a boca dele para sempre.

— Burgos — disse alguém.

— Isso, Burgos. Você conhece?

Andrés fez que sim com a cabeça:

— Claro que conheço, como não vou conhecer, se trabalho com ele? — Uma bofetada na boca apagou esse seu último arroubo de valentia.

— O que vocês estavam fazendo aqui? Digam, expliquem.

— É verdade — disse Camila —, um trabalho para o jornal, sobre o hotel. Não importa que ele trabalhe para essa Fundação. Ele também faz trabalhos jornalísticos, é verdade.

— Verdade o cacete. Peguem a câmera dela. E a tua, cadê a tua câmera? — perguntou a Andrés.

— Eu não sei tirar fotos.

— Nessa eu não acredito. — O homem vasculhou o cômodo inteiro com a lanterna e, se não encontrou outra câmera, achou o gravador de Zuleta. Observou o aparelho e o fez funcionar. Silêncio. Então recuou a gravação e apertou de novo o play.

Ouviu-se o sussurro de Andrés:

"É uma caminhonete Toyota, grande, com insulfilme, acho. Não consigo ver a placa. São quatro sujeitos, e alguns estão com jaqueta de couro. Têm o cabelo raspado e carregam lanternas muito potentes. Pelo corpo, nenhum deve ter mais de trinta anos. Estão chutando o sujeito que amarraram. Ele é negro, ou quase negro, e tem um corpo atlético. Tiraram a roupa dele e continuam batendo. O sujeito está banhado de suor e sua pele brilha na luz, brilha. O sangue também brilha. Estão arrancando pedaços da pele dele com alicate. Ele grita de dor. Continua sendo torturado."

O sujeito ficou pálido de raiva.

— E isto aqui é pra quê, hein? Pra reportagem do hotel, seu dedo-duro filho da puta?

Tentou ver as fotos na câmera de Camila, mas só havia paredes e manchas pretas. Entregou os dois aparelhos a um dos comparsas.

— Toma, joguem o gravador no Salto, e a câmera também — disse o chefe. — Do moleque a gente se encarrega. E se tivéssemos colhão mesmo, também devíamos despachar essa madame de uma vez.

— Não, ela é namorada do patrão. Se acontecer alguma coisa com ela, depois a gente é que paga. Ela vocês têm que respeitar — disse Jesus.

— Já falei que desse porra a gente se encarrega.

— O moleque não tem problema, pode fazer o que quiser com ele, tudo bem. Ela vem com a gente, e o patrão que resolva — disse Jesus. — E fica tranquilo que o patrão vai é resolver acabar mesmo com ela, porque essa mentira não vai colar.

— Fala pro *don* Emilio, ele me conhece, fala que é melhor isto ficar entre a gente. Se alguma coisa sair daqui, se alguém ficar sabendo do que aconteceu hoje, não é só ela que vai pagar, mas ele também. Fala assim mesmo, deste jeito: não vai ser só ela, mas ele também. E fala que eu trabalho com autorização do Conselho, fala assim mesmo, com autorização do Conselho, pra deixar bem claro.

— Tá certo, eu falo — disse Jesus. — Tranquilo, eu duvido que desta vez ele vai perdoar a madame aqui. Não é a primeira vez que ela apronta.

— Do *mancito* cuido eu. Joguem todos esses trapos na água, sumam com tudo — disse o primeiro, apontando para os sacos de dormir. — E agora se mandem de uma vez com essa puta, antes que eu me arrependa. Ela é bem gostosa, e eu não teria o menor problema em fazer o favorzinho de ela chegar prenhe no inferno.

Os sujeitos gargalharam. Camila olhou para Andrés por um instante e logo desviou a vista. Andrés tremia dos pés à cabeça, como um menino morto de frio.

— Não vão embora! — disse, quase sem voz. — Não vão embora! Camila, eles vão me matar! Por favor, não vão embora, não me deixem aqui!

— Cala a boca ou eu arranco a tua língua com as unhas — disse outro capanga, dando-lhe um empurrão.

— Não me matem, eu não fiz nada — implorou Andrés, mas um nó travou sua garganta e ele se engasgou com as palavras. Ouviram o ruído de um carro partindo.

— Levem ele daqui — disse o chefe. Uns pegaram a câmera e o gravador e jogaram no Salto. Outros levaram os sacos de dormir, o livro de Guhl sobre Angosta, as garrafas de água e de vinho, e fizeram o mesmo. A não ser por uns pedaços de cadeiras quebradas, tinham deixado o chão do restaurante limpo.

Andrés pensava confusamente que se repetiria em seu próprio corpo o que acabara de presenciar no do outro. Sentia os poros como torneiras abertas pelas quais brotavam charcos de suor frio que grudavam a roupa contra sua pele. Pensou em Virginia com uma intensidade que o fez fechar os olhos, e a imagem dela doeu nele muito mais que a bofetada que tinha levado. Despediu-se mentalmente dela. Recordou com estupor o corpo de Camila. Não voltou a pronunciar uma só palavra, a garganta fechada pelo medo. Tinha vontade de vomitar e de que tudo terminasse. Parecia estranho que não o espancassem; havia um silêncio e uma escuridão incompreensíveis. Estava esperando que lhe tirassem a roupa e arrancassem pedaços de sua pele com o alicate ou, no mínimo, que o chutassem na barriga e nas pernas. "Isto é um pesadelo, e o medo também é pura ilusão, como será ilusão a dor que eu sentir", repetia a si mesmo enquanto esperava o primeiro beliscão de ferro na pele. Mas ele não veio. Também esperou ver um clarão e ouvir um ruído seco antes de a bala entrar em sua cabeça e apagar sua consciência, mas também isso não veio. O chefe estava com a pistola na mão e ia disparar, porém aquele rosto inocente, quase infantil, de olhos muito grandes, muito negros e assustados, não lhe dava raiva suficiente. Em vez de disparar, arrancou-lhe a camisa com um safanão, e o luar brilhou na pele do rapaz. Era um tronco magro, sem uma só marca, de uma lisura inocente, infantil. O capanga se deteve, como se a voz de uma proibição tivesse se infiltrado por alguma fresta de seu pensamento. Parou de olhar para ele e preferiu dar a ordem para que os outros fizessem o trabalho:

— É melhor levarem ele até a pedra e jogarem de lá!

Andrés se debateu inutilmente, sem forças, e os homens o carregaram como se carrega uma criança de colo. Eles também não falavam nem insultavam. Levaram-no arrastado até a rocha plana, em forma de meseta, e o colocaram um instante sobre a pedra. Enquanto o arrastavam, tinha perdido o sapato, que estava grande demais nele. Um dos sujeitos perguntou:

— Tem certeza, Tequendama?

E o outro respondeu, sem vontade:

— Vai.

Andrés, de barriga para cima sobre a pedra fria, viu um pedaço de lua e o rosto agonizante de sua avó no travesseiro da cama. Percebeu que o levantavam pelos pés e pelos ombros e depois sentiu um vazio no estômago e uma contração em todas as molas do medo. Esbugalhou os olhos, mas só viu a escuridão; sentiu a chuva no rosto, depois um dilúvio, e depois sentiu frio, muito frio. Esticou os dedos, arqueou as costas e ao entrar de repente em contato com o ar e a água pareceu que seu corpo não pesava, como se tivesse asas. O grande jorro de água não o afundava nem o empurrava, só o acompanhava, e ele percebeu seu corpo leve não caindo, mas flutuando, voando entre as corredeiras. Abriu os braços amplos como galhos e suas pernas longas como duas raízes rasgadas. A cabeleira, o tronco branco, os olhos abertos, líquidos, todo o seu corpo intacto parecia limpar a água. Flutua, voa, nada, sua cabeça por momentos submerge e sai, entre o ar e a água. Antes que as pontas dos primeiros penhascos toquem nele, há um último lampejo de consciência, e

315

de novo os rostos e os nomes daqueles que mais amou, a avó, alguns amigos, o rosto sorridente de sua mãe antes dos anos de amargura, o rosto de Virginia com seus dentes em recreio e seu cabelo luminoso como uma labareda. O que sobrou de Andrés, pó, ar, água, foi parar num local em que ninguém nunca o veria. Seus cadernos, seus poemas, uma ou outra palavra sua poderiam transbordar a morte. Na memória de Virginia também ficaria uma amorosa lembrança dele, e na cabeça de alguns poucos a imagem de seu rosto doce de olhos grandes, inesquecível. Tinha provado por um instante um pequeno torrão do paraíso, mas o terror sem trégua de Angosta o desterrara.

Na quarta-feira, Jacobo perguntou por Andrés aos porteiros. Não tinha voltado. Também a ruiva perguntou por ele algumas vezes, antes de ir para o trabalho, com uma horrível sensação de abandono e solidão. Antes de sair enfiou um bilhetinho por baixo da porta do quarto dele no galinheiro, pedindo que a acordasse à noite, não importava a hora em que voltasse, a qualquer momento. Mandava beijos para ele no ar e repetia seu nome por dentro, como um conjuro, Andrés, Andrés, Andrés, para que voltasse. Jacobo achou que talvez Zuleta tivesse ido direto para o trabalho em Tierra Fría, sem passar pelo hotel, mas à noite tornou a perguntar por ele e obteve a mesma resposta. Virginia apareceu em seu quarto; alarmada, ligara para a Fundação H e lá lhe disseram que ele não tinha ido trabalhar, que estava fazendo um trabalho de campo por duas noites. Ela sabia que Andrés ia fazer um trabalho delicado, embora não tivesse maiores detalhes, mas ele tinha dito que era só por uma noite. Jacobo lhe contou, sem entrar em detalhes, o que ele sabia, mencionou a fotógrafa sua amiga e, quase obrigado pela ruiva, ousou telefonar para o apartamento de Camila, mas ninguém atendeu, embora tivesse ligado várias vezes e deixado o telefone tocar por um bom tempo. Virginia ligou para Pombo e pediu permissão para não ir trabalhar no dia seguinte. Combinou com Jacobo de irem ao Salto de manhã, para tentarem descobrir alguma coisa. Ficaram juntos no quarto; os dois precisavam de companhia.

Não pregaram os olhos, embora por momentos fingissem dormir, só para dar ao outro uma impressão de tranquilidade. Com o auxílio de suas piores lembranças, Virginia imaginava as cenas mais terríveis, e as via em sua imaginação com a nitidez de um filme: sangue brotando aos borbotões do corpo de Andrés e ela mesma lutando com mãos, panos, ataduras, algodão, para que a vida dele não se fosse entre os jatos de coágulos, entre as vísceras expostas, entre a palidez e a respiração interrompida até tornar-se inaudível. Tremia, mexia a cabeça de um lado para o outro, com fúria, para tentar se livrar daquela visão e daquele pensamento, mas então outra imagem até pior de destruição surgia, como uma foto, na sua imaginação. Jacobo também, embora com uma cenografia mais vaga do Salto, pensava na queda de dois corpos que iam afundando na escuridão, gritando em uníssono, no vazio, Andrés ao lado de Camila, de mãos dadas, mergulhando na noite, sorridentes antes de se espatifarem nas pedras. Só algo trágico podia ter acontecido, pensavam, diziam, embora também por momentos fizessem o possível para inventar uma sequência de pensamentos que os consolasse: Jacobo, por exemplo, insistia em que a realidade é vasta, variada, muito mais prolífica que a imaginação, e talvez aquela inexplicável ausência se devesse a algo lógico, impossível de calcular por falta de dados, mas com um final feliz e incruento. Também quando ela, Virginia, desaparecera por alguns dias, ele, Jacobo, pensara no pior, e o pior acabou sendo o assalto de que ele foi vítima, não a ausência dela.

Depois caíam outra vez no pessimismo, porque Virginia sabia que em Angosta quase sempre eram as piores hipóteses, os pressentimentos mais nefastos que se confirmavam, e não ilusões e esperanças. Então ele ou ela, para apressar a noite, ia ao banheiro, fazia alguma coisa sem vontade, com líquidos ordenhados à força, bebiam água, olhavam pela janela e julgavam divisar Andrés em qualquer vulto, em qualquer transeunte, inclusive no mais improvável, um gordo e baixinho, uma mulher de saia, um velho. Ao descobrir o engano, já sem a menor chance para a ilusão de ótica, Virginia reprimia um grito de impotência, lançava um gemido de desespero, "Não é, não é, aquele também não é, merda", e voltava a mergulhar no desconsolo. Era horrível não saber, não poder se entregar à dor ou à tristeza, não poder sentir raiva, vontade de se vingar, de buscar uma reparação, não poder ir correndo socorrê-lo.

Na quinta-feira, o dia amanheceu chuvoso, e antes de sair com Virginia, Jacobo telefonou para o dentista para ver se Camila tinha consulta marcada. Nada. Enquanto tomavam o café da manhã, que ele engoliu sem nenhum apetite, à força, procurou alguma notícia nos jornais. Falava-se do desaparecimento do presidente de um sindicato de professores do Sektor C. Era um líder negro, dizia a nota, que lutava pela educação nos bairros populares e responsável por várias greves que exigiam mais recursos do governo. Sabia-se que vinha recebendo ameaças; na terça-feira à tarde, tinha sido levado por vários homens, num jipe, e desde então não se soubera mais nada sobre ele. Isso era tudo, além de uma pequena foto do homem, sorridente, vivo.

Pegaram o metrô até Desesperados e foram caminhando até o Salto. O pequeno parque ao redor da queda estava envolto em neblina e em vapores fétidos como sempre. Aproximaram-se das paredes rosadas do hotel por uma rua vizinha. Caminharam em volta do hotel sob a garoa, mas não viram nada. Subiram à Roca del Diablo e olharam para o vazio onde as águas rugidoras primeiro deslizavam sobre a penha e depois rebentavam e afundavam entre as pedras. A partir de certo ponto da queda, via-se apenas um cogumelo nebuloso idêntico a um nada. As portas do hotel estavam trancadas, a grade externa também, e os muros descascados tinham restos de uma pintura avermelhada. Os poucos transeuntes os observavam com desconfiança, porque o casal o tempo todo limitava-se a olhar, sem se mexer, procurando por todos os lados algum indício, alguma coisa. Quando notaram os olhares intrigados de alguns guardas que estavam numa patrulha e não tiravam os olhos deles, preferiram voltar ao La Comedia, desconsolados.

Ninguém sabia o nome dos pais de Andrés, nem o endereço nem o telefone, mas para Virginia parecia impossível que ele tivesse voltado para casa, considerando o que ele lhe contara sobre sua família. Chamar a polícia seria inútil, além de comprometedor. Fizeram uma série de telefonemas para os hospitais, mas em nenhum deles havia um paciente que correspondesse aos nomes e à descrição que Jacobo e Virginia faziam de Andrés e de Camila. Virginia começou a chorar e depois de algum tempo adormeceu na cama de Jacobo. Passaram a tarde e a noite juntos. Tristes, inquietos, com raiva e impotência. Embora se sentisse incapaz de fazer alguma coisa, Virginia madrugou para tomar banho e foi ao trabalho em Tierra Fría. Pensava ir à Fundação para perguntar de novo por Andrés.

Nessa mesma sexta-feira de manhã, um pouco mais tarde, o dr. Burgos apareceu no hotel. O porteiro lhe disse que desde terça-feira ninguém voltara a ver aquele rapaz, Andrés, e que alguns hóspedes já estavam assustados. Burgos assentiu e, quando já ia embora, parou e fez mais uma pergunta.

— Aqui não há ninguém que saiba onde mora a família dele?

— A família, acho que não — disse o porteiro. — Mas aqui ele era amigo, principalmente, da Virginia, uma moça que mora ao lado dele, lá em cima, no galinheiro. Às vezes eles saíam para caminhar. Ela não está. E ele também era conhecido do professor Dan, que deve estar dando aula, e de *don* Jacobo, que, se não me engano, está no quarto. Se o senhor quiser, posso ligar para lá.

O porteiro ligou para a suíte de Jacobo e o dr. Burgos subiu. Sentaram-se na salinha do quarto. Jacobo lembrou ao outro que os dois haviam se conhecido anos antes, num ato na universidade, e o dr. Burgos fingiu ter se lembrado. Jacobo disse que sabia o que Andrés estava fazendo no Salto e contou que também conhecia a fotógrafa que fora com ele, Camila Restrepo. Telefonaram outra vez para ela, mas de novo ninguém atendeu o telefone.

— Talvez nunca devêssemos tê-lo incumbido desse trabalho — disse o dr. Burgos.

— Talvez o senhor mesmo devesse ter se encarregado — disse Jacobo, seco, quase com raiva.

— É. Há certas coisas que não se deve delegar a ninguém, mas é que nós não estamos mais dando conta. Além disso, tudo foi planejado com total discrição; não era preciso muita sorte para passarem despercebidos. Mas, agora, temo que tenha acontecido o pior para esse rapaz. Era uma pessoa maravilhosa. Estamos vivendo o pior momento dos últimos anos, o senhor sabe. Matam por qualquer motivo; todos nós corremos perigo. E o pior é que, se fizeram alguma coisa com ele, não tenho como provar. A única coisa que posso revelar é a incumbência que a Fundação lhe deu e aonde o enviamos, mais nada. Só está faltando verificar se a família dele sabe de algo. Ele não nos deu nem o endereço nem o telefone deles. No cadastro consta apenas que é irmão de um oficial do Exército, Augusto Zuleta. Eu não quis ligar para ele; os militares não me inspiram confiança.

Jacobo sugeriu que, de todo modo, ligassem para a Brigada, para averiguar. Lá disseram que conheciam o capitão Zuleta, claro, mas que ele não estava. Achava-se no comando de uma operação na zona bananeira e não voltaria antes de uma semana. Não quiseram fornecer o nome nem o telefone dos pais. Consultaram a lista de assinantes. Havia uns seiscentos Zuleta. Mesmo que os pais de Andrés estivessem na lista, levaria muito tempo para localizá-los. O dr. Burgos telefonou para a Fundação e pediu que uma secretária, por favor, ligasse para cada Zuleta da lista, até localizar uma família que tivesse dois filhos: Andrés, de vinte e cinco anos, e Augusto, capitão do Exército. Eles não sabiam o nome dos pais. Até pouco depois do meio-dia, momento em que o dr. Burgos deixou o hotel, a secretária ainda não havia encontrado ninguém. No sábado já tinha telefonado para todos os números, sem descobrir o paradeiro dos pais de Andrés.

À noite, Virginia e Jacobo dormiam juntos, abraçados, sem desejo. Tiritavam de medo e tremiam de raiva. O nó do abraço não desfazia o nó na garganta.

Na segunda-feira, Camila marcou uma consulta com o dentista, alegando um dente mole. Dessa vez o motivo era verdadeiro e palpável, pelos golpes que levara do Senhor das Apostas. Ela mesma fez um breve telefonema a Jacobo, avisando que iria ao hotel para lhe contar tudo. Adiantou que Andrés não ia voltar. O Senhor das Apostas tinha batido nela mais pela companhia ("Você estava com um homem, sua vadia, com um rapaz, sua mentirosa") do que pelo trabalho, e comemorou que o coleguinha já estivesse servindo de comida aos vermes e aos urubus. Depois de alguns dias, parou de bater nela e a obrigara a vários atos humilhantes na cama. Na segunda-feira, ela disse que estava com um dente mole e ele a deixou ir ao dentista. O irmão do sr. Rey também avisou Jacobo, depois do telefonema, e Jacobo agradeceu, embora já soubesse que Camila viria. A fotógrafa chegou ao hotel um pouco antes das dez da manhã. Jacobo a recebeu; estavam alterados, trêmulos, sem nenhuma sombra de desejo. Abraçaram-se com medo, com terror. Viu que ela estava com um olho roxo e os lábios inchados. Não chorava, mas pelos olhos se via que já tinha chorado muito.

— Pelo menos você está viva. Pensei que tivessem matado os dois. Mas dá para ver que quase te mataram — disse Jacobo, acariciando o rosto dela enquanto a olhava. Ia perguntar por Andrés, quando ela mesma começou a falar.

— Isso não é nada — disse, e seu rosto adquiriu aquela expressão de quem tem muita dificuldade para conter o choro. Falava atropeladamente, sem ordem: — O filho da puta me ama e por isso acredita em mim. Acho que acredita, ou melhor, quer acreditar. Ou não acredita, mas não importa, porque ele não consegue me matar, não consegue. Por isso me bate tanto. Estava indo tudo bem no trabalho com o Andrés, ele era um moço lindo, meigo, um anjo. Depois chegaram os guarda-costas dele, os mesmos que bateram em você. As fotos deles estão lá, e principalmente as dos outros filhos da puta. Ele está morto, tenho certeza de que está morto. Não, não, não, ai. Eles o mataram. — Os olhos vermelhos de Camila voltaram a se encher de lágrimas. Continuou falando, com outra voz e com um soluço que às vezes engolia as vogais: — Foram eles que mataram o Andrés, com certeza. As fotos ficaram lá, você precisa ir lá buscar. O problema é que, se eles ficarem sabendo, se elas forem publicadas, eu também estou morta. Tem que ser feito, de algum jeito, não sei como. Mas por enquanto você precisa ir buscá-las de qualquer forma, Jacobo, de qualquer forma. Lá está a prova de que eles o mataram. — Falava sem coordenar muito bem as ideias, e Jacobo não a entendia direito, não podia entender quem era quem, o que havia acontecido, como, por que Andrés estava morto, o que tinham feito com ele, onde, quem.

Conseguiu acalmá-la, e Camila explicou mais devagar o que ela e Andrés tinham visto naquela noite, o que ela conseguira fotografar, os dois cartões de memória nas fendas do assoalho; ainda havia provas incontestáveis, apesar de eles terem pegado a câmera dela. Depois contou sobre a chegada dos guarda-costas de seu namorado, a entrada dos dois grupos no hotel, a resistência e como tinham adiado sua sentença; acharam que o namorado sem dúvida a mataria. O Senhor das Apostas a deixara cinco dias trancada num quarto em Paradiso. Talvez tivesse mesmo pensado em matá-la, mas não conseguiu. Ele a amava, talvez a amasse um pouco, ou estava viciado em seu corpo. Só tinha batido nela, depois pediu desculpas e disse que falaria com os capangas para não fazerem nada com ela.

— Preciso de um passaporte e de um visto, preciso de dinheiro, preciso sair daqui quanto antes — disse Camila, soluçando. — E não posso demorar muito. Os guarda-costas vão me esperar na saída do dentista. Ou melhor, tenho que ir já. Se ele suspeitar de alguma coisa, me mata, me mata.

Jacobo tentou detê-la. Tinha medo de que a matassem mesmo. Propôs escondê-la até poderem decidir alguma coisa. Ele mesmo a ajudaria a sair, mas Camila insistiu que naquele momento seria muito perigoso sumir; ela devia continuar fingindo que tudo aquilo tinha sido para o jornal, e assim continuar tranquilizando o Senhor das Apostas, que tinha acreditado na sua história. Se ela se escondesse, o sujeito mandaria procurá-la por toda parte, a encontraria e tudo seria pior, mais perigoso, inclusive para Jacobo. Eles precisavam manter segredo por alguns dias e ser prudentes. Foi embora.

Nessa tarde, quando voltou do trabalho, Jacobo teve de contar a Virginia a história que soube por Camila. Ela não havia presenciado, mas era quase certo que tinham jogado Andrés no Salto. Pegaram os dois fazendo o trabalho para a Fundação, espionando e fotografando um dos muitos crimes da Secur, e isso era imperdoável. Tinha sido uma coincidência fatal, e uma imprudência da fotógrafa, embora ela não tivesse culpa. Só não estava morta porque contava com a proteção de um poderoso mafioso, o Senhor das Apostas. Virginia assentia com a cabeça e de seus olhos caía um choro mudo. Era uma tristeza profunda, pesada, como uma pedra enterrada no peito, uma tristeza que ela não sentia desde quando mataram seu irmão. Ele não tinha sido morto pela Secur, e sim pelo outro bando, a guerrilha do Jamás, porque não quis se unir ao Putas e aos da gangue do bairro. Anos depois, afinal, ela havia encontrado um rapaz que lhe evocava a mesma bondade de seu irmão; tinha tido a esperança de que ele a acompanharia e cuidaria dela. Agora ele também não existia mais e ela era obrigada a se deixar consolar pelos braços secos de um homem seco, quase sem sentimentos. Olhava para Jacobo com raiva. Tinha raiva por ele lhe dar assim, com certa frieza, a pior das notícias. Não que ela já não a esperasse, mas odiava a confirmação segura de seus piores temores. No entanto, deixou-se abraçar e apoiou a cicatriz de seu peito contra o peito seco de Lince. Depois dormiram juntos, ou fingiram dormir, mas dando-se as costas. Cada um, no fundo, sentia um rancor inconfessável. Jacobo, rancor do morto, que era muito mais amado do que ele. Candela, porque queria que o vivo fosse um e o morto outro.

O dr. Burgos não conseguiu que lhe abrissem o velho hotel novamente. Seus conhecidos souberam que algo grave tinha acontecido naquela noite, pois receberam um telefonema anônimo avisando que o hotel seria queimado se continuasse sendo usado por grupos que tramavam clandestinamente contra o governo. Portanto, se Jacobo queria recuperar os cartões, teria que entrar escondido ou à força. Virginia se ofereceu para acompanhá-lo. Parecia que os vigias do hotel ficavam lá dentro apenas à noite. De dia faziam patrulhas regulares pelo local, mas não havia uma vigilância permanente. Deviam ir ao Salto, identificar a patrulha e entrar imediatamente após passasse uma ronda de vigias.

Candela conhecia o dono de um bar nas imediações. Se sentassem a uma mesa perto da janela para beber alguma coisa, poderiam, de lá, observar o hotel e agir assim que os guardas passassem. Quebrar os cadeados seria muito difícil, mas os dois juntos poderiam pular a grade e talvez entrar por uma janela quebrada sem serem vistos. Se não conseguissem, Virginia tentaria abrir com uma gazua alguma porta lateral; ela sabia fazer isso.

Do bar viram que as janelas eram muito altas para serem escaladas. Teriam que pular a grade pela parte de trás, que dava para o Salto no lado da Roca del Diablo, por onde passavam menos transeuntes; assim despertariam menos suspeitas. Depois Virginia teria de abrir a porta com uma gazua. Quando a moto da vigilância passou, saíram depressa do bar e pularam a grade sem dificuldade. Mas a porta não abria. Talvez Candela tivesse perdido a prática. Desanimados depois de mais de quinze minutos forçando a fechadura (os vigias deviam estar prestes a voltar de sua ronda), resolveram ir embora. Jacobo, num gesto de raiva e impaciência, como despedida deu um pontapé na porta com raiva. Meio podre por causa de anos de umidade, a fechadura saltou e a porta se abriu de par em par. Entraram, subiram as escadas de serviço às pressas e procuraram o restaurante, perto da janela, no lugar que Camila indicara. Ficaram algum tempo inspecionando as fendas do assoalho, até que Virginia viu uma pequena faixa amarela. Os dois cartões de memória estavam muito perto um do outro. Saíram aterrorizados, com o coração ricocheteando nas costelas e a sensação de que logo seriam descobertos; pularam a grade, correram para a rua e tomaram um táxi para voltar ao hotel.

Antes de telefonarem para o dr. Burgos ou de que Camila viesse, queriam ver as fotografias, mas para isso precisavam de uma câmera. Jacobo pegou sua caixinha de metal, tirou trezentos dólares e os dois foram até o centro comercial, atrás da catedral. Examinaram as câmeras digitais e pediram uma que aceitasse o mesmo tipo de cartão de memória que Camila usara. Voltaram rápido ao hotel, ansiosos para ver o que havia nos dois cartuchos. Jacobo tentava colocar os cartões intuitivamente enquanto Virginia lia o manual. Sem conseguir reprimir sua velha mania de cão farejador, Jacobo cheirou os cartões de memória, e uma lembrança muito viva veio à sua mente: o cheiro de Camila, de sua possessão, o que transmitiu a seu corpo uma agradável onda de familiaridade. Depois de várias tentativas, conseguiu encaixar um dos cartões no aparelho. Por fim a câmera ligou e na tela apareceu seu próprio quarto, a poltrona de leitura, a porta do banheiro. Apertou o obturador e na tela surgiu uma foto fora de enquadramento, com o batente da janela que dava para as montanhas. Na tela, uma mensagem indicou: "Memória insuficiente, cartão cheio". O importante era não cometer o erro de apagar o conteúdo. Queria ver o que havia ali. Apertou o botão correto por acaso. A primeira coisa que Lince viu foram várias fotos da Roca del Diablo, sem suicidas, sem vítimas. Avançou até ver um corpo nu estendido no chão, mas também não era o que estava esperando; os nus estavam felizes, quase num antônimo de sofrimento. Reconheceu o corpo de Camila, seu corpo grande e liso, e avançou com a seta; Andrés também estava nu, e havia um close de seu membro. Mais fotos de corpo inteiro, com a luz esbranquiçada do flash. Por um instante lhe passou pela cabeça que Camila estivesse zombando dele ou dando-lhe uma lição. Virginia, concentrada no manual de instruções da câmera, não via o que ele estava vendo. Depois seguiram-se várias fotos de Camila (o peito, os pelos pubianos, as pernas) e uma foto provavelmente tirada com o disparador automático, em que se viam os dois corpos entrelaçados, fazendo amor, deitados no piso de madeira, meio apoiados num saco de dormir, ao lado de uma mancha de vinho. Incomodava-o ver aquilo, como se estivesse espiando por um buraco de fechadura sem querer. Virginia perguntou o que ele estava vendo.

— Nada por enquanto — disse Lince, que ia passando rapidamente as fotos íntimas de Andrés e Camila com impaciência, sem curiosidade nem ciúmes.

Por fim o cenário mudou para o exterior, e surgiu a primeira foto dos capangas, descendo do carro.

— Aqui tem alguma coisa. Mas está muito longe e muito escuro. Não dá para entender muito bem o que está acontecendo — disse Lince.

Continuou a sequência, e, embora cada instantâneo congelasse os movimentos no ar, Jacobo tinha a impressão de ver as pancadas que estavam dando no pobre homem, um pouco tremido sob a luz tênue das poucas lâmpadas e do luar. Era um salto brusco e incômodo passar do casal nu e feliz ao comportamento brutal dos capangas. A cada foto, a vítima era vista mais e mais encolhida e em sua pele se notava um novo golpe, tumefações. Na sequência, eles foram tirando sua roupa e jogando as peças no vazio: calça, sapato, camisa. Era como se Jacobo visse a si mesmo nu, inerme, no dia em que o agrediram perto da casa de Virginia. Depois vinham fotos tiradas mais de perto, com zoom, e elas estavam menos nítidas ainda, porque Camila tentou focar o rosto dos assassinos, semblantes contorcidos pela maldade e pela raiva, ainda que muito indefinidos por causa da falta de luz e pelos movimentos. Eram as últimas desse cartão. Jacobo trocou o cartucho. Seus dedos tremiam.

Encaixou o segundo cartão. Sob a iluminação ruim, distinguiam-se dois alicates que se aproximavam da pele e a mordiam, giravam e a rasgavam. Na foto seguinte, via-se um calombo de carne e sangue que saía da pele roxa. Depois, o efeito de uma bala, o buraco no crânio, o corpo inerte que continuavam a chutar, o sujeito já desconjuntado, a forma como o levavam para o Salto, segurando-o por suas quatro extremidades, e o instante em que o jogavam no abismo. Apesar de a câmera ter tentado focá-los, não se distinguiam os rostos, ou mal se podia vê-los, imprecisos na distância, pelo menos na telinha da câmera. Virginia observara o terror e a comoção refletidos no rosto de Lince. Agora tentava arrebatar-lhe a câmera, para ela também olhar. Queria ver Andrés, queria ver se Andrés estava vivo ou morto.

— Isso você não vai ver aqui — disse Jacobo. — Depois que foram pegos, Camila não tirou mais fotos. Tudo o que aparece aqui aconteceu antes disso.

Virginia pegou de novo o manual e sugeriu que pusessem o cabo na câmera e tentassem ver as fotos no computador, como diziam as instruções. Lince ligou o computador e conectaram o cabo na câmera. Faltava o aplicativo. O CD estava na caixa da câmera nova. Instalou-o com impaciência. Cada minuto parecia uma hora. Enquanto isso, alertou Virginia de que, além do assassinato, ela veria coisas que talvez também fossem dolorosas para ela, embora de outro modo. Camila não tinha avisado, mas havia fotos dos dois juntos.

— Como assim, juntos? Claro que eles estavam juntos! O que você quer dizer? — perguntou Virginia quase com raiva.

— Transando.

Virginia fechou os olhos e não disse nada. Queria ver tudo. Instalado o programa, ligaram a câmera. Como num passe de mágica as fotos começaram a migrar para o computador e a aparecer na tela bem pequenas, do tamanho de provas de contato ou slides. Quando acabou de copiar todas, Jacobo colocou o outro cartão e também transferiu seu conteúdo. Virginia, antes de ver as fotos duras, da morte, quis ver as deles vivos. Começou a chorar, e teve vergonha de confessar que naquele instante sentia mais raiva que tristeza.

— Eu teria achado normal ver fotos assim suas ou até minhas — Virginia disse a Jacobo —, mas não dele. Não pensei que ele fosse capaz de fazer uma coisa dessas. Eu não tinha por que contar isto a você, que tem tantas, mas Andrés e eu estávamos juntos, juntos em todos os sentidos, juntos de verdade, comprometidos com as palavras até não poder mais, com todos os juramentos. Dói demais saber que ele fez uma coisa dessas comigo. Como está morto, acho que devo perdoá-lo, mas ele não sabia que ia morrer.

— Os homens são assim.

— Não, Andrés não era assim; ele não era como todos os homens, e muito menos como você.

— Até os melhores homens são assim, Virginia. Se nos dão a oportunidade certa, perfeita, cedemos, paramos de pensar. É mais forte do que nós. Não quer dizer nada, não pense mal dele. Além disso, acho que ele acabaria te confessando o que houve. Tinha esse tipo de ingenuidade.

— Ele se deixou fotografar; é o cúmulo.

— É só o que Camila sabe fazer. Ninguém pensa nessas coisas nem decide fazer: elas acontecem. E talvez ele nunca te contasse das fotos.

Virginia derramava umas poucas lágrimas. Havia raiva e decepção em seu rosto. Mexia a cabeça de um lado para o outro, numa negativa.

— E tem mais um motivo por que ele não devia ter feito isso. No domingo, eu tinha contado pra ele uma coisa muito importante.

— O quê, pode-se saber? — perguntou Jacobo.

— Não, não se pode saber, nem eu quero contar. Pode parecer uma bobagem. Em todo caso, eu gostava dele muito mais que de você, e teria gostado... Eu gostava muito mais.

Jacobo coçou a cabeça. Pensou numa coisa e disse o contrário do que estava pensando:

— Bom, eu já sabia que você também dormia com ele; o que eu não sabia era que ele fosse um amante tão bom.

— Não tem nada a ver com ser um amante bom ou ruim. Isso não importa. Eu gostava mais em outro sentido. Apesar de você ser um amante melhor, eu gostava muito mais dele como pessoa. Ele era mais doce e mais jovem, estava muito mais vivo que você, me desculpa.

A angústia de Virginia se refletia em seu rosto. Parou de chorar e se perdeu na corrente de seus pensamentos, distante, sozinha com eles. Jacobo não quis misturar à dor um incômodo sentimentalismo. Depois de algum tempo, a ruiva pareceu refeita. Reconheceu que o que ela estava passando não era nada comparado com o que tinha acontecido. Disse a Jacobo que queria ver o outro cartão, as fotos do morto.

— Não o mataram por posar nu, não o mataram por causa das fotos dele, mas porque viram o outro. Vamos ver do que se trata.

Jacobo clicou sobre algumas fotos. Quando a foto ocupava a tela inteira do computador era possível ver quase todos os detalhes. Além disso, os rostos, ao serem ampliados várias vezes com o zoom do programa, adquiriam feições nítidas, muito reconhecíveis até certo ponto, depois do qual as imagens ficavam tão pixeladas que perdiam nitidez. Jacobo enfocou um detalhe da feição do sujeito que estavam torturando com o alicate. Apesar da expressão de dor, era possível distinguir o rosto. Achou que o reconhecia; era o sindicalista desaparecido da foto publicada pelo jornal. Procurou entre os papéis, encontrou a página do jornal que havia guardado e pediu a Virginia que comparasse os rostos.

Era ele, sem dúvida. Depois ampliaram e enfocaram o rosto dos assassinos. Jacobo teve a impressão de reconhecer um deles. Sim, e também a roupa desalinhada, a gravata frouxa sob a jaqueta de couro preto. Um lampejo iluminou sua memória: Gastón, o guarda-costas de Potrero, quando o ameaçou na casa de Beatriz, quando os perseguiu a caminho da beneficiadora na fazenda de Tierra Caliente. Era ele, não havia a menor dúvida. Virginia também se lembrava do rosto dele.

Bateram na porta com violência, com pancadas insistentes. Jacobo fechou o programa rapidamente e fez sinais à ruiva para que escondesse a câmera. Gritou para esperarem um pouco, mas em seguida ouviram-se novas pancadas. Teriam sido seguidos por alguém? Jacobo olhou pelo olho mágico. Era o professor Dan, que entrou como um raio.

— O porteiro me disse que Andrés está desaparecido. Não pode ser, não pode ser! O que o senhor sabe, sr. Lince? — Ele nem tinha visto Virginia, até que a localizou num canto do quarto e a cumprimentou com a cabeça. Jacobo não respondeu. — Vamos, não façam mistério. Contem o que aconteceu, talvez eu possa fazer alguma coisa. Conheço muita gente lá em cima, tenho contatos; Andrés é a bondade em pessoa, não podem fazer nada com ele.

Sem lhe mostrar as fotos, Jacobo contou brevemente o que sabiam: o trabalho arriscado para a Fundação no Salto, o grupo de capangas que os descobrira, a ele e a Camila, o que se imaginava que podiam ter feito, que era quase certo, o último choro de Andrés e suas súplicas para não o deixarem sozinho. O professor Dan sentou na poltrona como que fulminado, um fardo desabando, e escondeu o rosto entre as mãos. Movendo a cabeça de um lado para o outro, saiu pouco depois sem dizer uma palavra.

Jacobo e Virginia abriram outra vez o programa no computador e continuaram a olhar as fotos, uma após outra, com cuidado, dando zoom nos detalhes, ampliando rostos, labaredas, alicates, braços, armas, semblantes, com uma curiosidade quase mórbida. Virginia correu até o banheiro para vomitar. Pensou ter reconhecido o Putas entre os capangas, mas não teve certeza. Não queria nem pensar que a mesma pessoa podia estar por trás da morte dos dois homens que ela mais amara na vida. Continuaram. Junto das cenas de morte estavam também as outras, sobre os sacos de dormir no hotel. O corpo grande e macio de Camila em cima do mais esguio e magro de Zuleta. Virginia olhou-o com uma mistura de ternura e raiva. Tinha uma expressão de incredulidade no rosto. Não podia acreditar que também Andrés, a pessoa em quem mais confiava, pudesse ter feito aquilo com ela, aquela banalidade. Jacobo deixou-a olhar à vontade, sem fazer comentários. Também lhe doía ver a dor no rosto de Virginia, mais do que ver Camila com Zuleta. Nunca a tinha amado, nunca lhe pedira que não transasse com outro homem. O que lhe parecia incrível era o que estava constatando: que suas duas amantes tivessem preferido Zuleta de maneira tão ostensiva, o rapaz *segundón* sem dinheiro e, para ele, sem encantos. Uma pequena lição para a sua vaidade.

No segundo cartão de memória, vinham as fotos do encontro dos dois grupos, entre os quais estavam os guarda-costas do Senhor das Apostas que tanto seguiam os passos de Camila. Entre eles viam-se os mesmos homens que haviam espancado Jacobo perto do La Comedia, quando saíra para dançar com Camila fazia já vários meses. Naquela mesma noite tinha visto Zuleta pela primeira vez. O tal Chucho devia ser um deles (Lince não se lembrava dos rostos), e os outros certamente eram os mesmos, mas Camila poderia reconhecê-los melhor, saber seus nomes. Lince arquivou todas as fotos numa pasta, que nomeou como AZ. Não sabia como avisar o dr. Burgos que tinham recuperado as fotos e que estava com as provas de que a Fundação necessitava.

Era uma dessas coisas que não podiam ser ditas por telefone. Também não queria aparecer na Fundação nem andar pela rua com os dois cartões de memória. Concluíram que a melhor coisa a fazer era mandar-lhe um e-mail marcando um encontro no dia seguinte na livraria de Pombo e Hoyos, em F, onde Virginia trabalhava. Lá poderiam entregar-lhe o material. Mas antes Camila teria de concordar. As fotografias eram dela. Pediram que o dentista telefonasse a Camila e marcasse uma consulta o mais breve possível.

Camila ligou de um telefone público mais tarde. Disse que eles não podiam fazer nada com as fotos enquanto ela não estivesse a salvo, longe do país, em outro lugar. Disseram-lhe que o dr. Burgos já estava providenciando o visto dela. Jacobo tinha resolvido a questão das passagens e do dinheiro para os primeiros meses. Deviam armar-se de paciência. Camila não se lembrava das outras fotos: das deles, antes da matança. Quando Jacobo as mencionou de passagem, ela chorou, disse que não as olhassem e que as devolvessem sem tirar nenhuma cópia, porque era um assunto dela, só dela. Queria vê-las apenas uma vez, depois ela mesma trataria de apagá-las. Tinha sido uma coisa casual, para espantar a solidão, mas bonita. Não se arrependia; pelo menos Andrés tinha levado uma boa lembrança da vida.

Embora eles mesmos não se deem conta disso, os Sete Sábios não gostam quando um candidato a receber a solução definitiva é livrado do golpe do braço operacional. Sentem o recuo como uma derrota íntima, como uma prova de condescendência que no fundo lhes parece um sinal de fraqueza e falta de caráter. Por isso, nos casos seguintes mostram-se mais rigorosos e intempestivos, mais implacáveis, pode-se dizer. Depois de salvarem o tal livreiro desconhecido, uma tola vacilação de Terça-Feira, que propôs e depois suspendeu uma operação do corpo de inteligência, o mau humor tomou conta deles. Quando passaram à leitura do último *segundón*, o jornalista Ortega, os ânimos se exaltaram. Seis dos sete sábios, resmungando, jogaram a bola preta quase sem pensar. Curiosamente, Domingo, o último a votar, hesitou, o que transformou o desconcerto em paroxismo e, se isto ainda era possível, piorou o mau humor dos demais. Domingo não demonstrava pressa e apoiava o queixo na mão esquerda.

Já tinha lido as acusações em tom neutro: "Antonio Ortega,* advogado e colunista de *El Heraldo*, ex-diretor da revista *Máscaras*. Há anos vem fazendo declarações caluniosas contra o governo e incitando de forma sutil e indireta os partidários da revolta contra o Apartamento. É um aliado secreto do grupo Jamás, um inocente útil da subversão e um instrumento de discórdia, um semeador de cizânia. Convém eliminá-lo de uma vez por todas".

— Senhores — diz Domingo —, por mais estranho que pareça, eu aprecio o Ortega. Escreveu uma vez um artigo muito elogioso sobre meu irmão, um boêmio que morreu há muito tempo, de cirrose, um fazedor de versos. Além disso, acho que ele é um libertário, coisa que detesto, mas não um terrorista. Em honra à memória do meu irmão, não posso permitir que seja eliminado. Bola branca e veto, por mais estranho que lhes pareça.

Os outros Sábios se espantaram com os motivos; não estavam habituados a essas fraquezas de caráter, ao respeito por apegos

---

* Antonio Ortega, 48 anos, jornalista incorruptível e independente, alheio a qualquer pressão do poder, impossível de comprar com adulação ou influências, é justamente o contrário do que diz sua sentença de morte. Há quase vinte anos escreve a coluna de opinião mais radical e crítica de toda a Angosta, mas não tem nem a mais remota relação com grupos violentos. Odeia a violência, tanto a do Jamás como a da Secur e dos narcotraficantes, e denuncia todas, mencionando a inegável cumplicidade dos aparatos do governo. Os Sete Sábios, ou pelo menos seis, não suportam mais o barulho de suas denúncias, que arde na pele deles como a cusparada de um animal peçonhento.

familiares. Quase nunca há reuniões como esta, com tropeços, discórdia e desavenças. Talvez nunca antes, numa mesma sessão, dois corpos foram livrados do sangue. O mau humor fica ainda mais denso. Fumam, o uísque acaba e eles têm de tocar a campainha várias vezes. Alguns sentem calor e pedem uma pausa para arejar ou ir ao banheiro. Além disso, a parte mais árdua e séria da sessão ainda está por vir, pois os próximos candidatos são os que vivem em F, e esses casos, por uma irreprimível questão de casta e de território, sempre foram os mais difíceis de resolver.

Domingo, com o rosto um pouco congestionado, dá duas batidas leves na mesa. Começará a leitura da lista de condenados de Tierra Fría. O primeiro é um personagem curioso. Acaba de sair da prisão por causa de suas ligações com Pablo Escobar, o célebre mafioso. Enriqueceu com ele, apostando em suas cargas de coca, investindo grandes somas em negócios de altíssimo risco, que se perdiam por completo ou rendiam mil por cento. Não era capanga, dizem, nem intervinha diretamente no tráfico, mas colaborava com essa gente e fez amizade com seus chefes. Domingo pigarreou e leu as acusações.

— Álvaro Blanco Acero. Amargou nove anos na prisão de Cielorroto, acusado de tráfico de entorpecentes, saiu há três meses, mas há gente incomodada, muita gente, pessoas próximas do Conselho, *dones* com grande influência. — Interrompeu a leitura, ergueu os olhos. — Há mais uma coisa que não consta nesta ficha, senhores, e lamento ter que mencioná-la: vários maridos cornudos se queixam de que Álvaro voltou à carga, apesar da lição que lhe demos em Cielorroto. Escobar já está quite, mas resta o detalhe de que ele seduz as senhoras de bem e se gaba disso. Além do mais, há velhos rancores, vocês sabem, pois muitos *dones* acreditam que Acero foi cúmplice de Pablo em alguns sequestros. Pode não ser verdade, mas dizem que ele repassava informação privilegiada sobre transações financeiras, remessas de divisas, contas secretas nas ilhas Cayman. Há pessoas importantes que garantem ter ouvido sua voz ou visto suas gravatas de seda, inimitáveis, no cativeiro. Entende-se que às vezes alguns precisam se meter com a máfia e com as drogas para fins louváveis e campanhas antiterroristas, mas chegar a ponto de sequestrar pessoas de F é algo que jamais se pode tolerar. Creio que não devo acrescentar mais nada; vocês decidem. Votação.

Mal-humorados depois de duas absolvições, houve só uma bola branca, a de Sexta-Feira, que era primo distante do sujeito. Menos de duas semanas depois, apesar de seu guarda-costas e do carro blindado, em frente ao clube mais exclusivo de Tierra Fría, morreria baleado com uma descarga de tiros o habilidoso homem de negócios, grande jogador e grande dom-juan, um cavalheiro curioso, um *don* de velha cepa: Blanco Acero.

Jacobo subiu até o quarto de Isaías Dan. Bateu duas vezes de leve e girou a maçaneta sem esperar resposta, pois Dan nunca ouvia as batidas na porta. O professor Dan não o ouviu entrar. Estava em pé, de costas para a janela, de olhos fechados, movendo ritmicamente o corpo para a frente e para trás. Por seu rosto deslizavam algumas lágrimas e em seus ombros havia uma espécie de estola de seda branca com listras azuis de cujas extremidades pendiam alguns fios. Na testa, amarrado com tiras de couro, havia uma espécie de dado preto, grande, brilhante, e um objeto parecido amarrado no braço esquerdo, com fitas também de couro enroladas no antebraço, como tiras de sandálias, que ele segurava na mão. Um solidéu preto cobria seu cocuruto. Ele entoava uma prece numa língua que Lince desconhecia.

— Desculpe — disse Jacobo; depois tossiu, e o professor Dan abriu os olhos vermelhos de chorar.

— Ah, Jacobo, é você. Desculpe. Trata-se de uma fraqueza minha. Não que eu acredite nisso, mas não sei mais o que fazer. Quando alguém de que eu gosto morre, ou é morto, como neste caso, me dá vontade de chorar. E como não sei o que fazer com o choro, para não gritar como um louco, recito o Kadish. É também uma maneira de me acalmar. Como tomar um Valium ou rezar o terço, para os católicos.

— Eu não sabia que o senhor era praticante, professor. O que o senhor reza? É em hebraico?

— Não, em aramaico. E nem sei muito bem o que quer dizer. Mas repito muitas vezes e isso me acalma. Nem sequer sei se sou mesmo judeu. Minha avó era, meus bisavós também; sou circuncidado e fiz meu bar mitsvá na sinagoga. Uma parte da minha família também acha que é judia, apesar de não sabermos muito bem o que isso significa; a família da minha prometida queria que eu fosse. Na verdade, não me importo com isso, mas rezo o Kadish quando acontece algo muito doloroso para mim. Andrés era um excelente rapaz.

— Por favor, faça a oração de novo, eu gostaria de ouvir.

Dan começou a se balançar e a dizer em tom de cantilena uma longa oração de cadência dolorosa. Tornou a chorar. Jacobo também se comoveu, mas, pouco depois de ouvi-lo rezar, misteriosamente, sentiu que a oração lhe trazia uma espécie de calma, como se a melodia monótona tivesse algum poder encantatório. Por fim, Dan se calou e começou a tirar os paramentos devagar e os dobrou com cuidado antes de colocá-los em saquinhos de veludo.

— E essa estola, o que é?

— Chama-se *talit*. Os judeus a colocam para rezar. Ganhei de presente do meu futuro sogro um pouco antes do meu casamento, quer dizer, um pouco antes de eu resolver que não iria me casar. Quando rompi o noivado, na família da minha prometida rezaram o Kadish por mim. Romper um noivado é mais grave que morrer; pior do que se divorciar. Apesar de eu não ter me casado, não devolvi a estola. E estes eram os filactérios do meu avô; dentro deles tem trechos da Torá. São tão velhos que as tiras já estão rasgando. O quipá também está velho e puído, mas não faz mal. São objetos que eu guardo nem sei bem por quê. São como lembranças de família, mas despojadas da aura sagrada que tiveram para todos eles. Eu não acredito em mais nada que esteja além de nós, com exceção da matemática. O Kadish eu aprendi quando era muito jovem, com treze anos. Não tenho certeza de que o pronuncio corretamente, embora ache que sim, porque essas coisas nunca se esquecem. Nem sequer tenho o direito de recitá-lo, pois para rezar é preciso haver pelo menos dez homens. Eu faço de conta que os pés da cama e das cadeiras são homens.

— Subtraia um pé, professor, que eu estou aqui. Mas vim porque queria lhe pedir um favor, meu querido Dan. É arriscado, embora não muito para um estrangeiro. Trata-se de levar um material até Tierra Fría para entregar ao diretor da Fundação H, onde Andrés trabalhava. É um material delicado, decisivo para fazer uma denúncia, porque são as fotos dos assassinos de Zuleta. É muito fácil de esconder, porque é minúsculo, mas não pode ser levado por nenhum TS, porque eles são revistados com mais rigor. Estou pensando em levar metade de carro e talvez o senhor pudesse levar a outra metade de metrô. Se quiser, marcamos uma hora e eu mesmo pego o senhor na Plaza de la Libertad. Ficamos de nos encontrar com o dr. Burgos às três da tarde na livraria El Carnero, que é de uns amigos meus e onde Virginia trabalha.

O professor Dan não hesitou um instante e começou a se trocar para sair. Jacobo lhe entregou um dos cartões e guardou o outro numa embalagem de camisinha que levava na cueca, um velho resquício de caçador furtivo. Todas as fotos estavam copiadas em seu computador, caso fossem interceptados, e Virginia tinha mais uma cópia, em discos, se por acaso acontecesse alguma coisa. O dr. Burgos pensava lançar uma publicação especial com as duas denúncias: a do desaparecimento do sindicalista, de que havia registro, e a do sucessivo desaparecimento de Andrés, que ficara em poder dos mesmos homens, no mesmo lugar, à beira do Salto.

Duas horas depois, os dois amigos chegaram juntos e sem contratempos à El Carnero. A livraria não parecia estar sendo vigiada. O dr. Burgos os esperava, fingindo olhar os livros. Como Hoyos e Pombo não sabiam o motivo da visita, lhe ofereciam assessoria para livros de história e de política, por pensar que ele estava interessado nesses temas. Virginia, limpando livros limpos, observava o dr. Burgos de longe, pois ela, sim, sabia o motivo da presença dele ali e esperava, nervosa, a chegada de Lince. Quando Dan e Jacobo entraram, ela pareceu aliviada. O dr. Burgos se reuniu com eles à parte e entregou a Jacobo o passaporte de Camila. Tinham conseguido um visto para a Noruega, e ela poderia partir quando quisesse. Teria status de refugiada. A Fundação poderia assumir outros gastos, se fosse preciso. Hoyos e Pombo, surpresos com a visita de seu amigo de T, e mais surpresos ainda quando o viram conversando em voz baixa com Burgos, se recolheram ao escritório. O professor Dan olhava tudo, como sempre, com uma expressão ausente, que não correspondia ao que estava acontecendo. De vez em quando apalpava o cartão de memória no bolso, num tique ansioso.

O dr. Burgos explicou a Jacobo como era importante Camila sair do país o mais rápido possível, para que ele pudesse publicar logo o material, antes que o assunto virasse águas passadas. Quando a denúncia saísse, isto Jacobo também devia saber, todos os implicados correriam riscos. O simples fato de terem sido vizinhos e amigos de Andrés no hotel La Comedia serviria de pista para os assassinos; todos seriam perseguidos, disso eles podiam ter certeza. Dan e Jacobo esclareceram que a única relação deles com Andrés se limitara a umas poucas conversas e a algumas caminhadas. A ruiva os observava do fundo da loja. O dr. Burgos olhou-a com ar de interrogação. Jacobo explicou que ela também morava no hotel e, no fim, tinha sido uma espécie de namorada de Zuleta. O dr. Burgos perguntou se ela se chamava Virginia, e Jacobo se surpreendeu de que ele soubesse o nome; talvez o dr. Burgos também tivesse o seu serviço de espionagem. Ele continuou falando e disse que não seria má ideia o grupo de caminhantes tirar umas férias, ou algo assim. Para ver como as coisas iriam evoluir, porque todos que tivessem algo a ver com Andrés se tornariam suspeitos, e a garota mais ainda (apontou Virginia com o queixo), se a relação deles tinha sido pública. Dan garantiu que nunca mais sairia do La Comedia, mesmo que o matassem, que ele, no final das contas, já estava mesmo meio morto. Jacobo disse que iria pensar. Virginia estava envolvida, e seus amigos da livraria, Jursich e Quiroz, também, embora muito indiretamente.

— Olhe, Jacobo, quando a Secur põe alguma coisa na cabeça, ela vai até o fim. Eles chamam isso de "operação de limpeza". Eu mesmo, depois que a denúncia for publicada, vou passar umas férias na Europa. É o mais prudente.

Jacobo pensou que todos os *dones*, por melhores que fossem, mesmo os filantropos de muito valor como o dr. Burgos, no fundo nunca deixavam de ser *dones*. Como ele podia imaginar que uma pessoa como Virginia, uma *tercerona*, pudesse tirar férias para ir a algum outro lugar? Ela nem conhecia o mar, nem cidade alguma além da Angosta baixa, nunca tinha entrado num avião, e ele lhe sugeria férias. A conversa esmoreceu e no fim falaram das fotos. Dan e Jacobo entregaram os cartões de memória.

Burgos recebeu o material e o levou para a Fundação. Sua mulher, *doña* Cristina, o esperava aflita e os dois viram juntos as fotos no computador do escritório. Jacobo havia apagado o registro do que acontecera entre Camila e Andrés antes de os assassinos chegarem. A qualidade das imagens não era muito boa para impressão, mas era suficiente. A tomada de primeiro plano dos criminosos, embora permitisse distingui-los muito bem e não deixasse a menor dúvida sobre a identidade deles, podia fornecer algum álibi aos advogados, caso encontrassem pela frente juízes complacentes, o que não era improvável. Ao menos essa era a opinião do dr. Burgos. De qualquer modo eles nunca tinham sido flagrados de forma tão direta fazendo o que vinham fazendo havia tantos anos com total impunidade. Além do boletim da Fundação, seria muito importante conseguir que outros veículos também publicassem parte do material e da história. O dr. Burgos tentaria impor a publicação em *El Heraldo*, onde tinha muita influência, e também numa revista e numa emissora de rádio. Fariam o maior barulho possível. Jacobo, que havia selecionado alguns poemas dos cadernos de Andrés, se ofereceu para fazer um perfil, não assinado, do rapaz, ressaltando seu talento literário, incipiente talvez, mas promissor.

Lince e Dan desceram juntos para T no velho carrinho. Quase não conversaram. No caminho, ligaram para o apartamento de Camila, de um telefone público, para ver se ela queria ir até La Cuña buscar outro livro para o seu TCC. Ela disse que naquela tarde não podia ir, porque tinha uma consulta marcada no dentista, mas que iria no dia seguinte, sem falta. Enquanto a esperava, Jacobo comprou as passagens de Camila pela internet para o dia seguinte e pediu que elas fossem deixadas no balcão do aeroporto de Paradiso. O voo para Oslo faria uma breve escala em Madri. Separou um envelope com três mil dólares em dinheiro e um cheque que daria para ela viver um ano sem problemas. Na Noruega, além disso, estaria sob a proteção do governo. Conferiu o saldo de sua conta bancária e viu que os últimos débitos nem sequer se notavam: meros arranhões nos juros que não chegavam a tocar o capital. Abençoou sua mãe, a falecida, que lhe permitia fazer esses gastos sem sentir.

A despedida de Camila foi rápida e mais cheia de nervosismo que de emoção. Jacobo lhe entregou o passaporte com o visto, o dinheiro e depois eles se abraçaram longamente. Os dois estavam pálidos, trêmulos, mas seus olhos continuaram secos. O importante era que o Senhor das Apostas não suspeitasse de nada. À noite ela iria dormir com ele num hotelzinho em Tierra Fría onde costumavam se encontrar. No dia seguinte iria à universidade normalmente. O voo para Madri saía às quatro da tarde. Pensava também em almoçar com seu falso protetor, se ele pedisse, e depois, quase sem bagagem, iria de táxi ao aeroporto e ficaria na sala de embarque. O próprio Senhor das Apostas sabia que não lhe convinha fazer barulho sobre a fuga dela, pois, se os agentes da Secur descobrissem, o morto poderia ser ele. Ele mesmo teria de se esconder. Jacobo desejou sorte a Camila. Prometeram encontrar-se algum dia, muitos anos depois, em algum lugar do mundo, na esperança de que todo aquele pesadelo já fosse então apenas história. Depois Camila saiu correndo pelas escadas e pelos porões, de volta ao consultório do dentista. Os guarda-costas que a esperavam em frente ao prédio a levaram de volta a F.

Na tarde do dia seguinte, a sra. Burgos apareceu no hotel. Seu marido não pudera vir porque desconfiava que estava sendo seguido. Ela trouxe a boa-nova de que Camila já se encontrava no voo para Madri. Embora soubesse que era uma imprudência, viera porque seu marido precisava de uma foto de Andrés para publicar no jornal, ao lado da denúncia de seu desaparecimento. Além disso, precisava levar o perfil que Lince estava preparando e também os poemas, pois *El Heraldo* iria publicar alguns no suplemento literário. Só esperava que a notícia não vazasse para o governo antes de o jornal sair, no domingo seguinte. Por enquanto Burgos tinha se negado a entregar qualquer material; somente faria isso na véspera da publicação. Tinha reservado o espaço, com uma manchete na primeira página.

Ninguém tinha fotos de Zuleta no hotel, e seu irmão, que trabalhava na Brigada, ou não voltara de suas operações na zona bananeira, ou não estava interessado em telefonar de volta. Jacobo se lembrou das fotografias da última tarde da vida de Andrés, aquelas que Camila tirara dele nu. Talvez pudesse recortar só o rosto para publicar no jornal. Pediu à sra. Burgos que esperasse um pouco, que ele ia procurar algo no computador; talvez resolvesse o problema. Ampliou e recortou vários rostos de Andrés. Às vezes ele estava de olhos fechados, e não se podia publicar uma foto de olhos fechados; ou então estava deitado, e tampouco se publicam fotos de pessoas deitadas, como se podia deduzir pela posição da cabeça. Por fim encontrou uma com a expressão do rosto muito intensa, uma expressão que, separada do entorno, não tinha um significado muito claro, podia ser de agonia e êxtase ao mesmo tempo. Naquele momento não havia outra solução e, fora de contexto, poderia ser interpretado como um rosto tomado de intensidade poética. Quando a mostrou a *doña* Cristina, ela disse:

— Eu me lembro dele de modo diferente, mais aprumado e sério, mas se não tiver outra…

Para Virginia, era odioso que essa foto fosse publicada, por motivos que só ela conhecia. E Jacobo pensou no paradoxo de que a foto mais triste, a da notícia da morte dele, fosse publicada com a imagem do momento que para todo homem é, talvez, o de maior afirmação.

* * *

O dr. Burgos escolheu bem o momento para levar a denúncia a público. Ele mesmo, com base nas fotos de Camila e no relato que Jacobo lhe fizera, escreveu e assinou o texto principal. Camila também, antes da partida, deixara uma folha assinada com seu testemunho sobre o que tinha ocorrido naquela noite. O artigo de Burgos era uma acusação direta contra os homens da Secur e, uma vez revelada a identidade dos responsáveis, pessoas que possuíam cargos na polícia secreta do Estado, tornava-se evidente a cumplicidade, ou pelo menos a omissão, do governo. O Senhor das Apostas também não tinha se saído bem do episódio, embora não pudesse ser acusado desses assassinatos. O dr. Burgos terminava acusando o governo de cumplicidade criminosa se não tomasse uma atitude contra quem cometera os assassinatos.

O jornal publicava as fotos do crime e dava os nomes e os cargos dos quatro homens envolvidos na morte do sindicalista no Salto. Dois eram oficiais da ativa; os outros dois, reformados. Depois vinha a foto de Andrés, e também as dos outros capangas que tinham estado no local, identificados como guarda-costas do Senhor das Apostas, dois deles também oficiais reformados. A reportagem contava como Zuleta (um jovem poeta, e alguns de seus versos estavam publicados ao lado de uma foto sua com cara de êxtase) caíra nas mãos do mesmo grupo que havia assassinado o sindicalista, e que desde então estava desaparecido. Se tinha sido jogado no Salto, encontrá-lo seria um procedimento impossível. Segundo alguns indícios, porém, era evidente o que tinha ocorrido, mesmo que o corpo não fosse localizado.

Apesar da pressão de Burgos, *El Heraldo* não quis se comprometer mais e não publicou as fotos mais chocantes e explícitas da tortura do membro do sindicato dos professores, mas elas apareceram num boletim que a Fundação distribuiu gratuitamente no dia seguinte, segunda-feira, em T e F. As emissoras de rádio não puderam ignorar o assunto, e até a televisão, ainda que de passagem e muito rapidamente, mencionou "os confusos acontecimentos" em que estavam envolvidos alguns civis e membros da polícia militar, segundo investigações do jornal *El Heraldo*.

A revista *Palabra* também publicou o testemunho de Camila e a denúncia de Burgos, além do perfil, sem assinatura, do jovem poeta de T escrito por Lince. Misteriosamente, toda a edição da revista desapareceu na madrugada da segunda-feira; o caminhão que a distribuía nas bancas e em outros pontos de venda foi interceptado por um grupo de homens em trajes civis, que o incendiaram. A edição de *El Heraldo* do dia anterior também sumiu das bancas, e só os assinantes leram a notícia, pois desde muito cedo um exército de homens dedicou-se a comprar os exemplares em todos os pontos de venda. Mas não se podia tapar o sol com a peneira, e parte da verdade veio à tona. O dr. Burgos, mais exaltado ainda com a tentativa de boicote à sua denúncia, organizou uma manifestação silenciosa pelas ruas em torno da Plaza de la Libertad e em frente à sede da prefeitura. Foi acompanhado por menos de vinte corajosos, que agitavam lenços brancos e mostravam cartazes com as fotos do assassinato no Salto ampliadas. O dr. Burgos telefonou ao hotel para convidar Jacobo a participar, mas o livreiro declinou do convite com uma desculpa qualquer. Pensou que sua negativa era ao mesmo tempo covarde e necessária; ele não tinha a menor vontade de cair no abismo de Desesperados, e participar de uma manifestação como aquela era assinar sua sentença de morte, sobretudo para um *calentano*. Tinha certeza de que se Virginia tivesse sido avisada, ela teria participado da manifestação, mas ele mesmo cuidou para que ela não ficasse sabendo. Nada mais fácil para a Secur que cancelar um salvo-conduto e depois sumir com uma *tercerona*.

No dia seguinte à publicação, o ministro do Interior declarou que o governo não tinha nenhum conhecimento sobre aqueles fatos deploráveis, os quais deviam ser atribuídos a membros corrompidos da polícia militar, e que medidas cabíveis seriam tomadas para punir os responsáveis. De fato, na própria quinta-feira, a Promotoria Pública prendeu três dos homens que apareciam nas fotos, mas não o principal implicado, o chefe, um certo Gastón Artuso, que conseguiu escapar e continuava foragido, conforme declarou um comandante da polícia. O governo emitiu alguns comunicados afirmando que os responsáveis seriam punidos com todo o rigor da lei. Nenhum outro veículo de comunicação além do boletim da Fundação ousou afirmar que Gastón pertencia ao grupo de escolta pessoal do senador César Potrero. Outros jornais de Angosta não repercutiram as denúncias; no máximo as mencionaram numa pequena nota de uma coluna numa página interna. Os telejornais, exceto no primeiro dia, esqueceram o caso para se dedicarem a assuntos mais urgentes. Na própria terça-feira, uma bomba tinha explodido no estacionamento do shopping Mall Cristalles, matando cinco pessoas, e o sangue dos feridos, o choro das mulheres e das crianças foi transmitido ao vivo pela televisão, o que obviamente ofuscou as demais desgraças da semana. Em Angosta as mortes de uns sepultam os massacres de outros, os sequestros servem para que não se fale dos desaparecidos, e os desaparecidos às vezes conseguem fazer que se esqueçam os milhares de sequestrados. Portanto, nos dias que se seguiram ocorreram, pontualmente, outros atos pavorosos cometidos por assassinos do Jamás, de modo que, como sempre acontecia na insaciável máquina devoradora do jornalismo, novos atos sangrentos cobriram com mais sangue o sangue anterior, assim como novos gols espetaculares faziam esquecer outros gols mais ou menos bons da semana anterior, ou assim como o tráfico de armas fazia esquecer o tráfico de cocaína, e vice-versa. Nada melhor, para a impunidade dos agentes da Secur, do que as atrocidades igualmente cruéis dos terroristas.

Domingo tornou a pigarrear.

— Falta o último nome da lista. O mais delicado, porque haverá protestos internacionais caso decidamos agir contra ele. Não é a primeira vez que seu nome é mencionado nesta sala, e, talvez por equívoco, até agora fomos condescendentes com essa pessoa. As coisas foram mais longe do que imaginávamos, o que prova que não podemos ser pusilânimes. Daqui em diante, teremos de ser mais rigorosos e cortar o mal pela raiz assim que ele começa a despontar, sem esperar que se alastre pelo campo. Vocês já devem ter adivinhado de quem se trata, pois são *vox populi* os últimos problemas que o doutorzinho nos criou. Três dos nossos melhores homens estão hoje atrás das grades por culpa dele, e por um caso menor, insignificante. Já é do conhecimento de vocês o injusto escândalo que ele armou na imprensa por causa de um *segundón* inútil, um rapaz infantil e, ainda por cima, maricas, segundo fontes fidedignas, que desapareceu nos arredores do Salto ou por ser um olheiro, ou por ter tentado se transformar no olho do medicastro. Não havia alternativa, pois foi ele o causador de tudo isso. Gravou o caso do sindicalista Yepes, decidido na última reunião, um procedimento limpo que não deixava dúvidas e que foi votado por unanimidade, sete a zero.

Sábado disse:

— Eu sempre fui partidário de acabarmos com esse assunto de uma vez. E mais: não sei por que só ele está na lista. Devíamos fazer um procedimento que incluísse também a mulher dele. Ultimamente vêm acontecendo muitos acidentes. Automobilísticos, por exemplo. Essa velha não fica atrás em impertinência e vontade de encher o saco.

Quarta-Feira tinha outra hipótese sobre o ocorrido no Salto, uma teoria que tranquilizava sua consciência cristã:

— Os inimigos do Estado, em particular esse indivíduo irascível, profeta de discórdias, estão tentando fazer passar por crime político algo que na verdade, e tenho muito boas fontes, foi um crime passional. Lamento corrigi-lo, Domingo: esse rapaz morto não era homossexual, como dizem; ao contrário, era um indivíduo que tinha seduzido com enganos e armadilhas a mulher, quero dizer, a amante (e me perdoem a palavra) de um conhecido negociante de Paradiso, o sr. Emilio Castaño. Esse homem tem muitas virtudes, mas não é, com o perdão da palavra, um corno manso, e num ataque de fúria e intensa dor mandou seus homens se desfazerem daquele dom-juanzinho perfumado que pretendia roubar o que ele mais amava, sua mulher, que desde tempos imemoriais é considerada a mais valiosa propriedade de um homem. Claro, agora Burgos faz com que pareça perseguição política o que foi um simples e sórdido caso de fêmeas. Nós sempre sustentamos, e eu agora repito perante este sábio auditório: sem devoção e sem controle da desordem sexual, nossa sociedade caminha para a dissolução. Hoje pelo menos comemoramos um dissoluto a menos no Sektor T, essa parte da nossa querida cidade que comete tantos pecados de desregramento e por isso não cresce.

— Teoria interessante, Quarta-Feira. O senhor, como sempre, muito eloquente e com informações tão particulares que parecem extraídas de um confessionário. Meus parabéns. Acredito que é a versão que devemos divulgar na mídia amiga. Cuide o senhor mesmo de transmiti-la a *El Globo*, para que a publiquem. Assim, além disso, colocamos atrás das grades esse comerciante, que pode ser virtuoso, como o senhor diz, sem dúvida, porém não é homem prudente nem digno de confiança. Em todo caso, permitam que eu leia todas as acusações contra esse *don* sobre o qual devemos decidir e que, na minha opinião, já não merece o título — disse Domingo. Tornou a limpar a garganta, bebeu um grande gole de uísque e então leu: — Gonzalo Burgos, médico. Tem prestígio em círculos universitários do país e do exterior. Dedicou-se, e dedicou boa parte de seus recursos, que não são poucos, a caluniar o governo local e a deblaterar contra a indispensável política de Apartamento. Em sua famigerada Fundação H, conhecida antes como Humana, acolhe personagens de duvidosíssima reputação e publica panfletos e artigos que prejudicam a ordem em Angosta e ameaçam a estabilidade do país. É um antipatriota e um fanático pernicioso, informante de diversas ONGs europeias que falam mal do país e denigrem a imagem de Angosta. Sua última publicação, na qual utilizou a caixa de ressonância de *El Heraldo*, jornal do qual é sócio, denegriu nossa reputação interna e projetou uma imagem internacional tão ruim que poderia até comprometer grandes envios de ajuda militar. Fomos obrigados a retirar temporariamente de serviço alguns homens do braço operacional que, sem saber, se viram envolvidos no desagradável episódio no Salto de los Desesperados. Como resultado desses inconvenientes, um dos comandantes da Secur está ameaçando abandonar o braço operacional e fazer barulho, se não for suprimida de uma vez por todas essa permanente fonte de mal-estar que é a Fundação H, especialmente seu diretor. Afirma que com gente assim não é possível trabalhar e que seus homens relutam em agir, porque vivem sob a incômoda síndrome do medo, temendo que os juízes os persigam injustamente. Se houver represálias pelas ações que o Conselho ordena como justas, eles se verão impedidos de continuar operando — Domingo ergueu os olhos. — Até aqui chegam as investigações, que obviamente estão resumidas, porque contra Burgos haveria muito mais a dizer, e todas as suas palavras fazem o jogo dos terroristas; seu prontuário de infâmias não tem fim. Creio que as queixas procedem; não podemos dar uma ordem a seus homens, e depois, quando a coisa vem a público, combatê-los regularmente, com forças policiais ou da magistratura. Se não puderem agir com segurança, toda a estrutura vem abaixo. O que acabo de ler traz anexa uma carta do comandante Três Zeros. Ele se oferece para realizar pessoalmente uma operação-relâmpago e impecável contra Burgos, e quanto antes. A discussão está aberta.

Ninguém defendeu Burgos, e as palavras contra ele, tanto as mais longas quanto as mais breves, foram depreciativas e contundentes. Somente Quinta-Feira permaneceu em silêncio, sem fazer nenhum comentário. Pegou a bolinha branca e a acariciou entre os dedos. Tinha sido colega de classe do dr. Burgos e sabia muito bem que ele não merecia morrer. Podia ser um tanto exaltado, com posições equivocadas e extremas sobre o Apartamento, mas era um homem pacífico, e seus argumentos, embora completamente equivocados, eram sinceros e sólidos. Não era uma pessoa violenta nem nunca tivera ligação alguma com os que organizavam atentados. Alguns no Conselho conheciam seus vínculos de amizade com ele. Segunda-Feira, Terça-Feira e Quarta-Feira já tinham depositado a bola preta no recipiente central; mais um voto e Burgos seria um homem morto. Seu voto contrário não salvaria Burgos; simplesmente adiaria um pouquinho a sentença (até o voto de Sexta-Feira). Poderia exercer seu veto por seis meses, mas as acusações contra Burgos eram muito graves e a animosidade de seus colegas, total. Se o deixasse seguir em frente com suas denúncias, até alguns membros do Conselho iriam correr perigo. Ele mesmo correria perigo, pois entre os mais atingidos pelas denúncias de Burgos estavam as pessoas mais poderosas do governo. Todos olhavam para ele. Acariciou também a bola preta. Não, o certo era mesmo não se arriscar com o veto, mas pelo menos tinha de ser capaz de votar contra. Disse:

— Vocês sabem que ideologicamente estou com vocês e que, se fosse outra pessoa, eu aprovaria o procedimento. Mas conheço Burgos desde a adolescência; é uma pessoa equivocada, sem dúvida, e neste momento nociva, mas é honrado e no fundo bom. Não posso sentenciá-lo, também, por motivos pessoais. — Jogou no recipiente a bola branca. — Deixo a decisão para vocês.

Curiosamente, Sexta-Feira também depositou uma bola branca; no início ninguém entendeu por quê, pois o tinha condenado verbalmente. Disse apenas:

— Bastaria assustá-lo, para que deixe o país. Não gosto de eliminar pessoas como ele, e taticamente também é um erro.

Mas Sábado e Domingo fizeram a maioria pela execução: cinco a dois. Eram quase três da manhã quando a sessão terminou. Ao sair, Domingo entregou os veredictos a Tequendama, o comandante do braço operacional. Os casos aceitos foram marcados com uma cruz. Tequendama deu uma olhada na lista e se incomodou que o nome de Lince não tivesse sido aprovado. Disse ao presidente que havia novas acusações contra ele: era amigo do rapaz do Salto, que trabalhava na Fundação H.

— Isso foi o que ficou decidido hoje, Tequendama — disse Domingo, de mau humor. — Se quiser, volte a apresentá-lo na próxima reunião. Por ora contente-se com Burgos, que vai ser um caso duro com a imprensa. Espero que não falhem.

O comandante baixou a cabeça. A partir desse momento, os dias do dr. Burgos poderiam ser contados nos dedos de uma única mão.

Jacobo se olhou no espelho e, como pareceu não se reconhecer, aproximou mais os olhos. Sim, era ele mesmo. "Essa é a cara que eu vou ter", disse para a sua imagem, "se chegar a ficar velho."

Era a primeira vez na vida que se sentia velho, não velho por afetação, não velho como quando se diz isso em tom de brincadeira e só com a intenção de que o interlocutor diga o contrário. Agora se sentia velho de verdade. De manhã recebera uma visita desagradável: o capitão do Exército Augusto Zuleta, o irmão de Andrés, tinha vindo avisá-lo de que devia se cuidar. Soubera pelos jornais o que havia acontecido com seu irmão e, pelo que pôde ver, e como era de se esperar, seu irmãozinho tinha se metido com pessoas indesejáveis e se dado mal. De qualquer modo, ele não queria que os únicos que tinham estado ao lado de seu irmão no final tivessem o mesmo destino. Queria lhe prestar um favor: tanto ele como um tal de Dan e uma tal de Virginia Buendía precisavam sumir, porque a qualquer momento poderiam sumir com eles. Estavam numa lista à qual ele tivera acesso. Foi tudo o que disse antes de ir embora fazendo uma saudação marcial.

Naquela tarde, na porta do hotel, Antonio, o barbeiro, se aproximara dele, o puxara pelo braço e o levara a um café próximo. Um de seus clientes, no dia anterior, tinha dito que o próprio hotel La Comedia estava sob a mira da polícia secreta. Acreditava-se que alguns quartos serviam de refúgio a terroristas, e estavam planejando revistar o prédio em busca de armas e munição. Seu cliente lhe dissera que um livreiro estava entre os implicados. O barbeiro dizia isso porque tinha certeza de que tudo aquilo eram invencionices, mas depois da morte de Andrés podia-se esperar qualquer coisa. Aquela gente não ligava para detalhes e, se precisasse de provas de terrorismo, iria encontrar granadas, fuzis, panfletos, o que fosse, no hotel.

Jacobo subiu até o quarto do professor Dan e lhe deu a notícia. O professor voltara a ser o que era, uma pessoa impassível, um *Marciano*.

— Sabe, Lince, não faz mal se me matarem. Nunca me meti em política porque considero tudo isso mesquinho. Não há heroísmo em nenhum de nós nem no Andrés. Não merecemos a morte, e talvez por isso mesmo nem sequer merecemos a vida. Angosta é um lugar imundo, sem heroísmo e sem estética. Tudo isso é muito sórdido. Vou continuar pensando no meu problema, como antes, até que me matem ou até que eu morra. É a única coisa que interessa.

Jacobo ganhara mais cabelos brancos nas últimas semanas do que em todos os anos anteriores de sua vida, e tinha olheiras fundas por falta de sono e rugas profundas, que já não eram marcas do riso, e sim de angústia. Rugas novas na testa e ao redor da boca. Seu passo também estava lento, pesado, e sentia um enorme desânimo por dentro, como se não suportasse o peso do próprio corpo. Sentia medo, claro, muito medo, mas em vez de correr sua primeira reação consistia em se render. O hotel era uma ratoeira, no entanto queria continuar lá. Ainda assim, obrigou-se a sair, sem vontade. Essa era a melhor parte de sua disciplina, ou de sua indisciplina: não obedecia a seus primeiros impulsos.

Como um autômato, dirigiu seus passos para a livraria, para aquele oásis, para sua casa e seus livros, aonde não ia fazia vários dias. No caminho pensava em tomar uma decisão ou em buscar razões e motivos lógicos para alguma coisa que dentro dele já estava decidida. Também queria passar pelo correio, para enviar a Beatriz (tinha seu endereço em Boston e de vez em quando eles trocavam e-mails) várias cópias do boletim da Fundação, onde apareciam as fotos dos capangas a serviço de seu pai e o nome de seu pai; achava importante que ela soubesse, mas não queria comentar nada por e-mail, apenas por carta. Na praça da catedral, olhou as imagens de sua antiga loja de artigos religiosos; quis passar reto, mas entrou e perguntou se vendiam filactérios: eles nem sequer sabiam do que ele estava falando. Saiu e, enquanto subia a rua Machado, ouviu sons de sirenes e sentiu um leve cheiro de fumaça no ar. Uma chuva de fuligem caía sobre as calçadas e as pessoas se moviam com aquele nervosismo evidente de quem sabe que algo estranho aconteceu bem perto de sua vida. Jacobo não achou que fosse alguma coisa que tivesse a ver com a vida dele. Já tinham acontecido tragédias suficientes nos últimos dias para ele achar que mais uma pedra iria cair em cima da sua cabeça. Mas, como dizia seu pai, desgraça atrai desgraça, e, ao virar na rua Dante, agora 45D, viu ao fundo dois carros vermelhos do corpo de bombeiros dirigindo jatos de água às paredes e ao telhado de sua casa. Labaredas enormes saíam pelas janelas e se elevavam ao vento. Pedaços de telhado destruídos pela força das chamas desmoronavam, e os bombeiros se limitavam a evitar que o fogo atingisse a funerária vizinha e o consultório do dr. Echeverri, o cardiologista.

Jacobo correu até a casa. Quiroz e Jursich estavam em frente à porta, os olhos vermelhos e o semblante assustado, sem acreditar no que viam. Os sessenta mil livros de La Cuña ardiam, combustível perfeito, labareda enorme. Ouviam-se os estalos das chamas e fazia muito calor. Jacobo pensou em dois livros que gostaria de salvar do fogo: uma edição de *O nome da rosa*, com dedicatória de Eco, e outra de um dos romances preferidos de seu pai, o original em alemão de *Auto de fé*. Impossível resgatá-los do incêndio.

— O que aconteceu? — perguntou Jacobo com a voz de outro homem, uma voz nova e fanhosa que lhe saiu do fundo da garganta. Jursich respondeu:

— Quatro sujeitos desceram de um carro. Eu estava com um cliente, Gonzalo Córdoba, que ia comprar a *Iconografía del Libertador*. Primeiro disseram que estavam procurando um livro, *O ateísmo de Marx*, eles disseram. Era evidente que não sabiam ler nem faziam ideia de como pedir o que supostamente estavam procurando. Quando falei que aquilo não existia, sacaram umas pistolas. Achei que fosse um assalto e ia mostrar a eles que não havia quase nada na caixa. Aí perguntaram por você e eu falei que você não estava, que quase nunca aparecia por aqui. "Ah, é?", disse um deles, "aposto o que você quiser como hoje ele aparece. Vocês dois, saiam já daqui. Tem alguém lá em cima? A gente não quer torrar ninguém." Gritei para o professor Quiroz descer, ele estava lá em cima conversando com a sra. Luisita e a Lucía, mas eles não me ouviram ou não quiseram descer. Por fim, os próprios sujeitos subiram e empurraram os três pela escada. "Pra fora, velharada, pra fora se não quiserem torrar", disseram. Mandaram a gente ir para a rua. A sra. Luisita, que intuiu o que ia acontecer, começou a insultá-los. Disse que eles eram os mesmos assassinos do seu marido, que Angosta era um antro de feras e de lobos, que a matassem também, como mataram a filha dela, como mataram o filho dela, como mataram o marido dela, e até lhes pediu por favor. Eles a empurraram para a porta, mas ela não quis sair e continuou despejando insultos sobre eles, até que um disse: "Cala a boca se não quiser morrer, sua velha nanica. E dê graças a Deus por ser velha e cega, senão a gente fazia a senhora virar torresmo", e aí Córdoba praticamente a arrastou, porque se ela continuasse gritando eles a matavam mesmo ou a queimavam viva, porque havia raiva estampada no rosto deles e muita vontade de calar a boca da sra. Luisita de uma vez por todas.

"Eles foram para a rua, onde havia um carro deles estacionado, depois entraram com vários galões de gasolina, espalharam o combustível por toda parte, nos dois andares, nas prateleiras, em cima das mesas, no chão, e pelo cheiro que chegava até a rua já se podia pressentir o desastre. Escorreram um fio de gasolina até a porta, acenderam um fósforo e atearam fogo. Esperaram alguns minutos para ter certeza de que as chamas tinham pegado. Entraram no carro e foram embora. Não pareciam ter a menor pressa, saíram muito tranquilos, devagar, como quem acaba de fazer um trabalhinho menor. 'Lembranças ao Lince, isso é só o começo', foi a última coisa que um deles disse, com a cabeça para fora da janela. A sra. Luisita gritava mais insultos, seus piromaníacos, delinquentes, desgraçados, até que por fim Lucía tapou sua boca com a mão. Chamamos os bombeiros no bar da esquina, mas quando eles chegaram era tarde demais, as labaredas já saíam pelo telhado. Ligamos para o hotel, para te avisar, mas o Óscar disse que você tinha acabado de sair. Talvez você não devesse ficar aqui; pode ser só uma isca para te atrair. Imagine se eles voltam."

Jacobo deu de ombros num misto de raiva e resignação; acabara de aprender com Dan pelo menos um mínimo de estoicismo. Achou que tinha chegado a hora de deixar Angosta, sim, mas não correndo aterrorizado como uma galinha assustada. Precisava de três ou quatro dias. Que o matassem antes, se o encontrassem. Se queriam matá-lo, podiam ir direto ao hotel, subir até seu quarto; todo mundo sabia que ele morava lá. Além disso, não queria ir sozinho, precisava de algum tempo e, enquanto isso, não tinha a intenção de se esconder.

Uma fumarada cinza se elevava em grandes cogumelos para o céu de Angosta, azul e indiferente. Jacobo via a fumaça subir e se lembrou de umas palavras que cantava quando era criança e ia à missa: "Te oferecemos, Senhor, este santo sacrifício". Riu de si mesmo pela lembrança tola: "Que Jacobo, que nada; eu devia me chamar Jabobo", pensou. Algumas gotas rolavam pelo rosto de Jursich, que esfregava os olhos e dizia com raiva:

— Essa maldita fumaça me irrita os olhos.

Quiroz tinha ido até a esquina em frente e olhava desesperado de uma mesa do bar. Puxava os pelos da barba e bebia uma cachaça atrás da outra, enquanto assoava estrondosamente o nariz. Suas mãos tremiam. A sra. Luisita estava com a cabeça apoiada na mesa; sentia o cheiro do fogo e dizia:

— É como antes, como sempre. São os mesmos, os mesmos que mataram meu marido e meus filhos.

— Vamos lá com o Agustín — disse Jacobo, que os observava de longe. Sentaram-se ao lado dele e também pediram uma bebida. Amaldiçoaram entredentes os incendiários.

Houve uma explosão dentro da casa. "O botijão de gás", gritaram os bombeiros. O quarteirão inteiro estava cheio de fumaça, e as pessoas que iam aparecendo tapavam o nariz e os olhos com lenços. Os curiosos eram muitos e faziam comentários absurdos: "Era uma clínica de abortos. Quem botou fogo foi esse pessoal do Movimento pela Vida, que defende fetos, mas queima cristãos". "Era outra funerária que queria fazer concorrência à vizinha; o dono da El Más Allá é osso, não deixa barato." "Era um lugar que vendia pornografia e onde faziam filmes com crianças peladas, para pedófilos." Havia até alguns mais informados, que diziam: "Era uma livraria. Vendia obras panfletárias que apoiavam o terrorismo". O trio de livreiros nem pensou em se defender. Só Luisita gritava de vez em quando, repetindo a mesma palavra: "Infames, infames". Jacobo, já com várias cachaças na cabeça, disse aos amigos:

— Eu não posso começar de novo, mas vocês dois podem. Vou embora de Angosta para sempre, mas algo digno pode ficar sob a responsabilidade de vocês. Eu tenho dinheiro, muito mais dinheiro do que parece. Vamos abrir outra livraria em outra rua e com outro nome, um nome de náufrago resgatado, por exemplo. Ou melhor, vocês é que vão abrir e vocês mesmos vão tocar o negócio. Eu dou o primeiro empurrão antes de ir embora. Conseguimos um lugar e três mil livros, isso não é impossível. Não se preocupem, vocês não vão ficar na mão nem se dar por vencidos tão facilmente. Eu, sim, me dou por vencido, mas vocês dois, não; vocês podem recomeçar. Daqui a um ou dois anos, eu volto para dar uma olhada na nova loja, se é que volto. Não porque seja minha, porque a livraria não vai ser minha, e sim de vocês. Só para ver como ela está indo e se desenvolvendo.

Quiroz e Jursich disseram que já não tinham ânimo para começar mais nada na idade deles, e depois de tantas coisas. Angosta não merecia uma livraria sequer. Esperavam que tudo se acabasse, que tudo fechasse, que também os jogassem no Salto. Jacobo sugeriu que eles procurassem um sócio mais jovem, entusiasmado, que os apoiasse. O artista cômico Valencia sempre quis ter uma livraria. Deviam chamá-lo, e com seu estímulo tudo daria certo, e Jacobo ficou de se encontrar com eles no dia seguinte no restaurante do La Comedia, para lhes entregar um cheque. Quiroz e Jursich não disseram nem sim nem não. Talvez também quisessem ir embora, como Jacobo, em busca de melhores ares, mas não tinham dinheiro para chegar nem a Bredunco. Foram andando juntos para o hotel, porém Jacobo, impaciente, se adiantou. O cheiro de fumaça tinha impregnado sua roupa e grudado em sua pele como sardinha frita. Atrás, devagar, vinha Luisita ao lado de sua guia, brandindo sua bengala branca como se fosse uma espada capaz de atravessar o inocente corpo do ar. Jursich e Quiroz, mais devagar e mais abatidos que a cega, vinham por último, com seu passo claudicante ainda mais arrastado depois da tragédia. Jacobo subiu até o galinheiro e bateu na porta do quarto de Virginia. Ela não estava. Enfiou um bilhete por baixo: "Precisamos conversar, desça assim que chegar, J".

Entrou na internet e consultou seu saldo. "Bem-vindo, Jacobo Lince. Banco de Angosta. Posição Global. Conta pessoal em divisas. Saldo disponível: $1 046 318." Seu capital estava intacto, e mais uma vez fez uma oração de agradecimento à mãe, a falecida, a Rosa com espinhos, a que o abandonara, a ele e também a seu pai, mas que, no final das contas, lhe concedera talvez o maior dos benefícios: não o tornara rico, porém lhe dera algo muito mais importante — o tornara livre, sem prendê-lo a uma fortuna e sem deixá-lo amarrado à pobreza. Agora precisava resolver outro assunto. Pensou num país que ainda não pedisse visto e se lembrou da Argentina. Iria para a Argentina, se esconderia na Patagônia, se preciso, mas só se Virginia também fosse; sem ela, nada feito. Entrou no site da Cheap Tickets e comprou duas passagens, só de ida, para Buenos Aires, para dali a quatro dias, em nome de Jacobo Lince e de Virginia Buendía. Se ela não quisesse acompanhá-lo, guardariam as passagens de lembrança, como prova de um destino novo, aberto e recusado. Pediu para retirar os bilhetes no aeroporto. Enquanto a esperava, Jacobo pensou que nesse momento precisava muito dela, que estava nas mãos de Virginia, que teria concordado em dividi-la com Zuleta, se ela tivesse exigido. Mas agora, com Andrés morto, de repente se sentia mais monogâmico e fiel do que nunca. Queria, com todo o seu desejo e com todas as suas forças, que Candela o acompanhasse desta vez e sempre. Tinha perdido a livraria e a segurança; desejava algo sólido. Temia que Virginia se negasse a ir. Sentia que deixara para trás um longuíssimo período de sua vida, o dos casais que mudam de parceiro como trocam de roupa, e que tinha chegado o momento de envelhecer em paz, amar a rotina e acordar sem sede e sem ansiedade, olhando sempre para o mesmo rosto e para as mesmas olheiras a seu lado. Pensou em dizer a ela tudo o que estava pensando (estava fraco, sem dúvida, por dentro e por fora), mas quando Virginia finalmente chegou, à noite, não lhe disse nada sobre Zuleta, pois ela não podia ter mais nada com um fantasma, e sua oferta teria soado como uma inútil chantagem moral. Tampouco (uma velha estratégia de amante) declarou o tamanho do seu compromisso nem a vontade que tinha de assentar a cabeça e se dedicar a uma só mulher, que era ela, e para sempre. Não lhe convinha dizer aquilo assim, além do que Virginia nunca acreditaria; só com o tempo ele poderia demonstrar isso. Portanto lhe propôs, ao contrário, um pacto de companhia e mútua conveniência, com validade curta, se ela achasse melhor.

Naquela madrugada, depois de discutirem por horas seguidas, Candela aceitou ir com ele para o Cone Sul ou para qualquer outro lugar. Antes fez questão de deixar claro que não o amava, que não estava apaixonada por ele e que só amava uma pessoa, que já estava morta. Jacobo não poderia culpá-la se, em algum momento, em algum lugar, ela o deixasse sozinho, o abandonasse. "Depois não me culpe, vovô, se eu te abandonar e te deixar mais sozinho que um cão sem dono", disse. Jacobo só lhe pediu o favor de um ou dois meses juntos; depois disso o contrato caducaria e ela ficaria completamente livre. Passados sessenta ou noventa dias, se ela aguentasse, podia se mandar para onde quisesse, e ele a ajudaria com tudo que precisasse, ele jurava, mas nesse momento a companhia dela era indispensável. Não quis confessar que sentia algo mais por ela, mais apego do que nunca, algo que fazia muitos anos ele não sentia, vontade de juras, rituais, troca de anéis, e para disfarçar disse que, àquela altura, ele não se apaixonaria mais, não queria compromissos definitivos nem nunca mudaria seus hábitos de homem livre, e de vez em quando continuaria procurando outros corpos jovens, portanto tudo entre eles seria temporário, uma aliança conveniente ditada pelas circunstâncias. Incomodava-o mentir assim. Se alguma vez na vida tinha ansiado por ter uma única parceira, estável, para sempre, era agora. Mas nas relações ele gostava das rimas, não das dissonâncias, e ele adotou o mesmo tom usado por ela, distante, necessário, conveniente. A ruiva o feria com sua evidente falta de amor, e essa ferida silenciosa o fazia se apaixonar ainda mais por ela.

Virginia o convenceu de que deviam se esconder no Bei Dao nos poucos dias que faltavam para a viagem, e Jacobo, por fim, concordou, com raiva por precisar se esconder, mas com complacência por desobedecer a seu primeiro impulso. Soube pelo porteiro que, na manhã seguinte, pouco depois de terem saído, dois homens perguntaram por ele no hotel e ficaram à sua espera. Mais tarde Jursich e Quiroz levaram-lhe uma mala com seus principais pertences até o restaurante. O professor Dan também esteve lá, e todos fizeram, tristes e silenciosos, um último jantar de despedida. Ali estavam os hóspedes mais amigos do hotel, inclusive o sr. Rey e sua mulher. Quando soube para onde Jacobo e Virginia estavam indo, ela comentou com o marido: "Que sorte. Buenos Aires é igual a Paris, mas em espanhol; o que não entendo é como um homem tão culto vá viajar com uma qualquer; enfim, é assim que o mundo está". A única que pediu desculpas por não ir (tinha medo de atravessar o rio sem enxergá-lo) foi Luisita Medina com sua guia. Antonio, o barbeiro, apareceu com Charlie e, soluçando, disse que sabia melhor do que ninguém até onde iam os crimes e as injustiças, porque seus clientes lhe contavam, e ele ouvia calado, sem poder fazer nada, aparentando inclusive complacência com as operações dos assassinos. O professor Dan estava mais sério e frio do que nunca; sentia que todos o estavam deixando sozinho, sozinho no hotel e sozinho em seu coração. Jursich levou um livro de presente para Lince. Encontrara, por acaso, outro exemplar da geografia de Guhl sobre Angosta, a mesma que tinham vendido para Camila fazia seis meses, com uma pintura do Salto de los Desesperados na capa. Jacobo agradeceu e guardou o livro em sua maleta de mão. De nada adiantou Dao caprichar na variedade e na suculência do cardápio. Os comensais quase não provaram a comida, só o saquê.

 Na véspera da partida, Lince mandou um recado para Dorotea, sua ex-mulher, através do livreiro Pombo, que foi até a casa dela nas colinas de Paradiso para transmiti-lo pessoalmente. Ela devia descer, sem falta, com a menina até o Sektor T, e esperá-lo num dos últimos bancos da catedral. Jacobo tinha uma coisa muito importante para lhe dizer, e marcaram uma hora. Quando Jacobo entrou, sozinho, olhando para trás e para os lados, com medo de estar sendo seguido, viu que era hora de missa na catedral. Distinguiu ao longe a cabecinha de sua filha, sentada num banco de madeira, ao lado da mãe. Dorotea não entendia o motivo de um encontro tão absurdo, num lugar como aquele, e estava com raiva de ter sido obrigada a descer a T, com todo o incômodo e perigo que representava para ela se meter nessa parte de Angosta. Jacobo tentou lhe explicar, mas ela vivia tão fora do mundo que nem sequer sabia das denúncias publicadas nos jornais, não tinha a menor ideia de que essas coisas acontecessem e dava tanta importância a elas como aos terremotos na China. Além disso, não entendia como Jacobo podia estar até mesmo remotamente envolvido em assuntos tão nebulosos. Sua primeira reação foi criticá-lo: "Você sempre se mete onde não deve e depois, claro, se arrepende, porque se estrepa". Jacobo não tinha ido para discutir, mas para se despedir da menina. Disse a ela que precisava viajar para outro país e que não sabia se seria apenas por algum tempo ou para sempre. Assim, se sua mãe não a levasse ou a mandasse para onde ele iria, poderiam passar muito tempo, anos talvez, sem se verem Jacobo tinha um nó na garganta ao dizer isso, ao pensar nisso, mas Sofía olhava para ele contente, quase feliz, como se o pai estivesse lhe contando o início de uma aventura ou os detalhes de umas férias. Respondeu que lhe desejava boa viagem, que se divertisse bastante e que, se pudesse, lhe comprasse muitos presentes. Jacobo prometeu telefonar todos os dias para ter notícias dela, para acompanhar seu crescimento. Sentiu-se patético com sua vontade de chorar, com sua dor por não voltar a vê-la, sua voz embargada e frágil contrastando com a calma e a quase indiferença da menina. No fim abraçou-a com tanta força que Sofía gritou, dizendo que não a amasse tanto nem a abraçasse com tanta força, porque a estava machucando. Dorotea lhe estendeu a mão, fria, de mau humor. As duas saíram depressa pela nave central da igreja e Jacobo observou a menina se afastando até que a luz do átrio roubou sua imagem. Esperou que ela virasse a cabeça para um olhar, para um último aceno de adeus, mas a menina saiu saltitando, de mãos dadas com a mãe. A despedida terminara. "De todos os meus amores", pensou Jacobo, "esse é talvez o mais intenso e o menos correspondido." Para uma criança que não mora com o pai, aquele homem se transforma num estranho, num parente distante menos importante que um primo. Não aceitaria nenhum desplante, passaria por cima de qualquer manifestação de indiferença, Jacobo prometeu a si mesmo; lutaria por esse amor até a morte, como por nenhum outro. Coçou a cabeça: o amor pelos filhos era tão irracional e absoluto quanto irremediável; não tinha atenuantes nem condições e, no seu caso, acontecesse o que acontecesse, continuaria intacto diante de qualquer circunstância, mesmo que um oceano inteiro se interpusesse entre ele e sua filha. Nesse momento, as orações da missa cessaram e o grande órgão da catedral invadiu a igreja com alguns acordes de Bach que desataram toda a tristeza de Lince, o medo em meio à desolação, o amor cercado pela indiferença. Ouviu a melodia até o fim por uns poucos minutos. Depois enxugou os olhos com o dorso da mão e, sem ouvir uma única palavra das orações nem do sermão do padre, voltou de metrô para Desesperados e a seu refúgio com Virginia, no Bei Dao, fronteira de Tierra Caliente, onde deviam passar mais uma noite escondidos.

No dia da partida, Jacobo e a ruiva levavam pouca bagagem, como se fossem para umas férias curtas. O voo saía de madrugada e eles não pregaram o olho a noite inteira. Quando chegaram ao aeroporto de F, ainda estava escuro. Todos os jornais traziam, em oito colunas, a notícia do assassinato do dr. Gonzalo Burgos, o grande filantropo, ocorrido na tarde anterior, a poucas quadras da Fundação. Tinha levado sete tiros à queima-roupa, no peito e na cabeça. Numa grande foto de *El Heraldo*, viam-se sua esposa, sua filha e seu genro, ao lado do corpo ensanguentado e semicoberto por um lençol branco. Jacobo e Virginia já sabiam da notícia, e naquela noite se deitaram em seu esconderijo do Bei Dao para não dormir, abraçados em silêncio e sem desejo contra o fundo homogêneo da escuridão. No Check Point, primeiro, e depois no guichê da emigração, enquanto examinavam seus passaportes, os dois pensavam que a qualquer momento seriam detidos e que não os deixariam sair do país, para levá-los a algum calabouço ou aos campos de Guantánamo, ou ao mesmíssimo Salto de los Desesperados, alegando qualquer pretexto. Dissimulavam o medo e tentavam controlar o tremor das mãos. A simples vontade de sobreviver dissipava sua dor por tantas mortes. Temiam o pior, mas também nutriam alguma esperança, pois a experiência deles dizia que Angosta era a terra da desordem e do imprevisto. O Estado e a Secur não eram exatamente a mesma coisa nem podiam estar em todos os lugares, e havia funcionários decentes, policiais que cumpriam a lei, coisas que funcionavam como num país normal.

Em todo caso, só quando o avião tomou impulso eles sentiram que talvez conseguissem escapar da rede que os perseguia, da fera furiosa que respirava em sua nuca mostrando as presas. Por fim, o aparelho decolou, apoiado sobre o ar, e fez uma ampla curva à direita. Sobrevoou o planalto e chegou à beira do estreito vale, onde começava T. Jacobo sorriu para Virginia, que tinha o olhar perdido no vazio. Era a primeira vez na vida que Virginia subia num avião, mas não parecia emocionada nem com medo de voar. Olharam ao mesmo tempo pela janela. A beleza da cidade deles vista do alto parecia estranha, o verde muito intenso, a regularidade das ruas, a curva delicada das montanhas, o gume dos penhascos, o silêncio. São curiosas a quietude e a serenidade da natureza quando se olha de longe e não se consegue ver um único ser humano. Começaram então a ver as colmeias de casinhas cor de tijolo de Tierra Caliente. Passaram sobre o Salto, e Jacobo o apontou com o dedo para Virginia. Parecia limpo e tranquilo de longe, um belo espetáculo natural, inocente, de águas que não cessam e espumas que crescem. Ela o observou com calma, sem pestanejar nem dizer uma só palavra. Por dentro disse adeus a um dos corpos que estavam ali sepultados, lavado pela água e apagado pelo tempo. Depois o avião sacudiu de leve ao entrar nas primeiras camadas de nuvens. De repente, lá em cima tudo ficou azul e embaixo já não se via nada, apenas uma grande mancha, espessa, algodoada, cor de leite.

Jacobo segurou na mão de Virginia. Estavam fugindo como animais assustados que haviam farejado os passos famintos de uma fera ou as chamas devastadoras de um incêndio. Em poucas horas aterrissariam em outro mundo, talvez um pouco melhor. Para trás ficavam milhões de pessoas encurraladas, que não podiam fugir. Ele era um privilegiado e um covarde, incapaz de ajudar a fazer de Angosta um lugar melhor. Não era nem herói nem mártir, mas uma pessoa comum: insegura, lasciva, indefesa, com vontade de não morrer. Não tinha como saber se aquele território que sobrevoavam estava condenado ou não. Sua única certeza era que não podia continuar vivendo ali e que agora tinha pela frente a tarefa mais difícil para um sedutor: deixar de seduzir e, enfim, amar; coisa para a qual não estava treinado.

Virginia tirou da bolsa algo que queria reler. Encontrara os cadernos de Andrés no quarto dele e os lia com a concentração e a intensidade com que se lê uma carta de amor aguardada há semanas. Nas anotações do final, havia várias páginas em que ela era mencionada. E também no último texto que Andrés escrevera antes de ir para seu trabalho de campo aparecia o nome dela. Virginia sentia-se triste por ser protagonista desse caderno, mas era a única coisa que restara dele: um rosto e um corpo lindos na lembrança e algumas palavras escritas à mão. O caderno se interrompia no momento em que Andrés saía para o Salto. A última página falava disso:

Salto de los Desesperados. Fui vê-lo várias vezes. É sujo, mas ainda atraente como força da natureza. Seu precipício, imenso, dá vertigem. E o cheiro nauseabundo faz com que tudo ali pareça ao mesmo tempo mais terrível, mais atraente e repugnante. O dr. Burgos me disse ontem, ao se despedir, que me desejava sorte e que eu tomasse muito cuidado para não ser visto por ninguém. "Você tem que ser invisível como o pensamento", ele disse. Estava mais nervoso do que eu, e em parte seu estado de espírito me contagiou. A sra. Burgos pregou um patuá no colarinho da minha camisa, com um alfinete. "É um ágnus-dei, para te proteger", disse. É bom saber que alguém se preocupa comigo, ainda que me pareça uma superstição de outros tempos. Ontem Virginia dormiu comigo, como vem acontecendo há alguns dias; seu corpo já é como se fosse eu mesmo. Eu nem a sinto, ela não me incomoda, sua perna fica entre as minhas como se uma terceira perna saísse do meu corpo. Estamos confundidos, e mesmo que eu morra acho que continuaria vivendo no corpo dela, dentro da sua cabeça, por mais tempo. Ela saiu cedo para trabalhar lá em cima; sabia que eu tinha de ficar e que esta noite não volto. Demos um longo abraço de madrugada, como se fôssemos um, sem querer nos separar. Não quis dar detalhes do trabalho que vou fazer, para que ela não soubesse, para que não carregasse o peso de saber e para que não se preocupasse. Mas sei que ela percebe alguma coisa que não lhe agrada. Ela tem como que um sexto sentido que adivinha as coisas, e quando nos separamos me disse que farejava o perigo como um bicho. Pediu que eu não vá, que eu não vá hoje. Espero que esses pressentimentos não se confirmem. Ou que ela os tenha interpretado mal e que ao ver o temor no meu rosto tenha se preocupado além da conta. O que acontece é que em Angosta a gente sempre deve esperar o pior, porque quase sempre é o que realmente acontece. Mas esse é o meu primeiro trabalho de verdade e não posso ter medo. Se eu tiver sorte, vou conhecer a morte de perto e ver o rosto dos assassinos, e então os denunciarei, para que não continuem fazendo a mesma coisa impunemente. O que eu vir e o que eu contar vão servir para que eles não continuem matando. É isso que eu acho e o que justifica eu ir ao Salto, apesar do medo. A Fundação serve para isso, para combater os que espalham o terror e para defender os que têm medo. Por isso procuraram alguém que soubesse escrever e por isso me escolheram. Que soubesse escrever. Foi tudo o que pediram de mim, e é a única coisa que eu sei fazer: escrever. Irei ao Salto e escreverei o relatório. Traduzirei em palavras tudo o que eu vir lá.

Já são quase três horas, está ficando tarde. Vou me encontrar com a fotógrafa daqui a meia hora, preciso ir. Está tudo pronto. Se tudo der certo, amanhã eu volto.

Enquanto Virginia mergulhava no caderno de Andrés, Lince também pegou um livro que colocara no bolso da poltrona à sua frente. Era o presente que Jursich lhe levara ao Bei Dao. "Que teimosia a minha: continuar lendo sobre este lugar enquanto me afasto dele", pensou. Abriu o pequeno volume no meio e, com sua velha mania de livreiro, o cheirou. Depois afastou as folhas, leu o título, o nome do autor e olhou a capa. A pintura do Salto e o Salto da memória não se pareciam. Abriu uma página ao acaso. Seus olhos demoraram um instante para focar as letras; depois reconheceu uma frase que já tinha lido meses antes, no dia em que conheceu Camila e Zuleta: "A capital deste curioso lugar do planeta se chama Angosta. Com exceção do clima, que é perfeito, tudo em Angosta está errado. Poderia ser o paraíso, mas se transformou num inferno".

Nota

Este romance está irremediavelmente salpicado de ideias, frases e poemas alheios. A trama, muitas vezes, me obrigou a citá-los, primeiro por conveniência, mas também por admiração e carinho. Com os escritores vivos, a comunicação foi fácil, e quase todos, muito generosamente, me autorizaram a reproduzir suas frases ou versos sem aspas, e até escreveram breves diálogos pensados especificamente para este livro (num episódio que pretende ser uma homenagem ao nosso senhor Cervantes, ou melhor, ao capítulo VI da primeira parte de D. *Quixote*).

Com os escritores mortos, apesar dos meus inúmeros esforços, não houve contato possível, portanto nesse caso careço de autorização para citar suas palavras ou invenções sem cometer o vergonhoso plágio que aqui reconheço. Menciono uns e outros, em ordem aleatória, em primeiro lugar para reconhecer a dívida e me livrar da angústia da influência, mas, principalmente, para expressar a infinita gratidão que tenho por eles.

Se não me esqueci de nenhum, são eles: Óscar Hahn, Leopoldo Alas, Joseph Roth, Francisco de Quevedo, Enrique Vila-

-Matas, Italo Calvino, Luis López de Mesa, Juan Villoro, Franz Kafka, Sandra Cisneros, Raúl Gómez Jattin, José Emilio Pacheco, Piedad Bonnett, César Aira, Bei Dao, Andrés Hoyos, Gilbert K. Chesterton, León de Greiff, Lope de Vega, Juan Vicente Piqueras, Aurelio Arturo, Juan Diego Vélez, Alfonso Reyes, Helí Ramírez, Ramón Gómez de la Serna, José Manuel Arango, Joseph Conrad, Fernando Vallejo, Elias Canetti, Dante Alighieri, Juan Bonilla, Darío Jaramillo e Juan Carlos Onetti. Há outra pessoa a quem devo as melhores sugestões deste livro: seu nome é Ana Vélez.

HA

ESTA OBRA FOI COMPOSTA EM ELECTRA PELO ACQUA ESTÚDIO E IMPRESSA PELA PROL EDITORA GRÁFICA EM OFSETE SOBRE PAPEL PÓLEN SOFT DA SUZANO PAPEL E CELULOSE PARA A EDITORA SCHWARCZ EM OUTUBRO DE 2015